漢籍合璧 總編纂 鄭傑文
漢籍合璧精華編 主編 王承略 聶濟冬

借樹山房詩草

［清］陳慶槐 撰
項永琴 整理

漢籍合璧精華編

學術顧問（按齒序排列）：
　　　　　程抱一（法國）　袁行霈　項　楚　安平秋　池田知久（日本）
　　　　　柯馬丁（美國）

編纂委員會（按姓氏筆畫排列）：

主　任：　詹福瑞
委　員：　王承略　王培源　王國良　吕　健　杜澤遜　李　浩　吴振武
　　　　　何朝暉　林慶彰　尚永亮　郝潤華　陳引馳　陳廣宏　孫　曉
　　　　　張西平　張伯偉　黄仕忠　朝戈金　單承彬　傅道彬　鄭傑文
　　　　　蔣茂凝　劉　石　劉心明　劉玉才　劉躍進　閻純德　閻國棟
　　　　　韓高年　聶濟冬　顧　青

總 編 纂：
　　　　　鄭傑文

主　　編：
　　　　　王承略　聶濟冬

本書編纂：
　　　　　辛智慧　李　兵　林　相　段潔文

本書審稿專家：
　　　　　唐子恒

國家重點文化工程"全球漢籍合璧工程"成果
教育部哲學社會科學重大委托項目
"大英圖書館所藏中文古籍的整理與文獻學研究"
（17JZDW04）階段性成果

前　言

　　中華優秀傳統文化是中華民族寶貴的精神財富。古籍是中華優秀傳統文化的載體，凝聚了古人的智慧，承載了中華民族在人類發展史上的貢獻。古籍整理，是一種傳承、發展中華優秀傳統文化精髓的基礎研究，是一項事關賡續中華文脈、弘揚民族精神、建設文化强國、助力民族復興的重要工作。古籍整理研究雖面對古籍，但要立足當下，把握時代脈搏，將傳統與現實緊密結合，激活古籍的生命力，推動中華文明創造性轉化和創新性發展。

　　山東大學向來以文史見長，在古籍整理研究方面成就斐然。從 2010 年開始，承擔了國家社科基金重大委托項目"子海整理與研究"，遴選先秦至清代的子部書籍中的精華部分進行影印複製和整理研究，已取得了豐碩的成果。自 2018 年始，山東大學在已有的古籍整理成功經驗的基礎上，又承擔了國家重點文化工程——"全球漢籍合璧工程"，主要是對海外存藏的珍本古籍複製影印和整理研究，旨在爲海内外從事古代文、史、哲、藝術、科技專業研究的學者提供新的資料和可信、可靠的研究文本。"漢籍合璧工程"共有四個組成部分，即"目録編、珍本編""精華編""研究編"和數據庫。其中，"精華編"是對海外存藏、國内缺藏且有學術價值的珍本古籍進行規範的整理研究。在課題設計上，進行了充分的調查分析和清晰定位，防止低水準重複。從選題、整理、編輯各環節中，始終堅持精品意識，嚴格把握學術品質。"漢籍合璧精華編"的整理研究團隊由近 150 人組成，集合了海内外 30 多所高校和研究機構的古文獻研究者，整理研究力量較爲强大。我們力求整理成果具有資料性、學術性、研究性、高品質的學術特色，以期能爲海内外學者和文史愛好者提供堅實的、方便閲讀的整理文本。

　　"漢籍合璧精華編"採用五次校審、遞進推動的管理模式。一、整理者提交文稿後，初審全稿。編纂團隊根據書稿的完成情況，判斷書稿的整體整理質量，做出退改或進入下一步編輯程序的判斷。二、通校全稿。進入編輯程序的書稿，編纂團隊調整格式，規範文字，初步挑出校點中顯見的不妥之處。三、匿名評審。聘請資深專家通審全稿，全面進行學術把關，盡力消滅硬傷，寫出詳盡的審稿意見。四、修改文稿。專家審稿意見及時反饋給整理者，整理者根據審稿意見修改，完成新文稿。五、終審文稿。待新文稿返回後，主編作最後的質量把關。五步程序完成後，將文稿交付出版社。出版社同樣進行嚴格的審稿、出版程序。

五次校審的目的是爲了保證學術質量，提高整理水準，減少訛誤和硬傷。但校書如掃塵埃落葉，"漢籍合璧精華編"儘管經多道程序嚴加把關，仍難免有錯，懇請方家不吝指教。"漢籍合璧精華編"編纂團隊將及時總結經驗，吸取教訓，把工作做得更好，以實現課題設計的初衷。

目　　録

前言 …………………………………………………………… 1
整理說明 ……………………………………………………… 1

借樹山房詩草

借樹山房詩草卷一　戊申　己酉　庚戌　辛亥 ………… 1
　宿山家 ……………………………………………………… 1
　月湖春泛 …………………………………………………… 2
　荷包牡丹 …………………………………………………… 2
　諫果 ………………………………………………………… 2
　首夏山村即事 ……………………………………………… 2
　觀刈稼 ……………………………………………………… 2
　東龍堂 ……………………………………………………… 3
　虎邱遇雨 …………………………………………………… 3
　阻風京口登北固山遠眺 …………………………………… 3
　曉渡揚子 …………………………………………………… 3
　謁孟廟 ……………………………………………………… 4
　紅豆 ………………………………………………………… 4
　七夕 ………………………………………………………… 4
　贈葉鶴渚 …………………………………………………… 5
　臚唱日口號 ………………………………………………… 6
　釋褐 ………………………………………………………… 6
　同王情庵直宿西垣 ………………………………………… 6
　偶感呈情庵 ………………………………………………… 7

雁陣	7
虎城	7
乞假歸里	7
雪中渡蛟門	8
春日家園雜興	8
月夜看梅	9
洛迦雜詠	9
登白華頂瞻古佛像	9
息耒院	10
達摩峰	10
盤陀石	10
千步沙	10
梅福井	10
梵音洞	10
贈息耒院善根上人	11
載寧上人見示詩集短歌奉酬	11
六月雪	11
出門	12

借樹山房詩草卷二　壬子　癸丑 … 13

放歌贈王情庵	13
又贈	13
讀東坡詩	14
錐	14
寄贈劉午橋	15
秋日登虎城	15
九月二十七日聞家弟東廂南闈捷音志喜	16
葉鶴渚邀聯詩社作此報之	16
張嘯崖舍人見過索詩甚急余未有以應也翌日賦此遺之兼寄王情庵舍人	17

夢游洛迦	17
感懷	17
老妓	18
索鶴渚和詩代柬	19
雪夜憶戴汝三	19
歲暮書懷	19
送盛小坨歸慈水	19
答情庵	19
喜宋确山至	20
黃金臺	20
删竹和朱少仙	21
題少仙萬里圖	21
題諸葛仲山岸舟圖	22
前題代柬廂家弟作	22
無題	22
驢車	23
西洋表	23
王情荐舍人攜樽見過即席同賦	24
蟹	24
中秋節爲牡丹生日戲作祝詞	24
搗衣曲	25
紅蓼	25
黃葉	25
題李松潭農部賞菊圖	26
分咏家用七物得柴	26
棋聲	27
重陽後二日同人集陶然亭陳肖生即席譜圖	27
楊椒山先生故宅	27
錢忠懿王金塗塔歌爲中丞朱南厓夫子作	28

蠹魚十二韻 ··· 28

撲滿十六韻 ··· 29

唐花 ·· 29

乞沈師橋刻小印代束 ·· 29

地坑 ·· 30

喜雪用禁體 ··· 30

借樹山房詩草卷三 甲寅 ·· 31

采桑曲 ·· 31

東廂弟病久旅費不支戲束少仙 ······································ 31

贈沈四師橋 ··· 32

鞦韆曲 ·· 32

餞春 ·· 32

五月初二夜賊入張船山檢討寓齋盡卷壁上書畫去作歌賀之 ········ 33

端午日蒙恩賜扇二柄恭紀 ·· 33

又二十韻 ··· 34

喜雨和王葑亭給諫 ··· 34

松花 ·· 35

放歌遣懷 ··· 35

洗象行 ·· 36

寄懷內兄王泉亭 ··· 36

七月六日東廂弟出都口占送別 ······································ 37

讀本草 ·· 38

龔荻浦因事見責作此報之 ·· 38

苦雨 ·· 39

夜直聞廨役鼾聲有感 ·· 39

秋扇詞 ·· 39

秋夜直次用壁間程也園銓部書周益公蘇文忠洪平齋詩舊韻與情庵同賦 ··· 40

與同學諸子論詩再用前韻 ·· 40

三輔棘闈分校 …………………………………………… 41
　　晚出西直門赴香山馬上成句 ………………………… 41
　　長至後九日吳穀人編修邀同人作消寒雅集咏冰得雜詩八首 … 41
　　大雪遣懷 ……………………………………………… 42

借樹山房詩草卷四　乙卯 …………………………………… 43
　　夜讀 …………………………………………………… 43
　　自題意中園圖 ………………………………………… 43
　　移居 …………………………………………………… 44
　　借樹山房歌 …………………………………………… 44
　　庭前枯樹二株狀奇醜令砍去之詩以志感 …………… 45
　　出郭遇雨書酒家壁 …………………………………… 45
　　買車 …………………………………………………… 45
　　三十初度 ……………………………………………… 46
　　次朱少仙雨中見訪遲曹扶谷不至韻 ………………… 48
　　雨中朱少仙偕同陸平泉見訪遲曹扶谷不至次少仙韻 … 48
　　直次偶成 ……………………………………………… 48
　　胡城東自灤河寄詩見懷依韻答之 …………………… 48
　　雨窗即事 ……………………………………………… 49
　　客有鬻琴者謬謂潞王故物索值甚昂詩以調之 ……… 49
　　平泉同寓借樹山房病後題句見贈即次其韻 ………… 49
　　立秋夜與平泉同賦 …………………………………… 49
　　次夜又成一首 ………………………………………… 50
　　寄懷東廂弟 …………………………………………… 50
　　題四明胡白水畫 ……………………………………… 50
　　程也園銓部畫水墨牡丹 ……………………………… 50
　　陶然亭晚眺 …………………………………………… 50
　　七夕 …………………………………………………… 51
　　少仙移竹見贈作短歌謝之 …………………………… 51

種竹後二日得雨柬少仙 ……………………………………… 51
　　乞何竹圃畫美人代柬 …………………………………………… 52
　　秋夜解衣露坐邱髯山適至有作 ………………………………… 52
　　雨後偕朱少仙陸平泉吳子華胡白水呂屐山游陶然亭分得陶字 … 53
　　游陶然亭次日接少仙札以其詩早成且得意而不見示作此調之 … 53
　　八月六日即事口號 ……………………………………………… 54
　　廿五日張船山朱少仙曹扶谷胡城東陸平泉集借樹山房各以姓分韻
　　　得胡字 ………………………………………………………… 54
　　西苑曉行 ………………………………………………………… 54
　　李芑洲西江吟月圖 ……………………………………………… 54
　　題顧采芸小傳後 ………………………………………………… 55
　　九日 ……………………………………………………………… 55
　　郊行 ……………………………………………………………… 55
　　少仙途次得冰合河流渴馬嘶之句寄余屬對即用其語調之 …… 56

借樹山房詩草卷五　丙辰 ……………………………………… 57
　　西苑即事 ………………………………………………………… 57
　　與鮑樹堂侍讀雨窗夜話 ………………………………………… 57
　　憶少仙 …………………………………………………………… 57
　　扈從燕郊 ………………………………………………………… 58
　　薊州道中 ………………………………………………………… 58
　　雨中次桃花寺 …………………………………………………… 58
　　黃新莊 …………………………………………………………… 58
　　半壁店早發 ……………………………………………………… 59
　　秋瀾村 …………………………………………………………… 59
　　題便面梅花 ……………………………………………………… 59
　　病起 ……………………………………………………………… 59
　　憂旱謠 …………………………………………………………… 59
　　寄懷周萼堂孝廉兼柬李星船指揮 ……………………………… 60

雨中感興 …………………………………………………… 60
題沈舫西員外絳帷集後 ……………………………………… 60
題也園畫山水 ………………………………………………… 61
五月廿二夜大雨有作 ………………………………………… 61
直次寄舫西 …………………………………………………… 61
答少仙代柬 …………………………………………………… 61
無題 …………………………………………………………… 62
少仙寄詩見懷有君獨名心堅似竹年年添放出雲梢之句賦此解嘲 …… 63
直次與傅筜山舍人茶話 ……………………………………… 64
雨窗夜坐 ……………………………………………………… 64
贈張船山 ……………………………………………………… 64
送桂未谷令永平 ……………………………………………… 64
東便門外即事 ………………………………………………… 65
讀秦紀 ………………………………………………………… 65
蒯通墓 ………………………………………………………… 66
舫西自灤陽寄示新詩即用扈從燕郊韻酬之 ………………… 66
題黃左田同年仿沈石田全慶堂玩月圖即用石田原韻 ……… 66
胡城東荷灣消夏圖 …………………………………………… 66
新秋寄懷盛孟嚴侍御 ………………………………………… 67
褒姒 …………………………………………………………… 67
虞姬 …………………………………………………………… 67
呂后 …………………………………………………………… 68
慎夫人 ………………………………………………………… 68
李夫人 ………………………………………………………… 68
卓文君 ………………………………………………………… 68
明妃 …………………………………………………………… 68
賈后 …………………………………………………………… 68
平陽公主 ……………………………………………………… 69
江妃 …………………………………………………………… 69

楊貴妃 …………………………………………………… 69
張睢陽妾 ………………………………………………… 69
种名逸母 ………………………………………………… 69
姚廣孝姊 ………………………………………………… 70
秦良玉 …………………………………………………… 70
費宮人 …………………………………………………… 70
雨中獨酌有懷朱少仙 …………………………………… 70
夜直感懷 ………………………………………………… 70
奉酬方葆巖鹺使寄贈佛手柑 …………………………… 71
密雲道中作 ……………………………………………… 71
穆家峪 …………………………………………………… 71
古北口 …………………………………………………… 71
宿三間房作 ……………………………………………… 72
度青石梁 ………………………………………………… 72
抵灤河作 ………………………………………………… 72
陸賈 ……………………………………………………… 72
宋太祖 …………………………………………………… 73
宋孝宗 …………………………………………………… 73
哭東廂 …………………………………………………… 73
臘日題湛潤堂員外牡丹畫卷 …………………………… 74
元旦車中口占 …………………………………………… 74

借樹山房詩草卷六　丁巳 ………………………………… 75
風鳶詩四首和周萼堂 …………………………………… 75
春日飲蔣氏園亭即景 …………………………………… 76
齒録 ……………………………………………………… 76
搢紳 ……………………………………………………… 76
門簿 ……………………………………………………… 77
知單 ……………………………………………………… 77

西苑直次作	77
與蕚堂夜話	77
寄懷張藍浦刺史	78
暮春雜感	78
清明前一日追悼亡弟東廂有作	79
題木蘭從軍圖	79
張船山檢討聞父喪歸里賦此唁之兼以志別	80
送郭曉泉編修歸楓橋舊居	80
送別吳子華	81
送程也園員外歸里	81
書所見	81
四月二十八夜偶成寄硯香弟	81
野人	82
送王情庵司馬之官滇南	82
江漪塘約過小齋閒話阻雨不果卻寄	82
題法時帆司成梧門圖	83
月下望九松山	84
喀喇河屯大雨後作	84
自笑	85
六月廿四日得江漪塘書啟視之有紙無字戲柬二首	85
次沈舫西水部見寄原韻	85
叠韻柬舫西	86
寄懷費西墉農部再叠前韻	86
秀峰書院消夏雜詩	86
立秋日作	88
雨後即事	88
寄內	89
酬錢裴山農部見寄山水詩畫	89
贈盛甫山舍人	89

直次呈鮑樹堂侍讀徐晴圃舍人 …… 89
七月二十七日自灤陽還都門途次漫興 …… 90
稻黃莊題壁 …… 90
劉澄齋舍人見贈全唐詩賦此酬別 …… 90
九月十八日七峰別墅作 …… 91
出西直門至海淀道上雜咏 …… 91

借樹山房詩草卷七　戊午 …… 92
題莫韻亭師高村古渡小照 …… 92
送洪稚存編修南歸 …… 92
馬逸 …… 92
張船山檢討至自遂寧感而賦此 …… 93
雜詩 …… 93
次韻朱少仙宿固安見寄 …… 95
夜坐 …… 95
七十二鴛鴦吟社醉歸戲題主人比香兒詩後 …… 95
題少仙衝寒訪舊圖 …… 95
六月四日大雨後作 …… 96
舟山竹枝詞 …… 96
夏孝女 …… 98
苦雨 …… 99
與船山少仙蕚堂小筠習齋同飲醉後放歌 …… 99
題少仙繞竹山房圖 …… 99
早起即事 …… 100
同蕚堂習齋納涼作 …… 100
步雲店夜歸 …… 100
捕蚤 …… 101
陶然亭醉歌同少仙作 …… 101
少仙招同平泉伯雅仲錫集步雲店分得韻字 …… 102

七夕偕平泉重集少仙寓齋分得牽字 …… 102
七月初十日偕少仙小筠飲船山寓齋席上看少仙作心蘭四友圖 …… 102
題船山指畫荷花即次其韻 …… 103
題畫次日柬船山 …… 103
予將有灤河之行蕚堂習齋邀同船山少仙香竹小筠集借樹山房餞別
　　席間船山爲蕚堂指畫山水分韻得頭字 …… 103
題少仙畫蘭 …… 103
齋中聽福兒讀書適蕚堂以墨蘭畫卷索題欣然有作 …… 103
莫伯雅仲錫兄弟招同朱少仙集紫藤軒賦此留別 …… 104
方茶山比部熊壽庵禮部招同顧容堂農部查蘭圃居士集綠雨山房即席
　　成句 …… 104
南石槽題壁 …… 104
石嶺逢裘可亭比部入京 …… 104
望都嶺 …… 105
瑤亭見賣鷹者 …… 105
白河澗 …… 105
由南天門出古北口至狼窩道中即事 …… 105
三間房遇雨 …… 106
雨後由青石梁過黃土嶺晚宿常山峪旅店 …… 106
王家營題壁 …… 106
廣仁嶺下作 …… 107
行抵灤河贈鮑樹堂侍讀即送其次日旋京 …… 107
入直 …… 107
直次對雨 …… 107
蜀中捷至寄勒宜軒制府 …… 108
少仙見寄墨蘭賦此奉酬 …… 108
題韓聽秋孝廉桂舲比部連牀聽雨圖 …… 108
陳霱巖蔡硯田兩舍人招同何純齋徐晴圃兩舍人費西埔農部集小西
　　溝寓齋 …… 108

中秋夜作 …………………………………………………………………… 109
重陽前一日邀同伯雅仲錫少仙平泉蓴堂小集即席成句 ………………… 109
送別仲錫仙根昆季歸盧氏 ………………………………………………… 109
悼亡女 ……………………………………………………………………… 109
偶成 ………………………………………………………………………… 110

借樹山房詩草卷八　己未 ……………………………………………… 111

新年 ………………………………………………………………………… 111
二月十八日雪後作 ………………………………………………………… 111
寓齋新種碧桃詩以志興 …………………………………………………… 112
論詩 ………………………………………………………………………… 112
庭前丁香花盛開 …………………………………………………………… 113
雙槐歌 ……………………………………………………………………… 113
愁來 ………………………………………………………………………… 114
家樹齋先生招同莫見山朱少仙周蓴堂三孝廉集借樹山房有作 ………… 114
次韻酬樹齋先生 …………………………………………………………… 114
紀夢 ………………………………………………………………………… 114
四月十五夜玩月作 ………………………………………………………… 115
蟠槐 ………………………………………………………………………… 115
題高心蘭明府琴鶴雙清圖 ………………………………………………… 115
戲咏低頭草寄和王情庵司馬 ……………………………………………… 115
鴉鵲吟 ……………………………………………………………………… 116
題家樹齋先生甬江聽雨圖 ………………………………………………… 116
暴雨用韓冬郎韻 …………………………………………………………… 117
蓴堂見和前詩叠韻奉答 …………………………………………………… 117
題祝蘭坡觀察山寺讀書圖即送其之任陝西 ……………………………… 117
五月十一日作寄硯香弟 …………………………………………………… 117
再寄硯香 …………………………………………………………………… 118
月下偶成 …………………………………………………………………… 118

同年洪達泉明府分發廣東賦此贈別	118
與朱少仙飲酒詩	119
感懷	120
戲柬莫見山	120
六月十九日得家書感事寄灼三弟	121
二十一日大雨	121
贈趙味辛三十韻	121
答硯香弟代柬	122
七月初六爲東厢弟亡日屈指已三年矣泫然有作	122
七夕立秋次少仙韻	122
初八夜大雨如注同家樹齋作	123
次夜又雨	123
病犬行	123
韓信	124
蕭何	124
陳平	124
寄題陶篁村詩冢	125
偶成	125
送馮玉圃給諫南歸	126
蟬	126
蟋蟀	126
不寐	126
儒冠	127
贈沈舫西侍御即用前韻	127
趙肖巖舍人粵游草題詞	127
送別周蕚堂歸里	127
題朱少仙繞竹山房詩集後	127
吳槐江中丞自盧氏行轅寄示新詩次韻奉酬	128
送費西埔農部之陝西臺中丞幕	128

九日口占	128
重陽後三日方茶山比部席上作	129
綠雨山房夜歸	129
九月十八日補官典籍有作	129
顧芿庵畫寒山枯樹圖見贈詩以酬之	130
書家旭峰助教焚餘詩草後	130
夜經西便門內即事	130
典籍廳夜直作	130
題瑛夢禪自畫小照	131
朱素人畫折枝酴醾芍藥見遺賦謝	131
題邵壽民舍人橋東詩草後	131
次韻劉澄齋舍人再直省中作	131
叠韻柬澄齋	131
張子白大令春明錄別圖	132
張船山畫天寒上峽圖	132
邵壽民見示入直詩走筆和之	132
題家樹齋秦嶺從軍圖即以志別	132
直次戲柬邵五	133
讀李墨莊舍人師竹齋詩集題句贈之	133
十一月十八日始雪送家樹齋之陝	133
次壽民夜直韻	134
雪中放歌再用前韻	134
錫鴻上人來自普陀山有贈	135
李墨莊舍人奉使琉球詩以送別	135
少仙出都十餘日矣補賦一章送之	136
數月以來寓齋多執贄來學者戲成二首	136
得周蕚堂抵里後書卻寄	136
十二月二十日早起作	136
寄懷邱鬐山孝廉	137

除夕遣懷 … 137

借樹山房詩草卷九　庚申 … 138
趙莅畦大令贈詩圖 … 138
即事和邵壽民 … 138
鄭青墅大令卓異來京賦贈 … 139
閉門 … 139
奴子曹貴畫穿花蛺蝶圖戲題一絕 … 139
題趙莅畦大令詩草後 … 140
郊行 … 140
晚歸 … 140
夜坐 … 140
雜感 … 140
秋日從軍之陝雜詩 … 141
苦雨行 … 142
清化道中 … 143
夜渡黃河 … 143
過賈誼故里 … 143
中秋夜偕長總戎齡登硤石最高峰玩月 … 143
由硤石改道赴襄陽即事成句 … 144
病 … 144
九月七日自南陽還都留別吳槐江中丞 … 144
滎澤早發 … 145
比干墓 … 145
銅爵臺 … 146
安陽留別趙渭川大令 … 146
十月十一日重出都門口號 … 146
到家 … 146

借樹山房詩草卷十　辛酉 …… 148
　柬劉午橋 …… 148
　對雪咏懷 …… 148
　肺病 …… 149
　景行書院即事 …… 149
　口占答羅雲莊 …… 149
　偶感 …… 149
　題李西巖總戎大雪尋梅圖 …… 150
　出城 …… 150
　四月十一日曹澹齋招同劉午橋印池兄弟游萬峰庵分得峰字 …… 150
　登雙髻尖 …… 151
　贈別家江洲歸粵東應武舉試 …… 151
　贈王璋溪教諭 …… 151
　贈李西巖總戎即用阮撫君韻 …… 152
　又代灼三弟作 …… 152
　題畫 …… 152
　七月十四日書事寄都下諸同人 …… 153
　秋日雜興 …… 153
　劉午橋朗峰中洲花農稷山兄弟至自杭州同曹澹齋過訪即事成句 …… 154
　四勿齋桂花盛開戲柬印池 …… 154
　偶感 …… 154
　九月六日劉午橋朗峰印池花農兄弟招同曹澹齋游普慈寺 …… 154
　重陽過舅氏屏山先生齋頭玩菊兼呈張丈書紳 …… 155
　倦讀 …… 156
　午橋秋闈報罷詩以慰之次澹齋韻 …… 156
　居鄉 …… 156
　題法時帆司成梧門圖 …… 156

借樹山房詩草卷十一　壬戌 …… 157

夢境 … 157
盆蘭爲鼠所嚙 … 157
遣懷 … 157
哭胡汝器 … 158
鄰翁 … 158
瓦松 … 158
駱駝行 … 159
吟罷 … 159
題畫 … 159
首夏即事 … 160
溪上 … 160
王生含章扶櫬將歸詩以送之 … 160
送別張生兆三 … 160
五月十二日感事 … 161
題硯香弟城隅望海圖 … 161
題劉赤林先生小照 … 161
六月十七日夜作 … 161

借樹山房詩草卷十二　癸亥 … 163
　題江洲舟山訪舊圖 … 163
　書余惺園先生詩稿後 … 163
　哭陳春亭參戎 … 163
　曹鐵蕉先生挽詞 … 164
　書所見 … 164
　題外祖豫齋公遺照並以志感 … 165
　舅氏屏山先生醉菊圖 … 165
　梅雨 … 165
　題周漁石畫冊 … 165
　題古鏡水畫冊 … 166

七月十三日偕劉午橋朗峰花農伯仲及硯香弟游普慈寺 …………… 167
慈谿鄭節婦詩 ………………………………………………………… 168
次李西巖提軍寓居僧寺韻 …………………………………………… 169
八月十一日景行書院即事疊前韻 …………………………………… 169
中秋夜宋仁圃明府邀同李西巖提軍曹澹齋李絜齋劉午橋及余季弟
　　星槎集五奎山再疊前韻五首 ………………………………… 169
又次提軍韻四首 ……………………………………………………… 170
以蟹子寄朱少仙學正戲柬 …………………………………………… 171
題嘯溪上人印譜 ……………………………………………………… 171
重陽後一日午橋澹齋各贈長句即次其韻奉酬 …………………… 171
次韻酬韓秋素先生 …………………………………………………… 171
李西巖提軍擁書圖 …………………………………………………… 172
包節母詩 ……………………………………………………………… 172
又七絕六首 …………………………………………………………… 172
碧桃 …………………………………………………………………… 173
代碧桃答 ……………………………………………………………… 173
張船山檢討四十初度寄詩爲壽 ……………………………………… 173
奉送李西巖提軍統師巡洋 …………………………………………… 174
陳生楚傳舉子賦此示之 ……………………………………………… 174
題王聿修先生小照 …………………………………………………… 174
郊行 …………………………………………………………………… 174
無題 …………………………………………………………………… 174
壽孫守荃同年六十 …………………………………………………… 175

借樹山房詩草卷十三　甲子 ………………………………………… 176
　1. 秀山厲氏以醴泉名其堂歷數世矣今年春于宅旁掘得甘井事若
　　　前定者喜柬雨莊 ……………………………………………… 176
　2. 橫塘散步 ………………………………………………………… 176
　3. 夜雨 ……………………………………………………………… 176

4. 馮實庵給諫自崇文書院寄詩見懷賦此奉酬 …………… 176
5. 李西巖提軍過景行書院賦呈二首 …………… 177
6. 在家 …………… 177
7. 漫興 …………… 177
8. 月夜過甬東莊 …………… 177
9. 尋春 …………… 178
10. 感事有作 …………… 178
11. 雨中即事 …………… 179
12. 送春絕句 …………… 179
13. 哭莫見山舍人 …………… 179
14. 七月初三日紀異 …………… 179
15. 諸將 …………… 180
16. 呈李西巖提軍 …………… 180
17. 八月初八日夜坐 …………… 181
18. 連日風雨大作 …………… 181
19. 懷人詩 …………… 181
20. 答友人 …………… 185
21. 有生 …………… 185
22. 十月初九日沈公嶺上同劉午橋作 …………… 185
23. 萬壽寺 …………… 186
24. 皋洩莊遇劉印池孫韻簫遂訂龍堂之游 …………… 186
25. 西龍堂 …………… 186
26. 登黃楊尖作歌 …………… 186
27. 仙臺 …………… 187
28. 食蕃茹 …………… 187
29. 雨中過洞嶺宿周氏十經樓與萼堂話舊 …………… 188
30. 將游東龍堂阻雨不果 …………… 188
31. 游伏龍庵 …………… 188
32. 訪郭南榭 …………… 188

33. 吳山老桂歌爲余惺園先生作 ………………………… 189
34. 酬惺園先生 …………………………………………… 189
35. 臥雲山館題詞 ………………………………………… 189
36. 十五日晚由吳榭莊歸即事成句 ……………………… 190
37. 戲占 …………………………………………………… 190
38. 海上 …………………………………………………… 190
39. 東灣看梅 ……………………………………………… 190
40. 除夕祭詩放歌 ………………………………………… 191

借樹山房詩草卷十三　甲子 ………………………………… 192

1. 秀山厲氏以醴泉名其堂歷數世矣今年春于宅旁掘得甘井事若
   前定者喜柬雨莊 …………………………………… 192
2. 李西巖提軍過景行書院賦呈 ………………………… 192
3. 馮實庵給諫自杭州寄詩見懷賦此奉酬 ……………… 193
4. 夜雨 …………………………………………………… 193
5. 橫塘散步 ……………………………………………… 193
6. 感事 …………………………………………………… 193
7. 雨中即事 ……………………………………………… 194
8. 尋春 …………………………………………………… 194
9. 苦調 …………………………………………………… 194
10. 遣興 ………………………………………………… 195
11. 送春絕句 …………………………………………… 195
12. 月夜過甬東莊 ……………………………………… 195
13. 擬杜少陵諸將五首 ………………………………… 195
14. 呈李西巖提軍 ……………………………………… 196
15. 七月初三日紀異 …………………………………… 197
16. 口占答友人 ………………………………………… 197
17. 海上 ………………………………………………… 198
18. 八月初八日夜坐 …………………………………… 198

19. 懷人詩 …………………………………………………… 198

20. 戲占 ……………………………………………………… 202

21. 十月初九日沈公嶺上同劉午橋作 …………………… 202

22. 萬壽寺 …………………………………………………… 203

23. 皐洩莊遇劉印池孫韻簫遂訂龍堂之游 ………………… 203

24. 西龍堂 …………………………………………………… 204

25. 登黃楊尖作歌 …………………………………………… 204

26. 仙臺 ……………………………………………………… 205

27. 食蕃茹 …………………………………………………… 205

28. 雨中過洞嶺宿周氏十經樓與萼堂孝廉話舊 …………… 206

29. 將游東龍堂阻雨不果 …………………………………… 206

30. 游伏龍庵 ………………………………………………… 206

31. 訪郭南榭 ………………………………………………… 206

32. 老桂歌爲余惺園先生作 ………………………………… 207

33. 酬惺園先生 ……………………………………………… 207

34. 卧雲山館題詞爲劉赤林先生 …………………………… 207

35. 十五日晚由吳榭莊歸即事成句 ………………………… 208

36. 在家 ……………………………………………………… 208

37. 連日風雨大作 …………………………………………… 208

38. 東灣看梅 ………………………………………………… 209

39. 哭莫見山 ………………………………………………… 209

40. 除夕祭詩放歌 …………………………………………… 209

借樹山房詩草卷十四　乙丑 ………………………………… 211

　送曹澹齋入都二首 …………………………………………… 211

　四十初度 ……………………………………………………… 212

　過山家 ………………………………………………………… 212

　九月初二日紀事 ……………………………………………… 212

　初三夜 ………………………………………………………… 213

題畫 ··· 213
不寐 ··· 213
偶感 ··· 214
山亭小飲 ··· 214
冬夜即事 ··· 214

借樹山房詩草卷十五　丙寅 ································ 215
新春過東皋嶺下梅花盛開 ···································· 215
雜興 ··· 215
周小厓嘲胡峭水云吟懷誰共我清娛賺得新篇當畫圖惱殺疏狂胡
　峭水鶯花三月一詩無戲爲解嘲 ························· 216
村居雜詩 ··· 217
送別殷圃耘大令 ·· 218
大雨過龍堂嶺有作 ·· 218

借樹山房詩鈔

借樹山房詩鈔卷五　丁巳 ······································ 219
元旦車中口占 ·· 219
風鳶詩四首和周蕚堂 ··· 219
春日飲蔣氏園亭即景 ··· 220
齒録 ··· 220
搢紳 ··· 220
門簿 ··· 220
知單 ··· 220
與蕚堂夜話 ··· 221
題木蘭從軍圖 ·· 221
張船山檢討聞父喪歸里賦此唁之兼以志別 ··········· 221
黄金臺 ·· 222
送郭曉泉編歸楓橋舊居 ······································· 222

送別吴子華 …………………………………………………… 222

送程也園銓部歸里 …………………………………………… 223

野人 …………………………………………………………… 223

送王情庵司馬之官滇南 ……………………………………… 223

五月十八夜偶成寄硯香弟 …………………………………… 223

雨中感興 ……………………………………………………… 224

題法時帆司成梧門圖 ………………………………………… 224

月下望九松山 ………………………………………………… 224

喀喇河屯大雨後作 …………………………………………… 224

自笑 …………………………………………………………… 225

六月二十四日得江漪塘書啓視之有紙無字戲柬二首 ……… 225

次沈舫西水部見寄原韻 ……………………………………… 226

閏六月初七日叠韻柬舫西 …………………………………… 226

寄懷費西墉農部再叠前韻 …………………………………… 226

秀峰書院消夏雜詩 …………………………………………… 227

七夕 …………………………………………………………… 228

立秋日作 ……………………………………………………… 228

雨後即事 ……………………………………………………… 229

寄内 …………………………………………………………… 229

酬錢裴山農部見寄山水詩畫 ………………………………… 229

贈盛甫山舍人 ………………………………………………… 229

直次呈鮑樹堂侍讀徐晴圃舍人 ……………………………… 230

八月初七日自灤陽還都門途次漫興 ………………………… 230

稻黄莊旅店題壁 ……………………………………………… 230

劉澄齋舍人見贈全唐詩賦此酬別 …………………………… 231

黄葉 …………………………………………………………… 231

郊行 …………………………………………………………… 231

晚歸 …………………………………………………………… 232

題畫 …………………………………………………………… 232

出西直門至海淀道上雜咏 ………………………………… 232
歲暮書懷 ……………………………………………………… 232

借樹山房詩鈔卷六　戊午 …………………………………… 233
　二月十八日雪後作 ………………………………………… 233
　夜經西便門即事 …………………………………………… 233
　張船山檢討至自遂寧感而賦此 …………………………… 234
　次韻朱少仙宿固安見寄 …………………………………… 234
　夜坐 ………………………………………………………… 234
　六月初四日大雨 …………………………………………… 234
　棋聲 ………………………………………………………… 235
　題船山指畫荷花即次其韻 ………………………………… 235
　七十二鴛鴦吟社醉歸戲題主人比香兒詩後 ……………… 235
　與船山少仙同飲醉後放歌 ………………………………… 235
　早起即事 …………………………………………………… 236
　同周萼堂家小筠習齋納涼作 ……………………………… 236
　步雲店夜歸 ………………………………………………… 236
　捕蚤 ………………………………………………………… 236
　陶然亭醉歌同少仙作 ……………………………………… 237
　少仙招同平泉見山商山集步雲店分得韻字 ……………… 237
　七月初九日偕少仙小筠飲船山寓齋席上看少仙作心蘭四友圖 … 237
　初十夜解衣露坐盛小坨適至有作 ………………………… 238
　删竹和少仙 ………………………………………………… 238
　予將有灤河之行萼堂習齋邀同船山少仙香竹小筠集借樹山房
　　餞別席間船山爲萼堂指畫山水分韻得頭字 …………… 238
　莫見山商山兄弟招同朱少仙集紫藤軒賦此留別 ………… 239
　方茶山比部熊壽庵儀部招同顧容堂農部查蘭圃居士集緑雨山房即席
　　成句 ……………………………………………………… 239
　題高心蘭大令琴鶴雙清圖 ………………………………… 239

蟋蟀 …… 239
蟬 …… 240
南石槽題壁 …… 240
望都嶺 …… 240
瑤亭見賣鷹者 …… 240
白河澗 …… 240
由南天門出古北口至狼窩道中即事 …… 240
三間房遇雨 …… 241
雨後度青石梁宿黃土嶺下 …… 241
王家營題壁 …… 241
廣仁嶺下作 …… 242
行抵灤河贈鮑樹堂侍讀即送其次日旋京 …… 242
入直 …… 242
直次對雨 …… 242
蜀中捷至寄勒宜軒制府 …… 242
少仙見寄墨蘭賦此奉酬 …… 243
放歌遣懷 …… 243
題韓聽秋孝廉桂舲比部連牀聽雨圖 …… 243
陳霽嚴蔡硯田兩舍人招同何純齋徐晴圃兩舍人費西塽農部集小西溝寓齋 …… 244
中秋夜作 …… 244
重陽前一日邀同莫見山商山朱少仙陸平泉周蕚堂小集即席成句 …… 244
送別莫商山仙根昆季歸盧氏 …… 244
讀本草 …… 244
久客 …… 245
趙肖巖舍人粵游草題辭 …… 245
十二月十七日紀夢 …… 245

借樹山房詩鈔卷七　己未 …… 246

新年 246
寄題陶篁村詩冢 246
偶成 247
寓齋新種碧桃詩以志興 247
庭前丁香花盛開 247
家樹齋先生招同莫見山朱少仙周蕚堂三孝廉集借樹山房有作 248
次韻酬樹齋先生 248
雙槐歌 248
題祝蘭坡觀察山寺讀書圖即送其之任陝西 248
同年洪達泉大令分發廣東賦此贈別 249
題樹齋先生甬江聽雨圖 249
朱素人畫折枝酴醾芍藥見遺賦謝 250
與朱少仙飲酒詩 250
感懷 250
六月十九日得家書感事寄硯香弟 251
贈趙味辛舍人三十韻 251
答硯香弟代柬 252
七月初六爲東厢弟亡日屈指已三年矣泫然有作 252
七夕立秋次少仙韻 253
初八夜大雨如注同家樹齋先生作 253
次夜又雨 253
張子白大令春明錄別圖 253
送馮實庵給諫南歸 254
儒冠 254
贈沈舫西侍御即用前韻 254
送別周蕚堂歸里 255
吳槐江中丞自盧氏行轅寄示新詩次韻奉酬 255
九日口占 255
重陽後三日方茶山比部席上作 255

送費西埇農部之陝西臺中丞幕 …………… 256
九月十八日補官典籍有作 ………………… 256
顧芝庵畫寒山枯樹圖見贈詩以酬之 ……… 256
典籍廳夜直作 ……………………………… 256
題瑛夢禪自畫小照 ………………………… 257
題邵壽民舍人橋東詩草後 ………………… 257
次韻劉澄齋舍人再直省中作 ……………… 257
叠韻柬澄齋 ………………………………… 257
題家樹齋先生秦嶺從軍圖即以志別 ……… 258
邵壽民見示入直詩走筆和之 ……………… 258
十一月十八日始雪送樹齋先生之陝 ……… 258
讀李墨莊舍人師竹齋詩集題句贈之 ……… 258
寄懷邱髻山 ………………………………… 259
直次戲柬邵五 ……………………………… 259
少仙出都十餘日矣補賦一章送之 ………… 259
李墨莊舍人奉使琉球詩以送別 …………… 260
次壽民夜直韻 ……………………………… 260
雪中放歌再用前韻 ………………………… 261
得周萼堂抵里後書卻寄 …………………… 261

借樹山房詩鈔卷八　庚申至壬戌 ………… 262
趙苣畦大令贈詩圖 ………………………… 262
二月初七日即事和邵壽民 ………………… 262
鄭青墅大令卓異來京賦贈 ………………… 263
閉門 ………………………………………… 263
郊行 ………………………………………… 263
晚歸 ………………………………………… 263
雜感 ………………………………………… 264
秋日從車之陝雜詩 ………………………… 264

苦雨行 ……………………………………………… 265
清化道中 …………………………………………… 265
夜渡黃河 …………………………………………… 265
過賈誼故里 ………………………………………… 266
中秋夜偕長總戎齡登硤石最高峰玩月 …………… 266
由硤石改道赴襄陽即事成句 ……………………… 266
病 …………………………………………………… 266
九月七日自南陽還都留別吳槐江中丞 …………… 267
滎澤早發 …………………………………………… 267
比干墓 ……………………………………………… 267
銅爵臺 ……………………………………………… 268
十月十一日重出都門口號 ………………………… 268
到家 ………………………………………………… 268
柬劉午橋 …………………………………………… 268
對雪詠懷 …………………………………………… 269
景行書院即事 ……………………………………… 269
口占答羅雲莊 ……………………………………… 269
偶感 ………………………………………………… 269
題李西巖總戎大雪尋梅圖 ………………………… 270
出城 ………………………………………………… 270
溪上 ………………………………………………… 270
首夏即事 …………………………………………… 271
雨後同曹澹齋劉午橋印池兄弟登雙髻尖分得髻字 … 271
送別江洲歸粵東應武舉試 ………………………… 271
贈王璋溪教諭 ……………………………………… 272
題劉赤林先生小照 ………………………………… 272
遣懷 ………………………………………………… 273
贈李西巖總戎即用阮芸臺中丞韻 ………………… 273
劉午橋朗峰中洲花農稷山兄弟至自杭州同曹澹齋過訪即事成句 ……… 273

九日過舅氏繆屏山先生齋頭玩菊兼呈張丈書紳 …… 274
午橋秋闈報罷詩以慰之次澹齋韻 …… 274
夢境 …… 275
盆蘭爲鼠所嚙 …… 275
倦讀 …… 275
題畫 …… 275
哭胡汝器 …… 276
駱駝行 …… 276
漫興 …… 276
四月十一日曹澹齋招同李絜齋鍾怡庭劉午橋印池兄弟游萬峰
　庵分得峰字 …… 277
倦讀 …… 277
洛迦雜咏 …… 277
　息耒院 …… 277
　達摩峰 …… 278
　盤陀石 …… 278
　千步沙 …… 278
　梅福井 …… 278
　梵音洞 …… 278
題硯香弟城隅望海圖 …… 278
王生含章扶櫬將歸詩以送之 …… 279
送別張生兆三 …… 279
六月十七日夜作 …… 279
秋日雜興 …… 280
重陽前三日劉午橋朗峰印池花農兄弟招同曹澹齋游普慈寺 …… 280
居鄉 …… 281
吟罷 …… 281

附錄 …… 282

整 理 説 明

陳慶槐(1766—1807),字應三,號蔭山,浙江定海人,乾隆五十五年(1790)庚戌恩科二甲第三十一名進士,曾官内閣中書舍人、軍機處行走、文淵閣檢閲等職,又多次擔任鄉試、會試同考官。嘉慶五年(1800),因川、陝、楚地發生"教匪之亂",被分放兵差,後因病乞還。絶意仕進,幾年後病殁。有《借樹山房詩鈔》八卷《遺稿》二卷傳世,共有三種刻本見存於國内外:一是嘉慶二十二年其子福熙刻本,存於上海市圖書館和日本内閣圖書館;二是光緒二年陳大封刻本(此本或署爲陳福熙撰),存於南京市圖書館和浙江省諸暨市圖書館;三是光緒十六年陳氏刻本,存於廣東省圖書館(參見李靈年、楊忠《清人別集總録》,安徽教育出版社 2000 年版。所載諸暨市圖書館藏本已移入浙江省圖書館。據該館網站,實藏有數種,一是光緒二年刻署名陳福熙撰《借樹山房詩鈔》附刻十卷本,一是光緒十六年刻署名陳慶槐撰《借樹山房遺稿》二卷,一是光緒十六年刻署名陳慶槐撰《借樹山房詩鈔》八卷,一是清末刻署名陳慶槐《借樹山房排律詩鈔》二卷,整理者僅見光緒十六年刻八卷本。上海市圖書館另有《遺稿》一卷)。目前,此三種刻本均未有影印本及整理本問世,學界稀見其真容,研究者稍嫌不足,殊爲遺憾。

借助全球漢籍合璧工程,英國國家圖書館所藏陳慶槐《借樹山房詩草》稿本及部分《借樹山房詩鈔》抄本得以拍影流傳,實乃幸事。此版本有《借樹山房詩草》(下簡稱《詩草》)十五卷,多經張問陶、李鼎元、朱文治、馮培、邵葆祺等人傳閲並評點,卷七又有張吉安評語,然文字不多,而卷十三有兩種,分別爲馮培和朱文治所評;另有《借樹山房詩鈔》(下簡稱《詩鈔》)卷五至卷八,是陳慶槐及他人抄録的修改後的定本,故名稱有別。《詩鈔》與《詩草》的相同卷別所收詩歌篇目和内容有所不同,有的是因友人指出問題而陳慶槐删掉或修改的,也有詩歌内容未變而移至他卷的。與《詩草》相比,《詩鈔》是定本,但由所存卷五至卷八可見，《詩鈔》與刻本間也存有差異，後文將展開說明。總之，借助陳慶槐《詩草》稿本及部分《詩鈔》，我們不僅可以欣賞其詩歌的獨特風格，感受定海的民俗與歷史，更可以品悟其一絲不苟的創作精神，領略其不同朋友迥異的性格風貌等，而後者的價值遠非刻本所能企及，故此版本彌足珍貴（參見拙文《英國國家圖書館所藏〈借樹山房詩草〉的價值》，《鹽城師範學院學報》2019 年第 3 期）。

　　陳慶槐善於抒寫性情，長於五言、七言。李長庚稱"烟雲變滅，不拘故常，而動中規矩，能兼唐、宋人之長，卓然自鳴一家"。陳慶槐的朋友們也不時將其詩作與唐宋人比較，指出陳詩兼有李白、杜甫、韓愈、白居易、岑參、蘇軾等人之所長。如卷三《寄懷内兄王泉亭》一詩，邵葆祺云"此方神似太白，若有意學太白，便毫不似矣"；卷五《憂旱謠》被馮培認爲"以太白之飄忽運昌黎之排奡"；卷七《中秋夜作》被李鼎元評爲"此蔭山五律之學杜者"；卷十二《哭陳春亭參戎》一詩，馮培認爲"蒼勁沈着，得杜之骨"。又卷九《趙茝畦大令贈詩圖》一詩，馮培評曰"脱盡恒蹊，似不經意出之，而意甚細密，自白香山得來而化其迹"，認爲與白居易的風格也有相近之處；卷九《秋日從軍之陝雜詩》中之第二首馮培説"激壯處似岑嘉州"；卷三《晚出西直門赴香山馬上成句》"遠樹瞥驚山屹立，飛沙直與水爭流"兩句，被李鼎元贊爲"神似坡仙"。又卷六《與蕚堂夜話》"鄉國頻年海氛惡，紅烟莽莽風沙沙。島間自營狡兔窟，水底誰拔長鯨牙"四句被馮培認爲"詩格在韓、蘇之間"；又朱文治説卷十三《連日風雨大作》一詩，"一氣直達，酷似蘇長公集中詩"，等等。

　　朋友們還不時將其詩作與其他清代著名詩人如查慎行、袁枚、趙翼、蔣士銓、吳鎮等比較，彰顯其特色。如卷七《直次對雨》其二，張問陶認爲"如初白小詩"；卷八的四首《論詩》詩，邵葆祺認爲"四詩可補隨園《續詩品》之所未及"。卷二《西洋表》一詩很有特色，馮培評曰"典贍可資故實，此詩絶類趙甌北"，邵葆祺則認爲"似蔣心餘"。又卷五《吕后》"殘骸忍復觀人彘，苛法居然續祖龍"兩句，邵葆祺稱"《甌北集》以'人彘'對'帝豝'，究不若此本地風光尤爲工妙"。而卷三《秋扇詞》組詩第二首，邵葆祺評云"吳松崖有句曰'忍死待郎三十載，歸鞍駄得小妻來'，與此同妙"。

　　陳慶槐慧思獨具，常於小處見大。如《駱駝行》一詩中"醫庸醫好且勿論，但欲一觀腫背馬"兩句，馮培評曰"極瑣屑事，一經名手描寫，便有聲有色"。又卷六《六月廿四日得江漪塘書啓視之有紙無字戲束二首》，張問陶評曰"奇事奇詩"，李鼎元評曰"妙想天開"，馮培則説"嵌空玲瓏筆，妙不可思議"。其詩作有的清新俊逸，如卷八《數月以來寓齋多執贄來學者戲成二首》，張問陶説"二詩極清圓輕妙之趣"。有的則頗具哲思，如卷八《鴉鵲吟》"吉凶亦偶然，鴉鵲非神仙。吉可趨，凶可避，鵲若有功鴉一例。不趨亦吉避亦凶，鴉鵲於我皆無功，我歌我泣真朦朧"數句，張問陶云"蔭山詩趣，尼山《易》理"，此八字有邵葆祺圈評，並稱"壽民圈船山批語"，讚同張問陶之評。

董沛在《四明清詩略》中對陳慶槐讚賞有加，"清超雋永，撲去俗塵，同時名家若張船山、趙味辛、洪稚存、朱少仙、桂未谷諸君咸相推重，亦一時之傑也"（轉引自錢仲聯《中國文學家大辭典［清代卷］》，中華書局1996年版）。此評點本《詩草》，彙集清代諸多名家精心點評，我們可以從側面窺見陳慶槐詩歌成就非同凡響。張問陶時常流露服膺之情，如圈評卷七《陶然亭醉歌同少仙作》其中五句"人生何者爲忌諱，口不言死死終有。一醉不醒死何負，秦皇漢武求長生，不及江東一步兵"，稱"字字如我胸中所欲言，人縱不賞我獨賞之"。朱文治戲曰"此詩竟似與船山合着喉嚨出氣者"。卷八有四首《論詩》詩，其中第二首，張問陶僅有兩句未予圈評，馮培很是感慨，説"此篇令老船字字心折"。而某些作品也被朋友們認爲可以與張問陶相媲美。如卷八《與朱少仙飲酒詩》之第三首，馮培評云"此必老船詩，被君誤寫入册"。卷八《十一月十八日始雪送家樹齋之陝》中"沙飛鐵甲夜有聲，血漬寶刀紅欲凍。將軍一出賊膽落，天地動容風霾作"四句，邵葆祺認爲"遒煉極矣"，甚至"老船詩境有時尚不能到"。

陳慶槐的詩作大都經過精心雕琢，所以不時得到友朋激賞。卷三《寄懷内兄王泉亭》一詩，張問陶圈評數句，並評曰"用筆如環，宛轉如意，真快事也"。卷四《陶然亭晚眺》一詩，有朱文治、張問陶圈評，每句末字有李鼎元圈評，張問陶評曰"四十字字字平安，字字超脱"，李鼎元評曰"的是唐音"。邵葆祺也甚爲服膺陳慶槐之作，卷六《風鳶詩四首和周萼堂》之第四首，邵氏評曰"風鳶詩多矣，似此寄託映襯無痕得未曾有"。還經常將之與己作比較，卷五《夜直感懷》有句"官非甚冷中難熱，趾亦能高氣不揚"，邵葆祺説"祺昔有句曰'詩憎駭俗才先退，酒怕傷人氣不揚'，終遜此沉著"，自嘆弗如。卷七《捕蚤》朱文治稱"寓言得解非紙上談兵者可比"，邵葆祺則説"此詩壽民屢欲作，過苦於無題，今日遂閣筆矣"。

評點者多將自己喜歡的詩句于原文右側一一圈評，同時也根據自己的主觀感受提出對陳慶槐詩歌的具體看法，或認同，或相左，均發自肺腑，顯示了摯友的深情款款。如卷二《驢車》"何物黔驢狀齷齪"，李鼎元不客氣地說"黔不產驢，待酌"。卷七《六月四日大雨後作》其一詩中有"好清蜀道傳烽堠"句，"傳烽堠"三字原作"揚塵轍"，馮培評曰"'揚塵轍'三字欠老到"，"欠老到"又有李鼎元朱筆圈，且稱"良友"。聽從他們的意見，陳慶槐都做了修改。

　　有時候評點者意見相合，最明顯的例子莫過於卷三《五月初二夜賊入張船山檢討寓齋盡卷壁上書畫去作歌賀之》一詩，評點者聚集於此，各有圈評及評語。如邵葆祺評曰"祺亦有此題詩，亦是七古，但不如此詩之妙耳"。馮培則說"人奇事奇詩奇，極敗意極有興會，可作千秋佳話也"。有時候他們觀點有別，則舌戰於紙上，如對於卷五的九首《無題》詩各執己見。馮培評云"生平不喜作無題詩，以寫艷情則似春畫，抒寄託又近燈謎也。此八章可稱雅音，然其佳處究未能領會"，李鼎元曰"墨莊服此論"。邵葆祺則持不同意見，"二公之論究竟似迂，竊以無題詩原不必多作，然亦不必不作。才人游戲何所不可，豈必談忠說孝方是詩人耶？胸橫此論，遂不知此詩佳處矣"，批評得毫不留情。

　　對於卷七的《夏孝女》一詩，諸人都首肯，張問陶評曰"一字一珠，一字一淚，千古不磨之作，船山心服"。馮培曰"泣鬼神，驚風雨，似此筆墨一時無兩，宜船山之心服也"。李鼎元說"略無修飾，真古樂府。墨莊亦心服"。邵葆祺評曰"吾輩集中必須有此種詩方壓得住"。但對末幾句"吁嗟乎，女誰伍。西興潮，南山石，共千古"則意見不一，李鼎元評曰"綿州何鳴九云此詩竟從'女誰伍'止為佳，下三語為贅。小兒朝墭云去'誰與伍'三字下三句，亦自適緊。二說亦皆有見，附記於此"。邵葆祺則認為"末三句不可去，作者自知"。可謂見仁見智。

　　根據朋友們的意見，有些詩歌陳慶槐直接刪除，有的則反覆修改，不斷推敲。《詩草》中時常可見某卷刪若干篇，改若干篇等字眼，如卷一稱"此卷刪去廿三首，改八首"，卷五稱"刪去十首"等。卷三《讀〈本草〉》一詩，馮培說原詩"通首結構欠自然"，"嬉笑怒罵文人狡獪無所不可，但'醫家秘本'以下詞意未甚明瞭。或酌加刪改，存之"。源于此意見，陳慶槐不憚其煩，修改數次，並自注云"壬戌五月改完矣。蔭山"。讓人感覺陳慶槐長呼一口氣，終於不負摯友的懇切。

有鑑於此,整理《詩草》的價值不言而喻。整理者曾查閱浙江省圖書館所藏光緒十六年刻八卷本,其所藏光緒二年刻署名陳福熙撰《借樹山房詩鈔》附刻十卷本、光緒十六年刻署名陳慶槐撰《借樹山房遺稿》二卷、清末刻署名陳慶槐《借樹山房排律詩鈔》二卷因蟲蛀嚴重,不予出庫,未能親見,殊爲憾事。

我們此次整理,以英國國家圖書館所藏陳慶槐《借樹山房詩草》稿本十五卷爲底本,以浙江省圖書館所藏光緒十六年刻本爲校本。《借樹山房詩鈔》抄本(存卷五至卷八四卷)並錄於後。因十五卷《詩草》和光緒十六年刻八卷本卷數不同,所收詩篇總數不同,且《詩草》中很多詩篇塗改數次,加之修改後的文字和刻本也有很多不同,故此部分未於校勘記中一一出校。《詩草》錄以修訂後的文字,修訂前的文字在校記中注明"原作云云"。《詩草》中漫漶不清之處,如此詩見於《詩鈔》則據之補,不見於《詩鈔》者則據刻本補,此類錄於校勘記中。而僅存的卷五至卷八《詩鈔》,乃整合《詩草》諸卷所成,如卷八所收詩篇,多見於《詩草》卷九至卷十一。其詩題順序與光緒十六年刻本基本相同,但有詩篇數量多於刻本者,如卷八《秋日從車之陜雜詩》組詩中"石榴半破柿全紅,小壘成堆市價同。村酒十千無買處,前途何日過新豐","路入朝歌麥早芟,秋原雨止日西銜。天光地勢浩空闊,森立墓碑如遠帆",兩首均不見於刻本。《詩鈔》與刻本相同詩篇,二者亦或有文字差異,如卷八《六月十七日夜作》"誰知冷宦冷,但挹清風清","挹"字刻本作"把"字等。故於校勘記中,將《詩鈔》與刻本及《詩草》的不同之處,擇要錄入,便於讀者比較。

鑑於十五卷《詩草》的獨特價值,我們力求通過整理本,讓讀者如同親眼目睹《詩草》,故盡可能將所有評點都通過脚注的形式注明。如行文中有出於避諱而空一格或兩格者,我們都不憚瑣碎,一一注出。各位評點者的點評,有的僅在詩句末字右側作圈,簡稱"某某圈";若是整句右側有圈,則稱"某某圈評",以作區別。有的詩句右側有墨點,則稱"右側有墨點"。此外,陳氏或者點評者欲删掉的詩篇或詩句,首尾作"⌐⌐"符號,校記中稱"有删節符號"。卷一至卷四評點者較多,然容易辨析:邵葆祺字壽民,其所評末多有"民"字;李鼎元用的是紅筆;張問陶用的是藍筆,年代久遠,略呈灰色;朱文治用的是黑筆;馮培的點評多見於天頭所貼微黄的白色籤條。而另有十餘處字迹不同的白色籤條,不知何人所評,扉頁中無其相關訊息,校記中暫稱"不知何人所評"。第七卷和第八卷中,朱文治、張問陶、馮培、邵葆祺都用黑色筆圈評,我們主要通過墨圈的粗細、大小及所評内容予以區别,可能會有辨别不當之處,敬請讀者海涵。

還需要指出的是,天頭所貼籤條有的明顯與下方詩篇的詩意不符,恐粘貼不牢,位置有變,我們皆在校勘記中指出其實際所評詩歌。如《詩草》第一卷《偶感呈情庵》"愁城圍不解,宦海險初經。難得心如秤,偏教眼有釘。烟嵐昏竹醉,風雨急花刑。獨夜懷知己,寒燈破壁青"。該詩題天頭處有一籤條,爲馮培所評,云"力爲陸生表揚,好波瀾,好斷制",顯然與此詩意不符,疑所評爲第五卷的《陸賈》一詩:"祖龍焚書隨火滅,火滅烟消楚漢出。學書只解記姓名,羽也重瞳丁不識。沛公驅馬關中來,帝業安用《詩》《書》爲？溲溺儒冠厭儒服,大風煽動秦阬灰。秦阬灰死不敢動,陸生一言九鼎重。馬上原非南面才,眼前誰識東山孔。刀筆之吏不讀書,高陽酒徒深諱儒。毅然獨請法先聖,一身肝膽驚庸愚。殘編斷簡出煨爐,能使遺文復彪炳。當年不上十二篇,敗也忽焉秦楚等。楚雖已逝秦鹿烹,漢家宏我東西京。石渠虎觀談經日,一瓣香應祠陸生。"此類還有數處,兹不一一闡明。

另外,馮培和朱文治點評的《詩草》第十三卷,詩篇的順序及内容都略有差異。爲便於讀者閲讀,我們在每一詩篇詩題前標有序號,並以校勘記的形式注明兩抄本文字的不同。《詩草》中時有陳氏陽文印章"蔭山",多在地脚處,有時也在詩句間,在此一並說明,不另出校記。又文中多見俗體字、異體字等,如"画""庄""双"等,均統一作繁體。底本没有目録,目録乃整理者所加。某些卷次前面有諸人所作題詞,兹作爲附録,統一附於書末。

借樹山房詩草

借樹山房詩草卷一①
戊申　己酉　庚戌　辛亥

宿山家

客路修林繞，人家一水分。溪聲晴帶雨，海氣夜連雲。②木落開詩境，③天寒倚酒罩。④挑鐙重話舊，窗竹影紛紛。⑤

山人珍野味，殽蕨席前分。香飯流匙雪，新醅入甕雲。⑥芋魁留餉客，茗戰法行軍。紙帳供幽夢，梅花正郁紛。⑦

山深漏不聞，坐久篆烟分。墅曠思安石，亭高慕子雲。一行排雁字，三匝繞鵶軍。隱几尋詩料，寥天萬象紛。⑧

曙色馬前分，秋高無片雲。好山來隱士，大樹立將軍。塔勢摩空起，溪流帶月聞。關心惟一事，覓句對朝曛。⑨

---

① 此行右云"此卷刪去廿六首，改五首，癸亥年蔭山自記"。
② 此兩句有李朱圈評，並評云"'晴'字妙"。後一句另有朱黑、張藍圈評。
③ 此句原作"日暮停花市"。
④ "天"，原作"村"。
⑤ 此詩每句末字有朱黑圈。
⑥ 此兩句右側有張藍點評。
⑦ 此詩每句末字有張藍圈。
⑧ 此詩首尾有刪節符號，光緒十六年刻本（下簡稱"刻本"）卷一無此詩。
⑨ 此詩天頭處注云"此首已改作《曉經玉泉山下有作》"。刻本即用改後詩題，置於卷二。此詩原作"夜闌星斗沒，窗隙曙光分。影上三竿日，香消一穗雲。好山來隱士，大樹立將軍。欲別紫荊去，塵埃到眼紛"。"好山"兩句有張藍圈評。"士""軍"二字有李朱圈。此詩每句末字有朱黑圈。

月湖春泛①

玻璃水色淨無塵,醉引狂歌一曲新。莫訝廣寒游不得,蘭橈棹入鏡中春。

荷包牡丹②

東皇隨意學針神,綉出香閨花樣新。不假姚黃和魏紫,一枝包盡兩家春。

諫　果③

一樹戎州果,紅鹽落滿堆。問名香自別,得味妙于回。儘有甘心處,多從苦口來。④和羹還待汝,用比鼎調梅。以諫果煮肉,味絶佳。

首夏山村即事⑤

花事三春了,回頭萬綠增。鼉眠人在野,雉雛麥連塍。⑥斷岸雲根接,空山雨氣乘。黃梅時節近,寒暖忽無憑。⑦

觀刈稼⑧

芒屩出城東,農歌處處同。場堆秋露白,人擔夕陽紅。⑨乍足三年蓄,居然七月風。嗟余耕有筆,莫計硯田豐。

---

①　此詩每句末字有朱黑圈。
②　詩題下有張藍云"即文無花當歸花也"。此詩末並前詩首有刪節符號,刻本無此二詩。
③　此詩天頭處有注云"耐人百思",下有略小字"民",當是邵葆祺所點評,因其字壽民。此書以下凡有"民"字的點評均簡稱邵黑,"民"字處理成(民)。此詩每句末字有朱黑圈。
④　此兩句並有朱黑、張藍、李朱圈評。
⑤　此詩每句末字有張藍圈。
⑥　此兩句有張藍圈評,後一句又有李朱圈評。
⑦　此句有張藍圈評。
⑧　此詩首尾有刪節符號,刻本無此詩。此詩每句末字有朱黑圈。
⑨　"場堆秋露""人擔夕陽"右側有墨點。"擔"字右側有張藍標三角。

東龍堂①

絕徑盤盤挂碧空，亂山缺處敞龍宮。溪寒夜漱雙崖石，樹老秋呼萬壑風。②殘葉打頭仙鼠過，古苔粘屐暗泉通。閒來偶借僧房坐，鳥外斜陽一角紅。

虎邱遇雨③

一棹尋春入畫圖，酒樓花市隱蓬壺。濕雲堆滿千人石，催起游人坐碧蕪。④
山雨沾衣翠欲流，山門曲處重回頭。劍池劍石真娘墓，兒女英雄共一邱。⑤

阻風京口登北固山遠眺⑥

萬里願難酬，經旬困石尤。大江天設險，殘照客登樓。⑦浪闊沉孤鳥，山多壓衆流。⑧鄉關何處是？雲樹海門愁。

曉渡揚子⑨

破曉一輪紅，晴霞麗海東。帆飛烟水闊，江絕地天通。⑩瓜步漁歌

---

① ⑥　此詩每句末字有朱黑圈。
② 　此兩句有張藍圈評，後句又有李朱圈評。"秋呼萬"三字之間有李朱評"百煉"。
③ 　此詩題天頭處貼白色籤條，字云"二首擬刪"，是馮培留，此卷均簡稱馮黑。前詩首並後詩尾有刪節符號，刻本無此二詩。
④ 　此兩句末字有小墨圈，不知是邵葆祺亦或馮培所留，疑是馮培留，下凡小墨圈均簡稱馮黑圈。
⑤ 　此兩句有張藍圈評。此詩每句末字有朱黑圈。
⑦ 　此兩句有張藍圈評，後句又有李朱圈評。此詩天頭處有馮黑評云"十字渾成"，疑即評此兩句。
⑧ 　此句有李朱圈評，且評曰"身分絕高"。
⑨ 　此詩天头處有馮黑評"以下四首俱擬刪"，《曉渡揚子》《謁孟廟》《紅豆》首尾並有刪節符號。刻本無此以下四首詩。此詩每句末字有朱黑圈。
⑩ 　"絕"字右側有李朱點四，"通"字右側有李朱點一，評云"絕地通天語，如此用待酌"。

亂,金焦塔勢雄。①壯懷時自慰,把酒酹長風。

謁孟廟②

戰國天難問,奔流一柱障。行藏守尋尺,氣數限齊梁。③獨立東周季,同登闕里堂。七篇傳不朽,大義泣錢唐。

雜流甘妾婦,異學亂人禽。直破群邪膽,能回不死心。④蘇張顏自赧,楊墨口俱瘖。遺廟千秋肅,嚴嚴氣象臨。⑤

紅　豆

誰種情根到南國,紅紅小小復圓圓。⑥唾壺淚滿人初去,銀燭花明夜不眠。幻相定成懷夢草,苦心應比並頭蓮。相思寺外相思鳥,幾粒銜來絕可憐。⑦

七　夕⑧

七夕何堪逆旅逢,愁山恨水一重重。未經得巧詩才拙,也惹閒情到筆鋒。

燕市風塵觸袖忙,墨池水淺硯田荒。何當一夜金梭度,錦綉文成比七襄。

不惜分陰與寸陰,客窗長被睡魔侵。疏慵習慣應須砭,好借樓頭

---

① "金焦"二字右側有張藍點。
② 第一首每句末字有朱黑圈。
③ 此兩句有朱黑圈評。
④ "心"字右側有李朱點一。
⑤ 此詩天頭處貼白色籤條,字云"欠大雅,可刪",左側有李朱云"玉圃批是"。"玉圃"乃馮培之號,由此貼白色微黃籤條點評者乃馮培可證。此外有另一筆迹的白色籤條,見後文。
⑥ 此三組叠字中後一字並有張藍點。
⑦ 此兩句末字有張藍圈。
⑧ 此組詩詩題處馮黑評云"《七夕》詩可刪,存其半",《借樹山房詩鈔》(下簡稱《詩鈔》)卷八保留第四、五兩首。

七孔針。①

　　食字無多腹笥虛，閒庭誰曬郝隆書。②天公解爲人藏拙，故遣愁霖到敝廬。③

　　孤館涼添一味秋，風聲鎮日在簾鉤。④客中未煮同心膾，特買花瓜上酒樓。⑤

　　欲放綿州一葉船，騷壇舊雨隔南天。盧家勝會知難再，山水荒涼似去年。⑥

　　剔盡銀燈倚遍樓，有人今夕盼歸舟。蕭郎不是忘歸客，鼃子纏綿着領頭。

　　荒雞咿喔度鄰家，曉色朦朧上碧紗。那更有詩吟八夕，筆尖落盡夢中花。

贈葉鶴渚⑦

　　擇交如擇木，勿棲棘與枳。論文如論衣，勿服紅與紫。⑧人師不易得，印友竟誰是？茫茫塵海中，得君一知己。⑨憶昔舉明經，⑩同袍互驚喜。八月鄉闈開，把臂談書史。鼓吹習藝林，步趨正文軌。劉蕡下第人，能令登科恥。⑪北風吹征衣，分手各千里。流波無迴時，缺月有圓理。月圓抑何遲？波流抑何駛？生小不知愁，愁從別君始。⑫京師

---

① 以上三詩首尾有刪節符號。第三首每句末字有朱黑圈。
② 此兩句末字有李朱圈。
③ 此兩句有李朱圈評，且評云"七絕上乘"。
④ 此兩句原作"鎮日西風響幔鉤，蒓鱸遙憶故鄉秋"。
⑤ 此詩末句有張藍圈評。原詩每句末字有朱黑圈。
⑥ 此詩及以下兩首並有刪節符號。
⑦ 此詩每句末字有朱黑圈。
⑧ 此四句有張藍、朱黑圈評。前兩句末字又有李朱圈，後兩句又有李朱圈評，且評曰"新奇"。此下原有"紅紫服不衷，枳棘礙冠履"二句。
⑨ 此兩句原作"友道兼師道，今見葉夫子"。
⑩ "舉"，原作"登"。
⑪ 此句下原有"斥鷃逾鳳凰，珠玉謝糠粃。別淚肯輕彈，男兒感知己"四句。"逾"，曾改爲"辭"。
⑫ 此四句有朱黑、李朱圈評，後兩句又有張藍圈評。

首善區,挾策人如蟻。①我馬方載馳,君車忽至止。不信兩葉萍,相逢一朝水。②相逢在一朝,相期在千載。我抱碔砆石,偶與玉相似。君持切玉刀,翻云石可砥。感君古道交,努力激頹靡。③何嘗息塵勞,④日坐春風裏。⑤

臚唱日口號

御爐烟篆散彤墀,黃甲初傳日上時。閶闔衣冠經眼見,髫年曾讀早朝詩。⑥

瓊林軼事少傳聞,鄉國難徵獻與文。一夜春光度蛟水,杏花紅過海東雲。⑦本朝定邑無成進士者,自予始。⑧

釋　褐⑨

席帽蕉衫出舊林,陸離宮錦拜恩深。⑩誰憐女嫁三朝後,尚抱幽閨裙布心。

同王情庵直宿西垣⑪

纖月上林薄,銀闕光輝輝。坐對芍藥階,重掩絲綸扉。與子永今

---

① 此句下原有"黃金古有臺,萬駿走燕市"兩句。
② 此兩句有朱黑、張藍圈評。
③ 此六句原作"議論晁董流,才華屈宋比。墨瀋浮翠雲,筆花爛藤紙。夜半鳴洪鐘,響應徹遐邇。有時決事幾,百發無虛矢。精奧許共窺,迷途悉親指。每念同心人,如君今鮮矣。每念別君時,良晤能有幾"。又曾改作"我無切玉刀,雲械石勞砥。我非鑄帛金,而云鹽可洗",又刪。"古道交",原作"敦古誼"。"激",不易辨識,據刻本補。"偶與玉相似",刻本作"與玉偶相似"。"翻云石可砥"下,刻本有"粗材與良質,各自成其美"兩句。
④ 此句原作"前席倘容參"。
⑤ "日",原作"願"。
⑥ 此詩每句末字有朱黑圈。
⑦ 此詩前兩句末字有朱黑圈,後兩句有朱黑、張藍圈評,末句又有李朱圈評。此詩邵黑評云:"風過江湖識姓名,人生得意,詩自不可少。(民)"
⑧ "本"字前空一格。
⑨ 此詩首尾有刪節符號,馮黑評"擬刪",李朱稱馮評曰"良言"。刻本無此詩。
⑩ "恩"字另行頂格。
⑪ 此詩每句末字有朱黑圈,首尾有刪節符號。刻本無此詩。

夕,清言玉屑霏。染翰鬥新句,着紙勢欲飛。傾囊出錦綉,滿盤走珠璣。倚枕欣有得,斫窗幸無譏。吟長苦夜短,晨光已熹微。袖詩出門去,前途知音希。

偶感呈情庵①

愁城圍不解,宦海險初經。難得心如秤,偏教眼有釘。烟嵐昏竹醉,風雨急花刑。獨夜懷知己,寒燈破壁青。

雁　陣②

三三兩兩賦同仇,嘹唳邊聲動客愁。楚塞直衝雲片闊,秦關斜破月輪秋。恥隨鷗鷺盟江上,喜見鷹鸇逐隴頭。禦寇由來占利用,漸鴻于陸象兼收。

羽書字字看糢糊,轉戰西風勢不孤。永夜銜枚憑短荻,幾行宿草認寒蘆。漸磐擇取安營地,遵渚環成背水圖。衛鶴乘軒難授甲,笑他得似鸛鵝無。③

虎　城④

鐵圈陡連雲,咆哮駭獸群。勖哉夫子力,炳也大人文。野勢盤孤堞,風威蕩夕曛。登城一長嘯,萬里肅塵氛。

乞假歸里⑤

鳥飛未倦卻知還,匹馬西風曉出關。客路相隨薇省月,君恩許看

---

① 此頁天頭該詩詩題處貼一籤條,爲馮黑評,云"力爲陸生表揚,好波瀾,好斷制","瀾"字、"制"字有李朱圈。所評與詩有異,恐誤置於此,疑所評爲第五卷的《陸賈》一詩。詩末處貼一籤條,乃馮黑評,云"詩雜,可删"。此詩首尾有删節符號。刻本無此詩。
② 此兩詩首尾有删節符號。馮評曰:"第一首稍滯,可删。"刻本無此組詩。
③ 此詩馮黑評曰:"'没世'二句,淚痕血點凝結而成,可以包括後三章矣。"與詩意不符,恐誤置於此。疑所評爲卷五《哭東厢》組詩,共四首,第一首有"没世虛名爭一第,撫孤餘事累雙親",符合馮評之意。此詩每句末字有朱黑圈,又特圈評"遵渚環成背水圖"一句。
④ 此詩每句末字有朱黑圈。最後四句右側有墨點。首尾有删節符號。刻本無此詩。
⑤ 此詩每句末字有朱黑圈。

洛迦山。①粘天碧樹家園近，度海紅雲意思閒。聞道故鄉須衣錦，膝前好去舞斕斑。

雪中渡蛟門②

森森水連空，飛舟出水東。雪深山插玉，浪闊海磨銅。歸計思狂客，詩情憶放翁。岸頭鄉語近，一笑落帆風。

春日家園雜興③

憶別京華歲月侵，偷閒暫此滌塵襟。錦堂珂里浮雲事，橋木萱花愛日心。有味漢書聊下酒，無弦海水自鳴琴。故園佳境知多少，手劈瑤籤細細吟。

地僻春深晝漏長，閒燒心字一爐香。臨風蛛網篩蓬戶，積雨蝸涎篆墨莊。入我禪中蘭滿室，④寄人籬下筍成行。倦游只覺田園好，怕逐行雲出岫忙。

山繞村墟水繞城，野人家住小蓬瀛。便從海外留文字，更向田間課雨晴。帶犢佩牛非得計，枕流漱石亦狂名。⑤不如安我居鄉業，乙夜觀書卯出耕。⑥

桑榆結社半名流，觴詠連朝訂舊游。舌上有花胸有竹，意中無馬目無牛。⑦榻非公等誰能下？轄到吾家可要投。底事結交誇海內，春風不隔故鄉樓。

曉日窗紗蘸影遲，酒香茶熟夢醒時。校書昨夜逢三豕，問字何人

---

① "君"字另行頂格。此兩句有李朱圈評。
② 此詩每句末字有朱黑圈。"插"字右側有李朱點四。首尾有刪節符號。刻本無此詩。
③ 此組詩每句末均有朱黑圈。
④ 馮黑評曰："'禪中'於'蘭'太褻。"李朱評則曰："'禪中'原是法相，何妨？"
⑤ 此六句有李朱圈評，並於天頭處評云"唐音"。中間兩句又有朱黑圈評。
⑥ 此句有張藍圈評，並於天頭處評云"七字可鐫小印"。
⑦ 此兩句右側有墨點。

饎二鴎。反舌鳥能參語默，叩頭蟲解合時宜。①乾坤俯仰多餘地，莫作籧篨與戚施。②

踏青信步出溪橋，蠟屐寒裳託興遙。取友無心得琴劍，謀生有術問漁樵。一身寧作道旁李，萬事莫依山上苗。③未必胸中存壘塊，隔花試把綠醅澆。

敢比先生五柳居，居然吾亦愛吾廬。于時語語社前燕，其樂融融濠上魚。④高閣夜看歐冶劍，小船春載米家書。題詩合與林泉約，記取他年賦遂初。

海島孤擎旭日邊，結廬早斷俗緣牽。坐穿一榻心如佛，吟到三山句欲仙。⑤茶竈水烹梅井月，藥爐丹爇葛峰烟。緇塵濯盡滄波闊，回首燕雲路幾千。

月夜看梅⑥

寒梅待歸客，靜裏漏春光。淡到花無着，開時骨亦香。⑦鶴聲風月夜，人影水雲鄉。⑧品格天然異，何心壓衆芳。⑨

洛迦雜咏⑩

登白華頂瞻古佛像⑪

丈六金身尺五天，白毫光透幾層圓。瓶間點滴楊枝水，化作重洋

---

① 此兩句有朱黑、李朱圈評。
② 此詩馮黑評云："此種皆宋詩之佳者，但過於尖新，亦是一病。"此評旁有李朱評曰："論太刻。"
③ 此四句有李朱圈評。後兩句又有馮黑圈評，且云"十字是唐人"。
④⑤ 此兩句有張藍圈評。
⑥ "看"，原作"觀"，張藍改。朱黑圈評全詩。馮評云："高不落套，結句似欠雅。"
⑦ 此兩句有李朱、張藍圈評，且李朱評云"十字獨有千古"。
⑧ 此兩句有張藍圈評，李朱又圈評末句。
⑨ "異"，原作"好"。此兩句原作"百卉俱似夢，輸他醒眼張"。
⑩ 此組詩每句末字均有張藍圈。除第一首外，此組詩後編入《詩鈔》第八卷，刻本亦收入第八卷。
⑪ 此詩首尾有刪節符號。天頭處有陳氏注云"此首刪之"。馮黑評云："'楊枝水'二句太與小青詩相似。""圓"字右側有李朱點一。刻本無此詩。

浸鐵蓮。

息耒院

荷鍤歸來乍掩關,禪心千古白雲閒。愁城苦海人如蟻,塵夢何曾到此間。①

達摩峰

樹杪孤峰突兀懸,夜清倒影落池蓮。雲霄矗立知何似?參破天龍一指禪。

盤陀石

花雨常滋蘚影斑,點頭無復舊時頑。笑他虎阜千人石,弦管春風坐小鬟。

千步沙②

細軟平鋪紫竹林,海壖遙望入清吟。不須步步披沙揀,佛國由來地布金。

梅福井 在梅岑下。

海外仙岑舊姓梅,山腰曲處井垣開。緇塵礙眼應須洗,乞放源泉萬斛來。相傳井水洗眼,能令眼明。

梵音洞

怒濤忽驚石壁破,飛閣上倚松風寒。是色是空無住著,現身設法

---

① 此句有張藍圈評。
② 此詩天頭處有馮黑評云:"橋木、梓木見《尚書大傳》,不應去木旁。"此籤條貼倒,與詩意不符,恐誤置於此。《詩草》共有兩首詩有"喬木",一是卷十《口占答羅雲莊》"君看喬木天然直",一是卷十三《感事有作》"喬木壽百年"。末兩句有張藍圈評。

此中看。俗傳洞有活佛,老僧問余見佛否,余應之曰:"見。"問:"佛作何狀?"曰:"是空是色。"問:"佛在何許?"曰:"無住無着。"僧默然。

贈息未院善根上人①

淚痕臨別滿袈裟,子弟多情是佛家。好向個中尋覺路,與君同坐白蓮花。

載寧上人見示詩集短歌奉酬②

名山似好詩,怕被俗眼看。洛迦古佛國,海外孤峰懸。紅塵飛不到,詩境常圍環。老僧貌奇古,結屋梅岑巔。狂歌雜花雨,妙諦生青蓮。推敲億萬字,秘護三十年。揭來招提境,共結文字緣。翠筒劈慈竹,布袖籠新編。不信破衲底,古錦臨風鮮。韓子昔有語,學詩如學禪。文章經悟後,當作上乘觀。

六月雪③

造化若炎熱,洪爐試一撇。舉手招北風,吹落天山雪。雪急風沙沙,六月六出花。是花都是雪,花雪交生芽。移花植庭户,漫天雪珠吐。見睍不曾消,驕陽亦無主。人言夏日長,我言夏日涼。爲添一樹雪,弄雪將暑忘。此雪映書讀,清香滿錦軸。此雪和茗煎,春茗有餘馥。瓦盆歷歷供,六月如三冬。我欲握杯酒,一酹造化功。

---

① 此詩前兩句末字有朱黑圈,後兩句末字有李朱、張藍圈,朱黑又圈評後兩句。刻本此詩改題作《普陀山留別善根上人》。

② 此詩首尾有删節符號,每句末字有朱黑圈,最後六句右側有墨點。刻本無此詩。

③ 詩題下有"花名"二字,隱約可辨。此詩首尾有删節符號。馮黑評曰:"題太小,似不值大做。擬删。"刻本無此詩。

出 門①

月落一庭霜，驚心就道裝。②得官成遠別，忍淚爲高堂。③乍聽驪歌路，愁看燕在梁。何當解匏繫，老我白雲鄉。

戊申至辛亥共詩五十六首

---

① 此詩每句末字有朱黑圈。
② "驚心"二字右側有上下挑的符號，刻本作"心驚"。
③ 此兩句有朱黑圈評。邵黑圈評前句，曰"此句更佳（民）"。李朱圈評後句，並評曰"情摯語"。

借樹山房詩草卷二① 壬子 癸丑

放歌贈王情庵②

情庵聽我歌且謳,以我爲帚掃爾愁。書田一例皆豐收,天于我輩非仇讎。長門賣賦驚王侯,聲價百倍爭搜求。簏金詎足誇貽謀,馮家一錠成一舟,米家萬軸堆船頭。銅臭書香薰與蕕,請君徹底觀千秋。夜窗燈暗風颼颼,情庵拍掌笑不休。呼兒沽酒引大甌,囊中竟無一錢留。

又贈③

世人誇結交,寸心藏戈矛。君交與我久,落落無所謀。④蓬門非金穴,孔方避若讎。陋巷非珂里,戶外誰鳴騶?古人樂詩酒,往往聲氣投。我詩有百篇,我酒無一甌。旅囊甚羞澀,何計營糟邱?胸襟無患樹,身世不繫舟。掩關常謝客,是非付東流。人棄君獨取,以此群啾啾。衆口萬弩發,君身同射侯。掉頭竟不顧,情密意愈周。⑤未見思若渴,既見亦何求?感君敦古誼,君知失計不?

---

① 右側有字云:"此卷删去廿三首,改八首,癸亥年發刻時蔭山自記。"此卷諸人所評簡稱沿用第一卷。
② 此詩首尾有删節符號。馮黑評曰:"如此等詩不宜多作,恐多則易滑。"刻本無此詩。
③ 此詩首尾有删節符號,每句末字有朱黑圈。刻本無此詩。馮黑評曰:"末二語可删。"
④ "無",原作"何"。
⑤ 此四句右側有墨點。

讀東坡詩①

公詩一展讀，②公直入我腹。裂我肺與肝，驅塵出皮肉。坐覺西山氣，爽然在心目。趙宋大雅興，唐音此再續。慶曆嘉祐間，騷壇競馳逐。③造物篤生公，衆美得結束。長天吐白虹，囂氛一以肅。④公詩神鬼工，人力謝雕琢。當其注想時，未發機已伏。奮髯猛試之，飛弩勢神速。運筆如運車，紙上轉輪轂。遣詞如遣將，行間豎旗纛。⑤銅琶叶律精，鈎距抉理酷。骨立劍閣奇，腸迴錦江曲。公本西蜀人，一筆掃全蜀。⑥我生去公遠，執鞭願亦足。

錐⑦

錐爾來前與爾言：爾既不爲斫桂之斧飛上天，又不爲化龍之劍躍入淵。用爾爲鏃七札力不穿，引爾爲刀一割應如鉛。我聞武庫森立戈矛鋋，宋斤魯削傳周官，未聞爾名厠其間。降而鉏鎒盈東阡，爾能畫沙不能畋爾田。⑧胡爲自詡頭銳鋒銛銛，毫末未見逢人鑽。錐爾來前與爾言，我有一囊殊方便，⑨處此自覺俯仰寬。⑩毛遂之言盍勉旃，不然東郭先生履不完。爾爲補綴亦可得幾錢，愼勿枉鑽鐵膽石肺肝。⑪

---

① 此詩每句末字有朱黑圈。
② "一"，原作"日"。
③ "馳逐"，原作"鳴玉"。馮黑評曰："通首老辣，惟'鳴玉'二字稍浮。"李朱評曰："論得細。"
④ "囂"，原作"塵"。
⑤ 此四句有朱黑、張藍圈評，李朱圈於每句末字，且於"運筆如運車"右側稱"奇語"。邵黑評曰："自此以下格律一變，正骨力開張時也。（民）"
⑥ 此兩句有朱黑、張藍圈評。張藍又評曰："七百年後筆帚叢中又落下一我。"
⑦ 此詩每句末字有張藍圈。李朱評曰："字字清高深穩。"
⑧ 此十句有張藍圈評。
⑨ 馮黑評曰："'方便'二字似不作平聲讀，詩瀏離頓挫，想見得意疾書時。"
⑩ 此句原作"爾長處此以自全"。
⑪ "鐵膽石肺肝"右側有黑點，刻本作"鐵石心腸堅"。

寄贈劉午橋①

長房不縮缺陷地，女媧不補離恨天。②人生未死先有別，雲龍上下徒空言。我年十五六，從君初結文字緣。③詞場旗鼓樹勁敵，藝林風月分前賢。邇來十寒暑，良覿何艱難。往事如隔世，回首心茫然。不知夢中境，何以歷歷猶當年。坐君青藜之高閣，和君白雪之新篇。深山深處不可以徑入，上有崒嵂萬丈孤峰懸。梯雲踏月意氣滿，失足一墮窮蹄攀。我自守山麓，君自行山巔。④"學如入深山"，午橋句。⑤君意爲車文爲馬，我言如藥心如煎。即今歷碌走塵市，何時笑傲成詩仙？嗚呼豈無笑傲詩中仙。⑥

秋日登虎城⑦

高秋皎日開昆明，湖光一片環蓬瀛。岸葉飛黃樹皮脫，狂飈獵獵排層城。天降雕虎穴其下，剴劘上射樞星精。雲驚水沸林木振，崖摧谷倒春雷鳴。馬牛魄奪熊膽碎，豺貙氣沮豹霧清。三虎異圈各雄踞，山神畫土防兼并。中有白額更猙獰，氣若猛士習鬥爭。投以肉腥雜果餌，攫網援噬牙爪撐。如豕人立猱升木，倏起倏落誰能攖？觀者驟集若環堵，鄭段束手卞莊驚。⑧我思周官服不氏，教擾猛獸稱職名。宣

---

① "午橋"，原作"可亭"。原詩每句末字有朱黑圈。
② 此兩句有朱黑、張藍圈評，李朱僅圈末字。張藍評云："極妙，古歌謠。""古歌謠"三字有李朱圈評。
③ 此四句原作"遂令萬古良友意，雲停月落關山連。（此兩句有朱黑圈評）憶昔與君日同硯，縹緗積案紛鑽研。狂歌慣和隔窗鳥，苦吟大似高柳蟬。"
④ 此十四句原作"冀北江南忽千里，夢魂猶自相周旋。望君學殖若望歲，肯使蕪落荒書田。深山深處得梯級，一初桃上登峰巔"。
⑤ 此小注原作"'功無待後日，稍寬後日後來時，後日後時仍後日；學如入深山，行到深山深盡處，深山深處又深山。'可亭書室聯也"。"午橋句"，曾改作"可亭句"。
⑥ 此兩句原作"流光百歲疾飛鳥，幾人能共名山傳"，有朱黑圈評。
⑦ 此詩每句末字有朱黑圈。
⑧ 此十句有朱黑圈評，中間六句又有張藍、朱黑圈評。張藍評曰："勝看高侍郎指畫。"李朱評曰："又似昌黎。"

示王威鎮百辟,濯濯厥靈赫赫聲。我皇神武古莫比,①南土式服西戎平。謂近年平臺灣、西藏。蝟鋒螗斧齊斂迹,虱臣蝸國胥投誠。雕鏤漢碑及周碣,國子監重刻石經、石鼓。日星河岳昭神京。武功於鑠文亦炳,九五虎變革道成。儒生及此卜利見,履尾不咥其占亨。登城一覽結遐想,暮天寥廓群鴻征。②

九月二十七日聞家弟東廂南闈捷音志喜③

我家瀛海東復東,日出照見蓬萊宮。蓬萊仙籍隸蒼穹,姓名下界不得通。昔我讀書意氣雄,隻身那肯羈樊籠。興酣六翮生秋風,飛入玉筍之班中。箕踞俯視仙群空,壯游未許同人同。④東廂謂我玩不恭,男兒誰屑可憐蟲?秋深海闊波浪重,咫尺便有雲龍從。⑤我聞斯語耳喝聾,後生肝膽何橫縱。南天文闈猛戰攻,捷書夜報聲隆隆。果然直上千仞峰,倒插鐵翼追霜鬉。呼僮置酒傾千鍾,琉璃杯泛琥珀濃。棠花荊樹氣鬱葱,吾家得爾真亢宗。我劣如虎爾如龍,嗚呼東廂優如龍。

葉鶴渚邀聯詩社作此報之⑥

千鈞置神鼎,一髮焉能扛?萬石懸洪鐘,寸莛焉能撞?⑦騷壇有宿將,健捷不可雙。相逢忽崛强,奮勇出愚蠢。丈夫事戰勝,肯爲銜璧降?魚門昔懸胄,莫便侮小邦。行行且制梃,與君交矛鏦。

---

① "皇"字另行頂格。
② 此四句原作:"小臣讀《易》懷利見,謹以易象抒微情。聖人作而萬物睹,履虎尾不咥人亨。""小臣",又曾改作"吾人"。"聖"字另行頂格。
③ 此詩首尾有刪節符號。刻本無此詩。
④ 此句有朱黑圈評。
⑤ 全詩除此三句及末句外,每句末字均有朱黑圈。此處馮黑評曰:"此數語欠明亮。"
⑥ 此詩每句末字有朱黑圈。
⑦ 此四句右側有墨點。

張嘯崖舍人見過索詩甚急余未有以應也翌日賦此遺之兼寄王情庵舍人①

疏慵積詩債，百蚋攢肌膚。晨起置筆札，心力暫自紓。檐前噪乾鵲，張侯過我廬。自愧負前約，意謂可徐徐。豈期之子心？忽動記事珠。相看錦囊澀，操券大聲呼。索句如索緡，催詩例催租。排解費唇吻，徑欲逾垣趨。②情庵富手筆，將伯應助予。甘心拾牙慧，如乞鄰醯餘。不謂吝金玉，詭言一字無。歸來坐嘆息，搜索飢腸枯。安得萬匹錦，償盡詩家逋。③

夢游洛迦④

夢魂忽作海鳥翔，⑤夜半飛過蓮花洋。名山邀我作山主，昂頭跂足遥相望。⑥諸天洞闢雲水鄉，中有寶刹騰精光。海濤澎湃鐘磬答，山石飛舞旗幢張。達摩峰高玉簪碧，法華洞古金沙黄。老僧面貌半熟識，捫我示我古錦囊。⑦新詩幾卷換凡骨，擺脫蔬筍凝天漿。是時寒月生微涼，曇花貝葉夾路香。飄飄不識有塵世，天風吹我登慈航。⑧雄雞一聲紙窗白，側身已墮金臺旁。

感　懷⑨

同門既爲朋，同官亦爲寮。相交不知心，一室千里遥。⑩烏黑鵠自

---

① 兩"舍人"及"王"字均後加。此詩題下有李朱評曰："通首係樂天得意之筆。"此詩每句末字有朱黑圈。
② 此十句有朱黑圈評。馮黑評云："枯寂中生出熱鬧來，妙語解頤。"
③ 此兩句有張藍圈評。天頭處有張藍評云："船山補圈。"
④ 此詩每句末字有朱黑圈。
⑤ 馮黑評云："'夢魂'二字爲將眠，不必。"
⑥ 此四句有朱黑圈評，前兩句又有張藍圈評，並評曰"神來"。李朱評曰："飄然而來。""昂"，原作"探"。"跂足"，原作"露頂"。
⑦ 此兩句右側有墨點。
⑧ "我"字右側有一黑三角。
⑨ 此組詩每句末字均有朱黑圈。"感懷"，原作"雜詩"。
⑩ 此四句有張藍圈評，後兩句又有朱黑圈評。

白,鶉低鵬獨高。形色要有別,所爭寧在巢。①

貧不過鮑叔,茫然首山行。②百呼不一應,庚癸終無情。去去勿挂口,心淨見太清。千日吸酒海,五字攻詩城。③

長卿曾賣酒,曼倩故割肉。酒肉苦不繼,禦冬有旨蓄。牛衣泣何爲?人生貴知足。我尚出無車,安能同挽鹿?④

學問平意氣,衣錦方暗然。勿持三寸筆,笑傲王公前。鄭牛亦識字,宋雞解談玄。⑤靈蠢同一至,斯道非登天。⑥

老　妓⑦

斜陽照窮巷,冷落車馬客。小閣卷蘆簾,蓬首坐嘆息。妾非月季花,安能長春色?花顏月月紅,妾鬢星星白。⑧憶昔盛年華,顧盼生光澤。桃腮柳葉眉,⑨杏臉梅花額。所居在平康,臺榭簇金碧。幬將翠玉翻,幛是青絲織。駿馬從東來,倚妾嘆晨夕。列坐羅酒漿,滿筵具肴核。錦瑟上新弦,銅槽按舊拍。百萬錦纏頭,買笑輕一擲。芳茲不自愛,轉眼已寂寂。⑩昔如高岡枝,夜宿鸞凰翼。⑪今作枯井泥,行雲肯相憶。⑫妝鏡久封塵,憑誰更拂拭?下階掃蛛網,穿徑理叢棘。喧聞隔岸樓,徵歌開綺席。掩淚入孤幃,寒燈耿四壁。

---

① 　此兩句有張藍圈評。
② 　"茫然",原作"但能"。
③ 　此詩天頭處有馮黑評:"生趣妙於用短,'但能'句近弱。"
④ 　朱黑圈評全詩,張藍圈評最後兩句,李朱於每句末字圈。張藍評曰:"妙語得未曾有。"
⑤ 　"玄",原作"元",避康熙帝玄燁名諱。南朝宋劉義慶《幽明錄》卷三:"晋兗州刺史沛國宋處宗,嘗買得一長鳴雞,愛養甚至。棲籠窗間,雞遂作人語,與宋談玄,極有言致,終日不輟,處宗因此言功大進。"清袁枚《名言》詩亦有"名言誰與宋雞談"之句。且"宋雞談玄"與上句"鄭牛識字"相對,"鄭牛亦識字"句典出白居易《雙鸚鵡》詩"鄭牛識字吾常嘆"自注:"諺云:鄭玄家牛,觸牆成八字。"
⑥⑫　此四句有朱黑圈評。
⑦ 　此詩每句末字有朱黑圈。
⑧ 　此兩句右側有墨點。
⑨ 　"腮",原作此,又改作"顋",異體字。
⑩ 　此兩句有李朱圈評,且云"我輩正坐此病"。
⑪ 　此句原作"彩鳳聯翩集"。陳氏自注云:"'集'字出韻,故改之。蔭山自記。"

索鶴渚和詩代束①

同社有贈答,斯道無今古。胡乃括錦囊,佳句慳不吐。豈如淮陰心,羞與噲等伍。夜深霜雁號,天寒石燕舞。我欲乘墨雲,化作催詩雨。②

雪夜憶戴汝三③

翩翩獨立少年場,冰玉丰姿錦繡腸。昨日論交如水淡,此生竟體有蘭芳。榻懸孺子塵初積,棹買山陰雪正狂。我欲溯洄嗟道阻,伊人宛在水中央。

歲暮書懷

修蛇赴壑送殘年,官舍挑燈夜不眠。入户尖風欺敗絮,打窗硬雨濕寒氈。蒙茸裘貰無多酒,羞澀囊盛有數錢。呵凍暫將詩債了,雪花影裏聳吟肩。④

送盛小坨歸慈水

天寒密雪灑林皋,惆悵臨歧解佩刀。歸去園中題適適,別離亭上記勞勞。友朋寥落鶯聲寂,兄弟聯翩雁影高。時偕令弟天石同歸。屈指春風滿燕市,晴窗待試墨鄉毫。小坨工草隸。

答情庵⑤

壁呼窗吼陰風號,雪屋槮漏冰柱膠。歲事欲盡蛇赴壑,生計獨拙

---

① 此首每句末字有朱黑圈。馮黑評曰:"以下四首似可不存。"此以下四詩首尾並有删節符號。刻本無以下四詩。
② 此四句右側有墨點。
③ 此詩每句末字有朱黑圈。
④ 此兩句末字有朱黑圈。
⑤ 此原詩每句末字均有朱黑圈。此詩與刻本相比,改動較多,故録其不同。

鳩居巢。①車雷隱轔牆角動,②輪摧轂擊馬蹄凍。衝寒徑過轍不停,③蓬蓽連影斷迎送。④酒酣磊落逢王郎,冷官饒有熱肺腸。⑤寸金斗粟不自給,⑥乃欲攘臂爲孟嘗。⑦豪吟詩句入我室,黍谷春回一聲律。千間廣廈萬里裘,補天費盡才人筆。⑧

喜宋确山至⑨

案頭昨夜鐙花開,侵晨有客千里來。叩門急促作鄉語,令我喜極滋驚猜。故人別我已三載,天風吹上燕王臺。燕王臺前柳初綠,與君醉倒春風杯。拜君騷壇之飛將,搴旗撾鼓重追陪。君家代有詞賦手,尚書紅杏廣平梅。梅三百株杏十里,一發定占群花魁。贈君新詩君勿哂,抱石欲貿真瓊瑰。南來爲我一剖璞,料應滿袖攜天台。

黃金臺⑩

買駿卻收骨,求賢徒恃金。金多不結賢士心,天下紛紛爲金至。

---

① 此四句有朱黑、張藍圈評。李朱評曰:"橫空盤硬語。"
② "隱",刻本作"殷"。
③ 刻本此句作"衝寒過者何人斯"。
④ "影斷",刻本作"朝誤"。
⑤ "饒有",刻本作"蘊結"。
⑥ "給",原作"有"。"粟",刻本作"米"。
⑦ 刻本此句作"好客卻欲追原嘗"。
⑧ 此十句原作:"勢利如火心如焚,天寒塗巷引飛鞚。斗室何幸無紅塵,此中坐對皆詩人。酣歌同叶鄒子律,筆幹造化回陽春。故人衡宇近尺咫,水心不礙門臨市。五柳高臥陶先生,七松小隱鄭處士。即令聲譽蜚玉堂,冷官哪有熱肺腸。餐冰吸露真氣出,隻身獨置無何鄉。三載從游慰寥落,諷咏紫薇及紅藥。附名我愧驥尾蠅,矯俗君是雞群鶴。翠筒一擲千斛珠,欲報自怯秕糠粗。筆花搖落硯田石,倒廩傾囷一字無。"
⑨ 此詩首尾有刪節符號。每句末字有張藍圈。刻本無此詩。天頭處有兩籤條叠加,一爲"擬刪",一爲"'郵筒'二句可節去"。下《刪竹和朱少仙》一詩原有"郵筒擲錦句,欲知慚陽春"兩句,疑籤條誤置於此。
⑩ "黃金臺",原作"金臺懷古"。此詩天頭處有一籤條,不知何人所評,云"此詩用意好,而用韻不響"。馮黑評曰:"究因用意不甚醒豁,非用韻之過也。擬刪。""用意不甚醒豁"六字右側有李朱点。此詩原作:"名馬或常有,名士不自薄。駿骨千黃金,聲價重約略。鉤金得駑駘,皮相毋乃錯。古來養士朝,相士見獨灼。世無燕昭王,隗也凡馬若。焉知秣騏驥,不賦升合侖。冀北遂空群,千載思伯樂。"後又塗改多次,不易辨識,此僅錄原作及最終定稿。改後之作見於《詩鈔》及刻本卷五。

臺前恐少真騏驥，君不見鄒峰布衣才命世，萬鍾百鎰何曾計？

刪竹和朱少仙①

日與俗人處，意不忘此君。正如枯槁士，食肉思菜根。君身有仙骨，愛竹如愛身。不使一瘤贅，②肯令枝指伸。前年入都下，③遺我綠玉珍。我懶百事墮，荒棄同荊榛。君去竹無色，君來已欣欣。重飲北窗酒，更開西園門。④枯梢并敗籜，⑤翦茸皆躬親。⑥月明枝葉淨，何處容纖塵。磨圭定磨玷，治絲先治棼。蓬首就梳櫛，膏沐彌清芬。⑦借君刪竹手，為我揮郢斤。我詩竹不喜，勿向林下陳。

題少仙萬里圖⑧

少仙居士意奇闊，萬里滄波成咫尺。舊圖未挂新圖開，少仙舊有此圖，今屬程也園考功，畫于便面。恍然坐我家山側。⑨家山歷歷甬勾東，蛟門屹峙螺門雄。叱黿控鯉出重險，雪浪高駕蓬萊宮。⑩年來燕市多塵累，邱壑胸襟生芥蒂。披圖欲賦歸去來，扁舟飛渡蓮洋界。蓮洋萬頃吞洛迦，此中可泛張騫槎。乘風破浪遂初志，與君同眺榑桑若木之光華。⑪

---

① 原詩每句末字有朱黑圈。
② 此句曾改作"身外物皆贅"。
③ "入都下"，原作"初入都"。
④ 此十六句原作："驅車入燕市，衣履生緇塵。急須醫我俗，何可無此君。此君故瀟灑，枳棘非同群。萬个看不足，一竿心愈珍。要使枝葉淨，繁簡皆可人。（此兩句有張藍圈評）吾友少仙子，王猷之後身。春風馬蹄捷，乘興來都門。手提吳剛斧，砍倒月桂根。客居慰岑寂，幽篁時相親。""此君故瀟灑"，曾改作"數竿絕瀟灑"。又有數句曾多次改動，不易辨識，未錄。
⑤ "梢"，原作"枝"。"籜"，原作"葉"。
⑥ "皆躬親"，原作"同荊榛"。
⑦ 此句下原有"郫筒擲錦句，欲知慚陽春"兩句。
⑧ 此詩每句末字有朱黑圈。
⑨ 此句有朱黑圈評。
⑩ 此四句有張藍圈評，每句末字又有李朱圈。
⑪ 此句有張藍圈評。

題諸葛仲山岸舟圖①

我家海島間，舟形聳成山。前椗與後柁，定海即古舟山，有柁澳、椗齒澳。乘風時往還。縹緲現金闕，頗覺眼界寬。朅來薊門裏，夢隔蛟川關。蝸居勢逼仄，闤闠紛迴環。踟躕轅下駒，托足何能安？仲山性不羈，②滿袖攜烟巒。仙舟忽倚岸，披圖得奇觀。直將吳山景，剪取一幅看。昨題《萬里圖》，逸興淩飛湍。此幀更幽雅，推波而助瀾。因之寫短句，道我平生歡。

前題代東廂家弟作③

綠蘿紅樹白雲邊，隨意湖山結數椽。書畫滿牀啖興好，秋風人坐米家船。④

風雨茅廬起臥龍，南陽舊業可追踪。巨川舟楫書生事，不是尋常邱壑胸。⑤

無　題⑥

瑤階霜重倚欄杆，除是溫香可辟寒。⑦五夜夢魂衣上蝶，一春心事鏡中鸞。淩波襪小難虛步，繫臂絲長忍拆看。⑧別院笙歌聽不得，累人清淚落珠盤。

溫柔鄉裏獨生憐，幾見春歸種玉田。苔徑舊痕迷響屧，月階孤影嚲香肩。同心自結羅襦帶，一柱空彈錦瑟弦。惆悵夢醒無覓處，巫峰

---

① 此詩每句末字有朱黑圈。
② "羈"，原作"繫"。
③ 此組詩首尾有刪節符號。刻本無此組詩。
④ 此詩每句末字有張藍圈。
⑤ 前兩句末字有朱黑圈，後兩句有朱黑圈評。
⑥ "無題"以下原有"用李義山《碧城》三首韻"九字，有刪節符號。刻本無此九字。後兩首詩首尾有刪節符號。天頭字云"存一首"，刻本僅收第一首。此組詩每句末字均有朱黑圈。
⑦ 此句有朱黑圈評。
⑧ 此四句有張藍圈評，前兩句又有李朱圈評。

十二對愁眠。

　　春風隔水訂幽期，翠羽明璫細細垂。未免有情窺幙燕，似曾相識出牆枝。銀鐙花笑雙星約，寶篆香消獨夜思。①別恨滿腔和淚寫，憑誰訴與月娥知。

驢車

　　何物黔驢狀齷齪，②長楸短彎駕輪輻。欲進不進足縮縮，耳搖股顫汗如沐。如牛斯喘羝斯觸，又如裸豕孚蹢躅。③僕怒呼聲若叱犢，策以長鞭半及腹。似汝人材皆令僕，一日千里胡可卜。④予在道旁止勿促，此是廬山真面目。⑤不見高軒駿馬競馳逐，⑥推挽如飛誇捷足，荆棘礙道轍易覆。⑦

西洋表⑧

　　混沌鑿破智巧出，璣衡法立渾天儀。一十二琯玉尺合，四十八箭銅壺垂。蓮花葉薄剪瑣碎，銀龍水滿漂淋漓。妙司啟閉得分至，細測晝夜窮干支。制精歷代有創述，此法近自西洋推。扇頭日晷試輒驗，佐以神物誇前知。午驚耿詢馬上漏，問名約略同土圭。周遭奇字細若織，磨蟻旋轉踆烏馳。帝車中央運輪轂，斗杓環指分豪釐。⑨光怪欲削陰陽石，輕勻或仿冷暖棋。夫遂取火鑑取水，摩腰擦掌看離迷。不

---

① 此兩句有朱黑圈評。
② "黔"字右側有朱點四，李朱於天頭處評曰"黔不産驢，待酌"。
③ 此四句有李朱評，後兩句又有張藍圈評。"搖股顫"三字之間有李朱評曰"如畫"。
④ 此三句有張藍圈評。張藍於天頭處評曰："竟止更趣。"馮黑評則云："戞然而止固妙，但意尚未明，仍商。"
⑤ 此句有張藍圈評。此前十二句中，除指出某句有張藍圈評外，餘者每句末字有張藍圈。
⑥ 此句原作"不見長安富兒競馳逐"。下又有"駿馬雕鞍長韀轆，矜奇炫巧鬥神速"兩句。
⑦ "荆棘礙道"，李朱於此四字右側有朱點，並評曰"'長安'後似不宜置此"。
⑧ 此詩每句末字有朱黑圈。馮黑評曰："典贍可資故實，此詩絕類趙甌北。"邵黑評曰："似蔣心餘。（民）"
⑨ 此四句有李朱圈評。

信珠形才徑寸,聲光直透乾坤倪。我聞數丸候潮不差刻,簇生江海如蟛蜞;又聞書中脈望圓如規,舉頭夜見星象低。物情奇變不可測,幻相或者多因依。淮南影柱軒皇鏡,以表證之理則齊。①嗚呼大鈞橐龠亘古啓,鼓鑄萬物無停期。草能合朔木知閏,馬解步影猿報時。霜砧石鼓競擊剝,自鳴天籟非人爲。我欲持表叫閶闔,乘風一探造化奇。

王情莘舍人攜樽見過即席同賦②

懷人兀坐小窗幽,③淰淰雲停竹外樓。好友宛如春有脚,良宵無負月當頭。④五經酒至添風味,一字師來起唱酬。⑤如此襟期如此夜,百年未覺客中愁。⑥

蟹⑦

漁浦烟銷月乍明,草泥郭索認行聲。滿身戈甲知何事,仗爾雙螯敵酒兵。

入饌琳琅佐綠醑,持將左手獨徘徊。關中記得曾除瘧,工部詩情吏部杯。⑧

稻田秋雨正輸芒,風味都門約略嘗。不惜詩腸搜索盡,羨他生小本無腸。

中秋節爲牡丹生日戲作祝詞⑨

八月之望,星稀月明。纖雲四卷,銀漢遙橫。廣寒仙樂,⑩下界聞

---

① 此四句有李朱圈評。
② "莘",前均作"庵",爲異體字,不改。"舍人"二字後加。此詩每句末字有朱黑圈。
③ 此句原作"懷人夢冷落清流"。
④ 此兩句有朱黑、張藍圈評,每句末字又有李朱圈。
⑤ "五經酒"與"一字師"右側有小黑圈,天頭處馮黑評云"絕不費力,自成好句",則此圈評當是馮培所留。
⑥⑧ 此兩句右側有墨點。
⑦ 此組詩每句末字有朱黑圈,首尾有删節符號。刻本無此組詩。
⑨ 此詩每句末字有朱黑圈。
⑩ 此句原作:"廣寒玉宇,桂子香清,飄飄仙樂。"

聲。今夕何夕,花王降生。乃命園叟,酌以大斗。紫蓴綠橘,紅菱碧藕。焚香致辭,再拜稽首。①姚黃惟王,魏紫惟后。惟王惟后,既貴且富。奄受香國,厥德靡疚。②於昭春日,於樂烟衢。百卉作服,萬花成輿。桃李後擁,梅杏前驅。幽蘭環侍,紅藥與俱。③臣哉鄰哉!王若曰都。咨爾衆芳,用勸相予。其在于今,春事闃寂。王斂厥德,不大聲色。④精采內含,靈根孤植。時謂壽徵,百千萬億。⑤億萬斯年,及此良辰。袁舫有月,庾樓無塵。介以清酒,接以大椿。願花不老,看到子孫。⑥

搗衣曲⑦

搗衣莫搗征人衣,生女莫作征人妻。征人有耳不聞搗衣聲,⑧搗衣之人雙淚空盈盈。盈盈淚點沾衣濕,未必征人見衣泣。⑨

紅蓼⑩

蓓蕾一叢扶,秋容入畫圖。霜痕攢火齊,波影落珊瑚。色亂寒江葉,光欺淺水蘆。漁汀看簇簇,冷淡夕陽俱。

黃葉⑪

玉河水冷蒹葭蒼,⑫有客紫扉愁斷腸。一樹兩樹忽秋色,千山萬

---

① 此下原有"不腆用將,敬爲王壽"兩句。
② 此六句有朱黑、張藍圈評,後四句每句末字又有李朱圈。
③ "與俱",原作"相扶"。
④ "聲""色"二字之間原有"以"字。
⑤ 此八句有朱黑、張藍圈評,後六句每句末字又有李朱圈。
⑥ 此數句原作:"良辰果負。庾樓獻詩,袁舫載酒。以邀以游,樂我壽考(此句首原有'以'字)。"
⑦ 此詩每句末字有朱黑、李朱圈。
⑧ "有耳"二字似欲改,後右側以三角示不改。
⑨ 此兩句有朱黑、張藍圈評。
⑩ 此詩首尾有刪節符號。刻本無此詩。馮黑評云:"火高珊瑚太著相,可刪。"
⑪ 刻本無此組詩。
⑫ "玉河",原作"明湖"。

山多夕陽。①菊花時節人初去,柿子園林路正長。折得幾枝誰可贈,離亭把酒近昏黃。②

岸葦汀蘆萬畝餘,杈枒幾樹隔村墟。多愁多病雁來後,經雨經風秋老初。③思婦容顏半枯槁,道家裝束甚蕭疏。詩情輸與崔黃葉,寫遍寒山總不如。④

題李松潭農部賞菊圖⑤

秋色已如許,夜游須秉燭。客非送酒人,命帶看花福。⑥狂歌飽落英,繪影煩顧陸。團坐各忘形,交情淡于菊。

分咏家用七物得柴⑦

漢代登封日,周家望祀年。散材經作用,光燭九重天。⑧夜讀燒來慣,心嫌鑿壁難。枯柯隨意拾,直作杖藜看。一束剛然火,驚聞爨底音。呼兒重檢點,恐有蔡家琴。⑨石家代以蠟,楚國貴于桂。爇桂足自豪,灼蠟毋乃泰。⑩槲葉浮烟濕,松枝散火明。夢醒風雪裏,蟹眼沸茶聲。⑪樵斧響空山,天寒指欲落。積薪詎不勞,休論故車腳。⑫價怯烏

---

① 此兩句末字有朱黑圈。

② 此詩天頭處有評曰"此詩體格不純",不知何人所評。馮黑評云:"前半拗體,後半則否,古人亦有之,不必訾其不純。此首高於後一首。"

③ 此兩句有朱黑圈評。

④ 此詩每句末字有朱黑圈。

⑤ 此詩首尾有刪節符號,每句末字有朱黑圈。刻本無此詩。馮黑評云:"擬刪。"

⑥ 此兩句右側有墨點。

⑦ 此詩每句末字有朱黑圈。

⑧ 此四句有朱黑圈評,後兩句又有張藍圈評,每句末字又有李朱圈。天頭處有張藍評云:"柴頌。"

⑨ 此四句右側有墨點,後兩句又有張藍圈評,每句末字又有李朱圈。天頭處有張藍評云:"柴小雅。"

⑩ 此兩句右側有墨點。天頭處有張藍評云:"柴風。"

⑪ 此四句首尾有刪節符號,刻本無此四句,後兩句右側有墨點。

⑫ 此四句有朱黑圈評,後兩句又有張藍圈評,每句末字又有李朱圈。天頭處有張藍評云:"柴大雅。"

金重，光輸豹髓佳。石頭禪偈在，妙用只搬柴。

棋　聲①

暖玉屏間竊聽，銀燈花底閒敲。②夜闌飛雹爭落，雨急珍珠亂跳。③細比金丸疊弄，繁疑錦瑟齊搊。雲驚白鶴仙觀，人在黄岡竹樓。

重陽後二日同人集陶然亭陳肖生即席譜圖④

白衣烏帽正翩翩，漫説情隨境共遷。詩酒續成玄圃會，⑤畫圖新補女媧天。虎頭世已推三絶，驥尾吾將附七賢。山水之間有真意，舉觴不醉亦陶然。⑥

楊椒山先生故宅⑦今爲松筠庵。

不愛身家惟愛國，⑧誰知國法縱奸邪。獄成愁養傷人虎，膽大甘爲抵死蛇。⑨諫草千言殊激切，忠魂異代尚咨嗟。一龕香火松筠碧，炸子橋頭獨駐車。⑩

太息君恩自始終，生除兵部死旌忠。敢言馬市心原赤，⑪愛聽鴉聲耳便聰。⑫先生詩有"平生最愛鴉聲好"之句。狄道至今還頌父，張經何事亦

---

① 此組詩每句末字均有朱黑圈。第一首前兩句圈於原詩末字。
② 此兩句原作"一局東山別墅，丁丁按譜閒敲"。
③ 此兩句右側有墨點。
④ 此詩首尾有删節符號。刻本無此詩。馮黑評云："上半首無力，似可删。"
⑤ "玄"，原作"元"，避康熙帝玄燁諱。《山海經·西山經》："槐江之山，英招是主。巡避四海，抵翼雯僥。寅惟帝同，有謂玄圃。"
⑥ 此兩句末字有朱黑圈。
⑦ 此組詩每句末字均有朱黑圈。
⑧ "不愛身家惟愛國"，原作"不愛身家愛國家"，兩"家"字右側有李朱點四，並評云："'家'字究難分別"。
⑨ 此兩句有朱黑、張藍圈評，末字又有李朱圈。
⑩ "獨"，原作"小"。
⑪ "赤"，原作"壯"。
⑫ 此句有朱黑圈評。

關公。笑他相府新堂構,瓦礫荒涼夕照紅。①

錢忠懿王金塗塔歌爲中丞朱南厓夫子作②

柴周毀佛銅禁行,吳越王俶寶塔成。塔文自紀歲乙卯,八萬四千一時造。赤銅版合黃金塗,上綴四角凸八觚。淺雕深鏤細若織,極頂浮圖現佛國。厥制略仿阿育王,森立羅漢環金剛。救鴿飼鷹狀奇險,諸天歷歷看來儼。伊昔保障十四州,錢江大業光婁留。開國五世受多祉,納土朝天表忠峙。表忠碑圮塔不磨,神光散落湖濆多。方泉詩句憨山筆,宋周文璞《方泉集》有姜堯章《金銅佛塔歌》,又明憨山僧德清有《金塗塔記》。歷劫終隨鐵券出。即今五寸高峻嶒,王朱臆斷安足憑。塔文刻"吳越國王錢弘俶敬造八萬四千寶塔,③乙卯歲記"十九字,④而王漁洋、朱竹垞俱斷爲錢武肅事,蓋未見其物也。中丞嗜古嗤耳食,夏鼎商彝手拂拭。一塔八百卅九春,佛力呵護傳其真。塔造于乙卯,爲周顯德二年,實忠懿嗣爵之弟八年也,距今乾隆癸丑則八百三十九年。

蠹魚十二韻⑤

物化窺玄圃,⑥開函亂兩眸。蟬形紅乍點,蝨影碧初浮。與鳥同摹篆,如魚或計頭。⑦潛鱗欣得所,掉尾儼隨流。深向文河穴,寬從墨海游。紙痕驚入網,筆勢怯吞鉤。⑧整篋看無數,臨池似可求。依宜蒲帙展,貫訝柳編收。藻彩穿時密,芸香辟處幽。姒隅徵幻相,脈望契真修。絕類銜書鶴,差同觸字牛。群經資寢食,白腹免貽羞。

---

① 此兩句右側有墨點。
② 此詩每句末字有朱黑、李朱圈。
③ "弘",原作"宏",避乾隆帝弘曆諱。
④ "記"字後補入。馮黑評云:"塔文'歲'字下有'記'字,共十九字。詩通首峻潔。""通首峻潔"四字右側有李朱圈評。
⑤ 此詩每句末字有朱黑圈。
⑥ "玄",原作"元",避康熙帝諱。同前。
⑦ 此兩句右側有墨點。
⑧ 此兩句有朱黑、李朱圈評。

撲滿十六韻①

合土成家用,稱名爲俗砭。撲來終瓦裂,滿處暫籌添。子母乘虛入,方圓就隙覘。量輸三斗富,制可一囊兼。勢逆筩成觝,光韜鏡有奩。杖頭懸未穩,瓶口守逾嚴。②呼井愁非葛,埋庭笑比閻。擊壺聲忽落,鼓缶象同占。器本因欹識,卮寧以漏嫌。劈開神劍匣,露出寶刀銛。③金穴剛留孔,銅山忽倒尖。球憑鮿腹剖,珠向蚌胎拈。甌拆紋全碎,蚨飛血尚黏。④此中推空洞,乃爾悉毫纖。貨棄翻招惡,泉流信益謙。持盈參妙義,記取祖榮廉。

唐　花⑤

葳蕤無數背陽開,剪彩隋宮莫漫猜。欲使天公憑我作,直教寒谷領春來。⑥三三野徑從頭闢,七七仙人信手栽。松火地爐留淑氣,芳心一樣動葭灰。

乞沈師橋刻小印代柬⑦

金石遺文古,知君獨擅長。筆橫三寸鐵,篆裊一爐香。巧若書飛白,精于拓硬黃。今人忽秦漢,心寫復心藏。

八體珍摹印,同懷嗜古情。非魚甘食字,如鳥學呼名。欲仿垂金刻,憑誰點鐵成?津門有仙客,蕪句藉通誠。

---

①　此詩每句末字有朱黑、李朱圈。
②　此四句有朱黑圈評,末句又有李朱圈評。
③　此六句有朱黑、李朱圈評。
④　此兩句有朱黑圈評。
⑤　此詩首尾有删節符號,每句末字有朱黑圈。刻本無此詩。
⑥　此兩句右側有墨點,後句又有李朱圈評,且於天頭處評曰"對勝出"。
⑦　此組詩首尾有删節符號。馮黑評云:"二首可删。"刻本無此組詩。第一首每句末字有朱黑圈。

地　坑①

　　移將坤軸作離宮，火土相生至理通。得氣何妨陽在下，②負暄偶似日方中。泉溫人浴華清近，律暖春吹黍谷空。一夜和風到香國，唐花滿眼吐新紅。

喜雪用禁體③

　　夜半霏霏落瓦溝，壓廬氣凜澀歌喉。寒鴉出郭曉風急，凍雀依檐初日收。④畫意半歸漁父艇，笑聲多在酒家樓。⑤憑伊爲報豐年信，隔歲先知大有秋。

壬子、癸丑共詩六十二首

---

　　①　此詩首尾有刪節符號，每句末字有朱黑圈。刻本無此詩。馮黑評曰："'炕'，宜從火旁，'坑'乃地坎也。"
　　②　此句有朱黑圈評。
　　③　此詩每句末字有朱黑圈。邵黑評云："昨雪中訪友，過酒肆，聞樓上拇戰聲，不覺心癢，惜驅車逕過矣。今誦此詩，急浮數大白，以應昨日笑聲。己未十二月十七日壽民醉筆。""用禁體"左側各有一墨點。刻本無此三字。
　　④　此兩句右側有墨點。
　　⑤　此兩句有張藍圈評，後句又有朱黑圈評，另"樓"字有李朱圈。

借樹山房詩草卷三　甲寅①

采桑曲②

桑林遠繞一溪水,陌上春陰緑如海。春陰如海女如雲,滿路鉤筐歌采采。昨夜空閨夢不成,聽蠶食葉一聲聲。蠶飢妾自理新葉,妾恨向誰言別情?③一去漁陽不回首,羅敷夫婿歸期負。寧教采遍十畝桑,④莫折長亭一枝柳。長亭楊柳間桑枝,重憶行人贈別時。⑤桑老蠶眠春去後,看蠶成繭繭成絲。絲成待仿迴文織,寄與天涯遠行客。⑥君不見,采桑樹上雙鳴鳩,呼雨呼晴不分隔。⑦

東厢弟病久旅費不支戲柬少仙⑧

火攻嫌弟迫,⑨藥債比詩多。時欲呼庚諾,真成棄甲那。貧還因久病,涸乃羨盈科。擬向蚨飛處,垂天設尉羅。

---

① 右側有字云"此卷發刻時已删去十六首,癸亥年蔭山自記"。
② 此詩每句末字均有朱黑、李朱圈。
③ 此兩句有朱黑圈評。"向",原作"憑"。
④ "教",原作"使"。
⑤ "時",原作"離"。
⑥ 此八句有張藍圈評。
⑦ 此三句有朱黑圈評,後兩句又有張藍圈評。"采桑"乃後補入。
⑧ "病""久""戲"三字右側有張藍勾畫,並於天頭處留評曰"此三字在一處,不可。擬删"。此詩首尾有删節符號。刻本無此詩。
⑨ 此句右側有墨點。

贈沈四師橋①

憶昔君去時，天寒無柳枝。草草不成別，空懷離亭思。君來忽春暮，漫天柳飛絮。君自挾春來，莫更隨春去。去來總不禁，兩地神交深。春風道旁柳，安知松柏心？②

鞦韆曲③

春風鈴索聽依稀，院落深沉半掩扉。巫峽夢長牽不斷，連朝化作彩雲飛。④

郎言仙骨定姍姍，妾道仙凡總一般。弄玉飛升綠珠墜，一齊打點與郎看。⑤

彩繩畫板映朱樓，會向丹青筆底求。只此便成新粉本，影隨蝴蝶過牆頭。⑥

羅襪翩躚翠袖飄，困人天氣是花朝。幾回閒搭渾無力，掠鬢搴衣憶昨宵。⑦

餞　春⑧

與春居九旬，忘卻春爲客。新綠乍成陰，殘紅時墜席。雲車雜風馬，何處尋行迹。問春來幾時？歸心乃爾迫。一歲一往還，何似

---

① 此詩每句末字有朱黑圈。詩題處有馮黑評云"末一首似可刪"，籤條倒，此詩僅一首，下《鞦韆曲》共四首詩，且最後一首有刪節符號，疑誤置於此。
② 此兩句右側有墨點。
③ 此組詩每句末字均有朱黑圈。
④ 此兩句有張藍圈評。
⑤ 此兩句有張藍圈評，每句末字又有李朱圈。
⑥ 此兩句有朱黑、李朱圈評，李朱又曰"新巧"。
⑦ 此詩首尾有刪節符號，刻本無此詩。
⑧ 此詩每句末字有朱黑圈。

安居逸。①蝶夢枝頭空，鶯聲雨中寂。文章假大塊，俯仰成今昔。②有腳肯羈留，長繩繫何益？我有一尊酒，洞庭波影碧。釀以千斛愁，和以百花液。灑向勞勞亭，爲春壯行色。③春去何日來，④經年苦相憶。拂水復驚梅，重聽好消息。

五月初二夜賊入張船山檢討寓齋盡卷壁上書畫去作歌賀之⑤

　　船山嗜古早成癖，船山食貧如食蘗。顏帖空將米乞來，阮囊不辦錢充積。冷官清俸能幾何？盡買圖書懸屋壁。圖書作祟勝狐鬼，錢神鼠竄贓神默。主人興酣手自摹，醉墨淋漓潑几席。有臂但與古人交，有耳寧聞室人謫。⑥謫聲夜半⑦達金閶，帝遣狼星降其宅。煮鶴焚琴事或同，電馳風掃去無迹。詰朝執簡報同人，蔭山居士喜盈色。古來失火必書災，我輩長貧亦何益。賀貧羊舌賀火柳，畢竟強詞費口給。何如割愛付偷兒，勝作送窮文幾冊。偷兒替送船山窮，攜入五都輕一擲。要將墨氣化金銀，得意莫忘前夜賊。⑧

端午日蒙恩賜扇二柄恭紀⑨

　　化以醇醲沃以膏，彤廷寵錫幸頻叨。薦羞上苑分珍果，壬子考試差日，賜百官櫻桃，今歲亦然。釋褐春官燦錦袍。新進士例賜袍，謂之表裏。祇覺君

---

① 此四句有刪節符號，刻本無此四句。
② "成今昔"，原作"盡陳迹"。
③ 此八句有朱黑圈評，後六句又有張藍圈評，後六句末字又有李朱圈。
④ "去"，原作"乎"。
⑤ 此詩每句末字有朱黑圈。邵黑評於詩末地脚處，云："祺亦有此題詩，亦是七古，但不如此詩之妙耳。（民）"
⑥ 此六句有朱黑圈評，後兩句又有張藍圈評。
⑦ 此四字右側張藍評曰"此獅吼也"。
⑧ 此八句有朱黑圈評，後三句又有張藍圈評，後六句末字又有李朱圈。此段天頭處有馮黑評，云"人奇事奇詩奇，極敗意極有興會，可作千秋佳話也"。
⑨ "恩"字另行頂格。此組詩首尾有刪節符號，刻本無此組詩，保留題目及下一首。此組詩中"彤"字、"上"字、"君"字、"頒"字、"鳳"字、"綸"字、"帝"字、"堯"字、"舜"字、"御"字、"恩"字均另行頂格。又注文"日"字、"賜"字間和"士"字、"例"字間均空兩格。

恩同大造，敢云臣職有微勞。五明新製頒天府，願效賡歌染素毫。

憶從鳳閣拜綸言，方麯周遮卻暑煩。兩袖風生紅藥砌，半規月上紫薇垣。名茶新火寧專美，玉帶香羅許並論。莫被塵污時障面，此中涵得帝天恩。

湘雲幾叠織玲瓏，不數齊紈出漢宮。瑞應堯厨承化日，涼分舜瑟播薰風。九華賦慕陳思擅，六角書慚逸少工。謹護御香留篋笥，紀恩千載識優隆。

又二十韻①

明堂開盛夏，吉叶惠心孚。大地仁風播，盈廷湛露濡。槃櫻輝綺席，翠脯茁瑤厨。共荷綸音逮，欣看寶扇俱。裁紈輕漢製，織竹合時需。②濃墨曾經染，緇塵未許污。百僚欽澤沛，萬歲效山呼。臣本依垣掖，家還傍海隅。桑暾炎景接，蓬島火雲鋪。消暑空懸帛，招涼怯采珠。憶曾編羽翮，時或剪葵蒲。草草形偏陋，花花樣卻輸。③《唐宋遺紀》："都人五日爭造花花巧扇。"今來燕市住，近向鳳樓趨。愠借南薰解，恩承北極殊。觀光移雉尾，拜賜集鵷徒。玄玉真聯毂，④烏金若合符。指揮隨彩筆，摺叠趁羅襦。何植貧堪樂，黃香侍更娛。書思同搢笏，題句愧操觚。壽寓方行慶，賡颺記誕敷。

喜雨和王葑亭給諫⑤

望雨應同渴望梅，枯腸鳴後口慵開。奚囊莫怪無題咏，一卷新詩仗爾催。

火雲連日不成陰，病骨何堪暑氣侵。今夜對牀眠較穩，芭蕉聲裏

---

① 馮黑評云："存此二十韻，前三律可不存。"此詩每句末字有朱黑圈，"惠"字、"仁"字、"湛"字、"綸"字、"澤"字、"萬"字、"恩"字、"光"字、"賜"字均另行頂格。
② 此兩句右側有墨點。
③ 此八句右側有墨點。
④ "玄"，原作"元"，避諱字。《楚辭·招魂》："紅壁沙版，玄玉梁些。"
⑤ 此組詩每句末字均有朱黑圈。

細談心。時東廂弟初病起。①

濯遍南枝與北枝,小園新綠乍含滋。奚僮爲省澆花力,隨着先生喜上眉。②

思鄉擬作愁霖賦,聞吾鄉自春入夏連月大雨。客舍偏成喜雨詩。畢竟喜時愁隔膜,吟懷只徇眼前私。③

松　花④

翠濤謖謖捲山隈,古雪霏霏點石苔。⑤既老尚因春著色,⑥有心誰道冷成灰。泥金粉抹釵雙股,香蠟丸封紙百枚。領得歲寒三友意,細花如竹萼如梅。⑦

葳蕤五粒間幽葩,艷李穠桃莫漫誇。黃鶴巢雲晴刷羽,蒼龍卧澗飽餐花。⑧光分琥珀根全繞,香撲鬚髯影半遮。石上橫琴恣清賞,幾回擷秀到山家。

放歌遣懷⑨

山上既有山,海外更有海。君今汗漫游,不如守株待。扶搖萬里鯤鵬摶,六鷁遇之飛不前。昆侖積雪生冰甗,蟄蟲坏戶猶號寒。神仙富貴有時有,未必天許人人全。勸君勿爭路,咫尺雲泥不相顧。勸君勿出門,⑩

---

① 此詩每句有朱黑圈評,每句末字又有李朱圈。
② 馮黑評云:"'奚僮'與'奚囊'少變化,此首或酌刪。"此詩首尾有刪節符號,刻本無此詩。
③ 此兩句有朱黑圈評。
④ 此兩詩首尾有刪節符號。刻本無此組詩。馮黑評兩詩云:"'絳'字、'作態'字皆不切,'紙百枚'似太生,'繁花'亦與'竹'不合。此首可以刪去。然刪此首,則下首'豔李'第二句不成章法。希酌之。"第二首每句末字有朱黑圈。
⑤ "古",原作"絳"。
⑥ "尚因",原作"猶隨"。"著色",原作"作態"。
⑦ "細",原作"繁"。
⑧ 此兩句右側有墨點。
⑨ 詩題原作"擬行路難",刻本作"放歌行"。此詩天頭處原有"刪"字,後去掉。
⑩ 此數句原作:"行路難,休登山,虎狼屹踞崇山顛。虎狼之肉可食皮可寢,崇山之顛誰可劚。行路難,莫涉水,水深浪闊蛟龍起。斬蛟屠龍有時盡,湖海何年道如砥?吁嗟乎!海外瀛海,門(原作'盂')前盂門。"

千荆萬棘在足跟。足跟從艮得止義,脚卻踵重腿則退,請君細繹古人造字意。①

洗象行②

天河三日雲浴豨,傾盆驟雨城南飛。城南河水漲一丈,伏日都人看洗象。鉦鼓雜沓旗幢開,大象小象聯翩來。大象投波勢躍躍,巨鼇冠山魚縱壑。小象俯首臨陂陀,屹立不動憑摩訶。須臾浮水水倒捲,長鼻一噴雪珠滿。③蠻奴挾帚持長鉤,撫象如狎海上鷗。錦襠赤脚直跨背,百尺波濤等兒戲。翻身陡落蛟龍窟,浪拍長堤石都出。嘩聲驟沸觀者驚,掉臂已作猿猱升。斜陽一片到河滸,騎象歸來勇可賈。我聞象應天象爲瑶光,威靈表自周澄王。氣壓貔貅輕虎豹,戰場往往奏奇效。胡爲不束兵刃不繫燧,沐浴朝天肅儀衛。放牛歸馬長修文,吁嗟象亦生逢辰。④

寄懷内兄王泉亭⑤

君不見,叠石山頭一株兩株樹,挂我千絲百結之迴腸;又不見萬金湖水流湯湯,離人有恨與之爭短長。人生百歲無過三萬六千日,胡爲經年不見如參商?⑥得君尺書心徬徨,恨不身生兩翅肘六翮,乘風飛上槐緑堂。槐緑堂前槐花黄,催君一棹過錢塘。錢塘距海子咫尺通

---

① "止"字、"義"字、"退"字、"意"字右側有張藍圈。馮黑評云:"詮字義新穎,但樂府體不應如此。"邵黑評認爲"此論稍泥(民)"。
② 此詩每句末字有朱黑、李朱圈。馮評云:"洗象詩多矣,似此有聲勢有氣色,洵推傑作。收局亦好。"
③ 此六句有朱黑、張藍圈評,末兩句又有李朱圈評。
④ 此四句有朱黑圈評,末句又有張藍圈評。
⑤ 此詩每句末字有朱黑圈。馮黑評云:"破空而來,筆筆跳脱。"
⑥ 此六句除"又不見"三字外有張藍圈評,每句末字又有李朱圈。張藍又評曰:"用筆如環,宛轉如意,真快事也。"

津梁,山不隔九嶷道不經陳倉。①秋風文戰馬蹄捷,天衢指日龍騰驤。我有懸榻非君不能下,似我腹坦君家牀。相思昨夜入我夢,夢君早束都門裝。嗚呼何時結束都門裝,論詩說劍醉倒金臺旁。②

七月六日東廂弟出都口占送別③

年來破盡旅囊慳,買藥長安市上還。我正貧時君忽病,累君海外憶家山。

征途轉眼到新秋,秋雨秋風送客舟。塞雁自來人自去,雁行難寫別離愁。④

趨庭爲我報平安,俸米京華努力餐。更說束裝前數日,添丁親見滿堂歡。⑤

此去關河正渺茫,病軀珍重護風霜。篷窗任爾饒吟興,莫把詩囊作藥囊。

灣頭新漲送君行,料得今宵夢不成。同是連牀聽慣雨,孤篷分與一聲聲。⑥

屈指烟波客路遲,重陽應是到家時。茱萸插遍登高處,爲我遥遥賸一枝。⑦

別後知君望眼賒,擬看星使泛靈槎。家園樂事重迴首,未必皇華勝棣華。

臨歧數語殷勤記,記取明年二月中。十里長安花待爾,莫貪種菊

---

① 此兩句有張藍圈評。"陳倉",原作"羊腸"。陳氏自注云:"'腸'韻複,故改之。薩山自記。"

② 此六句有張藍圈評。邵黑評於詩末,云:"此方神似太白,若有意學太白,便毫不似矣。(民)"

③ 除第四首外,餘者每句末字均有朱黑圈。前四首及末兩首首尾均有删節符號,刻本亦僅保留第五、六兩首。

④ 此詩皆有朱黑圈評。

⑤ 此兩句有朱黑圈評。

⑥ 全詩有張藍圈評,後兩句又有朱黑圈評,後兩句末字又有李朱圈。

⑦ 此詩前三句末字有張藍圈,末句有張藍圈評。

滯籬東。

讀本草①

　　素不諳養生，病中讀《本草》。自笑久束書，佛脚臨時抱。初觀意差愜，卒讀未了了。藥餌可長生，炎帝應不老。斫木更揉木，②耒耨利非小。作甘本自然，茹苦情多矯。請撤蘧苓薟，而嘗黍稷稻。不然取噬嗑，③入市物都好。割肉爲膾軒，買魚薦鱻毳。三百青銅錢，壘塊直澆倒。漫學月中兔，藥杵長年搗。且聞藥毒人，精液立枯槁。一部《神農》經，僞託神農造。或由衣褐徒，欪舌力爲撟。人身小天地，安事日騷擾。夜深語未終，半空忽狂叫。先生勿置喙，此編特精妙。誤用由醫家，④遺經供竊剽。一句兩句熟，⑤千方萬方靠。⑥藥性未分明，⑦雜投冀一效。坐令衛生書，戕生同虎豹。⑧當日著書心，字字如親詔。俗醫不識字，固非意所料。執此疑古聖，毋乃井蛙噪。紙窗響塞窣，⑨坐久豎毫竅。風急牀動搖，燈昏鼠騰踔。掩書擁被眠，屋角鬼聲嘯。

龔荻浦因事見責作此報之⑩

　　短命顏回怒不遷，我令遷怒合延年。先生善頌如張老，不日先開

---

① 馮黑評云："此詩通首結構欠自然。"
② "更"，原作"及"。
③ "噬嗑"，原作"諸益"。
④ "誤用由"三字後加。此句原爲"醫家秘本多，咄哉眸子眊。世上無金篦"三句。馮黑評云："嬉笑怒罵，文人狡獪無所不可，但'醫家秘本'以下詞意未甚明了。或酌加删改，存之。"其側有陳氏自注云："壬戌五月改完矣。蔭山。"
⑤ "熟"，原作"書"。
⑥ 此下至"執此疑古聖"間原作"有字本不識，如瞽亦如盜。不信明眼人，悉投盲虎豹"四句。
⑦ 其下原有"無術姑妄報，令種（原作'種坐'）必死藥"兩句。
⑧ "戕生"，原作"害人"。
⑨ "塞窣"，原作"颯颯"，又改作"颯瑟"。
⑩ 馮黑評云"擬删"，首尾有删節符號，每句末字有朱黑圈。刻本無此詩。

壽酒筵。

苦 雨①

昨成喜雨詩,人喜雨亦喜。喜極難放晴,兼旬不復止。坐令詩案前,盈盈數尺水。我詩非獻諛,我喜偶然耳。得詩勢輒驕,詩人何足恃。謂雨不喜詩,詩實雨催起。謂我只喜雨,我非石燕子。②前者縱旱魃,近乃蔽晴暑。晴雨兩無當,昨非今豈是?限爾十日期,甲雨晴到癸。一雨成一詩,毋失詩人旨。③

夜直聞廝役鼾聲有感④

濁醪日醉兩三杯,倒地酣眠夢不回。嗟我丁年頭帶雪,羨他子夜鼾如雷。⑤黑甜那要題詩贈,快活非從識字來。⑥聞道神仙無畛域,拘形化盡即蓬萊。⑦

湘簟平鋪角枕欹,情懷脈脈睡遲遲。萬愁如織我何罪?一夢無緣他可知?醒眼看人明月夜,閒身待漏曉星時。⑧紫薇花影多情甚,爲伴清吟直宿詩。

秋扇詞⑨

唱徹班姬一曲哀,秋風瑟瑟起歌臺。如何不落梧桐葉,先到儂家

---

① 此詩每句末字有朱黑圈。
② 此八句有朱黑、張藍圈評。李朱評曰:"真樂天。"
③ 此兩句有朱黑、張藍圈評。張藍評曰:"巧語。"
④ "夜直",原作"直宿西垣"。此組詩每句末字均有朱黑、李朱圈。邵黑評曰:"題妙詩妙,足以傳矣。(民)"
⑤ 此四句有張藍圈評。
⑥ 此兩句有朱黑圈評,末句又有李朱圈評。
⑦ 此詩天頭處馮黑評云:"滿肚不合時宜,妙以游戲出之,作此詩時,其快活何如。"李朱評於地脚,曰:"人生識字憂患始,可嘆。"邵黑評於詩末,云"可嘆(民)"。
⑧ 此四句有張藍圈評,前兩句又有朱黑圈評,第二句又有李朱圈評。
⑨ 此組詩每句末字均有朱黑圈。

扇底來。①

悲歡離合費猜思，簾外西風作惡時。不信郎情如扇薄，②扇頭新寫定情詩。③

紈素裁成月一規，未團圓日本來虧。因虧更想團圓好，爭受秋風月月吹。④

秋夜直次用壁間程也園銓部書周益公蘇文忠洪平齋詩舊韻與情庵同賦⑤

樹頭三匝繞歸鴉，剪燭熏香夜試茶。明月對人如識面，前身原是紫薇花。

草罷絲綸月上花，鳳樓同倚曲欄斜。吟腸一放難收束，宛在山巔與水涯。

僦居近市日喧嘩，歷亂塵心久似麻。行到西垣清切地，筆尖無夢亦生花。⑥

與同學諸子論詩再用前韻⑦

吟窗信手學塗鴉，誰解評詩似品茶。茉莉香多茶奪味，有人還拾唾中花。⑧

隋宮樹樹彩爲花，絢爛春風整復斜。畢竟象生生趣少，輸他芳草滿天涯。⑨

---

① 此兩句有朱黑、張藍圈評。又有邵黑評云："妒得妙（民）。"
② "扇薄"右側有上下挑之墨迹，邵黑評云"二字究須倒換爲佳（民）"。
③ 此兩句有朱黑圈評，末句又有邵黑圈評。邵黑評云："吳松崖有句曰'忍死待郎三十載，歸鞍馱得小妻來'，與此同妙。（民）"
④ 此詩首尾有删節符號，刻本無此詩。
⑤⑦ 此組詩每句末字均有朱黑圈。
⑥ 此兩句右側有墨點。
⑧ 此兩句有朱黑、張藍圈評。馮黑評云："詩中三昧，信手拈來，即是上乘。"
⑨ 此兩句有朱黑、邵黑圈評，每句末字又有李朱圈。邵黑評云："詩所以貴有生氣也，舍卻性靈，寧復有詩。（民）"

楚咻齊語土音嘩，桃李松篁雜苧麻。爲報詩人須識別，靈心好結自然花。

三輔棘闈分校①

文光夜夜輝牛斗，棘院風清燭影斜。冀野馬多憑相骨，燕臺金重合披沙。不才自愧胸無竹，未老先愁眼有花。②憶脫污泥纔瞬息，青雲意氣底須誇。

晚出西直門赴香山馬上成句③

不是尋常秉燭游，睡鄉無計覓封侯。一官況味同雞肋，五夜風霜到馬頭。遠樹瞥驚山屹立，飛沙直與水爭流。④奚僮知我無聊甚，遥指燈光説酒樓。⑤

長至後九日吳穀人編修邀同人作消寒雅集咏冰得雜詩八首⑥

履險平如砥，痕拖屐齒明。奇于背水陣，快若御風行。⑦渡笑狐聽怯，身隨鯉躍輕。淩波軍有號，習戰豈同情。⑧冰嬉。

不須分上下，穩渡玉河濱。坐席幾曾暖，飛車如有神。⑨行驚泥滑滑，響激石嶙嶙。懸榻知何日，東風作主人。冰牀。

出納鄰風穴，嚴寒逼火阬。陰非當夏伏，水以不流盈。人事勞穿鑿，天時任變更。⑩韜光知待用，肯作雪山傾。冰窖。

---

① 張藍將"三輔"圈掉。刻本亦無此二字。此詩每句末字有朱黑圈。
② 此兩句有朱黑、張藍圈評。李朱評曰："迴不猶人，東坡過人處。"
③ 馮黑評云："清冷中氣勢乃爾。"此詩每句末字有朱黑、李朱圈。
④ 此四句有朱黑、張藍圈評。李朱評曰："神似坡仙。"
⑤ "説"字右側有"是"字，不知何人欲改，刻本亦作"説"。
⑥ 此組詩除注明朱黑圈末字之外，餘者末字均是張藍圈。
⑦ 此兩句有張藍圈評。
⑧ 此兩句原作"溫泉同試浴，還愜暮春情"。馮黑評云："'溫泉'二句似略牽強。"
⑨ 此句有張藍圈評。
⑩ 此四句原作："爲乾陽在下，如坎水流盈。密密淩間積，峨峨井底生。"

漫說寒于水，偏宜乙夜然。火寧承以艾，燭乃幻爲蓮。明處生陰焰，空中散濕烟。①籠燈堪照世，合共水晶傳。冰燈。

花樣憑誰鏤？瑤池一片清。履來生步步，賣去喚聲聲。雅合瓶中貯，曾聞瓦上成。奇紋供紙拓，五色粲分明。冰花。

一條清欲絕，況味冷官知。②曲異銀鉤綰，堅仍玉尺持。水心刀可剪，樹杪介紛披。想像昆侖表，蠶眠覆雪時。冰條。

居然魚水合，底事膳膏腥。錦尾剛承玉，銀刀乍發硎。鹽調晶晃朗，膾砍雪瓏玲。凍解東風後，烹鮮日幾經。冰鮮。

留將堅白意，席上托和盤。味美原因淡，心清恰耐寒。並饒行素樂，翻覺熱中難。一種鹹酸外，何人細細餐。冰齏。

大雪遣懷③

百年能得幾時閒，恰趁天寒靜掩關。酒後不知身是客，眼前權借雪爲山。④獨來獨往人千里，謂少仙。⑤疑有疑無樹一灣。呵凍欲題還閣筆，詩囊笑比旅囊慳。

甲寅共詩五十五首

---

①② 此兩句末字有朱黑圈。
③ 此詩每句末字有朱黑圈。
④ 此兩句有張藍圈評。
⑤ "少仙"二字乃後改，原似作"東廂"。

借樹山房詩草卷四　乙卯①

夜　讀②

花枝臨水月臨牆，獨對寒檠思渺茫。縱筆掀翻前史易，檢書酬應古人忙。③疑從眼底層層破，味向心頭脈脈嘗。始信琅環真福地，幾人夢得到縑緗。

自題意中園圖④圖係天津沈師橋作。

結屋玲瓏巖，石丈當窗坐。⑤清池廣百弓，泱瀁碧雲破。樹外山一角，山前竹千個。以意為我園，不知幾多大。⑥
昔我居東海，長風駕輕舠。一竿投萬頃，⑦一釣連六鼇。祇覺海如杯，覆水堂之坳。⑧此意偶拈出，尺幅滄桑包。
買花不當意，對酒長相思。相思在明鏡，花影看迷離。⑨誰從綠窗下，添插瓊林枝。老我溫柔鄉，春風無已時。

---

① 右側陳氏自注云："此卷發刻時已刪去十一首，蔭山自記。"
② 此詩每句末字有朱黑圈。
③ 此兩句有邵黑圈評，且評曰"是我輩讀書光景（民）"。
④ 此組詩每句末字均有朱黑圈。前三首每句末字又有李朱圈。
⑤ 此兩句有張藍圈評。
⑥ 此兩句右側有墨點。
⑦ 此處有漫漶，"頃"字據刻本補入。
⑧ 此兩句有張藍圈評。
⑨ 此四句有張藍圈評。

休文能寫意，①閬苑連蓬壺。仙家地可割，爲我分一隅。但得換骨丹，鵲巢任鳩居。披圖拍掌笑，我亦非真吾。②

移　居③

浮生如蟻夢依槐，卜宅何妨歲一回。但得神仙能縮地，家山移上小金臺。

咿喔雙輪巷口經，無多家具載零星。琴囊酒榼攜來慣，人道先生去踏青。④

老屋新居一樣寬，添將樹影壓欄杆。閒來坐我詩窗裏，只作流鶯隱葉看。⑤

借樹山房歌⑥

家可浮，宅難卜，朝東暮西鳥擇木。蕭然庭院無一枝，安得陶家青繞屋。青青繞屋樹幾株，陡覺城市同山嶇。此樹不知爲誰種，此屋大可連牆居。炊無米，食無魚，坐無氈，出無車，向人開口徒欷歔。⑦我酌鄰翁一杯酒，分將餘蔭歸吾廬，從君借樹真區區。君家有樹惠不費，我欲種此須作十年計。十年之後陰始成，十年之前屋無蔽。⑧山房易搆樹難買，小住安能守株待。眼前布置本天然，陰濃坐覺春如海。牆西老屋連牆東，衆綠結幄青帡幪。夜半枝頭宿鸞鶴，春深檐角蟠虯龍。楸枰影亂書幌潤，碧雲飛繞紅塵中。舉頭對樹作長嘯，兩家莫辨誰主翁。⑨吁嗟乎！人生世上事亦偶，身外之物何必定吾有？天爲斗

---

① "休文"，原作"東陽"。
② 此兩句右側有墨點。
③ 此組詩每句末字均有朱黑圈。第一首首尾有删節符號。刻本無此詩。
④⑤　此兩句有張藍圈評。
⑥　此詩每句末字有朱黑圈。
⑦　馮黑評云："著'炊無米'數句，便有斷續頓挫，否則直下無味矣。"
⑧　自"炊無米"至此有張藍圈評，末四句又有朱黑圈評，末四句末字又有李朱圈。
⑨　此兩句有朱黑圈評。

帐地爲茵，萬象森羅到窗牖。君不見，長歌未竟樹點頭，山房今夜風颼颼。①

庭前枯樹二株狀奇醜令砍去之詩以志感②

綠借先生柳，青分處士松。不才偏爾獨，無地更相容。③瓦縫交柯亂，牆根拔地鬆。④菁華久零落，何日見葱蘢。

春風吹不到，老死乞天憐。已覺支離甚，猶誇骨立堅。株空留蟻穴，葉禿少鶯遷。對此真樗櫟，巡檐意索然。

兩板松扉隔，橫空互屈盤。夾攻如晉楚，朋比立共歡。⑤孤負十年計，誰能終日安？蘭成有奇筆，一賦笑無端。⑥

出郭遇雨書酒家壁⑦

出郭尋春春色浮，此身不繫似虛舟。林間望雨桑青眼，⑧花底呼人鳥白頭。⑨半晌留看墓碑字，⑩片雲催上酒家樓。⑪憑欄不惜青衫濕，誰抱琵琶爲訴愁。

買　車⑫

得錢不買山，生受輪蹄縛。自笑踏雪鴻，忽效乘軒鶴。乘軒非鶴

---

① 此三句有朱黑圈評，後兩句又有張藍圈評。馮黑評云："妙總在活。"
② 此組詩每句末字均有朱黑圈。
③⑤　此兩句有張藍圈評。
④ 此句有朱黑圈評。
⑥ 此詩天頭處有馮黑評云："此種自成獨造，然鄙意不深取。"
⑦ 此詩每句末字有朱黑圈。
⑧ "望雨"，原作"覓路"。
⑨ 此句有李朱圈評，天頭處有李朱云"墨莊補圈"。
⑩ 此句原作"一雨忽分游客隊"。原句右側有墨點，末字有朱黑、李朱圈。
⑪ 此句右側有墨點，末字又有李朱圈。
⑫ 此詩每句末字有朱黑、李朱圈。邵黑評云："步入閑中，昔聞前輩往往如此，今則群嗤爲砌（音'怯'——原注）矣。此詩所以勵薄俗也。（民）"馮黑評云："'金鞿白玉鞍''昔人智創物'，兩層展拓，便不枯冷，而筆力矯健，足以達之。"

心，請述買車略。①憶昔山中來，掉頭走京洛。步習江東兵，行比邯鄲學。非不念巾車，我有陽春脚。刮地風沙沙，當街石硌硌。泥中胡爲乎，面目施黝堊。冒雨骭旋没，衝寒脛如斲。不知前五年，躙破幾兩屩。②金鞿白玉鞍，畫轂青油幕。瞥眼駕高軒，顧我真錯愕。下車揖有時，驄馬避亦數。明知敝緼袍，自足匹狐貉。離坐離立間，往參毋乃錯。吁嗟出無車，宦途傷落魄。③昔人智創物，車制大而博。輪輻須辨材，篆縵亦序爵。君子例得輿，古非自我作。無如行路難，黄金盡囊橐。欲尚周人車，先行《周禮》醵。鮑叔一朝逢，馮驩出門樂。如彼迷津人，臨河得孤彴。又如大厦成，置酒歌詩落。歌詩取《衛風》《淇澳》三章約。自非圭璧如，何顔倚重較。努力繼前軌，毋貽長者噱。④

三十初度⑤

憶昔方逾弱冠年，秋風一棹抵幽燕。枕頭金盡仍爲客，馬上塵勞枉著鞭。⑥到眼白雲牽夜夢，⑦繞庭芳草鬥春妍。舉杯自祝無多願，老我萊衣舞膝前。⑧

平分甲子漸消磨，自壽還成懊惱歌。兒女如花開落半，弟兄是雁别離多。⑨窮將文送徒招鬼，詩到狂吟易受魔。⑩安得談心呼舊雨，蓬門時聽屐聲過。少仙有春間入都之約，至此未到。

---

① 此六句有朱黑圈評，前兩句又有張藍圈評。馮黑評云："起突兀。"
② 此兩句右側有墨點。
③ 自"金鞿"至此有朱黑圈評。
④ 此六句有朱黑圈評。
⑤ 邵黑評云："壽民今年亦三十矣，生日得詩四首。第三首有曰'詩漸增窮味，歌常作恨聲。美人與駿馬，當日願平生'云云，味辛諸公詫爲不類，知我者其唯先生乎？（民）"此組詩每句末字均有朱黑圈。
⑥ 此句原作"堂上眉齊遠隔天"。不知何人所評云："'齊眉'二字用在'堂上'，究不得體"，下有張藍評曰"是"。
⑦ "牽"，原作"勞"。
⑧ 此兩句右側有墨點。
⑨ 此兩句有邵黑圈評，且語云"真情妙句（民）"。
⑩ 此兩句原作"窮將文送難循例，學到詩狂已受魔"。

八口浮家累此身，料知天意妬詩人。花間風雅輸僮僕，奴子劉耀庭性喜種花，故及之。燈下平章到米薪。①兩鬢已先潘岳老，有妻能耐阮修貧。年來埋没英雄氣，好作無懷上古民。

放卻門前貫月槎，無端春夢滯京華。學仙學佛依然我，逢水逢山便當家。②老屋借看鄰舍樹，小園栽遍意中花。近屬沈師橋、胡白水繪《意中園》《借樹山房》二圖。客窗長物知多少，柳帙蒲編載一車。

行藏誰向冷官評，好坐青氈老此生。③自繫枯匏難自解，無根小草半無名。字如可食爭爲蠹，筆不能歌只代耕。④薄宦五年堪一噱，咿唔贏得董帷聲。

歸心空自憶蒓鱸，匹馬雙輪逐隊驅。世路何人牽傀儡，宦囊無粟飽侏儒。花光小駐春三月，⑤胸次狂澆酒一壺。昨日采蘭今日醉，軟紅塵裏看模糊。

撚髭嘔血成何事，坐覺頭顱白髮侵。三十年前無我在，大千世界有人吟。⑥不從今日持詩戒，怕被虛名累客心。眼底流光疾飛鳥，溪山勝處一開襟。

花繞金臺蝶意酣，堂開萬柳碧毵毵。逢迎都笑客中客，觴咏纔過三月三。大塊文章容領略，帝京風物許搜探。⑦紛紛日下爭名路，只有尋春任我貪。⑧

不識人間萬户侯，醉鄉游倦睡鄉游。放他白日堂堂去，看遍青雲處處浮。桃李陰中支朽木，鳳皇池上立閒鷗。吾家舊有希夷谷，一枕三杯八百秋。

---

① 此句有朱黑圈評。
② 此句有朱黑、邵黑圈評。
③ "好"，原作"愁"，又改作"穩"。
④ 此兩句有朱黑、張藍圈評，每句末字又有李朱圈。
⑤ "花光"，原作"鶯花"。馮黑評曰："'鶯花''胸次'不對。"
⑥ 此兩句有朱黑圈評，每句末字又有李朱圈。
⑦ "帝"字另行頂格。
⑧ 此首及下一首有删節符號。馮黑評云："擬删'花繞''不識'二首，存末首。"天頭處又有籤條，字云"此二首似可删去"，似朱黑所題。刻本無此二首。

出山雲懶未還山，慚愧文章報國難。蝴蝶夢長成傲吏，駑駘力薄稱卑官。卅年轉眼驚虛度，半世閒身笑素餐。藜藿何年遂烏養，故鄉米貴似長安。①

次朱少仙雨中見訪遲曹扶谷不至韻②

獨客南歸後，迢迢夢裏迎。即令無數語，能寫幾多情。急雨衝愁陣，驚雷奪笑聲。③東鄰有同調，執簡訂詩成。

雨中朱少仙偕同陸平泉見訪遲曹扶谷不至次少仙韻④

咫尺城南路，連朝送復迎。多君呼舊雨，來此話離情。薄酒供詩料，驚雷奪笑聲。⑤裁箋報孤客，好句定催成。

直次偶成⑥

篋底絲綸句未成，晚涼天氣葛衣輕。綠陰滿院無人到，臥聽新蟬第一聲。

胡城東自灤河寄詩見懷依韻答之⑦

六街連日火雲蒸，應較灤陽暑更增。出塞看山懷酒伴，當窗坐月話茶僧。豪吟意欲空無馬，和曲聲原細似蠅。一語慰君還自慰，故人同劈剡溪藤。謂少仙。

---

① 此兩句右側有墨點。
② "朱"，原作"韻"。原詩每句末字有朱黑圈。馮黑評云："連下首俱可刪。"此首及下首原有刪節符號，後刪。刻本存此首。
③ 此兩句原作"一室春風坐，連床夜雨聲"，前句又改作"薄酒供詩料"。
④ 詩題原作"次日雨中復偕陸平泉至疊前韻兼寄扶谷"。此詩每句末字有朱黑圈。
⑤ 此兩句有朱黑圈評，後句又有張藍圈評。
⑥ 此詩每句末字有朱黑圈，後兩句右側有墨點。
⑦ 此詩每句末字有朱黑圈。

雨窗即事①

陡覺雲如墨,檐低急溜斜。氣涼先到簟,暑減不思茶。作客愁聽雨,隨人苦憶家。憑欄意蕭瑟,滿地落槐花。

客有鬻琴者謬謂潞王故物索值甚昂詩以誚之②

陶家琴無弦,我家囊無琴。不撫琴弦安能得琴趣,不讀琴曲誰復知琴音?咄哉索我千黃金,黃金可結千古交。此琴不值一炬燒,請君抱向中郎去,我不能琴毋絮絮。

平泉同寓借樹山房病後題句見贈即次其韻③

年來棲慣碧梧枝,不信籬藩鳳亦宜。掃榻衹分容膝地,居官原少稱心時。菇蓴味美秋初夢,④藥石言多病後詩。⑤賦罷有人同嘆息,⑥蟲聲四壁復何爲?

立秋夜與平泉同賦⑦

招涼同露坐,不問夜如何。小倦亦成夢,無題長自哦。漏聲催月上,蟲語得秋多。⑧稍覺西風起,蕭蕭響芰荷。

---

① 此詩首尾有刪節符號。刻本無此詩。馮黑評云:"'暑減'與上句'涼'字意複,'消渴'不對'氣涼',且貫不下。此首竟可刪去。"旁一籤條,字云"'暑減'易'消渴',隨人旁宜商",不知何人所題。
② 此詩每句末字有朱黑圈。
③ 原詩每句末字有朱黑圈。
④ 此三句原作"把卷便謀容膝地。抱琴肯負賞心期,米鹽計拙吾曹事"。後兩句又曾改作"蓄錢同過賣花時,米鹽事瑣閒中累"。
⑤ 此句有朱黑圈評。此句"詩"字有張藍圈。
⑥ "同",曾欲改爲"長"字。
⑦ 此詩每句末字有朱黑圈。此詩首尾及下首詩題有刪節符號,刻本保留此詩題及下首詩。
⑧ 此句有李朱圈評。

次夜又成一首①

雨脚風吹斷，閒雲淡不收。松陰半庭黑，螢火一星流。②壁破燈昏影，詩清筆帶秋。何人貪睡早，隔院落簾鉤。

寄懷東厢弟③

欹枕聽新雁，嗷嗷恨滿腔。對牀人去遠，獨夜影成雙。④捲幔風當户，吹燈月在窗。知君憶離别，有夢渡秋江。

題四明胡白水畫⑤

草屋三間竹一灣，筆頭隨意寫家山。雲南雲北雲生處，累我今宵夢往還。

程也園銓部畫水墨牡丹⑥

一捻新紅隔絳紗，胭脂描寫忒繁華。蛾眉掃去春風淡，知是楊家姊妹花。

陶然亭晚眺⑦

宦情如水淡，詩境得秋開。樹斷孤亭出，天空一雁來。看山塵外眼，邀月手中杯。話到蒓鱸美，思鄉客未回。

---

① 朱黑圈評全詩，每句末字又有李朱圈。
② 李朱評曰："余亦有'螢火帶星流'句，蔭山固是英雄。"
③ 此詩首尾有刪節符號，刻本無此詩。詩題上有馮黑評曰"確是好詩"，疑誤置於此。此詩每句末字有朱黑圈。
④ 此兩句有朱黑圈評。
⑤ 此詩右側有墨點，每句末字又有朱黑、李朱圈。
⑥ 此詩每句末字有朱黑圈。
⑦ 朱黑、張藍圈評全詩，每句末字又有李朱圈。張藍評曰："四十字字字平安，字字超脱。"李朱評曰："的是唐音。"

七　夕①

　　閒雲一抹散輕羅，詩到今宵綺語多。②星若有情應化石，鵲真好事爲填河。牽成客裏還家夢，停遍人間織女梭。如此因緣天破格，廣寒愁煞老嫦娥。③

少仙移竹見贈作短歌謝之④

　　山房借鄰樹，得樹又思竹。連日萌貪心，如望隴頭蜀。⑤烏臼穿我籬，蒼官繞我屋。青士豈無情，空山寄高躅。故人入都久，不食花猪肉。朝向竹林游，暮投竹溪宿。手攜此君來，笑謂能醫俗。⑥春風渭水濱，夜雨湘江曲。萬畝青琅玕，蝸牛塞一角。⑦君家蘭蕙江，遍地筼簹谷。少仙所居曰"繞竹山房"。食邑千户侯，來此營湯沐。願分仲蔚廬，一羈子猷足。⑧簾外秋風多，玪琮聽寒玉。

種竹後二日得雨柬少仙⑨

　　火雲未收斂，種竹愁終朝。譬如女初嫁，怕聽終風謠。又如虁下琴，頃刻愁尾焦。⑩新篁當烈日，安望凌雲梢。呼天苦請命，泥首金閶高。書生硯作田，石上無寸苗。綠玉三兩叢，乞放銀河澆。

---

①　此詩每句末字有朱黑圈。
②　此句有朱黑圈評。
③　此三句有朱黑圈評。第一句又有張藍圈評，評曰"似平易，實奇句也"。"梭"字有李朱圈。
④　此詩原詩每句末字有朱黑圈。
⑤　此四句右側有墨點。
⑥　此六句原作"故人知竹心，愛竹如手足。日共此君游，不思花猪肉。朅來攜數竿，塵襟一朝濯"。
⑦　此下原有"如得費長房，地在掌中縮"兩句。天頭處籤條不知何人所作："'如得費長房'二句移在'子猷宿'句下便一氣"，又一籤條云"二句竟刪去，何如？薩山"，下有邵黑評曰"是(民)"。刻本無"笑謂能醫俗。春風渭水濱，夜雨湘江曲。萬畝青琅玕"四句。
⑧　"一"，原作"長"。"羈"，原作"伴"。"足"，原作"宿"。
⑨　此組詩每句末字均有朱黑、李朱圈。第二首天頭處有馮黑評曰："字挾飛鳴之勢。"
⑩　此四句有朱黑、張藍圈評。

愛竹天亦憐，公然宥竹死。一雨飛到門，竹曰吾生矣。①沉沉醉忽醒，奄奄病且起。圉圉復洋洋，饋魚入池水。昨我替竹愁，竹今替我喜。置酒賀此君，个个緑到底。忙作平安書，馳報少仙子。②

乞何竹圃畫美人代柬③

何郎袖有生花筆，慣攝香魂上粉箋。見說紅樓諸女伴，怕君偸眼看鞦韆。④

神女高唐不再逢，衣香釵影渺無踪。襄王夢斷憑君續，筆化巫山十二峰。

買花金盡被花猜，難引春風笑口開。一霎詩成如駿馬，憑空換取美人來。⑤

畫眉點額漫遲回，香閣新妝一例催。不惜三千花盡嫁，恰輸廿八字爲媒。

秋夜解衣露坐邱甓山適至有作⑥

秋暑如宿火，無焰亦熏炙。⑦絺衣不著身，和月挂蘿薜。⑧敢學劉伶狂，棟宇比褌窄。頗思子桑簡，怕對衣冠客。剥啄一聲來，燈光漏門隙。獨鳥下寒沙，驚魚返石穴。聲纔入户喧，影已隨形匿。⑨誰知來故人，拍掌笑啞啞。爲言交耐久，忘形到頭白。古來戴笠者，逢車肯

---

① 此四句有朱黑圈評，後三句又有邵黑圈評。
② 此三句有邵黑圈評，第一句又有朱黑圈評。邵黑於詩末左側空白處注云"壽民加圈"。
③ 此組詩第二、四首首尾均有刪節符號，李朱評第二首曰"此首擬刪"。刻本無此二首。第一、三、四首每句末字均有朱黑圈。
④⑤　此兩句有朱黑圈評。
⑥　此詩每句末字有朱黑、李朱圈。
⑦　此兩句有朱黑、張藍圈評。
⑧　此句原作"夜挂藤蘿月"，後刪去"夜"字改作"和月"，"蘿"字和"月"字間又寫一"薜"字，蔭山題於天頭處云"'卒''月'二韻不可通，故易之"，故當是以"薜"易"月"字，而忘刪"月"字，刻本即是"和月挂蘿薜"。
⑨　此六句右側有墨點，後五句有李朱圈評。

踧踖。當筵客不飲,主人少歡色。①請脱蕉葉衫,同游裸形國。

雨後偕朱少仙陸平泉吳子華胡白水吕屐山游陶然亭分得陶字②

　　黄塵蔽眼風怒號,爽氣空對西山招。摩挲蠟屐愁無聊,宰相坐讓山中陶。天公憐我心如苗,十日不雨形枯焦。夜半直瀉銀河濤,洗出萬朵芙蓉嬌。我目未騁神先飄,茶鐺酒檻隨詩瓢。東鄰西舍相招邀,把臂要與山靈交。③城南隙地臨荒郊,彳亍漸遠塵市囂。出籠俊鶻投林鴞,盤盤路轉淺水坳。危臺陡落長虹橋,④一車如泛沿溪舠。⑤兩岸瑟瑟菰蒲高,菰蒲比作桃源桃。誰知中有仙人巢,登亭一覽風蕭蕭。亂山突出萬樹梢,如龍如馬如連鼇。又如八月錢塘潮,孤鳥影没天光遥。貼天無數青岩嶢,⑥落日一片紅霞標。歌聲隱隱聞歸樵,我亦散步下林皋。故鄉邱壑終年抛,梅岑葛嶺摩空霄。顧此蟻垤誇游遨,飢餐脱粟渴餔糟。安得大嚼快老饕,吁嗟歸夢空迢迢。⑦

游陶然亭次日接少仙札以其詩早成且得意而不見示作此調之⑧

　　王嬙西子見者少,萬喙同聲齊道好。不知彼美生當時,曾否人前誇窈窕。昨日同看亭前山,今日一僮來扣關。雙魚未剖森寶氣,疑有玉字珍珠聯。君詩自是傾城色,愧我無鹽長侍側。神仙倘許下界看,小婢願學夫人式。誰知咳唾盈千瓢,欲擲不擲氣益驕。我趁文君作嬌態,求凰一曲援琴挑。

―――――――

① 此兩句原作"當筵客不舉,主爵胡由卒"。
② 此詩每句末字有朱黑、李朱圈。馮黑評云:"通篇一氣涌出,彈指化五城十二樓。"
③ 此八句有朱黑圈評,後四句又有張藍圈評。
④ 此句有張藍圈評。
⑤ 此句有朱黑圈評。
⑥ 此九句有張藍圈評,且評曰:"神來後畫一筆畫耳"。後五句有朱黑圈評。李朱評曰:"力量絶大。"
⑦ 此六句右側有墨點。
⑧ 馮黑評云:"連下首俱可删。"此兩詩首尾有删節符號,刻本無此二詩。

八月六日即事口號

奕棋殘後局，桃李夢中花。一笑門羅雀，誰停問字車？

廿五日張船山朱少仙曹扶谷胡城東陸平泉集借樹山房各以姓分韻得胡字①

秋雨秋風到敝廬，重陽節近怕催租。裁箋雅集耽詩客，把盞甘為勸酒胡。閒散身宜千日醉，②團欒人坐一燈孤。③來朝新句流傳遍，好補山房夜宴圖。④

西苑曉行⑤

馬頭殘月墮山隈，路轉沙堤首重回。隔樹雷聲聽不盡，一燈紅處一車來。

李芭洲西江吟月圖⑥

對月不舉杯，橫舟不垂釣。兀坐烟水中，抱膝尋詩料。吟詩亦偶然，此懷向誰告？大江天際盤，蒼茫沒雲嶠。八月孤槎浮，萬里長風到。丈夫志壯游，行色動邊徼。<small>芭洲曾作塞外之游。</small>跼蹐轅下駒，不值老驥笑。君看船頭月，清光八荒照。⑦

---

① 此詩每句末字有朱黑圈。
② 此句原作"瀟灑竹同千日醉"。
③ 此句有張藍圈評，右側又有墨點。
④ "補"，原作"譜"，似張藍改。
⑤ 此詩前兩句末字有朱黑圈，第三句末字有李朱圈。後兩句有朱黑、張藍圈評，末句又有李朱圈評。張藍評曰："真景如見。"李朱評曰："眼前景未經人道。"邵黑評云："如此早朝詩，真突過唐人矣。（民）"
⑥ 此詩每句末字有朱黑圈。
⑦ 此兩句有朱黑圈評。此下原有"見月直見心，披圖共長嘯"兩句，亦有朱黑圈評。

題顧采芸小傳後①

采芸，李芭洲女弟子，善于琴，嘗鼓《平沙落雁》之曲。又有句云"不曾攜小扇，纖手撲流螢"。②臨歿猶誦少陵"關塞蕭條行路難"之句。

好花憎命薄，③不到十分開。④詩句流螢冷，琴聲落雁哀。⑤身依名士席，天奪女郎才。⑥行路真難絶，香魂哭夜臺。

吾友江東李，春風坐不虛。詩成今太白，淚盡女相如。⑦片玉搜遺篋，殘鱗感尺書。絳帷猶昨日，問字斷香車。

九 日

尋常作賦便登高，吟興重陽特地豪。⑧造字倉公没來歷，⑨何妨捉筆竟題糕。⑩

長安市上重徘徊，不負秋光是酒杯。近日東籬無隱逸，菊花如菜入城來。⑪

郊 行⑫

帽影鞭絲度野塘，馬頭容易得斜陽。平原多少經霜樹，一色秋如豆葉黄。

---

① 此組詩每句末字均有朱黑圈。第一首天頭處邵黑評云"一副痛淚（民）"。
② 此兩句有邵黑圈評，又於左側評一"奇"字。
③ "憎"，原作"如"。
④ 此兩句有朱黑圈評。
⑤⑧ 此兩句有張藍圈評。
⑥ 此句有張藍圈評。
⑦ 此兩句有朱黑、張藍圈評。
⑨ 此句有邵黑圈評，並評曰"攻許氏學者不願聞之（民）"。
⑩ 此句有張藍圈評。
⑪ 此全詩有朱黑圈評，第二、四句又有張藍圈評，末句末字又有李朱圈。張藍評云："可作故實。"
⑫ 此詩右側有墨點，每句末字有朱黑圈。

少仙途次得冰合河流渴馬嘶之句寄余屬對即用其語調之①

曲和陽春愧曲低，詩逢崔顥敢輕題。吟腸冷似堅冰合，一任臨河渴馬嘶。

乙卯共詩五十九首②

---

① 此詩前兩句末字有張藍圈，後兩句有張藍圈評，且評曰"朱少仙可呼爲'朱渴馬'乎"。此詩下方有邵黑云："庚申正月二十四日復誦于典籍廳。（壽民）"

② "九"字上有一墨點。

借樹山房詩草卷五　丙辰①

西苑即事②

　　隔窗鳥語破幽眠，繞屋新枝綠意妍。春在眼中杯在手，尋常詩境亦如仙。
　　苑門西去鬱葱葱，望斷平原夕照中。樹杪飛翻紅一角，誰家吹落紙鳶風。③
　　打冰聲裏浪花匀，明鏡雙開夾岸春。倚遍樓臺都近水，未經得月已精神。
　　壘土成山石路交，幾家衡宇對山坳。日斜風定無人過，一縷炊烟上柳梢。④

與鮑樹堂侍讀雨窗夜話⑤

　　短亭人對燭花孤，話到更深雨漸無。小立階前看天色，水雲不斷月糢糊。

憶少仙⑥

　　遠樹粘天碧，離離掃暮雲。春愁擔不起，一半與君分。

---

① 右側有陳氏自注："此卷發刻時已刪去十首，癸亥年蔭山自記。"
② 此組詩每句末字均有朱黑圈，第四首每句末字又有李朱圈。
③ 此兩句有朱黑、張藍圈評。張藍評曰："此語之妙，妙在是此題。"
④ 此兩句右側有墨點。
⑤ 此詩每句末字有朱黑圈。刻本入第四卷，改題《七峰別墅即事》。
⑥ 此組詩每句末字均有朱黑圈，第二首末兩句右側有墨點。

忽負春風約，相思感歲華。勾留行客意，歸罪到梅花。

扈從燕郊①

八里橋東春色賒，都門回首暮烟遮。天寒雨忽隨車到，地僻居仍近市嘩。詩不去身如佩玉，事多得意爲看花。②杏紅未褪桃紅淺，夾道香風拂翠華。③

薊州道中④

曙色薊門開，匆匆度水隈。半林隨路轉，一塔出城來。⑤市早迎初旭，車輕走疾雷。奚囊新得句，昨夜雨師催。

雨中次桃花寺⑥

新泥滑滑路盤盤，古刹連雲欲上難。春雨偶從行帳聽，好山卻當故人看。⑦燈明如海搖群宿，旗濕因風捲暮寒。苦憶小園深巷裏，落紅堆滿石欄杆。

黃新莊⑧

看飽蘆溝月，行旌駐遠郊。日高烘濕瓦，風急墮危巢。官柳綠無縫，野花紅到梢。⑨層城屹如畫，一抹翠烟交。

---

① 此詩首尾有删節符號。刻本無此詩。
② "花"字有李朱圈。
③ "翠"字另行頂格。
④⑧ 此詩每句末字有朱黑圈。
⑤ 此兩句有朱黑圈評，末句又有張藍圈評，兩句末字又有李朱圈。
⑥ 此詩首尾原有删節符號。每句末字有朱黑圈。
⑦ 此兩句右側有墨點，末句末字又有李朱點。
⑨ 此兩句有張藍、李朱圈評。馮黑評云："'高'字、'縫'字、'到'字俱不可易。"李朱圈評此評，且評曰："終是個中人。"邵黑評曰："是極。(民)"後《秋瀾村》詩題上方天頭處籤條字云："'縫'易'岸'、'到'易'上'"，不知何人所評，左側李朱評曰"點金成鐵"。從内容看，是評此詩，故置此。

半壁店早發①

短車轆轆坐難安，斷夢零星破曉寒。月黑風高溪路雜，一峰如鬼立雲端。②

秋瀾村③

河流一帶接桑乾，紅板橋通輂路寬。④連日東風吹急雨，秋瀾隨地涌春瀾。

題便面梅花⑤

誰將半規月，位置此花身。袖向羅浮去，風前化美人。

病　起⑥

賣花聲遠聽依微，門掩深春過客稀。小坐軒窗理殘帙，⑦硯池初見一蠅飛。⑧

憂旱謠⑨

去年雨如不速客，夜夜打門聲淅瀝。今年雨如蕩子游，天涯一去無消息。無消息，可奈何，夏無麥，秋無禾。無麥無禾斷生計，雨師看

---

① 此詩每句末字有張藍圈。
② 此句有張藍、邵黑圈評。李朱云："恐非月黑時所宜有。"邵黑評云："正是黑地所見光景，妙在'如鬼'也（民）。"
③ 此首及下首並有刪節符號。馮黑評云"擬刪"，刻本無此二詩。
④ "輂"字另行頂格。
⑤ 此詩每句末字有朱黑圈。
⑥ 此詩每句末字有張藍圈。
⑦ "小"，曾改作"獨"。
⑧ 此句有張藍圈評。
⑨ 此詩每句末字有張藍圈。邵黑評云："集中長古無不擅場。（民）"

作尋常事。①雨師那知生計苦,片雲又被飄風阻。飄風兮飄風,以爾大塊之氣,大王之雄,何不一掃萬古烟塵空。南溟迤南東海東,鯤鵬待爾摩蒼穹。胡乃助旱魃以肆虐,屯膏澤而爲蒙,坐令積薪鞭石俱無功。②五日不雨苗槁矣,十日不雨苗且死。苗死焉足惜,人死真惻惻,雨師風師能無忝厥職?

寄懷周萼堂孝廉兼柬李星船指揮 萼堂下第後,假館星船署中。③

芙蓉花信杳,獨客滯春明。小別過重午,相思隔一城。④夜寒風作惡,人去月無情。半榻高懸處,連宵夢不成。

我愛龍眠李,星舡工畫。衙齋帶遠村。芝蘭春雨化,桑梓土風存。東道曾爲主,西園好共論。遥憐明月夜,揮麈對清樽。

雨中感興⑤

得雨非異數,所貴在及時。不遭旱魃虐,識識天心慈。⑥愁霖昏白日,轉眼成訾謷。今日喜雨人,能作苦雨詩。君子懷遠慮,至人重知幾。悠悠世俗口,安足論是非。

題沈舫西員外絳帷集後⑦

先生嗜學如嗜酒,醖釀百家成八斗。錦囊倒瀉珊瑚珠,的皪圓光滿盤走。⑧匡廬峩峩高入雲,飛流噴薄天垂紳。九叠屏風削青玉,差堪

---

① 此兩句有張藍、李朱圈評。李朱評曰:"有味乎其言之。"
② 自"飄風"至此有張藍圈評,李朱於每句末字有圈。此段馮黑評云:"以太白之飄忽運昌黎之排奡。"
③ 詩題處馮黑評曰:"擬删,以無餘韻也。"邵黑評曰:"末句開妙,不可删。(民)"此詩每句末字有朱黑圈。
④ 此兩句右側有墨點及張藍圈評。
⑤ 此詩每句末字有朱黑圈。
⑥ 此四句右側有墨點。
⑦ 此詩每句末字有朱黑、李朱圈。李朱評曰:"力爭起勢,才人本色。"
⑧ 此四句有朱黑圈評。

位置烟霞身。當年偶作離鄉夢,落日長江一帆送。清尊夜飲黃鶴樓,絳帳春開白鹿洞。雲間五老笑拍肩,天風吹落詩中仙。游山那須鼓記里,閉户別有書編年。捻髭擁鼻徹昏曉,都被山靈窺了了。松濤萬頃雲一窩,贈與先生作詩稿。①歷碌緇塵歲月遷,舊游回首空雲山。即令盥手開吟篋,猶帶香爐頂上烟。

題也園畫山水②

客中看作畫,合眼夢家山。③破屋春雲補,④孤峰碧樹環。尋源應有路,消夏自成灣。邱壑胸如昨,憑君置此間。

五月廿二夜大雨有作⑤

旋風一霎撼庭柯,瓦屋翻盆卷白波。雨粟燕南蘇赤土,洗兵楚北瀉銀河。氣涼差愜連牀夢,溜急虛疑夜柝過。好是點稀聲歇後,曉天如水浸雲羅。

直次寄舫西⑥

官舍清于水,能消夏日長。大都趨直早,半爲寫詩忙。雨勢朝排闥,雷聲夜繞梁。⑦燈前重憶別,欹枕夢瀿陽。

答少仙代柬⑧

清閒福分誰消受,閒處俄成懊惱場。詩未吟安來俗客,竹纔種活

---

① 此八句右側有墨點。
② 此詩每句末字有朱黑圈。
③ 此兩句有朱黑、張藍圈評,兩句末字有李朱圈。邵黑評曰:"妙。(民)"
④ "破",原作"矮"。
⑤ 此詩最後兩句末字有朱黑圈,首尾有刪節符號。刻本無此詩。
⑥ 此詩每句末字有朱黑、李朱圈。
⑦ 此兩句有張藍圈評。馮黑評云:"似衝口而出者,卻費許多研煉工夫。"
⑧ 此詩每句末字有朱黑圈。

又驕陽。①買愁村恰容吾輩，避債臺難築道旁。不是恒言喜稱老，宦途無那鬢邊霜。

無 題②

折翅難將比翼誇，九苞鳴鳳竟隨鴉。前身誤入娉婷市，薄命生憎富貴家。菊影已殘猶抱蒂，蕉心垂死始開花。③不堪迴首鱸堂客，環佩聲聲隔絳紗。

綠烟紅雨城西路，寂寂春深半掩扉。織錦機空明月上，護花鈴響晚風歸。可憐隔樹聽鶯囀，不見開籠放鶴飛。一把亂絲牽不斷，小樓獨客淚沾衣。

曹娥江上月朦朧，白傅琵琶曲偶同。顧我身如魚失水，感卿心似鳥知風。鬢因落魄居然白，淚自多情不在紅。④越嶠燕雲千里隔，愁無好句寄歸鴻。

盆花小小暗香多，何苦東風死折磨。入夜要留星伴月，出山又怕水生波。⑤笑他蚊睫難巢燕，贈與蠅頭好換鵝。我是惜春唐御史，春光記取隔鄰過。

網雲一朵鬢邊飛，鴛頸紅羅半幅圍。綉竹衫長拖雨過，團花袖窄裹春歸。⑥儘教緩步游吳苑，肯束纖腰學楚妃。別有閒情忘不得，檳榔香唾舌尖微。

臂纏條脫錦纏頭，客路烟花遣別愁。半枕朦朧迷睡眼，一絲宛轉

---

① 此兩句有張藍圈評，且云"白香山"。每句末字又有李朱圈。
② 此組詩每句末字均有朱黑圈。馮黑評云："生平不喜作無題詩，以寫豔情則似春畫，抒寄託又近於燈謎也。此八章可稱雅音，然其佳處究未能領會。"李朱於側曰："墨莊服此論。"邵黑評云："二公之論究竟似迂，竊以無題詩原不必多作，然亦不必不作。才人游戲何所不可，豈必談忠說孝方是詩人耶？胸橫此論遂不知此詩佳處矣。（民）"馮黑評與李朱評寫於紙條上，本在《題也園畫山水》詩天頭處，然與彼詩意不符，或因紙條粘連不牢，位置有變。
③ 此兩句有朱黑、張藍圈評。
④ 此句有朱黑、張藍圈評。邵黑評云："入骨。（民）"
⑤ 此兩句有朱黑圈評。
⑥ 此兩句右側有墨點。

繞歌喉。①中人如酒醒還渴，入夢爲雲過亦留。安得將心比明鏡，照他毛羽舞妝樓。

海棠花下酒初酣，少女風微化少男。白璧何年來趙北，紅牙依舊唱江南。爭將玉抵看如鵲，自被絲纏悔作蠶。②秋水雙瞳斜溜處，幾回剪燭夜深談。

笙歌雜沓會仙群，暖玉屏風看不分。燕市十年孤客夢，吳宮一隊美人軍。衆香成國難爲蝶，③別恨如山欲負蚊。半晌黑甜無覓處，長春藤底挂斜曛。

"君自能行無理事，我今亦是有情癡。④人間綺語終須懺，珍重彭王艷體詩。"⑤此船山題予《無題》斷句也。船山素豪放而相規以正，若此其用意良厚，因識之。⑥

少仙寄詩見懷有君獨名心堅似竹年年添放出雲梢之句賦此解嘲⑦

借樹山房數竿竹，个个新梢出雲綠。主人問竹竹不知，竹本無心巢鷺鷥。無心自是君子心，有心未必都成陰。風吹雨洗年年長，流水空山自古今。⑧昨朝口誦平安報，此君對我夭然笑。六逸沈淪況七賢，虛懷脈脈今誰告。籋龍飛上黃金臺，十年舊雨偏驚猜。看慣黃楊逢閏縮，怪他紅杏倚雲栽。⑨誰知一種蕭疏氣，身近雲霄若平地。⑩此生肯作杞柳戕，自問惟甘樗櫟棄。君不見，奔雷動地鳴春宵，竹孫頭角爭岧嶢。豫章風烟蔽白日，卻被尋常劫火燒。⑪

---

① 此四句有朱黑圈評。
② 此句有朱黑、邵黑圈評，邵黑又云："有心人淚下（民）。"
③ 此句有朱黑圈評。
④⑩ 此兩句右側有墨點。
⑤⑦ 此詩每句末字有朱黑圈。
⑥ 此段文字首尾有刪節符號，刻本無。邵黑評云："老船于箇中究是門外漢，先生毋爲所涸也。（民）"
⑧ 此四句有朱黑圈評。前兩句末字有李朱圈。
⑨ 此兩句有朱黑圈評。
⑪ 此四句有張藍圈評。

直次與傅笙山舍人茶話①

晚涼收布幕,夾道綠陰移。吏喜公文少,僮嫌我輩癡。相原難食肉,口只解談詩。②留得清風在,時流恐未知。

雨窗夜坐③

得閒忘夜短,聽雨到三更。風入窗能語,雷奔壁有聲。④路愁明日滑,漲憶小橋平。⑤裹足無長策,何時俗累輕。

贈張船山⑥

怪君小試游仙技,姓氏人間滿口提。百歲生涯詩酒色,一家才望弟兄妻。⑦暗蚊那解窺全豹,獨鶴偏能下衆雞。不重同年重知己,⑧漫勞俗眼界雲泥。

送桂未谷令永平⑨

吟鞭一縷颺紅塵,百里通才萬里身。鮑叔無金亦知我,江郎有筆肯還人。滇南風土關心早,薊北山川別恨新。苜蓿在盤魚在釜,料君徹底是清貧。

---

① ⑨　此詩每句末字有朱黑圈。
②　此兩句有朱黑、張藍圈評。
③　此原詩每句末字有朱黑圈。天頭處不知何人所評,云"'奔'易'驚'",馮黑評云"'奔'字不必改,'客憶'句湊"。馮黑評左側有李朱評曰"玉圃看詩頗細",馮黑評下有邵黑評云"或易'搖'字如何(民)"。馮、李、邵之評本在《少仙寄詩見懷有君獨名心堅似竹,年年添放出雲梢之句賦此解嘲》一詩天頭籤條上,彼詩亦有"奔"字,然"客憶"見於此詩,恐亦移位置,故置諸評語於此。
④　此兩句有張藍圈評,右側又有墨點,每句末字又有李朱圈。
⑤　此句原作"客憶昨朝盈"。
⑥　此詩每句末字有朱黑圈,首尾有刪節符號。刻本無此詩。
⑦　"妻"字右側有張藍勾畫。李朱云:"單用'酒''妻'二意必有妙句。"
⑧　此句有張藍圈評。

東便門外即事①

　一雨一詩成，②偷閒出郭行。樹穿孤冢破，草入斷垣生。③落日攜茶竈，涼風過豆棚。坐忘真自得，身外薄浮名。

讀秦紀④

　稱帝稱皇一世雄，⑤自君稱始自君終。至尊徽號空懸着，亭長公然也熱中。⑥

　長城以內蔓難圖，不罪匈奴即罪儒。坑底諸生應冷笑，亡秦原不是扶蘇。⑦

　碭山雲氣鬱崔嵬，赤帝酣歌白帝哀。銷盡人間無用鐵，橫空一劍斬蛇來。⑧

　靈藥空勞海上求，神仙念不到沙邱。可憐東眺扶桑日，已作崦嵫暮景流。⑨

　三良殉後國無人，黃鳥悲歌贖百身。葬到驪山誰敢活，呂秦家法祖嬴秦。⑩

　六驥匆匆過隙頻，大權付與趙高身。分明是馬休言鹿，鹿走中原不在秦。⑪

---

① 此詩每句末字有朱黑圈。
② 此句有朱黑、邵黑圈評。邵黑評曰："起句天然妙語。（民）"
③ 此兩句有李朱圈評。
④ 此組詩每句末字均有朱黑圈。
⑤ 此句後五字乃貼條改，原詩第三字仍是"稱"，第四字不清晰，"世雄"，原作"易窮"。
⑥ 此詩後三句有朱黑圈評，第二句又有張藍、李朱圈評，張藍稱此句"七字千古"，李朱則云"妙語得間"。末句亦是貼條改，"公然"，原作"當年"。
⑦ 此詩首尾有刪節符號，刻本無此首。
⑧ 此兩句有朱黑、張藍、李朱圈評。馮黑評云："此與末首真乃石破天驚。"
⑨ 此詩首尾有刪節符號，下一首無刪節符號，然刻本無此二首。
⑩ 此句有張藍圈評。
⑪ 此句有朱黑、張藍圈評，張藍又稱"七字千古"。末字有李朱圈。邵黑評於此句下云："數首必傳之詩。（民）"

蒯通墓①在都城廣渠門外八里莊。

漢王嗜殺功高臣，蕭相那解哀王孫。通也旁觀明若鑑，毅然獨相韓侯面。②韓侯之面只尋常，反面看之匹漢王。重瞳一刎楚已矣，隆準居然作天子。不知隆準有何貴，可憐絕好韓侯背。時乎時乎不再來，弓藏鳥盡空悲哀。呂雉殺人稱老手，不殺焉知通苦口。干通何事抵死爭，此身竟爲韓侯生。漢不烹通偶然耳，此心早爲韓侯死。③韓侯韓侯死有知，不朽感同漂母慈。君不見，八里山莊一抔土，夜深鬼聚沙中語。④

舫西自灤陽寄示新詩即用扈從燕郊韻酬之⑤

見說灤河別路賒，翠屏丹嶂四圍遮。宦游直到神仙境，退食遥憐笑語嘩。佳句滿囊輝蜀錦，文心如剪幻隋花。筠筒偶向燈前劈，一夜相思鬢欲華。

題黄左田同年仿沈石田全慶堂玩月圖即用石田原韻⑥

通靈妙手黄農部，小試前朝畫法新。如此溪山爭一幅，勝他月影作三人。⑦酒徒幾輩成今古，醉墨多年見本真。若遇石翁應把臂，興酣許共漉陶巾。⑧

胡城東荷灣消夏圖⑨

一角蝸廬寄水邊，荷花世界接三千。碧筒引滿中山酒，長日何妨

---

① 此詩每句末字有朱黑圈。
② 此句有朱黑圈評。
③ 此六句末字有李朱圈。
④ 自"干通何事"至此，除"君不見"之外皆有朱黑圈評，每句末字又有張藍圈。
⑤ 此詩首尾有刪節符號。馮評云："應酬詩，可刪。"刻本無此詩。
⑥ 此詩每句末字有朱黑圈。
⑦ 此兩句有朱黑、李朱圈評。
⑧ 此句原作"浮名那用拭龍巾"。馮黑評云："'拭龍巾'稍涉牽湊否？"
⑨ "胡"字前原有"題"字。此組詩每句末字均有朱黑圈。

閏小年。①

　山房面面午陰生，讀畫經時夢亦清。借盡鄰家無數樹，要從君借藕花城。②

新秋寄懷盛孟巖侍御③

　野橋分手馬如飛，行色匆匆帶曙暉。惆悵大東門外柳，至今青眼望君歸。

　退朝花底想風流，曲度新聲寫別愁。鐵笛一枝橫夜月，無端吹起塞垣秋。④

　作宦清時諫草空，吟鞭遙指嶺西東。青蒼滿目初過雨，夾道山迎御史驄。

　雨後涼風出樹間，懷人清夢午窗還。日長如許難消遣，秋到灤河第幾灣。⑤

褒姒⑥

　狼烟吹過萬山岑，抵得君王買笑金。繒帛一聲天下裂，傾城原是美人心。⑦

虞姬

　蓋世英雄喚奈何，酒酣起和帳中歌。馬嵬一樣辭君淚，不及烏江

---

① 此句原作"醉後憑他日似年"。
② 此兩句有朱黑圈評。
③ 此組詩每句末字均有朱黑圈。
④ 此兩句有朱黑、張藍圈評。邵黑評云："唐音。（民）"
⑤ 此句有朱黑圈評。
⑥ 馮黑評於天頭云："絕好比較，前人未經道及。"邵黑評云："數首標新取異，酷似簡齋。（民）"此下至《費宮人》數首，每句末字均有朱黑圈。
⑦ 此兩句有張藍圈評。

自在多。①

吕　后

殘骸忍復觀人彘，苛法居然續祖龍。②蒼犬有靈來攦腋，也應毀作戚姬容。

慎夫人

後庭主妾定尊卑，並坐終嫌禮數違。知否叔孫綿蕞後，有人能補内朝儀。

李夫人

緩步姗姗信有神，舊時花貌不勝春。生前死後憑君看，生死關頭獨認真。③

卓文君

未脱臨邛賈酒裘，琴心早破遠山愁。夜臺有個求凰鳳，淚盡西風唱白頭。④

明　妃

美人出塞尋常事，漫抱琵琶泣玉門。骨肉至親誰忍割，一般公主有烏孫。

賈　后

烈烈爭操晉主威，黄沙蔽日普天悲。皇英死後虞弦絶，一樣南風

---

①　此兩句有張藍、李朱圈評。邵黑評於詩末云："江南沈見亭先生有《咏虞美人花》詩曰'青青一樣人間草，别有情懷怨漢家'之句爲人傳誦，此詩可與並傳矣。（民）"

②　此兩句有張藍圈評。邵黑評於詩末云："《甌北集》以'人彘'對'帝豝'，究不若此本地風光尤爲工妙。（民）"

③　此兩句有朱黑圈評，前句又有張藍圈評。

④　此兩句有張藍圈評。

兩樣吹。①

平陽公主②

二十四臣同佐命,破空娘子一軍張。玉容不畫淩烟閣,周室才難爲邑姜。

江　妃

種遍上陽宮裏樹,輸他亭北譜清平。牡丹富貴梅花冷,榮落原來是性情。③

楊貴妃

姊妹如花一色鮮,賜縑百萬受恩偏。殘脂剩粉皆膏血,尚費人間看襪錢。④

張睢陽妾

轅門饗士絶酸辛,刀上蛾眉血點新。三十六人同一死,憐他不是戰場身。⑤

种名逸母⑥

焚硯要成偕隱志,終南捷徑怕人行。傷心綿上龍蛇咏,如此佳兒不再生。

---

① 此兩句有朱黑、張藍圈評,每句末字又有李朱圈。
② 此詩題及詩有刪節符號。刻本無此詩。上首《賈后》詩題天頭處馮黑評云"擬刪",疑評此詩,故移至此。
③ 此兩句有張藍圈評。
④ 此兩句右側有墨點。
⑤ 此全詩有朱黑圈評,後三句又有張藍圈評,每句末字又有李朱圈。邵黑評云:"凄痛。(民)"
⑥ 此詩首尾有刪節符號,刻本無此詩。《姚廣孝姊》詩題天頭處馮黑評云"擬刪",疑評此詩,故移至此。

姚廣孝姊

一念同胞懺悔深，後堂也似法堂臨。到頭不點頑于石，孤負慈悲大士心。①

秦良玉②

桃花馬上戰方酣，退守邊隅力尚堪。不使金陵同石柱，鬚眉愧殺左寧南。

費宮人③

極天烽火逼長安，一死無名且放寬。花燭縫中飛劍入，虎頭擲與萬人看。

雨中獨酌有懷朱少仙④

百歲能消幾回別，與君動筆即河梁。影隨人坐燈如夢，愁上心來酒不香。⑤忽有忽無詩境幻，自南自北客星忙。瀟瀟今夜牀頭雨，迸作相思淚數行。

夜直感懷⑥

甘苦年來只獨嘗，漂流塵海總茫茫。官非甚冷中難熱，趾亦能高

---

① 此兩句有張藍圈評。
② 此詩題天頭處馮黑評云："詩可愈疾。"
③ 此全詩有朱黑圈評，後兩句又有張藍、李朱圈評，每句末字又有李朱圈。後兩句右側有邵黑評云："句似老船。"此評沒有署名"民"字，但字跡是邵氏。
④ 此詩每句末字有朱黑圈。朱黑評於天頭處曰："少仙在潤州作《秋懷詩》有'多愁酒不香'之句，不謀而合。蔭山亦英雄乎。"此詩末有邵黑評云："先生不勝杯勺而深得酒趣，大奇。（民）"
⑤ 此兩句有朱黑、張藍圈評，每句末字又有李朱圈。
⑥ 此詩每句末字有朱黑圈。

氣不揚。①爭向樓臺誇水月，誰知草木怯冰霜。公家膳少鱸魚膾，枉對秋風說故鄉。②

奉酬方葆巖醝使寄贈佛手柑③

一水長蘆隔，傳柑到遠人。舉心堪作佛，着手便生春。④汁試茶甌膩，香調酒甕勻。還憑千臂力，指引渡迷津。

密雲道中作

馬自知途僕自頑，一鞭笑指暮雲間。糢糊幾叠屏風影，可是來朝道上山。⑤

沙平水與人爭路，野曠天圍樹作城。兩岸夕陽紅不定，暮蟬無數變秋聲。⑥

穆家峪⑦

雨後溪流漲一村，盤渦急浪走雲根。是誰亂插青螺髻，裝點尖山十六門。⑧吾鄉尖山面臨海，有小山十六，曰十六門。

古北口⑨

雄藩鎖鑰自天開，立馬當關憶將才。一綫長城攔不住，亂山如擁橐駝來。

---

① 此兩句有朱黑、張藍圈評，每句末字又有李朱圈。詩末有邵黑評云："祺昔有句曰'詩憎駭俗才先退，酒怕傷人氣不揚'，終遜此沉著。（民）"或即評此兩句。
② 此兩句有朱黑圈評，每句末字又有張藍圈。
③ 此詩每句末字有朱黑圈。此詩天頭處馮黑評云："此與前一首俱以直白語道性情，而自有神有味。"刻本詩題作《方葆巖醝使寄贈佛手柑賦此奉酬》。
④⑧ 此兩句右側有墨點。
⑤ 此詩每句末字有朱黑圈，後兩句右側有墨點。
⑥ 此全詩有朱黑、張藍圈評，每句末字又有李朱圈。
⑦⑨ 此詩每句末字有朱黑圈。

宿三間房作

吹燈半窗月，客思不勝秋。獨雁飛關外，悲笳憶隴頭。天西正多事，吾輩切同仇。莫漫嗟行役，從軍筆可投。①

度青石梁②

一關纔出險，陡覺萬峰回。馬截溪流度，車轟石壁開。③磴危人迹少，山缺雁聲來。搔首從天問，誰懷謝朓才。④

抵灤河作⑤

馬上推敲枕上思，日忘道遠夜忘疲。此行囊橐空如洗，只博灤陽一路詩。

陸 賈⑥

祖龍焚書隨火滅，火滅烟消楚漢出。學書只解記姓名，羽也重瞳丁不識。沛公驅馬關中來，帝業安用《詩》《書》爲？溲溺儒冠厭儒服，大風煽動秦阬灰。秦阬灰死不敢動，陸生一言九鼎重。馬上原非南面才，眼前誰識東山孔。⑦刀筆之吏不讀書，高陽酒徒深諱儒。毅然獨請法先聖，⑧一身肝膽驚庸愚。殘編斷簡出煨燼，能使遺文復彪炳。

---

① 此詩原作"野店落殘葉，客身飛斷蓬。夜清狐拜月，秋老鬼呼風。行役勞關外，歸心急夢中。帶愁眠未穩，如豆一燈紅"，原詩首尾有刪節符號。原詩第六句有張藍圈評，邵黑評云"五字真確(民)"。
② 此詩每句末字有朱黑圈。刻本詩題無"度"字。
③ 此四句右側有墨點。
④ 此兩句原作"坦道知何處，檣森樹滿隄"。
⑤ 此詩每句末字有朱黑圈。
⑥ 此詩每句末字有朱黑、李朱圈。張藍評曰："大聲隆隆，必傳之作。"邵黑評曰："大筆淋漓。(民)"
⑦ 此十句有張藍圈評，後四句又有朱黑圈評。
⑧ "請"，原作"稱"。

當年不上十二篇,敗也忽焉秦楚等。楚雖已逝秦鹿烹,漢家宏我東西京。石渠虎觀談經日,一瓣香應祠陸生。①

宋太祖②

英雄大志母先知,得意陳橋兵變時。若使黃袍能猝辦,澶州何苦裂黃旗。③

宋孝宗④

享國心維《無逸》篇,敬天敕作兩圖編。中原天是誰家戴?只守東南一角偏。

哭東厢⑤

夢裏池塘草自春,荊花棣萼委紅塵。得書未久俄聞訃,受病原深況食貧。沒世虛名爭一第,撫孤餘事累雙親。⑥燕南回首傷飽繫,涕淚天涯剩此身。

家聲奕葉守縑緗,羨爾青雲接翅翔。廿八年來剛得路,四千里外舊連牀。⑦不圖分手燕關日,重斷招魂楚客腸。東厢于甲寅七月六日力疾出都,丙辰七月六日卒。生別那堪成死別,西風門第慘無光。

伊昔歸舟泛海寬,病軀屢弱中新寒。不遭客死天憐汝,每憶離居我厭官。⑧夜雨鴒原飄落葉,秋風雁渚激回湍。傷心諸弟肩隨慣,錯立東西慟一棺。

---

① 此八句有張藍圈評。
② 此詩每句末字有朱黑圈。
③ 此兩句右側有墨點。"州",原作"洲"。
④ 此詩每句末字有朱黑圈,後兩句有張藍圈評。
⑤ 此組詩每句末字均有朱黑圈。
⑥ 此兩句有朱黑、張藍圈評,每句末字又有李朱圈。
⑦ 此兩句有邵黑圈評,且評曰"血性詩(民)"。
⑧ 此兩句有朱黑圈評。

墓田環帶水成溝，骨肉相從地下游。<small>庚戌、辛亥次妹及長女相繼歿，同殯于施家灣。今東廂亦殯焉。</small>連歲已枯雙眼淚，舉家難卸一肩愁。披麻稚子纔黃口，投杖慈親漸白頭。多難餘生知自愛，慰君魂魄夜臺幽。①

臘日題湛潤堂員外牡丹畫卷

彩毫着紙炫生花，歐碧姚黃一例誇。不信歲寒風雪裏，十分春色在君家。②

元旦車中口占③

軟紅塵裏度年光，年去年來客異鄉。孤雁衝風全失勢，<small>東廂卒已半年。</small>疲驢繞磨也添忙。④久諳世味心逾淡，只索詩逋力易償。⑤柏酒椒漿都未設，輪蹄又飽五更霜。

丙辰共詩八十八首

---

① 此兩句有朱黑圈評。
② 此詩前兩句末字有朱黑圈，後兩句有朱黑圈評。
③ 刻本詩題同，原作"除夕"。此詩每句末字有朱黑圈。
④ "疲驢繞磨"，原作"懶鷗覓食"。
⑤ 此句有朱黑、張藍圈評，又張藍評曰"此亦未易償"。

借樹山房詩草卷六① 丁巳

風鳶詩四首和周蕚堂②

魯般號巧工，飛鳶木可削。後來易以紙，形質不古若。舉世羨飛騰，無人議輕薄。③牽引非老成，兒戲真作惡。一朝偶失手，何處更立脚。④惜哉乘風鳶，又被風吹落。⑤

午窗斷春夢，天半嗚嗚嗚。春風得意甚，寧復多不平。去天僅咫尺，高處誰能爭？天聽不可瀆，慎毋輕發聲。君看百舌鳥，反舌全微生。⑥

三月春正好，舉頭見無數。春好有盡期，爾輩匿何處。火烏捧日翔，朔雁驚霜度。豈不惜羽毛，辛勤冒寒暑。庸福亦易消，王臣猝難遇。獨立對東風，蒼茫動遐慕。⑦

昨過鵾鴒原，悲風自來往。要從海燕歸，私遂林鳥養。此身墮名繮，無計脫塵鞅。風鳶爾何心，隨人發淒響。⑧童時見爾喜，今見空惘

---

① 右側陳氏自注云："此卷發刻時已刪去十一首，癸亥年蔭山自記。"
② "四"，原作"五"，因刪去第三首，《詩鈔》刻本並無此首。
③ 此兩句有張藍、李朱圈評。
④ "脚"字右側有李朱點，且評曰"'脚'字到覺着迹"。
⑤ 此兩句有朱黑圈評。此詩每句末字有朱黑圈。
⑥ 此詩每句末字有張藍圈。
⑦ 此詩每句末字有邵黑圈，首尾有刪節符號。
⑧ 此八句有邵黑圈評。

惘。牽挂只一絲，天涯共飄蕩。①

蕚堂善體物，示我風鳶詩。裁箋試一答，捉筆攢雙眉。悲歡不同調，如路分兩歧。君詩鳳朝鳴，我詩烏夜啼。吟成各撒手，一任東風吹。②

春日飲蔣氏園亭即景③

城北新開小洞天，林亭何處不陶然。種花密似連畦菜，結屋寬于著岸船。④賀老鑑湖春盎盎，謝公棋墅客翩翩。玻璃窗暖香醪熟，半坐詩仙半醉仙。

齒　錄⑤

蓬萊籍上小游仙，得意重將甲子編。貴爵有時難序爵，同年何必定忘年。⑥從來茅可連茹拔，⑦多少蠅須附驥傳。博取微名登蕊榜，里居門第總巍然。

搢　紳⑧

一編爵秩寫縱橫，蟻附南柯夢已成。祇爲出身爭注脚，偶因懸缺暫糊名。⑨獐頭鼠目形難問，鷺序鵷班界最清。⑩不怪白衣無位置，世途着眼是簪纓。

---

① 前三句每句末字有邵黑圈，末句有邵黑圈評，且評曰"風鳶詩多矣，似此寄託映襯無痕得未曾有(民)"。
② 此詩前六句每句末字有邵黑圈，後四句有邵黑圈評，且評曰"此詩清妙，不可刪(民)"。
③ 此詩每句末字有朱黑圈。
④⑨ 此兩句右側有墨點。
⑤⑧ 此詩每句末字有朱黑、李朱圈。
⑥ 此兩句有張藍圈評。
⑦ 此句有張藍圈評，又有邵黑評云"慨然(民)"。
⑩ 此兩句右側有張藍點，後句又有邵黑圈評，並於前句右側評曰"句稍狠"。

門　簿①

臣門如市有專司，簿册分明記載時。秉筆竟歸奴隸手，留名要使長官知。②更移月日人惟舊，檢點交游某在斯。太息雀羅賓散後，空餘紙幅界烏絲。③

知　單④

折柬傳來纔幾幅，年姻世戚總包羅。吉凶有主從頭定，筆墨無情瞥眼過。⑤交誼不應如紙薄，禮文只取斂錢多。⑥一家消息家家遞，持比郵筒快若何。

西苑直次作⑦

柳茁新稊草展茵，直廬遥帶上林春。清閒不是尋常福，輸與羔羊退食人。

手栽月季繞籬笆，小住春明便當家。昨夜雨絲風片裏，可曾落到未開花。⑧

與蕚堂夜話⑨

詩腸鬱結如草木，春到一律生萌芽。筆搖墨瀋手腕脫，連日怒發心頭花。多君擊鉢助清興，羯鼓笑向春風撾。夜窗吟罷燭見跋，對榻

---

① ④ ⑨　此詩每句末字有朱黑、李朱圈。
② 　此兩句有朱黑圈評，前句又有張藍、李朱圈評。張藍評於天頭處云："七字有芒。"詩句右側有邵黑評曰："脱化。（民）"
③ 　此三句有朱黑圈評。
⑤ 　此句有邵黑圈評，且評曰"此句得神（民）"。
⑥ 　此兩句右側有墨點。
⑦ 　此組詩第一首首尾有刪節符號，左側有補入詩題"直次偶成"四字，"偶成"是先題，"直次"後加。第二首天頭處不知何人所評曰："詩題改作《偶成》"。馮黑評曰："二首擬刪。"兩詩不見於《詩鈔》和刻本。
⑧ 　此詩前兩句末字有朱黑圈，後兩句有朱黑圈評。

兀坐相咨嗟。鄉國頻年海氛惡,紅烟莽莽風沙沙。島間自營狡兔窟,水底誰拔長鯨牙。①諸將擁兵不敢出,畏賊如畏常山蛇。蜎毛螗臂偶一奮,鹿奔鼠竄遑知他。②翁州城門晝長閉,雞犬歷亂人喧嘩。書生荷戟守城闉,廣文執鐸鳴官衙。恨不棄書重學劍,嘲風弄月空呀啞。③君今與我滯京國,四千里外誰無家。三年兩年不歸去,五字七字爭吟哦。試上燕臺一回首,淚痕和墨灑天涯。

寄懷張藍浦刺史④

鳴驂南下雪霜天,珂里匆匆早著鞭。隔歲音書煩雁使,一春消息聽鶯遷。湖山地接鹽官美,桑梓人歌刺史賢。我口作碑傳日下,吟筒裝滿去思篇。

吹篪有弟舊知音,多謝君抽籲下琴。鶴病遠將招鶴意,桃僵忍負種桃心。亡弟東厢爲刺史,己酉薦卷,甲寅抱病出都,蒙邀入署中調攝。朔風人去燕臺暮,時雨春回浙水深。述到感恩重惜別,南天雲樹正蕭森。

暮春雜感⑤

春如釜上氣,蓬勃不可當。雨餘日杲杲,鬱蒸汗翻漿。⑥爭試袷衣白,頗嫌狐裘黃。譬諸行乞人,一朝富倉箱。厭薄到寒士,故態寧自量。吁嗟物情變,是處生炎涼。⑦

西鄰多好花,環繞一枯木。木無向榮心,春來總不覺。誰強入定僧,坐擁屏風窗。東鄰花半殘,游絲尚牽屬。東鄰欲無厭,西鄰情不

---

① 此四句有邵黑圈評。馮黑評曰:"'鄉國'以下暢所欲言,可發一唱,詩格在韓、蘇之間。"
② 此四句有朱黑圈評。
③ 此六句有邵黑圈評,且評於天頭處曰"有關係(民)"。
④ 此兩詩首尾有刪節符號。刻本無此二詩。
⑤ 此組詩每句末字均有朱黑、李黑圈。邵黑評曰:"神似蘇集。(民)"朱黑評曰:"四首細意熨帖,妙處不減查初白。"此組詩無刪節符號,然不見於《詩鈔》和刻本。
⑥ 此四句有朱黑圈評,前兩句又有張藍圈評。
⑦ 馮黑評稱:"此與末首俱擬刪。"

足。我自用我法，多情而寡欲。①

　　章縫作儒服，淳朴追古初。佻達滿城闕，卻笑青衿迂。時俗有好尚，效顰到吾徒。堂堂衣冠客，優孟同步趨。頹風力難挽，獨行成真儒。往者天津橋，杜鵑聲喧呼。別有鸜鵒鳥，濟水終不逾。②

　　芭蕉雪裏抽，吐花適自斃。浥露薔薇香，而多荆棘刺。物生無定形，清淨證妙諦。悠悠名利人，束縛無一遂。枝指觸贅疣，及身總爲累。誰能斷葛藤，勿使留芥蒂。桐以無枝高，梅以無葉異。無欲亦無夢，懷哉至人至。③

清明前一日追悼亡弟東廂有作④

　　緇塵歷碌淚縱橫，望遠聊爲出郭行。瞥見沿街賣楊柳，關心來日是清明。⑤劉伶墳土空澆酒，謝客池塘半落英。極好風光愁裏過，雙柑誰與聽春鶯。

題木蘭從軍圖⑥

　　黑水燕山鐵騎鳴，鴛鴦機冷夜無聲。似他投杼勝投筆，不爲封侯萬里行。

　　明駝一陣護香風，獻捷歸來理鬢蓬。東閣門前行迹在，入時兒女出英雄。⑦

---

① 此四句有朱黑圈評，末句又有張藍圈評。
② 此兩句右側有墨點。馮黑評云"首四句删去則'時俗'句無根，鄙意未敢謂然"，原置於《寄懷張藍浦刺史》第二首詩題處，所評與此首有關，故移至此。
③ 此四句有朱黑、張藍圈評。
④ 此詩除第一句外末字均有朱黑圈。首尾有删節符號。天頭處不知何人所云"中四句可删"，馮黑評云"四句或可删，即不删，亦無礙也"。又云"詩少真切語，可删"。天頭處又有不知何人所云"緇塵不耐撲衣輕"。
⑤ 此兩句右側有墨點。
⑥ 此組詩每句末字均有朱黑圈。
⑦ 此句有朱黑圈評。

張船山檢討聞父喪歸里賦此唁之兼以志別①

白日欲墮陰雲寒，游子雪壓麻衣單。仰天一慟淚流血，②素旐西指峨嵋山。嗟君才氣俯一切，酒中豪客詩中仙。舉頭天宇嫌逼窄，放眼世界空三千。許我訂交稱莫逆，如我與我相周旋。③大鵬甘爲鷃鳩屈，④蒼蠅謬附驥驣傳。同餐雞肋作微宦，獨執牛耳盟騷壇。弄月嘲風趁豪逸，一聲霹靂驚青天。靈椿樹倒客心碎，《蓼莪》詩廢吟腸酸。老母倚門兄在道，令兄亥白抵家僅遲數日。⑤一官冰冷囊無錢。典琴鬻硯作歸計，窀穸未卜誰能安？唁君別君意殊苦，雙淚迸落春風前。古禮聞喪必致賻，古交臨別多贈言。我貧禮不及財貨，欲語氣結聲爲吞。羽書昨夜過秦隴，壯士迸力防西川。列陣如雲矢如雨，森立旗幟張戈鋋。關山不可以飛度，蜀道十倍登天難。⑥努力憑誰勸餐飯，戒心代爾兢冰淵。巴江之水流不極，入峽出峽聲濺濺。三十六鱗隨處有，到家報我雙魚箋。

送郭曉泉編修歸楓橋舊居⑦

有客歸心似酒濃，自言生小習疏慵。木天聽慣鈞天樂，卻憶寒山寺裏鐘。⑧

江南春雨杏花殷，流水聲中夢往還。記得棘闈三鼓後，與君對月說刀鐶。甲寅偕曉泉分校北闈。

---

① "張""檢討"三字乃後加。此詩每句末字有張藍圈，且評曰"使鮮民不能卒讀"。
② 此句原作"仰天大慟出燕市"。
③ 此句有張藍圈評。
④ 此句張藍評曰"太過"。
⑤ 此句原作"令兄亥白出都數日而父訃至"，張藍改爲此。《詩鈔》及刻本並用張氏所改文字。
⑥ 此六句有張藍圈評，每句末字又有李朱圈。天頭處有馮黑評云"得此通身皆振"，"振"字有李朱圈。
⑦ 此組詩每句末字均有朱黑圈。
⑧ 此兩句有朱黑圈評。

送別吳子華①

旅囊長蓄買山錢,此去山齋枕麯眠。冷落陶然亭上月,對人依舊十分圓。

我昔得君書畫墨,墨鐫《黃山圖》。夢游三十六峰中。殷勤寄語黃山石,多少詩顛拜下風。②

送程也園員外歸里③

昨日送歸人,今日送歸人。鶯花正三月,送人兼送春。君家問政山,繞舍多修竹。匹馬到門時,新筍如鹿角。蒓鱸誰不憶?歸計終茫然。我亦局中人,一着輸君先。離亭雨紛紛,柳作清明色。客裏正思家,況送江南客。④

書所見⑤

陌花緩緩送輪蹄,笑入春田路欲迷。橫膝一雙如意玉,紫丁香插帽檐低。

綠陰深護七香車,蜂引游絲蝶戀花。願作飛塵隨馬足,月明同醉美人家。

四月二十八夜偶成寄硯香弟⑥

夜短愁長夢不成,紙窗人影背燈明。樹頭新葉乾于籜,誤聽風聲

---

① 此組詩每句末字均有朱黑圈。
② 此詩天頭處馮黑評云:"音節神韻俱古。"
③ 此詩每句末字有朱黑、張藍、李朱圈。此詩天頭處馮黑評云"擬刪",然此詩無刪節符號,刻本有此詩,疑指下首《書所見》。
④ 此八句有朱黑圈評,末兩句又有張藍圈評。李朱評曰:"在本集中又是一種筆墨。"
⑤ 此兩詩首尾有刪節符號,刻本無此組詩。每句末字均有朱黑圈。
⑥ "硯香",原作"灼三"。此組詩每句末字均有朱黑圈。

作雨聲。①

宦途難學地行仙，萬感茫茫醉後牽。心緒碎同衣百結，管中窺到杞人天。②

遲眠無那又敲詩，自寫新詩自課兒。忽憶故園春爛漫，紫荊花發第三枝。_{時硯香應童子試。}③

聞道鄉關正卜居，白雲深處望吾廬。好將板屋東西架，乘興還山再讀書。

野　人④

野人日暮不還家，賣菜聲聲比賣花。蠶豆莢長瓠子熟，軟紅低漾獨輪車。

送王情庵司馬之官滇南⑤

壯懷別恨兩相牽，一棹長風萬里天。宦路也應需我輩，交情原不在同年。⑥青衫半濕臨歧淚，紅藥曾留直宿篇。不道君從今日去，連宵夢已到南滇。

文章報國豈空虛，眼見男兒樹立初。道遠稱君騏驥足，政成惠我鯉魚書。召棠郇黍思家世，瘴雨蠻烟慎起居。記取鳴騶來日下，愁眉重為故人舒。

江漪塘約過小齋閒話阻雨不果卻寄⑦

催詩雨，望不來，誰知卻被詩人催。詩人打點出門去，一雨飛到

---

① 此兩句有朱黑、張藍圈評，每句末字又有李朱圈。
② 此兩句右側有墨點。
③ "硯香"，原作"灼三"。
④ 此詩前每句末字有朱黑圈，後兩句有朱黑圈評。
⑤ 此組詩每句末字均有朱黑圈。
⑥ 此兩句有張藍圈評。邵黑評於此兩句天頭處，云"真摯(民)"。
⑦ 朱黑曰："此詩選韻結音，多有不甚響處。"馮黑評云："前半似苦雨，後半又似望雨，用意不一線，故運棹欠靈，似不在音響上講究也。"此詩首尾有刪節符號。刻本無此詩。

門之楣。陡如潑墨酣淋漓,舍南舍北成污池。兩家衡宇隔深巷,咫尺便有風波時。①吁嗟乎！朱門綺席生光輝,坐客珠履三千隨。列炬陳樽雜歡笑,徵歌選舞相酣嬉。寒酸自笑那有此,偷閒半日甘如飴。不知麈談茶話有何奇,一念才萌天妒之。不怪君不來,怪君來意何遲遲。不怪君來遲,我將乘雲問雨師。今年大田久龜拆,農人力竭看雲霓。農人各爲一身一家計,上有天子不雨憂群黎。②昨朝雨過土膏潤,瓜疇麥壠含生機。狂颸獵獵日杲杲,屈指又誤十日期。十日復十日,望雨多怨咨。③旱極始一降,今是昨則非。以此責雨,雨師將奚辭？而我家無負郭五十畝,不稼不穡把筆爲鉏犂。太倉升斗慚虛縻,又不能鞭石噀水積薪舞羽,一分宵旰之憂思。④坐對簾纖方當下階拜,胡爲啾啾唧唧迸作沙蟲啼？報君一語應解頤,君但能來自有篛笠青蓑衣。不然仲蔚蓬蒿三徑闢,水深吾腳尚可赤。

題法時帆司成梧門圖⑤

司成自序云:⑥"余幼時讀書海淀,太夫人督課甚嚴,門側老梧數株,翠可蔽天,嘗視日影爲散學候。"

秋樹根頭暑不侵,敝廬風雨好重尋。春暉報答真無盡,一寸陰中一寸心。⑦

坐老詩龕日月長,司成又號"詩龕"。得閒檢點舊書囊。兒時學剪桐圭戲,笑與香芸一處藏。

淡烟疏雨隔紗櫺,絕似陶家五柳青。記得閏年新葉底,晚涼課讀

---

① 此前每句末字均有張藍圈。
② "天"字另行頂格。
③ 自"不知麈談茶話有何奇"至此,每句末字均有張藍圈。
④ "宵"字另行頂格。
⑤ 此組詩每句末字均有朱黑圈,首尾有刪節符號,刻本無此組詩。天頭有詩云:"梧桐一寸陰,慈母一寸心。讀書須萬卷,種樹須千尋。樹老風易欺(原作'侵'),親老身難代。疏雨滴衡門,中有孤兒淚。"參見《詩草》卷十最後一詩天頭補注。
⑥ "云"字前原有"略"字。
⑦ 此兩句右側有墨點。

十三經。

尺幅新圖向樹開，綠雲深護讀書臺。好將慈母恩勤意，桃李公門努力栽。

月下望九松山①山在密雲縣。

驅車趁涼夜，纖月上遙峰。②樹作排衙勢，山當入塞衝。百靈朝暗谷，九老繪真容。天設孤城障，仙雲密密封。

喀喇河屯大雨後作③

嘉慶二年歲丁巳，季夏六月哉生明。我時扈從出塞外，喀喇河上同列營。暮烟散盡見新月，蒼蒼六幕浮雲輕。農田憂旱客憂雨，④今日預卜來朝晴。解鞍倚枕夜將半，亂山雲起天無星。怒雷劈樹雨壓幄，繞牀雜沓波濤聲。一鞭電火四圍掣，萬馬蹀躞喑不鳴。僮僕相看秉燭立，布被貼水浮青萍。⑤須臾雨止出巡視，幾家行帳東西傾。遙天墨黑不辨色，隔岸燈火光熒熒。短車轆轆半濡軌，策騎如跨烏犍行。茫茫一片接河口，荻葦汩沒菰蘆平。⑥不識河身若干丈，艅艎筏繫浮橋撐。長鯨截水水倒立，萬夫挽索力不勝。肝膽槎枒仗忠信，縱馬一躍龍門登。迴頭卻視馬行處，土囊拆裂洪流經。⑦我思鑾輿歲庚戌，⑧興桓大道無榛荊。宿衛千官若星拱，蹕途六日隨雲征。⑨何期遇雨水暴

---

① 此詩每句末字有朱黑圈。
② "遙"，原作"高"。
③ 此詩每句末字有朱黑、李朱圈。
④ 此句右側有墨點，又有李朱圈評，評云"大手筆"。
⑤ 此八句有朱黑圈評，後六句又有張藍圈評。此段天頭處馮黑評云："後尾有此一層，更十分滿足。"
⑥ 此段天頭處馮黑評云："魄力大，氣勢雄，所謂字向紙上俱軒昂也。"
⑦ 此八句有朱黑圈評，前四句每句末字又有張藍圈，後四句又有張藍圈評。
⑧ "鑾"字另行頂格。
⑨ "蹕"字另行頂格。

漲,幾人涉險心不驚。沙場百倍此艱阻,況復鋒鏑身爲攖。①毒霧霾霖那顧忌,懸崖峭壁爭攀騰。英雄且勿論成敗,壯士獨能輕死生。吁嗟楚蜀方用兵,我歌行路心怦怦。②

自 笑③

自笑微生愛羽毛,上林借得一枝高。襪經拆綫終嫌短,輪已爲薪尚覺勞。宦境莫探無底橐,歸心只夢有鐶刀。④年來屺岵多行役,立馬躕跙首重搔。

六月廿四日得江漪塘書啓視之有紙無字戲柬二首⑤

雙鯉浮來尺素寬,卻須口語報平安。碑因没字傳疑久,詩到無聲欲和難。壯志定多投筆想,古心還作結繩看。⑥塞垣風雨相思苦,努力朝朝自勸餐。

硏光紙膩緘封密,字句難尋味曲包。山水之間不在酒,羲皇以上本無爻。羨君只是空空手,與我真成淡淡交。⑦料得忘言更忘象,冥心終日坐書巢。

次沈舫西水部見寄原韻⑧

摩詰鰥居正壯年,新衣不著晚涼天。秦樓樊榭空明月,瀟灑風塵

---

① 此兩句有張藍圈評。
② 此四句有張藍圈評,後兩句右側又有墨點。
③ 此詩每句末字有朱黑、李朱圈。
④ 此四句有張藍圈評。
⑤ 此組詩每句末字均有朱黑、李朱圈。李朱評曰:"仲堪之後又見漪塘,事雖同而心卻不同。"
⑥ 此四句有張藍圈評,後兩句又有朱黑、李朱圈評。張藍評曰:"奇事奇詩。"李朱評曰:"妙想天開。"馮黑評曰:"嵌空玲瓏筆,妙不可思議。"
⑦ 此四句有朱黑圈評,前兩句又有張藍圈評,後兩句末字又有張藍圈。邵黑評於前兩句處,云"二句奇妙無比(民)"。又李朱評曰:"每於難著筆處益見力量。"
⑧ 此組詩每句末字均有朱黑圈。

獨睡仙。舫西春間悼亡，來詩有"長此人間作散仙"之句。

吟窗刻燭坐更闌，濃墨熏香到馬班。詩史例成工部手，阿誰能索筆花還。①

錘峰日午火雲回，入直匆匆刻漏催。背汗翻漿腥徹骨，蒼蠅聲裏和詩來。②

叠韻柬舫西③

長日何堪閏小年，炎風暑雨惱人天。近來詩境黃楊縮，我欲仙時筆不仙。④

捷報隆隆夜欲闌，兩階干羽望師班。書生自笑從戎拙，只有懷人夢往還。

羅漢山頭首重回，不如歸去鳥聲催。瓜期數到雙星節，好遣西風送客來。⑤

寄懷費西埔農部再叠前韻⑥

出塞看山又一年，石梁土嶺隔南天。行程幾日長如許，要學君家縮地仙。

日上花磚卯酒闌，都中留守是仙班。吟筒好向灤河擲，多少詩逼弩還還。

憶昔西江泛棹回，迎春花底曉妝催。竹牀冰簟涼生夢，知有投懷燕子來。西埔新納姬。

秀峰書院消夏雜詩⑦

日與秀峰居，不識秀峰面。退食一關心，山靈隔牆見。大都閒中

---

① ⑤　此兩句右側有墨點。
②　此兩句有朱黑、張藍圈評。張藍評曰："可憐。"
③ ⑥　此組詩每句末字均有朱黑圈。
④　下"仙"字右側有李朱點。
⑦　正對詩題有一籤條，似又將題目改爲"憶吾父講學歲幾更書院消夏雜詩"。《詩鈔》及刻本均用原詩題。此組詩第三首以下每句末字均有朱黑、李朱圈。

景,總向茫中亂。① 人海劫茫茫,回頭即彼岸。同居煩惱城,誰把智慧劍。②

琅琅讀書聲,徹夜水瀉瓶。俗耳久不習,如聽鈞天鳴。感此昔講學,寒暑無時停。吾年十一二,昕夕長趨庭。虛車失正軌,謬飾輪轅行。父曰兒勉旃,大道在六經。一經一口授,問難隨諸生。吾母夜課讀,憐兒弱不勝。棗栗滿懷袖,機杼依燈檠。吾父謂吾母,眼見兒學成。③ 兒今年卅二,荒落同榛荊。一官四千里,慚愧稱功名。④ 報國恃何物,⑤ 思親空復情。白雲渺天際,中夜愁填膺。

側聞塞上行,苦寒不苦熱。我汗如雨流,熱豈由中出?⑥ 洪爐大造圍,火繖炎官設。地颺元規塵,天開趙盾日。冰雪明素心,炎威那能奪。

旅人得僮僕,相倚如親知。執爨賤者役,以代中饋司。⑦ 二豎日騷擾,獨客心危疑。雖非右肱折,頗類左股夷。塞垣市集少,百貨爭居奇。牛溲馬渤外,并無敗鼓皮。安得壺公藥,更尋扁鵲醫。

眾山環灤京,各自立門戶。⑧ 或飛倚天劍,或破修月斧。或削奇肱輪,或鑄駱越鼓。陳帽方聳高,謝屐前後俯。腹垂赤心胡,拳握鈞弋女。仙佛神鬼妖,龍蛇犀象虎。收羅尺幅中,可作《山經》補。邱壑落誰胸,惟甫山山甫。⑨ 謂盛甫山惇大、曹山甫惪華兩舍人,俱善畫。⑩

山甫未五十,短視兼重聽。金篦刮何有,社酒治不靈。酬以擘窠

---

① "茫"字中有一墨圈。

② 此詩天頭處馮黑評曰:"此地予亦曾僦居,有'猶記青燈照夜初'之句,與此詩同一感懷也。"此詩每句末字有朱黑圈,末兩句右側有墨點。

③ 不知何人所評曰:"'學成'以下尚少二句作轉關。"

④ "慚愧",原作"開口",又改作"率意"。此句馮黑評曰:"'開口'句應酌改。"

⑤ "報"字、"國"字間空一格。

⑥ 此四句有朱黑圈評,末句又有邵黑圈評。

⑦ 此四句右側有墨點。

⑧ 此兩句有朱黑、張藍圈評。天頭處馮黑評曰:"為寒山寫照。"

⑨ 此兩句有朱黑、邵黑圈評。邵黑評云:"古音古節,妙手偶得之。(民)"

⑩ "俱善畫"三字乃後加。

字,答以撞鐘聲。①逢場偶作戲,退院各如僧。我學陳無己,君爲曹不興。神交在詩畫,白首可忘形。

吳侯官納言,謂槐江參議。其直乃如矢。青白界眼中,春秋劃皮裹。古鏡能照心,靈犀善分水。雨窗揮塵談,竟夕清風起。

去年客興桓,下馬十日留。看山未盡興,食蔗不到頭。②今來兩閱月,夙願天爲酬。橫峰側嶺間,車轍馬迹周。老饕過屠門,肯作染指謀。酒人逢麯車,口角涎先流。功名我如贅,物外逍遙游。③

立秋日作④

大地連沙漠,西風到此先。簟涼新雨後,鐘警未霜天。⑤問俗知花事,游山借酒錢。馬頭秋興劇,早晚著吟鞭。

客中仍作客,古塞滯行踪。別緒天涯草,秋陰日午松。風威厲羊角,雲勢孼駝峰。⑥都下如桑梓,歸心一例濃。

雨後即事⑦

積翠浮天外,遙山雨過時。溪流忙似我,石骨瘦於詩。⑧衣薄驚秋早,燈明退食遲。虛庭佇涼月,殘滴墮風枝。

秋色來何許,開簾試一尋。雷聲多斷續,山氣互晴陰。買菊供詩料,⑨看雲養道心。⑩客居雖近市,肯受俗塵侵。

---

① 此四句有朱黑圈評。馮黑評曰:"爲聾公寫照。"
②⑥ 此兩句有朱黑圈評。
③ 此六句有朱黑圈評。
④ 此組詩每句末字有朱黑、李朱圈。
⑤ 此句有朱黑、張藍圈評。邵黑評曰:"'警'字煉。"
⑦ 此組詩每句末字均有朱黑、李朱圈。
⑧ 此兩句有朱黑、張藍圈評。
⑨ 此句原作"移菊供清賞"。
⑩ 此句有朱黑、張藍、李朱圈評。

寄　內①

宮漏迢迢枕上聞，那堪同夢隔燕雲。尺函遠寄相思草，抵得蘇家織錦文。

兒女今宵憶我無？長安人對月輪孤。霜前刀尺風前杵，絕好秋閨夜課圖。②

酬錢裴山農部見寄山水詩畫③

江南山水秀且奇，美人裝束神仙姿。灤河之山半如佛，面目光明性枯寂。④有時雲起峰模糊，幻作阿羅漢五百。君從江南來，我向灤河去。各抱看山心，臨歧話絮絮。一鞭剛指興桓樹，青石梁高雁飛度。王摩詰寫畫中詩，謝宣城寄驚人句。連日軍書出塞忙，山南山北負秋光。客心癢似蔡經背，喜見麻姑指爪長。⑤

贈盛甫山舍人⑥

銷夏灤河別有灣，軒窗面面俯雲山。憑君三寸如刀筆，割取烟霄翠岫還。

作書如畫畫如詩，三絕兼操筆一枝。剩有閒情寄絲竹，清歌人喚奈何時。

直次呈鮑樹堂侍讀徐晴圃舍人⑦

畫長無事上公門，消受清閒福幾分。雨榻對眠徐孺子，詩窗兀坐

---

① 此組詩每句末字均有朱黑圈。馮黑評曰："擬刪。"刻本有此二詩。
② 此兩句右側有墨點。
③⑦ 此詩每句末字有朱黑圈。
④ 此兩句有朱黑、張藍圈評。邵黑評曰："奇闢。（民）"
⑤ 此四句右側有墨點。
⑥ 此組詩每句末字均有朱黑圈。

鮑參軍。苔青古壁留蝸篆,草綠斜坡聚鹿群。月殿雲開天上曲,①依稀下界帶風聞。《長生殿》傳奇有《月殿雲開》一闋,上祈晴則令內監按譜鼓吹。②

七月二十七日自灤陽還都門途次漫興③

屈指程途數日間,魚游知樂鳥知還。秋新尚帶三分熱,歸急惟爭一字間。④飛白雁書邊月夜,放青馬臥夕陽山。塞外牧牛馬謂之"放青"。此行不爲蒓鱸美,南望鄉心脈脈關。

稻黃莊題壁⑤距南天門五里。

短垣矮屋隱溪隈,暫卸征鞍亦快哉。僕懶倩人攜襆被,馬飢隨路齕蒿萊。⑥籜聲捲地風吹滿,山影橫窗月上來。⑦重憶洛迦仙境好,南天門是望鄉臺。洛迦山在吾邑,南天門古刹有"洛迦仙境"匾額。

稻黃時節理歸鞭,八口浮家夢屢牽。寒夜犬如山鬼哭,獨衾人似野蠶眠。村荒難覓澆書酒,霜早先籌買菊錢。卻憶長安多舊雨,招邀同對月華圓。⑧

劉澄齋舍人見贈全唐詩賦此酬別⑨

將兵須將淮陰兵,學詩須學唐人音。唐人詩律如軍律,時抱多多

---

① "開"字、"天"字間空一格。
② "上",原作"宮中","闋"字、"宮"字間空一格。
③ 此詩每句末字有朱點、李朱圈。
④ 此兩句有朱黑圈評。
⑤ 詩題原作"稻黃莊旅店題壁"。第一首每句末字有朱黑圈,第二首僅前兩句末字有朱黑圈。
⑥ 此兩句右側有墨點,後句又有張藍圈評。
⑦ 此句有朱黑圈評。不知何人所云"'滿'易'急'",此籤條本貼於《劉澄齋舍人見贈〈全唐詩〉賦此酬別》天頭處,據內容移至此。
⑧ 此兩句原作"聽說長安秋色好,十晴五雨養花天"。馮黑評云:"結二句酌改。以'養花'似單頂'買菊',且'晴''雨'亦與'霜早'有礙也。"此籤條本貼於《劉澄齋舍人見贈〈全唐詩〉賦此酬別》天頭處,據內容移至此。
⑨ 此詩每句末字有朱黑圈。天頭處有籤條,不知何人所云"此首可刪",疑所評爲下首《九月十八日七峰別墅作》,後誤置此。

益善心。小儒謬托操觚手,擊碎珊瑚裂瓊玖。優孟衣冠貌不成,束芻爲靈木爲偶。詩魂已散誰收拾,全豹斑明狐腋集。一代鴻文朗朗行,九原才鬼啾啾泣。①此册長留《大雅》風,後先異曲卻同工。十洲三島懸溟海,萬户千門闢漢宫。②澄齋家塾富圖史,十百同官一知己。舊時樽酒細論文,近日廢詩重讀禮。短僮走遞古錦囊,歸路迢迢汾水陽。秋風送客愁無那,明月投人夜有光。開函手把琳琅帙,詩史詩豪齊入室。古調今人暢好彈,援琴又與知音别。③

九月十八日七峰别墅作④

危亭當落日,下馬此徘徊。飽飯勞筋息,愁眠噩夢回。窗明全夜月,車起五更雷。碌碌隨群動,吾生愧不才。

出西直門至海淀道上雜詠⑤

黄葉如雨落,一鷹飛出林。側身思掠食,雞鶩亂牆陰。廢寺僧行乞,逢人説普陀。柳陰長奉佛,擊鉢待車過。⑥陌上誰家女,含羞送客行。一簪無數菊,斜日鬢邊明。⑦茶肆轉村橋,秋花結綺寮。秋籬牛鐸隱,石路馬蹄驕。⑧

丁巳共詩八十三首

---

① 此四句有朱黑圈評,後兩句又有張藍圈評,每句末字又有李朱圈。
② ⑥ 此兩句右側有墨點。
③ 此四句有張藍圈評,後兩句又有朱黑圈評,後兩句末字又有李朱圈。李朱評曰:"一結面面俱到。"邵黑評曰:"神力完足。(民)"
④ 此詩前兩句末字有朱黑圈,首尾有删節符號。刻本無此詩。
⑤ 此詩每句末字有朱黑圈。
⑦ 此兩句有朱黑圈評,前句又有邵黑圈評。邵黑評曰:"未經人道過,恰是真景。(民)"
⑧ 此兩句有朱黑圈評。

借樹山房詩草卷七　戊午①

題莫韻亭師高村古渡小照②

公昔讀書處，家山入畫圖。今來尹京兆，對此話枌榆。舟楫爲時望，田園識故吾。春風許人坐，記取柳株株。

送洪稚存編修南歸③

宦味淡于水，君歸本意中。文章聽時議，肝膽幾人同。斷雁哀呼月，思鱸不待風。別離情緒苦，那更計詩工。

馬　逸④

手不與繮謀，足不與蹬適。一鞭著馬腹，四蹄劃開坼。⑤巨魚縱壑猛，勁箭離弦激。過耳風濤鳴，着眼塵霧幂。坦途不可辨，懸崖那能勒。欲墜不墜間，西來一騎特。我僕出我前，捉馬如捉賊。⑥馬首已就擒，趁勢恣騰擲。昂然賈餘勇，不肯遽降敵。⑦一路驚悸魂，到此倍惶

---

① 右側有字曰："此卷發刻時删去八首，癸亥年蔭山自記。"下有兩方印，上爲陽文印章"字曰應三"，下爲陰文印章"越之甬東人"。
② 天頭處馮黑評曰："連下首俱可删。"此首及下首有删節符號。刻本無此二詩。
③ 此詩每句末字右側有墨點。
④ 此詩每句末字有張黑圈。張黑評曰："南人騎馬，情狀可憐。"右側朱黑評曰："我則異于是。"
⑤ 此四句有朱黑圈評。後兩句又有李朱圈評，且評曰"不善將兵致有此敗，非鞭之罪也"。
⑥ 此兩句有李朱圈評，且評曰"賴有此救兵"。
⑦ 此四句有張黑圈評。"趁勢"二字右側各有朱點。

迫。書生非健兒，南人異北客。偶然心膽粗，幾致肢體磔。①量力動萬全，負氣盡一踣。君看角勝場，古無不敗策。②粥粥安無能，吾將屏羈靮。

張船山檢討至自遂寧感而賦此③

秦蜀道方梗，去來君獨行。眼空名士氣，詩雜戰場聲。力竭難將母，身閒且論兵。④食貧吾輩事，誰爲掃欃槍。⑤

憶昨飛章入，渠魁計日擒。貂蟬諸將夢，宵旰至尊心。報國身誰許，同仇恨頗深。⑥學書須學劍，悔極一沾襟。

雜　詩⑦

治市法不密，髽墾薛暴入。治世鑑不明，孔壬巧令登。至人握心鏡，燭物無遁形。器使及貪詐，柄國惟賢能。麒麟處郊藪，何事煩獬豸。上游無停淤，下游清可待。⑧

釣鉤不利直，虞機不取拙。巧拙世所爭，曲直理難質。自非介士懷，塗改車易轍。車轍日以深，介士安素心。明知包无魚，何必田有禽。⑨

猗那青桑樹，上有寄生草。風雨相芘蔭，枝葉互迴抱。莫然釜中

---

① "磔"字右側有朱點五，李朱評曰："'磔'字略嫌趁韻"。
② 此兩句有張黑、李朱圈評。
③ 此組詩每句末字均有張黑圈。朱黑評曰："蒼勁得杜骨。"張黑評曰："我之處境不幸乃足下詩境之幸也。八十字居然傑作。"邵黑評曰："似遺山（民）。"
④ 此四句有張黑圈評，前兩句又有李朱圈評。
⑤ 此句有張黑圈評。
⑥ 此四句有張黑圈評。"旰"字、"至"字間空一格。馮黑評曰："'頗'字稍軟，改'已'字何如？"李朱評曰："'頗'字有學問，不可改。"
⑦ 朱黑評曰："此數首得古意而有新思，其加墨處少仙與船山同。"馮黑評曰："獨造處似子書。"此組詩每句末字均有張黑圈。
⑧ 此詩每句末字又有李朱圈，後四句又有張黑圈評。張黑評曰："此議誠佳，然真麒麟不易得，恐以符拔混之，尤不妙耳。"
⑨ 此四句末字有李朱圈，後兩句又有張黑圈評。

豆，同根乃不保。同根一何忍，寄生一何幸。①豆語青桑樹，賢否安有等。

我行古墓田，無數看花侶。②花色自年年，墓中人不起。③春風從東來，夕陽西逝矣。④今日花盛開，明朝花且死。看花復看花，前有覆轍車。

傑士氣如虹，有時藏不見。俗士如塵沙，隨風撲人面。⑤不甘原憲貧，⑥爭學毛遂薦。明月出暗投，道路遭按劍。奈何燕山石，而作荊璞獻。吁嗟十目中，未必十瞽矇。吁嗟瞽與矇，塵沙不如虹。⑦

客從南方來，遺我錦與玉。琢玉作酒杯，製錦爲書軸。玉如耐久朋，白首生光輝。⑧錦如勢利交，⑨過時顏色非。⑩去去勿挂口，錦心安足守⑪。且持白玉杯，與君飲醇酒。⑫

連宵課兒讀，剪燭同吟呻。儒冠豈不誤，書味自有真。⑬蠹魚字可食，蝌蚪文獨成。咄哉蠅與蚋，逐臭飽血腥。以之四蟲微，與兒定愛憎。問兒何所憎，問兒何所愛。兒看庭前草，幾葉垂書帶。⑭

雖有修月斧，敲冰不如針。雖有繫日繩，管髮不如簪。⑮萬物貴適用，夸大誰能任。竹頭與木屑，牛溲及馬渤。能應不時需，自成不朽物。⑯

---

① 此兩句有李朱圈評。
② 此句刻本作"攜樽坐花底"。
③⑬ 此兩句有張黑圈評。
④ 此句原作"夕陽已西逝"。
⑤ 此三句有張黑圈評。第一句右側有邵黑評云"深沉自好（民）"，後兩句張黑評曰"十字畫狗馬，妙筆"。
⑥ "原憲"，刻本作"黔婁"。
⑦ 此六句有張黑圈評，後四句又有李朱圈評。邵黑評曰："古音。"
⑧⑩ 此句有張黑圈評。
⑨ "交"字與前"朋"字右側有李朱點，且評曰"既摹漢魏，似不宜作此等語，自是薩山詩"。
⑪ "安足守"，刻本作"徒自剖"。
⑫ 此兩句有張黑圈評，評曰"畢竟酒人能包羅萬象"。
⑭ 此詩每句末字又有李朱圈，評曰"如此首，則意與筆皆類"。朱黑評曰："我亦願有是兒。"
⑮ "管"，原作"束"。
⑯ 此詩每句末字又有李朱圈。末兩句有張黑圈評。邵黑評此詩云："當代正須真才人，彼談經術爭詩律者，直是冢中枯骨耳。（民）"

次韻朱少仙宿固安見寄①

君向吳淞去，三年白髮催。恰愁容易別，不道果然來。②馬上詩筒擲，花時酒甕開。城南舊游處，好遣夢先回。③

夜　坐④

欲雨不果雨，宵分暑氣煩。電光明樹隙，螢火下牆根。坐久茶香減，⑤愁消酒力存。來朝故人至，重與對清尊。時少仙將入都。

七十二鴛鴦吟社醉歸戲題主人比香兒詩後⑥

香閣藕花紅，吟詩滿翠筒。味如飲醇美，筆較畫眉工。⑦別製羅生體，能傳謝女風。千金誰換得，冀北馬群空。

未許紅兒比，⑧溫柔占此鄉。花應憐蝶小，詩不抵情長。⑨打槳迎桃葉，題箋贈李香。畫圖曾識面，隔水妒鴛鴦。

題少仙衝寒訪舊圖⑩

結交千古事，肯使一盟寒。獨鶴在羅網，何人惜羽翰。輕裝急行役，⑪俠骨任艱難。風雪燕南道，長懷熱肺肝。

---

① 此詩每句末字有張黑圈。此詩無刪節符號，然不見於刻本。
② 此兩句有張黑圈評。
③⑦　此句有張黑圈評。
④ 此詩末兩句末字有張黑圈。朱黑評曰："此詩船山不選，或因選韻不佳耳。"馮黑評云："詩尚可存，惟'汗漬'字稍滯，應改。"
⑤ "坐久"，原作"汗漬"。
⑥ 此組詩每句末字均有張黑圈。
⑧ "未"，原作"不"。
⑨ 此兩句原作"美人須惜福，情種是才郎"。馮黑評曰："'美人'二句欠雅，'李香'酌。"李朱云："去'君'字而云'李香'，墨莊以為不可。或別有出。"邵黑評曰："不見《桃花扇》中云'生小傾城是李香'乎？乃余澹心詩也（民）。"
⑩ 此組詩每句末字均有張黑圈。
⑪ "輕裝"，原作"婆心"。"婆"字右側有墨點三。

南望將軍樹，冰霜剝落餘。海空波浪闊，法密故交疏。吾黨存公是，人心有古初。君今入江左，①行路尚欷歔。②

六月四日大雨後作③

打頭幾點蕭疏雨，陡作三千鐵弩飛。庭院水高燈影活，屋檐溜急語聲微。④好清蜀道傳烽堠，⑤莫阻秦關報捷旗。我檄雨師如檄將，九重天上正宵衣。⑥

連日天街卷白波，江南江北憶如何。苦經三月桃花汛，愁聽中流《瓠子歌》。⑦轉粟淮徐除道急，鳩工齊魯役民多。天心畢竟長仁愛，不遣洪流助決河。⑧

舟山竹枝詞余居都下八年，故鄉風景未嘗忘懷，因作此以寄興。⑨

儂家結屋傍城濠，坐對衙山醉濁醪。唱罷午雞炊火動，沿街聽賣碗兒糕。⑩

麵條魚細墨魚鮮，鱟醬螺羹上酒筵。橄欖村中販蝦米，桃花山下

---

① "今"，原作"行"。
② 此句原作"一路聽欷歔"。馮黑評曰："'一路聽欷歔'應酌改。""應酌改"右側有李朱圈評。此評簽條原置於《七十二鴛鴦吟社醉歸戲題主人比香兒詩後》詩題天頭處，據內容移至此。
③ 此組詩每句末字均有張黑圈。張黑評曰："人之作詩如天之生果，果無瓤不成果，詩無瓤亦不成詩矣。"
④ 此四句每句末字有李朱圈，又"打"字亦有李朱圈。前兩句又有張黑圈評，後兩句又有朱黑圈評。
⑤ "傳烽堠"三字原作"揚塵輶"。馮黑評曰："'揚塵輶'三字欠老到。""欠老到"有李朱圈評，且稱"良友"。
⑥ "將"字、"九"字間空一格。
⑦ 此兩句有張黑圈評。
⑧⑩ 此句有張黑圈評。
⑨ 刻本無詩注。張吉安評云："近日鮫鱷縱橫，舟山適當其禍，詩中宜發之，使後人知所考焉。吉安識。""吉安"字上有朱文印章"蒔塘"。朱黑則曰："詩必因後人考據而作，則其禍甚於鮫鱷矣。"馮黑評曰："風土詩高於鴛湖棹歌。"此詩每於地名處於右側用長條格標出："衙山""橄欖村""桃花山""解元橋""狀元橋""大柯梅""小柯梅""鎖山""雙髻峰""普慈寺""同歸域""大展""小展""竹山門""鹽倉嶴"等；當地美食則於右側用墨點標出，如"碗兒糕""麵條魚""墨魚""鱟醬螺羹""蕃茄燒""觀音竹""海印蓮"等，在此一並注明。此組詩每句末字均有張黑圈。

種蠁田。①

燈火書聲聽徹宵,解元橋接狀元橋。不知廿四橋頭月,底事空吹碧玉簫。

百壺清酒一腔羊,婚嫁如仙不出鄉。②大柯梅外迎新婦,小柯梅裏賀新郎。

城西少婦玉爲顏,偷折花枝上鎖山。眉黛似山愁似鎖,海門征戍幾時還。③

衣香釵影水門邊,黑飯青䉛寒食天。鉦鼓一聲城下過,④日高爭看上墳船。⑤

雙髻峰前檜柏香,普慈寺外月如霜。老僧指點同歸域,⑥夜夜忠魂哭魯王。⑦明季魯王入海,⑧同歸域即殉難諸臣墓也。

百尺燈檠綴九華,萬竿旗幟繞千家。紙糊皂隸驅囚走,青府賽神如放衙。⑨三月望日里中迎泰山青府神。

閩商蠻語雜鉤輈,歲歲魚期入市游。昨夜西洋估客集,海風送到大紅頭。西洋船名。

海外民風古樸存,一城如斗縣官尊。⑩防他縣帖催糧急,倉下河東買穀屯。

耞板連村暑雨晴,秋蒿香煮小茶鐺。遮篷藉草田頭飯,日暮猶聞打稻聲。⑪

早糯登場登晚糯,盤餐雞黍具朝朝。荳花棚底收租客,酒味新嘗

---

① 此兩句有張黑圈評。此詩邵黑評曰:"光怪陸離,如食海錯,讀過不覺指動(民)。"
② 此句有張黑圈評,並評曰:"神仙未必婚嫁,婚嫁亦未必不出鄉,然弟四字似必應用'仙'字,我亦不知何故。"
③ 此兩句有朱黑、張黑圈評。張黑評曰:"小中可以見大。"
④ 此句有朱黑圈評。
⑤⑪ 此句有張黑圈評。
⑥⑧ "歸",原作"仁"。
⑦⑩ 此兩句有張黑圈評。
⑨ 此兩句有張黑圈評,且評曰:"'皂隸'着'紙糊'二字便俊極"。

蕃茹燒。①酒名。

牽郎馬首東北回,大展小展山光開。②一綫黃楊尖上路,伴儂同去采茶來。

洛迦名勝海東偏,一炷香燒古佛前。願郎心似觀音竹,願妾顏如海印蓮。③

蓮子香清憶普陀,④錦函貢入上方多。杭州織造門前路,聽說山僧歲歲過。普陀山所產蓮子例充貢物,由杭州織造府恭進。

竹山門下秋潮生,鹽倉嶴底秋月明。⑤船尾船頭相對直,上洋無那水橫行。⑥

夏孝女孝女,吾邑紫微莊人。⑦余既作《舟山竹枝詞》追憶舊事,並成是什。⑧

南山下,夏氏女。年十八,以孝著。父理和,老無子。吋。與人訟,事涉賭。詞多誣,縣官怒。⑨官如狼,吏如虎。索千緡,父不與。與五百,吏不許。死於吏,死於官,死於滷。⑩女哭之,摧肺腑。女有母,有庶母。吋。有從兄,兄也魯。⑪父尸寒,父尸腐。官來驗,吏作忤。來來來,視妾父。父何辜,妾何怙。婿范生,來焚楮。女伏苫,淚如雨。不報讎,忍歸汝。⑫身未入,范家戶。足未踏,范家土。生死別,此

---

① ⑪　此句有張黑圈評。
②　兩"展"字原作"碾"。
③　此兩句有張黑圈評。邵黑評曰:"《竹枝》正調也(民)。"
④　"憶",原作"重"。
⑤　"嶴",原作"澳"。
⑥　此詩有張黑圈評。此下有李朱評曰:"以上《竹枝》不可磨滅之作。"
⑦　"莊",原作"澳"。
⑧　張黑評曰:"一字一珠,一字一淚,千古不磨之作,船山心服。"馮黑評曰:"泣鬼神,驚風雨,似此筆墨一時無兩,宜船山之心服也。"李朱評曰:"略無修飾,真古樂府。墨莊亦心服。"邵黑評曰:"吾輩集中必須有此種詩方壓得住(民)。"張吉安云:"是時司土者誰?當志年月以別之,近宋君如林乃廉吏也。吉安識。"此詩每句末字有張黑、李朱圈。
⑨　此五句原作"溺于賭。縣官聞,遣吏捕"三句。
⑩　此三句有張黑圈評。
⑫　此兩句有張黑圈評。

一舉。①朝出門,暮擊鼓。訟諸道,訟諸府。訟弗克,訴巡撫。撫飭道,道飭府。訟弗克,女髮豎。妾入都,控刑部。母曰嘻,女太苦。謂庶母,母不語。謂從兄,兄色沮。女曰嘻,天與祖。父何辜,妾何怙。②是月也,天大暑。女往返,郡城七,省城五。至是病,力猶努。重束裝,具舟艫。日風餐,夜露處。次西興,③病不愈。賚志歿,于逆旅。歿之夕,目瞪視,口血吐。吁嗟乎,女誰伍。④西興潮,南山石,共千古。⑤

苦 雨⑥

竟以雲爲緯,而將雨作經。⑦溜多愁瓦裂,氣暗逼燈青。避濕蠅如市,占晴鵲不靈。⑧漏天誰可補,搔首對蒼冥。

與船山少仙蕚堂小筠習齋同飲醉後放歌⑨

年年三伏長苦熱,我輩一生長苦別。⑩得如今日事非偶,徑須觸熱盡杯酒。酒人若教一處死,腐爛成團鬼亦喜。⑪君不見,蜀棧秦川接楚氛,沙場鬼哭無人聞,髑髏不堪爲飲器,萬死安能抵一醉。⑫

題少仙繞竹山房圖⑬

蘭蕙江頭老屋支,四圍綠玉影參差。客來若問君家富,請數修篁

---

① ⑪　此兩句有張黑圈評。
② 自"訟諸道"至此有張黑圈評。又自"母曰嘻"至此有李朱圈評。
③ "興",原作"陵"。
④ 此兩句原作"吁嗟女,誰與伍"。
⑤ 此三句有張黑圈評。"興",原作"陵"。李朱評曰:"綿州何鳴九云此詩竟從'女誰伍'止爲佳,下三語爲贅。小兒朝墰云去'誰與伍'三字下三句,亦自遒緊。二説亦皆有見,附記於此。"邵黑評曰:"末三句不可去,作者自知。(民)"
⑥ 此詩每句末字有張黑圈。
⑦ 此兩句右側有墨點。
⑧ ⑩　此句有張黑圈評。
⑨ 此詩每句末字有張黑、李朱圈。張黑評曰:"唉。"馮黑評云"蕭灑絕塵","語語奇幻,曠達之言甚於痛哭,勿作酒狂看"。
⑫ 此四句有張黑圈評。
⑬ 李朱評曰:"集中與少仙詩都不草草,少仙必妙人矣,我願見之。"此組詩每句末字均有張黑、李朱圈,又每詩末兩句皆有張黑圈評。

一對之。

勝日長扃兩板門,百年心事向誰論。此君身有珊珊骨,留得清風與子孫。

陰自蕭疏月自明,不巢鸞鳳也心清。主人與竹長離別,孤負風前佩玉聲。

僦居我欲向江干,風雨從君把釣竿。買宅買鄰兼買竹,朱陳村近報平安。①

早起即事②

捲簾脈脈坐虛庭,竹外微茫數點星。③多少濃陰還釀雨,曉天如夢不曾醒。④

綠槐樹底長青莎,手握蒲葵趁曉過。蠅已出來蚊未散,惱人常覺市聲多。

同萼堂習齋納涼作⑤

趺坐息塵勞,相看脫苧袍。雨多新菌出,風急夜螢高。⑥説鬼奇爭賞,參禪暑可逃。得閒殊不易,莫更話牢騷。⑦

步雲店夜歸⑧

六街人靜後,月入亂雲堆。⑨歸路一燈引,清宵三鼓催。泥深車轍

---

① 此詩有朱黑評曰:"何日能遂此願耶。"
② 此組詩每句末字均有張黑圈。
③ 此句原作"溽暑難消背汗腥"。
④ 此句有張黑圈評。
⑤ 此詩每句末字有張黑圈。
⑥ 此兩句有張黑圈評,末字有李朱圈。"高"字右側有李朱點,又評曰:"'風急'句於理未推,生平未見此景,不敢妄信。""急"字、"高"字右側各有邵黑兩小圈,且評曰:"'高'字從'急'字生出,確是真景(民)。"
⑦ 此兩句有張黑圈評,末字又有李朱圈。
⑧ 此詩每句末字有張黑、李朱圈。
⑨ 此兩句有張黑圈評。

斷,石立井垣來。一醉糢糊甚,①鄰家門誤推。

捕　蚤②

積雨生夏蟲,群飛遞隱見。蚤也無羽翼,獨與人爲難。③晝潛衣褌中,夜匿衾枕畔。人身小天地,卻被騷擾遍。④流毒及四體,厥罪曷可道。⑤引手以爲兵,五指布刀劍。踊躍聽臂使,縱橫誓血戰。⑥跳蟲爾小醜,形勢何散漫。東擊既西奔,南抄復北竄。地窄迸力攻,情急突圍亂。蠛虱蚊虻蠅,詭遇獲無筭。明知殺戮誤,且作俘馘獻。大索累十日,右臂苦欲斷。左臂不赴援,⑦養癰自貽患。倘執軍法論,爾罪曷可道。⑧側聞鴟鵂鳥,撮蚤毫末見。安有萬物靈,從容坐觀變。⑨逐鹿須張罟,射虎須帶箭。蚤如捕海寇,水軍急宜鍊。網羅用三驅,盆盎置一面。奇爭背水陣,勝比決河灌。小試頗牧手,已足平衆叛。⑩

陶然亭醉歌同少仙作⑪

三年不上斯亭矣,舊雨飄零剩無幾。十年廿年轉眼來,爾我不知誰到此。⑫更歷百千萬億年,斯亭或恐無遺址。⑬卻趁今朝亭未圮,亭上重來我與爾,何不一樽醉倒松花底。⑭君不見階前白髮僧,昔年髮比

---

① "糢糊",原作"糊糢",有乙改的符號,刻本亦作"糢糊",故改。
② 朱黑評曰:"寓言得解,非紙上談兵者可比。"邵黑評曰:"此詩壽民屢欲作,過苦于無題,今日遂閣筆矣(民)。"此詩每句末字有張黑、李朱圈。
③ 此兩句有張黑圈評。李朱評曰:"開口便妙。"
④⑩⑫　此兩句有張黑圈評。
⑤ 此兩句每字上有小墨點。"曷",原作"遏"。
⑥ 此四句有張黑圈評。馮黑評曰:"筆筆森如刀劍,真神勇之技。"
⑦ 此兩"臂"字原作"手"。
⑧ 此十二句有張黑圈評。末句原作"此臂竟可斷"。
⑨ 此兩句有張黑圈評。張黑評曰:"讀至此,惟有叩頭而已。"
⑪ 此詩每句末字均有張黑圈。除第五句"年"字、第六句"址"字外,每句末字又有李朱圈,此兩字右側有朱點。馮黑稱"連下首擬刪"。
⑬ 李朱評曰:"達觀轉覺'址'韻贅。"
⑭ 此三句有張黑圈評。馮黑評云:"非非想,空空手,已入化境。"邵評曰:"太白。(民)"

佛頭青；又不見中庭碑刻石，一彈指間石已泐。右安門外君來處，日日移棺出城去。棺中臥者起問之，也應曾在斯亭遇。①進君酒，握君手，爾飲一石我一斗。人生何者為忌諱，口不言死死終有。一醉不醒死何負，秦皇漢武求長生，不及江東一步兵。②五柳先生願長醉，三閭大夫空獨醒。吁嗟乎茫茫苦海愁無邊，得閒飲酒真陶然。風月一亭足千古，爾我一別成三年。今朝更計三年前，再活百年不過三萬六千日，再飲斯亭亦只三十三日閒，世上豈有真神仙？③

少仙招同平泉伯雅仲錫集步雲店分得韻字④

落日聞亂蟬，秋懷忽如慍。披衣出門去，且酌鄰家醖。主人號酒狂，拇戰孤軍僨。客至買花看，囊空事亦韻。風雅根性靈，清閒關福分。顧余馬上身，誰向樽前問。予將有灤河之行。夜柝滿空街，一笑鐙花暈。

七夕偕平泉重集少仙寓齋分得牽字⑤

晚涼重結醉鄉緣，話到雙星病亦痊。時予小病。衣上酒痕猶昨日，座中詩境各神仙。黑雲過眼來疏雨，白髮驚心屬壯年。不信多情如二宋，今宵卻被俗情牽。謂伯雅、仲錫負約不至。

七月初十日偕少仙小筠飲船山寓齋席上看少仙作心蘭四友圖⑥

交到忘言氣味真，春風楚畹記前因。墨花灑出香無縫，⑦一寸心

---

① 此四句有張黑圈評。
② 此五句有張黑圈評。張黑評曰："字字如我胸中所欲言，人縱不賞我獨賞之。"朱黑評曰："此詩竟似與船山合着喉嚨出氣者。"
③ 此三句有張黑圈評，評曰："算盤太清，還是一累。"末句又有邵黑圈評，稱"結尤妙（民）"。
④ 此詩每句末字有朱黑圈。
⑤ 此詩首尾有刪節符號。刻本無此詩。
⑥ 此詩每句末字有張黑圈。"初"字後加。"十"，《詩草》作"九"。刻本無"七月初十日偕少仙、小筠"數字。
⑦ 此句有邵黑圈評，且評曰"造句（民）"。

藏一故人。

題船山指畫荷花即次其韻①

不看花鏡向空栽，是處烟霞許脫胎。天遣巨靈隨手擘，蓮花十丈忽飛來。

題畫次日柬船山②

指點繁華錦水邊，香莖露葉爲誰圓。西風吹破難收拾，知有鄉心怨白蓮。③

予將有灤河之行蕚堂習齋邀同船山少仙香竹小筠集借樹山房餞別席間船山爲蕚堂指畫山水分韻得頭字

墨氣長隨酒氣流，指尖尖似筆公頭。憑君添畫騎驢我，一髮青山塞外游。④

題少仙畫蘭⑤

綺石黃磁護短芽，輞川幽思在誰家？借君夢裏新添筆，寫我心頭欲放花。

楚雲撩亂不知春，我爲芳蘭惜此身。弓劍在腰誰佩汝，素心一樣落風塵。

齋中聽福兒讀書適蕚堂以墨蘭畫卷索題欣然有作⑥時蕚堂課福兒讀。

此花如對佳子弟，入室坐愛春風長。一點靈心隨墨化，尋常草亦

---

① 此詩每句末字有張黑圈。
② 此詩每句末字有張黑圈，首尾有刪節符號，刻本無此詩。
③ 此句有張黑圈評。李朱評曰："船山何曾'怨白蓮'，君誤矣。"馮黑評曰："白蓮豈指白蓮教耶？似太有意牽合。"
④ "游"字有張黑圈。
⑤ 馮黑評曰："擬刪。"此兩詩首尾有刪節符號。刻本無此組詩。
⑥ 馮黑評曰："擬刪。"此詩首尾有刪節符號，刻本無此詩。

謝庭香。

莫伯雅仲錫兄弟招同朱少仙集紫藤軒賦此留別

投筆上征鞍,塵勞惜此官。百年愁共訴,①一日別猶難。骨肉論交摯,風霜入夢寒。塞垣殊寂寞,寄我好詩看。

方茶山比部熊壽庵禮部招同顧容堂農部查蘭圃居士集綠雨山房即席成句②

門外水三尺,③樹陰山一拳。久晴誰料雨,不醉豈能仙。④拇戰誇餘勇,觴飛了宿緣。茶山屢招飲,余俱以有事未至。塵勞幾人息,惆悵此離筵。予將赴灤河,蘭圃亦有山左之行。

無力請長纓,樽前莫論兵。能詩非福澤,得酒勝功名。⑤我悔言多中,君休氣不平。鳳凰鳴自好,誰聽夜烏聲。

南石槽題壁⑥

西風吹客夢,一夜出都城。行路誰知己,題詩不署名。⑦關心秋雁過,識面好山迎。落日離愁動,腸迴第一程。⑧

石嶺逢裘可亭比部入京⑨

長途笑口爲君開,行在天顏見幾回。⑩聽說我軍齊入蜀,近時可有

---

① "愁共訴"三字右側有墨點。
② 此組詩每句末字均有張黑圈。
③ "門",張黑改作"窗",且曰:"易一'窗'字,便覺此水是池。"《詩鈔》及刻本均作"窗"。
④ 此三句有張黑圈評。
⑤ 此句有張黑圈評。朱黑評曰:"蔭山爲飲中下户,而得此五字,所謂詩人之言,不可全信。"
⑥⑨ 此詩每句末字有張黑圈。
⑦ "題詩不署"四字圈評中有兩小墨點。
⑧ 此五句有朱黑圈評,且評曰:"後半首亦清真,少仙賞之。"
⑩ "開"字、"行"字間空一格。

捷書來。

望都嶺①

漸上不知嶺,回頭已在巔。近山多嫠婦,種秫滿梯田。樹壓崩崖上,農歸破屋邊。②都門從此望,客況自年年。

瑤亭見賣鷹者③

飽難颭去呼先到,一入牢籠便不才。④莫倚秋風露頭角,黃金換得汝身來。

白河澗⑤

峽束疑無路,雲開別有村。當車頑石立,繞道急流奔。斥堠山分界,人家柳作門。⑥眼看禾黍熟,賣酒亦盈樽。

由南天門出古北口至狼窩道中即事⑦

一度瓜期一往還,馬蹄得得響空山。恰憐今歲秋寒早,雁入關時我出關。⑧

影沙激石轉橫塘,雨後山泉比客忙。⑨吹出紫瀾如海色,板橋立馬憶家鄉。⑩

---

① 此詩每句末字有張黑圈。馮黑評曰:"能狀難言之景宛然在目。"
② 此六句右側有墨點,後四句末字又有李朱圈。
③ 此詩每句末字有張黑圈。
④ 此句有張黑圈評。邵黑評曰:"所謂守伏雌也。(民)"
⑤ 此詩每句末字有張黑、李朱圈。
⑥ "家",朱黑改作"居",曰:"易一字二語便不直緻。"李朱評曰:"'居'字似不如'家'。"《詩鈔》及刻本仍作"家"。
⑦ 此組詩每句末字均有張黑圈。
⑧ 此兩句有張黑圈評,每句末字又有李朱圈。
⑨ "客",原作"我"。朱黑改。
⑩ 此詩每句末字又有李朱圈。

草滿山坡水滿溪，斜陽遠近路高低。渴來偏是茶難覓，綠樹前頭喚賣梨。①

到處逢人即問程，某山某水看分明。書生記里憑詩筆，一路敲來作鼓聲。②

三間房遇雨③

爭道秋晴慰客懷，霎時雲氣萬山皆。連朝風日連宵月，④少助詩情雨亦佳。

雨後由青石梁過黃土嶺晚宿常山峪旅店

短車獨向嶺雲穿，界道飛流雨後天。⑤對岸有山都放馬，出關竟日不聞蟬。⑥菜羹麥飯田家味，槲葉蒿莖土竈烟。足底峰巒尚無數，⑦且圖安穩一宵眠。⑧

王家營題壁⑨

匆匆下馬入柴門，短後衣衫半是塵。壁上周圍看墨迹，客中萬一遇詩人。⑩院多遺穗秋成好，膳少雙雞野味真。幾日程途幾餐飯，俸錢散盡笑官貧。

---

① 此兩句末字有李朱圈，末句有張黑圈評。
② 李朱評曰："'鼓'字雖從'記里'生來，得毋礙'詩筆'耶？"
③⑨ 此詩每句末字有張黑圈。
④ 此句右側李朱評曰："集中似此等句法太多，亦是一病。"
⑤ 此兩句原作"瀟疏雨過夕陽邊，人在車中路在天"。"在天"右側有墨點。
⑥ 此句有張黑圈評。
⑦ 此句原作"夢蝶夢花誰復憶"。
⑧ "且"，原作"只"。
⑩ 此句有張黑、邵黑圈評。朱黑曰："是詩人入旅店真景。"邵黑云："文字因緣易生壁上。（民）"

廣仁嶺下作①

絕頂烟嵐挂樹梢,有僧於此手編茅。山如太古誰能學,石不多言便可交。②疏雨半林停屧齒,斜陽一縷帶鞭鞘。六龍返轡期應近,③輦路新修到水坳。

行抵灤河贈鮑樹堂侍讀即送其次日旋京④

與君竟似一家人,僮僕相看亦互親。對酒不拘前後輩,剪燈重話去來因。⑤坐依塞草秋心動,檢到歸鞍別恨新。且復連牀眠半夜,詰朝滾滾馬頭塵。

入　直⑥

卸裝重入直,衣履尚塵埃。巷狹車爭擁,河乾路忽開。負薪朝市散,躍馬健兒來。風景都如昨,霜華兩鬢催。

雉堞環宮闕,⑦年年此駐車。入門心似夢,對牘眼生花。茶喜中官饋,詩憑舊雨誇。班齊相公至,一笑吏排衙。⑧

直次對雨⑨

檻外秋陰門外山,隔牆樹樹綠迴環。雨聲聽到分明處,消受公庭半日閒。

腹中著稿手捻髭,舊句零星積斷絲。人散雨來無個事,抽毫續得

---

① 此詩每句末字有張黑圈。
② 此兩句有張黑圈評,後句又有李朱圈評。張黑稱:"名句。"
③ "六"字與前句"鞘"字間空一格。"近"字與下句"輦"字間空一格。
④ 此詩每句末字有張黑、李朱圈。
⑤ 此四句有朱黑圈評。馮黑評曰:"清空如話,情景逼真。"
⑥⑨　此組詩每句末字均有張黑圈。
⑦ "環"字、"宮"字間空一格。
⑧ 此兩句有張黑圈評。

未完詩。①

蜀中捷至寄勒宜軒制府②

九鼎勞公隻手扛,黔江定後又巴江。奇鶴善遁誰能擊,活虎親擒不受降。全局奕棋籌要早,專征斧鉞賜無雙。③受恩深處天難報,④急掃餘氛靖此邦。

少仙見寄墨蘭賦此奉酬⑤

多少離愁付酒杯,尺書鄭重對山開。素心只有花知我,隨著秋雲出塞來。⑥

題韓聽秋孝廉桂舲比部連牀聽雨圖 時桂舲在熱河。

尺幅溪山寫寸心,天涯兄弟舊聯吟。瀟瀟二十年前雨,點滴分明聽到今。⑦

寒垣一雨一番寒,朔雁聲多夢未安。是處有牀堪對設,卻虛半壁展圖看。

陳霱巖蔡硯田兩舍人招同何純齋徐晴圃兩舍人費西墉農部集小西溝寓齋⑧

在官身少安閒日,來此看山喜盍簪。酒好不宜耽夜飲,月明容易動鄉心。⑨塞垣握手情懷熱,宦路低頭閱歷深。一醉匆匆忘世事,夕陽

---

① 此詩右側有墨點。朱黑評曰:"如初白小詩。"李朱云:"宋詩佳者。"
②⑤ 此詩每句末字有張黑圈。
③ "鉞"字、"賜"字間空一格。
④ "處"字、"天"字間空一格。
⑥ 此句有張黑圈評。
⑦ 此兩句末字有張黑圈。
⑧ 此詩每句末字有張黑、李朱圈。
⑨ 此兩句有張黑圈評。

隨我下高岑。

中秋夜作①

上塞行圍地，中秋獨客情。②屋山當北斗，燈火聚南營。天闊江鴻度，風高櫪馬鳴。無邊今夜月，愁聽玉簫聲。③

重陽前一日邀同伯雅仲錫少仙平泉蕚堂小集即席成句④

塞外歸來菊滿叢，重陽肯使酒樽空。竈儲落葉煨新芋，燈射秋籬剧晚菘。觴政肅然思將略，菜根香處信儒風。⑤喜無剥啄催租吏，讓與騷人鬥句工。

送別仲錫仙根昆季歸盧氏⑥

又向樽前話轉蓬，勞勞聚散百年中。泥深驛路征車緩，木落鄉關戍火紅。⑦此去陡然增閱歷，得歸何必問窮通。高村渡口經霜竹，長護平安一畝宮。

悼亡女⑧

孟婆風作惡，吹折細莖蘭。幼慧原非福，曇花得久難。⑨浮生因爾悟，⑩忍死着衣看。覓得銀魚葬，中郎淚眼酸。

---

① 此詩每句末字有張黑、李朱圈。張黑評曰："雄整。"朱黑評曰："此蔭山五律之學杜者。"
②③⑤　此兩句有張黑圈評。
④　此詩每句末字有張黑、李朱圈。
⑥　此詩每句末字有張黑圈。
⑦　此句有張黑圈評。
⑧　此詩首尾有刪節符號。刻本無此詩。
⑨　"福""難"二字右側有墨點，邵黑云"不對"。
⑩　"悟"字有張黑圈。

偶　成①

久客黃金盡，迎冬白髮新。惡聲喧債主，傲骨笑詩人。避俗交難廣，②多愁酒漸親。③吾生本如寄，④莫自失天真。⑤

戊午共詩九十首

---

① 此詩原詩每句末字有朱黑圈。朱黑評曰："船山只賞弟五句，少仙爲易數字。"李朱云"'自'字卻易得好"，蓋指下文"便損"改"自失"。馮黑評曰："此詩宜另作一首。"
② 此句有張黑、邵黑圈評。
③ 此句原作"多文氣不貧"。"多文"，朱黑改作"無營"，又圈評"無營氣不貧"。邵黑云："上句妙絕，對句稍遜，改句亦不佳。然必有好對句在，試徐徐思之。（民）"
④ 此句原作"飢寒皆分內"，"皆"，朱黑改作"本"。
⑤ "自失"，原作"便損"，朱黑改。

借樹山房詩草卷八　己未①

新　年

塵海茫茫任所之，新年且復賦新詩。官如烏鵲栖難定，境在冰霜履漸知。②奕罷誰分棋黑白，醒時才辨酒醇醨。莫言小草心灰冷，我本無心似蒼葹。

二月十八日雪後作

冬雪消未盡，又見春雪積。人占年屢豐，我嘆田皆石。年年事筆耕，③得雪不養麥。釀作寒士寒，經春無暖色。④驅車出門去，同雲滿街塞。墮地五出花，半逐冰花釋。積淖路三叉，埋輪泥一尺。我馬已登陁，我車尚行澤。前軒後乃輊，左反右忽側。一笑車中人，輕如彈丸擲。⑤我家在江南，氣候殊燕北。春初花早開，雪後意差適。青嶂一帆懸，綠波雙槳劈。不聞訪戴人，竟受輪蹄阨。⑥駑駘無遠志，鴻鵠有倦翼。何日卸名繮，烏篷載歸客。⑦

---

　①　右側字云："此卷發刻時刪去七首，癸亥年蔭山自記。"此卷除《戲詠低頭草寄和王情庵司馬》、《重陽後三日方茶山比部席上作》第二首、《張船山畫〈天寒上峽圖〉》外，詩篇每句末字皆有張黑圈，若"吁嗟乎"爲句則"乎"字未加圈，在此一并説明，每詩不再另注。此卷邵葆祺、馮培評點簡稱仍沿用第一卷。
　②④⑥　此兩句有張黑圈評。
　③　前一"年"字後本空，據《詩鈔》及刻本補。
　⑤　此兩句有張黑圈評，賞稱"趣語"。
　⑦　此句有張黑圈評。

寓齋新種碧桃詩以志興

紅香冉冉護窗紗，頗似蓬頭弟子家。入戶東風應笑我，不甘冷淡種桃花。①

長安不是武陵源，爲報花神莫避喧。難得三春好時節，新承雨露竟無言。

論　詩②

古人動筆如軍行，以心作將詩作兵。③帷幄重權不肯假，指麾所到奇功成。④今人忘卻詩中我，⑤宋律唐音自許可。譬之終席作主人，歷亂翻爭客位坐。⑥人心不同如其面，仲尼陽貨憑人看。奈何獨秘三偷訣，剝虎皮蒙羊質賤。磨銅取鉛盜鑄錢，那堪持令鍾官見。⑦吁嗟乎！古人已逝不可追，學步空有邯鄲隨。

作詩不比居官職，偏有人來嚴考核。⑧句下紛紛繫箋注，篇中字字爭來歷。一堆宿墨少靈光，滿紙唐花皆死色。海中蜃氣成樓臺，欻如天馬行空來。活虎生龍難捉摸，金芝瑤草無根荄。氣機一鼓文章就，萬靈絡繹來奔湊。⑨但覺英華觸手披，悔將書冊埋頭究。⑩君不見朱門巨室尚豪華，揮金百萬如泥沙。貧兒能積幾多鈔，用去錙銖還計較。⑪

繅車引絲絲畢抽，桔槔翻水水倒流。骨節靈通首應尾，血脈貫注臂使指。大家體段無他奇，一綫鈎連直到底。今之作者殊不然，定須逐字逐句傳。句烹字鍊愛好甚，筆陣零落如殘烟。截竹爲筒節節揀，

---

①⑤　此句有張黑圈評。
②　邵黑云："四詩可補隨園《續詩品》之所未及。（民）"
③⑧　此兩句有張黑圈評。
④⑥⑦　此兩句右側有墨點。
⑨　"靈"，原作"象"。
⑩　此十句有張黑圈評。
⑪　此兩句有張黑圈評。此詩張黑評曰"可嘆"，又曰"此篇令老船字字心折"。

切葱作菹寸寸斷。撒錢滿地不得繙，裂帛盈箱還用剪。剪刀兩股各半擘，何如有祕之兵能殺賊。①

盈天地間皆正聲，水石磯激風雷鳴。牧唱樵歌得真趣，婦啼孩笑關至情。五言七言隨口吐，興酣不用填詞譜。推敲已覺律和諧，神妙自然音入古。②蠻夷閩貉方言殊，通其意者有象胥。眾禽喧呼亦天籟，鳳凰足足雞朱朱。不然鸜鵒聰明等鸚鵡，③教之人語聲模糊。④聲模糊，舌本强，不如凡鳥流清響。趙瑟秦箏俗調多，請君一擊堯衢壤。⑤

庭前丁香花盛開

千花萬花不留罅，紫電輝輝白雪下。香飯炊成玉粒開，流蘇結就珠帷卸。頻年歷碌爲從公，車轍馬蹄西復東。今日提壺對花飲，方知人世有春風。⑥

雙槐歌

老槐當門屹相向，參差高出層檐上。皮乾葉脱冰霰餘，一夜東風春盎盎。其一青葱日改觀，兔目鼠耳生機暢。其一萌芽不肯放，黃金山下楠交讓。有如張璪畫古松，下筆生枯各殊狀。物生何關遇不遇，舉頭樹底增惆悵。⑦憶昔走馬來京師，瓊林杏花折一枝。同時一百二人中，我年最少心最癡。即今獨守黃楊厄，遙望鄧林爭秀特。枯木前頭自有春，世途榮落誰能億。吁嗟乎！甘羅得意鄧禹笑，青雲白髮驚梁灝。賈誼還成《鵩鳥》篇，許瓊未卜熊羆兆。退後一步庸何傷，爭先

---

① 此兩句有張黑圈評。此詩張黑評曰："此篇亦極妙，然未免爲前篇所壓，故不盡圈。"
② 此句有張黑圈評。
③ "鸜"，底本略有漫漶，據刻本補。
④ 此四句有張黑圈評，且曰："體物精妙乃爾。"
⑤ 此詩邵黑云："此首更妙，多前人所未發。（民）"
⑥ 此兩句有張黑圈評，且評云："自是我輩語。"
⑦ 此兩句有張黑圈評。

一着有何好,得失雞蟲空擾擾。①君不見雙槐樹,同被春風浥春露,着葉成陰分早暮。我生如蟻任迴旋,夢魂莫上南柯去。

愁　來

漸覺壯心非,愁來強自持。家貧歡易竭,宦久俗誰醫。②世路周旋苦,田園夢想疲。此身無着處,空闊海天宜。

家樹齋先生招同莫見山朱少仙周萼堂三孝廉集借樹山房有作

送春幾日鬢成絲,又值清陰入夏時。真率會多消客氣,艷陽花落見松枝。③劉蕡失意名增重,時少仙、萼堂禮闈報罷。④阮籍澆胸酒不辭。卻笑身閒如野鶴,大家叉手賦新詩。

次韻酬樹齋先生⑤

清詩一讀一開襟,寫我詩中未寫心。自向宦途增閱歷,閒來人海看升沉。轄常在井家風古,筆亦能軍將略深。近日需材作舟楫,⑥望公重破浪千尋。

紀　夢

陰壑無人水嗚咽,女蘿動搖蝙蝠穴。老鴉突起天風翻,猛虎怒號山石裂。一翁冉冉雲際來,千樹萬樹桃花開。⑦花間定有仙山路,白霧漫漫不知處。

---

① 此句有張黑圈評。
② 此兩句右側有墨點。
③⑦ 此兩句有張黑圈評。
④ 此句原作"時禮闈方報罷"。
⑤ 此詩除首句和第七句外,均有張黑圈評。
⑥ "近日"原漫漶,據《詩鈔》卷七補。

四月十五夜玩月作

月徘徊，入我屋。一年一十二回圓，一回相見一回熟。我既不能日日閒，月亦不能夜夜圓。茫茫地闢天開日，世未有人先有月。①此時誰見月盈虧，月已獨行千古來。②萬人頭上一輪滿，人喜人愁月不管。我將喝月使倒行，否則邀月長爲伴。嫦娥不語河漢高，碧落無情星斗轉。噫吁嚱，誰與語，掉頭徑入睡鄉住，聽月空廊自來去。③

蟠　槐④

學市清陰左右旋，一重重補綠天圓。槐安國勢如磐石，九曲南柯任蟻穿。

題高心蘭明府琴鶴雙清圖

一僮抱琴來，一鶴隨琴至。萬綠結成帷，中有神仙吏。鶴能舞，吏能琴，高山流水皆知音。琴爲友，鶴爲子，日夕蕉窗伴圖史。愛民如鶴心轉勞，得士如琴俗真美。⑤此圖更添億萬卷，讀畫如讀循吏傳。散在民間作口碑，勝他花滿河陽縣，君不見趙清獻。⑥

戲咏低頭草寄和王情庵司馬⑦

情庵來書云："草出滇山，見婦人偃仆如拜。婦人默置丈夫飲食中，則終身爲之屈服。蓋媚藥之類也。"

小草多情種夙緣，一生慣乞美人憐。當階學得三公跽，不是青棠

---

① 此四句有張黑圈評，且評曰"仙筆"。
② 此句有邵黑圈評，於右側曰"壽民加圈"。
③ 此四句有張黑圈評。馮黑評曰："酷似老船。"
④ 天頭處原有"可刪"二字，後圈掉。
⑤ 此兩句有張黑圈評。邵黑評曰："今人至腰纏十萬始想騎鶴矣。（民）"
⑥ 此三句有張黑圈評。
⑦ 此組詩首尾有刪節符號。刻本無此組詩。

忿也蠋。

　　香比椒蘭潔比蘋，暗偷靈藥入盤辛。助他娘子軍中勢，不戰公然能屈人。

　　莖葉叢生四畏堂，傷人或恐似迷陽。如何故縱胭脂虎，至死甘心作虎倀。

　　畏首由來畏尾同，世間別有叩頭蟲。鬚眉與草無分別，焉得雌風不化雄。

鴉鵲吟

　　鵲喈喈，鴉啞啞，朝朝暮暮集我家。鴉聲如哭鵲如笑，吉凶為我先期告。先期告，徒亂人，人心向背從此分。①人心何背亦何向，②鵲為頌禱鴉為謗。見鴉如見凶，怒目增悽愴。見鵲不見吉，甘心受欺誑。坐使群鴉爭化鵲，歡呼但取人心樂。③可憐衆鵲還笑鴉，逆人之耳人云惡。吁嗟乎！吉凶亦偶然，鴉鵲非神仙。吉可趨，凶可避。鵲若有功鴉一例，不趨亦吉避亦凶。鴉鵲于我皆無功，我歌我泣真朦朧。④鴉啞啞，鵲喈喈。兩部憑教作鼓吹，一生枉自占龜筴。

題家樹齋先生甬江聽雨圖⑤

　　昨宵有夢歸甬江，晨起讀畫心茫茫。迴思十二年前雨，公在他鄉我故鄉。⑥故鄉个个琅玕碧，與公各踞臨江宅。兩葉浮萍泛海寬，吳雲燕樹行踪隔。朅來日下喜重逢，雨聲暫止紅塵紅。甬江今夜誰同聽，公在圖中我夢中。⑦

---

① 此五句有張黑圈評。
② "何背"，原略有漫漶，據刻本補。
③⑥ 此兩句有張黑圈評。
④ 此八句有張黑圈評，且曰"蔭山詩趣，尼山《易》理"。此八字有邵黑圈評，稱"壽民圈船山批語"。
⑤ 邵黑評曰："弓燥手柔，詩中妙境。（民）"
⑦ 此兩句有張黑圈評，且曰"妙想"。

暴雨用韓冬郎韻

漫天匝地雲，電火走一綫。突出風裏衣，斜飛雨潑面。勢猛棋局翻，①氣涼詩骨健。②天清庚亮塵，生恐污人扇。老樹濕回飆，枝柯忽交遍。雷聲鼓聲動，一角西南戰。③

蕚堂見和前詩叠韻奉答

我詩百衲衣，又如拆襪綫。本來無寸長，強欲開生面。君詩用全力，筆筆扛鼎健。報我一串珠，書之六角扇。口角乍流沫，雨窗讀千遍。何當樹旗鼓，努力騷壇戰。

題祝蘭坡觀察山寺讀書圖即送其之任陝西

小隱安陽戶可扃，出山原祇爲生靈。④關中自古多兵氣，段正初來是福星。諸將才輸名士達，十年心有讀書銘。⑤長槍大戟成何事，試展吾曹用世經。⑥

五月十一日作寄硯香弟⑦

家書字字說平安，折罷緘封意轉閒。鄰樹參天綠無際，隔牆疑有故鄉山。

軟紅塵裏懶登車，濃綠陰中坐讀書。多少古人來覿面，閉門不信應酬疏。

飢來但覺石難煮，愚極終言山可移。我自率真行我志，⑧不妨人

---

① "勢猛"，原略有漫漶，據刻本補。
② 此六句有張黑圈評。
③⑥　此兩句有張黑圈評。
④　此句有張黑圈評。
⑤ "書"字補於右側。
⑦ "硯香"，原作"灼三"，刻本作"東厢"。此組詩每首末兩句均有張黑圈評。
⑧ "志"字及下"不"字並漫漶，據刻本補。

盡合時宜。

宦海風波一往深，此身不肯付浮沉。熱腸冷眼相關處，誰識區區入世心。

再寄硯香①

車馬聲中夢未安，客居屢擇地寬閒。故鄉近有艅艎警，莫戀蓬壺海上山。②

年來謝卻到門車，腹稿裁成手自書。詩日漸多錢日少，謀生似我太粗疏。③

才如筆禿空揮灑，官似杯膠孰轉移。鱸少四腮雞臕肋，食單可有物相宜。

高堂望我意何深，生恐珊瑚海底沉。此日逢場還作戲，楚優面目老萊心。

月下偶成

蜀棧連天烽火高，秦關殺氣滿弓刀。當頭有月無人見，萬戶蒼皇夜遁逃。④

開關而還此一輪，舉杯更祝月長春。萬年不照流亡屋，只照耕田鑿井人。⑤

同年洪達泉明府分發廣東賦此贈別

十年鄭重讀書身，此日登車令尹新。名宦又添同榜客，⑥遠游能慰倚門親。廉江魚鮓應忘味，庾嶺梅花好贈春。莫為龐公輕百里，非

---

① "硯香"，原作"灼三"，刻本作"東廂"。
②⑤　此兩句有張黑圈評。
③　此兩句有張黑圈評。原有兩"粗"字，第二個後刪。
④　此全詩有張黑圈評。邵黑評曰："月中慘景。（民）"
⑥　"客"，略漫漶，據《詩鈔》卷七補。

常事在有心人。①

　　小鮮一割重良庖,俗吏看成市道交。按獄不知天遠近,得官先問地肥墝。②經霜花縣誰能理,向旱廉泉亦易淆。獨有書生悉甘苦,素心長恐負衡茅。

　　番舶頻年道不通,南交十丈海氛紅。地多鯨鱷能吹浪,民苦鷄鶩亦避風。拔薤意關時務急,採珠人比縣官窮。③尋常只解羅珍寶,宦味津津說粵東。

　　功名好共古人傳,君比閒曹卻有權。④難得聽民呼父母,肯因作吏慕神仙。代庖也要能游刃,塞責休誇不愛錢。⑤我望陽城甘下考,贈行詩句少周旋。

與朱少仙飲酒詩

　　野菜堆盤味獨真,席間畢竟少菰蒓。惜君中歲仍爲客,與我他鄉枉結鄰。⑥有子讀書心更苦,無田負郭氣先貧。⑦秀才結習多應化,不愛詩人愛賈人。⑧

　　豐年一樣嘆飢驅,亦有從軍意思無。事急關心惟管鮑,才難着眼在孫吳。⑨古人治不忘兵法,我輩狂原號酒徒。⑩今日請君濡醉墨,縱橫寫作陣雲圖。

　　天低屋角動星河,奇士當筵拔劍歌。經世確然胸有竹,出山久矣手無柯。略摘才藻爭名易,⑪不慕公卿奈爾何。⑫眼界漸空心漸定,看

---

① ⑩　此兩句有張黑圈評。
②　此兩句有張黑圈評。馮黑云:"已成定例。"
③　此四句有張黑圈評。
④ ⑧　此句有張黑圈評。
⑤　此兩句有張黑圈評,後句又有邵黑圈評,且云"切中時弊(民)"。
⑥　此句有張黑圈評。"客",原漫漶,據《詩鈔》卷七補。
⑦　"氣先貧"三字有張黑圈評,且稱"妙"。
⑨　"鮑""才",原漫漶,據《詩鈔》卷七補。
⑪　此句原作"肯趨風氣成名易",原句有張黑圈評。
⑫　"爾",原作"我"。

人擾擾學維摩。①

交如君我竟關天，何止尋常筆墨緣。舊例朱陳敦夙好，外人秦越視同年。②衣冠狀笑風塵俗，藥石言攻氣質偏。各有千秋期許在，性靈傾寫到樽前。③

感　懷

頭銜依舊鬢絲新，消盡車前十丈塵。稼穡不知兒習懶，米鹽無狀僕嫌貧。儘容市井欺吾輩，肯學神仙誤世人。④安得歸田兼買宅，深山長作太平民。

閱歷深時膽漸寒，出頭容易噬臍難。⑤卻思養福留餘地，⑥莫漫矜才對長官。與我同心能有幾，以詩爲命太無端。⑦白衣蒼狗須臾事，世態浮雲不忍看。⑧

元龍意氣滿高樓，近日才人講應酬。⑨語但吉祥君莫笑，腹誰空洞我先愁。恨無健翅隨黃鵠，防有機心對白鷗。⑩不信古交零落盡，尋常世故也須周。

談文少暇況談兵，劍術年來學未成。海外有家空奔走，眼前無地說功名。⑪祇聞帶甲人還滿，怕近彈棋局不平。北客盡愁西事急，東南誰爲斬蛟鯨。⑫

戲柬莫見山

閒鷗野鶴日成群，飽臥藤軒一架雲。對客須酬無算爵，近時難得

---

① 此詩除首兩句外皆有張黑圈評。馮黑評云："此必老船詩，被君誤寫入册。"
② 此兩句有張黑圈評，且云"唉"。
③⑤⑦⑪　此兩句有張黑圈評。
④　此四句有張黑圈評。
⑥　"地"，原漫漶，據《詩鈔》卷七補。
⑧　"不忍"有邵黑圈評，且云："'不忍'字可嘆。"
⑨⑩　此句有張黑圈評。
⑫　此兩句有張黑、馮黑圈評。張黑云："着。"邵黑云："近日風聲愈警，奈何奈何。（民）"

有情文。車過陸賈曾留我，肩拍洪厓倘許君。謂陸平泉、洪達泉兩同年。潤到枯腸除是酒，向榮頗似木欣欣。

六月十九日得家書感事寄灼三弟

宦路險于海，能生平地波。甑塵誰諒范，錢癖誤傳和。怪鳥呼桑梓，驚人避網羅。君看六州鐵，鑄錯竟如何。

不分遭蜚語，登場悔此身。泥中爭污我，局外易論人。①事過都疑夢，②書來恰賀貧。得官空弭謗，何以慰雙親。③

二十一日大雨④

一雨無昏曉，惟聞急溜聲。泥沙衝石立，鬼物避雷行。⑤客況蕭條甚，⑥詩腸鬱結成。天河愁挽盡，六月未休兵。

贈趙味辛三十韻

文字成知己，同官已十年。骨皆如島瘦，名合在盧前。貧不治生產，狂能責聖賢。無心逐雲出，有口比河懸。才氣常驚座，科名欲問天。⑦青衫艱一第，白眼傲群仙。當世文同軌，⑧何人筆似椽。蠹惟知食字，雞或喜談玄。⑨獨把髯蘇臂，能齊短李肩。得閒詩課急，未老病魔纏。⑩思到傷脾苦，心經嘔血專。囊中長蓄藥，硯外更無田。人乃

---

① 此四句有張黑圈評。邵黑云："先生心事惟我輩能知之耳。（民）"
② "事"，原不清晰，據《詩鈔》卷七補。
③ 此兩句有張黑圈評。
④ 邵黑云："奇險。（民）"刻本詩題前有"六月"二字。
⑤ 此句有張黑圈評。
⑥ "客況"，原略有漫漶，據刻本補。
⑦⑩ 此四句有張黑圈評。
⑧ "同"，原作"無"。
⑨ "玄"，原作"元"，避諱回改。

窮于鬼,官真定若禪。①側身看蟻鬥,舉手送鶯遷。②自分投閒客,難爭造命權。玉成聊自慰,株守只隨緣。③堂上春垂暮,江南路幾千。不遑將父日,何論買山錢。嘉慶承平始,琉球籲請虔。_{時將冊封琉球內閣,擬以味辛保送使臣。}藩封昭世守,寶命待天宣。④推轂充星使,浮槎赴海壖。此時奇想入,一切俗情捐。要酹中山酒,將登破浪船。分裝羞陸賈,⑤鑿空慕張騫。行止雖難卜,生平儘足傳。有名須赫赫,不用亦翩翩。我每趨綸閣,時還劈錦箋。欣呈項斯卷,擬贈祖生鞭。氣向秋風壯,情因舊雨牽。夜窗殘夢覺,月落屋梁邊。⑥

答硯香弟代束⑦

自卜城西宅,幽居少四鄰。移花剛得地,種樹亦宜人。獨惜鄉關遠,誰如骨肉親。秋風來有日,夢繞紫絲蒓。

親在忍言老,其如雙鬢華。⑧燈前支瘦骨,食頃墮殘牙。貧病都攻我,神仙也憶家。⑨不知冠蓋累,鄉里望還奢。

七月初六爲東廂弟亡日屈指已三年矣泫然有作⑩

昔年臨歿不曾見,疑爾至今還在家。想到別離皆樂境,教人涕淚滿天涯。雁行斷後傷兒輩,_{長侄咸熙去年痘殤,今惟次侄載熙存。}馬鬣封成感歲華。孤寡累親何日了,一官我尚繫匏瓜。

七夕立秋次少仙韻

曝衣齊向雨中收,此夕空閨易感秋。河壓陣雲難駕鵲,⑪郎騎戰

---

① ③ ⑧ ⑨　此兩句有張黑圈評。
②　此句有張黑圈評。
④　"天"字前空一格。
⑤　"裝羞",原漫漶,據《詩鈔》卷七補。
⑥　"屋梁",原漫漶,據《詩鈔》卷七補。
⑦　"硯香",原作"灼三"。
⑩　此全詩有張黑圈評,且曰:"真極語,會心心痛。天地間有數之作。"
⑪　"河",似欲改作"星"。"難駕鵲",原作"防渡虎"。

馬不牽牛。① 新涼氣是冰霜漸,乞巧人還笑語柔。我獨憑欄看天象,②西風吹動百年愁。

初八夜大雨如注同家樹齋作

忽有聲如鬥,銀河落樹間。秋心一夜雨,客夢萬松山。③ 枕簟生涼驟,④ 風塵寄迹閒。從君賞茆屋,不醉亦歡顏。

次夜又雨

種稼滿畿甸,蝗螟時復侵。雨聲連夜急,天意愛農深。⑤ 直共刀兵洗,都將醜類擒。催成詩萬首,歌咏傅嚴霖。

病犬行⑥

群犬徹夜聲狺狺,一犬在旁如不聞。垂頭側足卧當道,髀肉全消形漸槁。不博韓盧宋鵲名,餘生所託惟溫飽。主人唻之屢回顧,主人叱之不肯去。一步一停仍一步,飛飛但見群蠅附。⑦ 憐他老病本無能,此日逡巡竟貽誤。沒齒猶承敝蓋恩,及身卻惜盤瓠遇。我聞漢家役使多功狗,逐鹿中原爭奔走。不五鼎食五鼎烹,韓彭骨朽名難朽。⑧ 愧爾畢生無報效,早年枉說聲如豹。⑨ 竊盜公行詎未知,爪牙無力空撐支。傷心末路甘喑啞,頗似英雄氣短時。⑩

---

① 此兩句有邵黑圈評,且云"巧妙(民)"。
② "我"字漫漶,據《詩草》卷七補。
③ 此四句有張黑圈評。邵黑云:"起勢炭炭。(民)"
④ "枕簟",原漫漶,據《詩鈔》卷七補。
⑤⑨ 此句有張黑圈評。
⑥ 邵黑云:"'近前敲瘦骨,猶自帶銅聲',此犬定是此馬化身。(民)"
⑦ 此四句有張黑圈評。
⑧⑩ 此兩句有張黑圈評。

韓　信

　　淮陰城下逢漂母，長樂宮中遭呂后。國士生死婦人手，①朝登將壇暮鍾室。計由丞相一人出，國士生死吏刀筆。②一刀筆吏一婦人，③噲等猶應羞與倫。多多益辦終何用，縛信無須十萬軍。王齊王楚非漢意，鳥盡弓藏信亦悔。叶。信知蒯徹是忠言，我覺滕公已多事。滕公不語信不生，與十三人同日刑。連敖自坐王法死，漢家無殺功臣名。留侯仙去淮陰族，黃石公書早宜讀。④不然英雄所見大略同，圯下何如跨下辱。⑤

蕭　何⑥

　　漢家第一功高臣，秦時錄錄如庸人。⑦掉頭不膺御史薦，轉睫已是封侯身。封侯豈在提戈戰，律令圖書皆鐵券。中原阨塞幾人知，歷代典章誰眼見。沛公一抵咸陽後，倚畀親如左右手。出爭金帛入爭功，從龍諸將真如狗。⑧功狗功人帝自知，鄂侯有意逢迎之。不戰無非屈人處，不爭尤是得君時。他年貰貲多田宅，以術爭民爭亦得。攻城略地是粗人，⑨汗馬居然笑文墨。

陳　平

　　博浪報仇明素心，一椎已破家萬金。受諸將金無顧忌，平也何如子房智。沛公不挾受金嫌，榮陽更聽捐金議。大度能容帝王器，⑩厥後皇威加四海。異姓諸王半菹醢，朝廷重煩曲逆手。日近婦人飲醇酒，但云宰相理陰陽。錢穀兵刑非所長，不見韓彭據梁楚，可容產祿

---

①②⑤⑩　此句有張黑圈評。
③　"一刀"，漫漶不清，據刻本補。
④　此七句有張黑圈評。邵黑云："無人說過。（民）"
⑥　邵黑云："汝輩才應爲令僕，將軍相卻不封侯，富貴逼人來，不容算也。（民）"
⑦⑧　此兩句有張黑圈評。
⑨　"是粗"，原漫漶，據刻本補。

在蕭牆。一生陰謀多秘密，獨無誅呂安劉術。燕居早結絳侯歡，奇計翻從陸生出。陸生之智真有餘，平也自問如不如。①

寄題陶篁村詩冢

詩星大如月，歲久忽墮地。流光照九泉，才鬼踉蹌避。②青林黑石間，時吐白虹氣。迹之不可得，孤墳沒草際。誰築此一抔，知爲陶令裔。③天遣葬花骨，馬鬣身親識。要使千載下，人琴長附麗。每嘆長爪郎，不幸嘔心斃。心血化爲燐，錦囊投溷厠。韋氏《浣花集》，半遭兵火熾。工詩乃益窮，殘稿亦爲累。我輩尺璧珍，世人芻狗棄。何如付一邱，入土百無忌。④地下多修文，或知甘苦味。昌獨與羊棗，有口冀同嗜。曹瞞一世雄，疑冢七十二。橫槊富新篇，反令無位置。從知曠達人，胸次迥然異。昨聞生壙成，遠枉郵筒寄。君對西湖吟，我望東郭祭。⑤將以詩殉詩，本無諛墓意。⑥郢斤倘難施，可作退筆瘞。

偶　成

疾雷大風雨，庾亮塵一空。光天化日下，誰復防射工。⑦不見豹文蔚，不聞豺聲雄。含沙伺人影，徒作可憐蟲。

梧桐生高岡，幹老益孤直。孫枝乃不肖，化爲榛與棘。葉葉蔽朝陽，深孤雨露澤。舊時鸞鳳群，聯翩各他適。

一斬將軍頭，再斷烈士臂。灑血問旁人，寶刀利不利。寶刀遭缺折，敗鐵同廢棄。殺人以成名，終干造物忌。⑧

頑石依冰山，山倒石轉立。⑨故作崚嶒勢，慮爲衆口執。熊渠善射虎，飛矢行將及。米顛獨何心，下拜不敢揖。⑩

---

① ③ ④ ⑥　此兩句有張黑圈評。
② ⑦　此四句有張黑圈評。
⑤　"望東"二字漫漶，據《詩鈔》卷七補。
⑧　此全詩有張黑圈評。
⑨　此句有張黑圈評。邵黑云："字亦立紙上。（民）"
⑩　此句有張黑圈評。

送馮玉圃給諫南歸

雉膏不食憶鱸羹，未免忘情恰近情。①一世論交多老輩，幾人退步似先生。得歸巖戶皆關福，曾直樞庭獨避名。圭璧守身瓶守口，大儒出處倍分明。②

官職惟君大耐之，素心原不負明時。渾金璞玉山公望，布襪青鞋杜老詩。負郭無田貧亦樂，種桃得蔭老偏宜。江南自是神仙窟，好駐丹顏賦紫芝。

買鄰喜傍僧珍宅，乘興時登庾亮樓。時與給諫同寓將軍教場五條衖衕。先後出山成冷宦，團圞看月過中秋。百年心事商前席，一葉烟波送去舟。識面已遲分手速，吳雲燕草不勝愁。

蟬

螳蜋攘臂肯安然，揀取高柯試一遷。翼正奮時經雨重，吟當苦處待風傳。③對人如訴不平事，笑爾獨愁將晚天。④碧樹無情秋漸老，可能羽化竟登仙。

蟋蟀

草根唧唧近蕭辰，攪我安眠自在身。遍地秋聲如警世，此時夜氣正迎人。唐風勤儉歌誰繼，豳土艱難繪不真。聽到更闌愁似織，怪他促得鬢絲新。

不寐

不寐徒高枕，游仙夢未成。中年人事冗，清夜道心生。⑤天闊繁星

---

① ③ 此句有張黑圈評。

② 此四句有張黑圈評。前兩句又有邵黑圈評，且云："有慨乎其言之。（民）" "圭"字原漫漶，據《詩鈔》卷七補。

④ 此句有張黑、邵黑圈評，邵黑又曰"最耐人思（民）"。

⑤ 此兩句有張黑圈評。

麗,秋空萬籟鳴。看書背兒女,獨坐倚燈檠。

儒　冠①

詔下闉闍城,雲開日正明。人游鄭鄉校,天眷魯諸生。②虎兕全收柙,弦歌不輟聲。儒冠寧誤我,珍重讀書名。

贈沈舫西侍御即用前韻

衆志已成城,傷心獄未明。多君能鐵面,難犯是書生。③笠澤回春色,吳船載頌聲。誰知觸邪意,焚草不居名。④

趙肖巖舍人粵游草題詞

皇華嫻載筆,家學溯趨庭。肖子須才子,詩星即使星。得名薇省重,回首粵山青。我錄新詞句,環看作畫屏。

送別周蕚堂歸里

把酒談鄉國,離筵哽噎多。寄書勞問訊,卜宅近如何。客舍初聞雁,歸舟欲叱䑰。紅烟生海角,夢繞舊巖阿。

授經三載後,豚犬亦依依。秋柳傷人別,春風入座稀。馬行燕市疾,魚賣潞河肥。去去勿回首,辭家計總非。

知君因孝養,別作稻粱謀。愧我亦人子,長懷屺岵愁。海波高及屋,宦況冷于秋。⑤爲報諸同學,萍踪悔遠游。

題朱少仙繞竹山房詩集後⑥

君家近接龍山麓,覆硐沿岡萬竿竹。竹外江空浪作花,連雲裏入

---

① 邵黑云:"天網疏而不漏,信然。(民)"
② "校"字、"天"字間空一格。
③④⑤　此兩句有張黑圈評。
⑥　張黑曰:"此詩可贈少仙矣,此之謂不負題。"

詩人腹。豁然臟腑現光明,中有洞天三十六。①洞天奇闢無人知,庸庸但見皮毛肉。當心一嘔血如潮,百萬魚龍爭起伏。硬雨驅山山欲飛,筆尖所指峰峰縮。②有時別放夢中花,紫霧紅烟吹滿幅。着墨仍兼竹氣清,迴腸還似江流曲。③讀君詩卷知君心,更愛君家老茅屋。四面都成文字緣,一貧恰享神仙福。④感我家居滄海濱,近來日逼蛟鯨族。樓船影裏水騰山,笳鼓聲中歌當哭。⑤稍喜朱陳村可圖,不愁元白鄰難卜。題詞作券憑君操,記取春陰兩家綠。重噲姚江讀此編,琅琅響振簀簹谷。⑥

吳槐江中丞自盧氏行轅寄示新詩次韻奉酬

不因富貴慕神仙,民物還多未了緣。買馬詩篇飛洛紙,來詩有《買馬》《買車》等篇,備述軍營情狀。伏牛山勢壓秦川。⑦讀書人作長城寄,報國心如大纛懸。《通鑑》一編資治急,令兄竹橋詩云"資治存《通鑑》",自注"六弟喜讀此書"。且拋巖壑待他年。

送費西墉農部之陝西臺中丞幕

頻歲辭都下,身如不繫舟。今番赴關內,意豈羨封侯。奉命期何迫,從軍筆暫投。舊巢阿閣上,還爲鳳凰留。

戰守誰能策,賢勞分亦宜。風清嚴武幕,地近孔明祠。用世寧無本,談兵不在奇。⑧佇君來獻捷,重賦凱旋詩。

九日口占⑨

無吏催租無客到,閉門且作飲中仙。一家人各傾三雅,七品官曾

---

① ⑥　此四句有張黑圈評。
②　此三句有張黑圈評。
③ ④ ⑤ ⑧　此兩句有張黑圈評。
⑦　此句有張黑圈評。
⑨　邵黑曰:"二詩遒宕。(民)"

耐十年。①冷暖世情看徹底，②春秋佳日負從前。③菊花易買詩難賣，猶喜囊餘月費錢。④

竟不登高懶可知，半庭黃葉獨尋詩。境多未歷因心造，貧到無聊作病醫。⑤此日青氈猶故我，數莖白髮是新絲。糗資花飲還循例，莫待秋光去後思。

重陽後三日方茶山比部席上作

過了重陽酒易賒，關心籬菊未開花。近來天氣因人熱，不遣風吹帽影斜。

數遍同年一愴神，酒人還與酒人親。酒人有口甘喑啞，鬼飲君家石凍春。⑥

綠雨山房夜歸

柝聲忽作轉輪聲，淡月茫茫夜二更。炒栗鐙明茶擔集，六街人影尚縱橫。⑦

寓廬匼匝粉牆圍，一縷吟鞭帶月揮。得得馬蹄驚臥犬，隔花遙吠主人歸。⑧

九月十八日補官典籍有作 典籍廳漢官二缺以中書舍人資深者爲之。

百尺竿頭進得無，乍操印鑰轉模糊。粗官笑我添蛇足，往事驚心捋虎鬚。得失塞翁聊自解，始終馮婦受人愚。⑨且將身世閒閒放，入局

---

① ④　此兩句有張黑圈評。
②　"看徹底"三字有張黑圈評。
③　"負從前"三字有張黑圈評。
⑤　此四句有張黑圈評。
⑥　此詩前兩句末字有張黑圈，後兩句末字有墨點。首尾有刪節符號，《詩鈔》及刻本無此首。
⑦　此全詩有張黑圈評。邵黑云："都城秋夜景象如此。（民）"
⑧　此詩首尾有刪節符號，刻本無此首。
⑨　此四句有張黑圈評。此處天頭處原有張黑評曰"識"，後圈掉。邵黑云："然而先生今日不受人愚，可稱高識，彼馮婦徒自苦耳。（民）"

曾經一着輸。

勉强隨人説進官,家書博得我親歡。若論名下才多負,①不信枝頭果未乾。②奉粟一囊餬口急,哦詩十載稱心難。君看閣老何曾老,資格深時興漸闌。③

顧弢庵畫寒山枯樹圖見贈詩以酬之

霜天真景問誰收,燕市相逢顧虎頭。拄腹撐腸皆石骨,烘雲托月爲山樓。④半江早落紛紛葉,一筆橫拖澹澹秋。⑤我欲抱琴兼載酒,興酣逃入畫中游。

書家旭峰助教焚餘詩草後⑥

辣于薑桂清于酒,此味不諧甜俗口。幾人得見先生詩,祝融一一皆知之。⑦我從煨燼讀殘帙,棖觸吟腸如火熱。卻憶先生雙鬢華,制藝卓然成一家。文壇旗幟摩天動,别向騷壇賈餘勇。⑧幸爾六丁追取急,不然元氣洩盡天應泣。先生休矣勿作聲,儘留此席讓後生。苦吟心血亦易耗,且看菊花同醉倒。⑨

夜經西便門内即事

荒冢累累與寺鄰,冷風瑟瑟動車塵。騎牆一樹森如鬼,老幹权枒欲攫人。

典籍廳夜直作

吏閒公牘少,閉户一官尊。⑩身外浮名寄,詩中結習存。檐虛風落

---

① "才",原作"原"。
② "果",原作"尚"。右側有邵黑云:"意稍未醒,待酌。"
③⑦ 此四句有張黑圈評。
④⑤ 此句有張黑圈評。
⑥ "助教",曾改作"學録",刻本作"學録"。邵黑云:"此詩亦甚清辣。(民)"
⑧ 此兩句有張黑圈評。
⑨ 此五句有張黑圈評。
⑩ 此句有張黑、邵黑圈評。邵黑曰:"壽民誦至此,爲之絶倒。"

瓦,樹禿月臨門。①入世供游戲,羞將壯志論。
面目成今我,尋思一囅然。語奇遭俗罵,宦拙得天憐。②繞磨同驢蹇,營巢讓鵲先。勞筋容此息,冷況可年年。

題瑛夢禪自畫小照

從何處來,向何處去。夢味禪心,百年小住。
一身自在,諸法通靈。有情無欲,是佛非僧。③

朱素人畫折枝酴醾芍藥見遺賦謝

飛英會裏半斜陽,婪尾春歸欲斷腸。得似莊生化蝴蝶,夢中還戀筆花香。
儂與東風無一面,多情遙贈數枝春。乞君更向花枝外,畫個朱陳村裏人。

題邵壽民舍人橋東詩草後

怪底長安道,齊聲說項斯。心花開似血,酒氣結成詩。位置參仙鬼,情懷半點癡。④何當宿薇省,聯句月明時。

次韻劉澄齋舍人再直省中作⑤

依舊黃扉向曙開,袖詩無語獨徘徊。杜陵憤切何人解,庾信愁多此日來。每憶宦游如夢境,恰因閱歷寫心裁。上皇手澤分明在,重檢絲綸一告哀。⑥

叠韻柬澄齋

紅藥年年繞砌開,蓬瀛祗覺路迂迴。我如落葉隨風轉,君比歸雲

---

① ② ③ 此兩句有張黑圈評。
④ 此四句有張黑圈評。邵黑曰:"妙句何敢當耶。(民)"
⑤ 邵黑云:"和此韻者定以二作為擅場。(民)"
⑥ "裁"字、"上"字間空一格。"檢"字、"絲"字間空一格。此兩句有張黑圈評。

出岫來。官冷易招秋氣入,詩清肯爲俗人裁。①獨弦彈到傷心處,忽聽巴歌調更哀。

張子白大令春明錄別圖②

與君爲同年,別我已十載。見面何匆匆,去作神明宰。宰官只一身,民物環相待。宰官無十目,案牘浩如海。③髮亂獨受櫛,路歧要循軌。醇儒自有心,俗吏安能解。近人知避俗,變而爲脫灑。④不問積年獄,不顧四郊壘。入幕盛賓僚,鳴騶貢山水。⑤種樹兼著書,談禪更說鬼。爬羅漢碑碣,拂拭周鼎鼐。種種不急務,沾沾自矜美。君看循吏傳,若輩幾人在。⑥曉色開行旌,西山鬱巋峍。送君出都門,此別情懷倍。曾作飢驅人,面目勿變改。曾爲名下士,結習須懺悔。我詩如民謠,旦夕望君採。⑦

張船山畫天寒上峽圖⑧

涉險心愈平,衝寒氣還壯。手寫畫中詩,傳與巴人唱。

邵壽民見示入直詩走筆和之

收拾名場筆一枝,官閒性懶恰相宜。畫來總是葫蘆樣,到此應添芍藥詩。⑨果有鳳毛吾亦愛,不如雞肋衆皆知。惜君早負凌雲氣,也向籠中守伏雌。⑩

題家樹齋秦嶺從軍圖即以志別_{時以守備銜發往陝西。}

西向出門笑,一鞭歸故鄉。傳家自忠武,殺賊總尋常。再造君恩

---

①③④　此四句有張黑圈評。
②　張黑稱:"必傳。"邵黑曰:"子白甫選浙東,忽調秦塞,才人遠宦,可勝怏怏。然深味此詩,又何地不可爲良吏耶?當虎步而前也。(民)"
⑤⑨　此兩句有張黑圈評。
⑥⑦　此六句有張黑圈評。
⑧　此詩首尾有刪節符號。刻本無此詩。
⑩　此兩句有張黑圈評。邵黑曰:"奈無處雄飛何。(民)"

重,前途地勢强。萬山連楚蜀,立馬話封疆。

半載京華住,談兵氣獨豪。頭銜初受賞,臂病肯辭勞。草木新軍壘,風霜舊戰袍。①鐃歌翻樂譜,健筆待君操。

直次戲柬邵五 壽民嗜酒,工詩,貌妍,書醜,故戲及之。②

此間無地築糟邱,一醉難從皂隸謀。③人爲才名推賈至,我因狀貌惜留侯。入貲爭及爲郎好,有目都緣識字愁。故事恰論前後輩,紫薇花替冷官羞。④

神仙富貴兩茫茫,鐘鼓樓前日月長。君不中書翻自在,詩真成癖又何妨?⑤ 頭銜總帶寒酸氣,血性潛消仕宦場。⑥鼎食紛紛誰得味,笑余一齏十年嘗。

讀李墨莊舍人師竹齋詩集題句贈之

嗜須膾炙飲須醇,不爲同官臭味親。冷眼熱腸推我輩,壯懷老氣屬詩人。詞清于水流三峽,筆勁如弓挽六鈞。看取浮槎經絶域,海天寫入一囊新。時墨莊將出使琉球。

十一月十八日始雪送家樹齋之陝⑦

篷車一輛輕如箕,珠塵瑟瑟空中篩。滕六之來如有約,迷漫及此西征時。⑧西征旗幟森無縫,百二雄關十萬衆。沙飛鐵甲夜有聲,血漬寶刀紅欲凍。將軍一出賊膽落,天地動容風霰作。⑨麾下新傳挾纊軍,

---

① 此四句有張黑圈評。"受"字、"賞"字間空一格。
② 邵黑圈評"嗜酒""書醜"四字,且稱"八字考語,謹圈出四字(民)"。
③ 此句有張黑圈評。
④⑤ 此兩句有張黑圈評。
⑥ 此句有張黑圈評。邵黑云:"第六語可爲下淚。(民)"
⑦ 張黑云:"名作。"
⑧ 此四句有張黑圈評。
⑨ 此四句有張黑圈評。第二句又有邵黑圈評,且曰:"遒煉極矣,老船詩境有時尚不能到。(民)"

功成不羨淩烟閣。昔年聽雨甬江邊,此時踏雪終南山。雪消雨止將軍還,清風明月西湖船。①

次壽民夜直韻_{壽民時署典籍。}

舍人磊落詩中豪,捉筆如刀不放下。奇句從心嘔出來,名流側目看還詫。霜天忽叩豐山鐘,風閣齊翻鄴侯架。爛如星宿海潮生,艷絕苧蘿村女嫁。嬉笑文章我最憐,風流罪過天能赦。②得官聊以承親歡,倚醉曾經將佛罵。③典籍廳前乍引身,絲綸閣外權司夜。移文點簿爲生涯,筆格印牀相枕藉。舉管庫士非所期,入圖書府不能罷。④一月從教四日留,_{典籍廳漢官率半月一夜直,每直兩夜。}楚材竟許晉人借。君知瓜代是何年,人受墨磨原可怕。⑤焚硯猶堪成散仙,嗜痂安往非吾炙。大千世界有逢迎,第五才名誰匹亞。爾我總憑詩作合,公卿爭似閒無價。擊鉢聲中燈影團,笑看官舍如僧舍。⑥

雪中放歌再用前韻

何人力破天公慳,陽春欲來白雪下。我醉惟聞大衆歡,狂吟且使同雲詫。要翻北海爲硯池,更琢西山成筆架。家家户户詩作媒,一例豐年畢婚嫁。鬼錄紛紛積餓夫,雪中恍見天書赦。⑦雞豚社酒及明春,看取枌陰醉人駡。卻憶西南方用兵,鐵衣刁斗嚴寒夜。髑髏飲雪無人耕,宜麥宜禾徒慰藉。⑧小醜公然狼豕奔,頻年未報干戈罷。似聞道濟沙可量,頗覺留侯箸難借。⑨豎儒僵守數尺氊,冰霰漫空出門怕。有耳忍聽巴人歈,有口枉嗜秦人炙。談兵容易將兵難,請纓誰是終軍

---

① 此兩句有張黑圈評,且曰"結妙"。
②⑦⑨ 此兩句有張黑圈評。
③ 此兩句有邵黑圈評,且曰"是儂小傳(民)"。
④ 此四句有邵黑圈評,且云"不到此地不知此詩之妙(民)"。
⑤ 此兩句有邵黑圈評,且曰"然侍又將易地矣,可不及瓜而代也(民)"。
⑥ 此四句有張黑圈評。
⑧ 此兩句有邵黑圈評,且云"可嘆(民)"。

亞。瑾瑜絡繹獻廟堂，手握碔砆空待價。①踏雪高歌歸去來，白雲縹渺吾親舍。

錫鴻上人來自普陀山有贈②

磐陀石外浪飛花，君憶山門我憶家。見說金剛空努目，竹林深處穴長蛇。

辦得薑鹽又米薪，京朝官也似僧貧。憑君試托沿門鉢，幾箇真心奉佛人。

李墨莊舍人奉使琉球詩以送別

朝衣一品漢官儀，玉册金符手捧時。中有大清皇帝寶，③蛟龍不敢近船窺。④

重光日出照無偏，九有齊聲祝萬年。傳與外藩稽首聽，聖恩如海福如天。⑤

酹酒中山夜宴開，新詩遙對海雲裁。光芒萬丈青蓮筆，也似仙槎貫月來。⑥

黿鼉嶼接彭湖島，海氣圓窐入望中。好是倚樓人並立，宮袍斜映狀元紅。謂正使趙介山修撰。

冰壺一片使臣心，凜凜天威咫尺臨。⑦頗笑陸生稱口辯，橐中賺得尉佗金。

歸夢年年繞洛迦，即普陀山，鐵蓮花洋在其西。重洋開滿鐵蓮花。⑧憑

---

① 此四句有邵黑圈評，且云"薦舉之難，千古同慨（民）"。"獻"字、"廟"字間空一格。
② 兩詩後三句均有張黑圈評，且云"二詩極有味"。
③ "有"字、"大"字間空一格，"清"字、"皇"字另行頂格。
④⑧　此句有張黑圈評。
⑤ "聖"字另行頂格。
⑥ 此兩句有張黑圈評。
⑦ 下"凜"字、"天"字間空一格。

君東向槎頭望,一髮舟山是我家。①

少仙出都十餘日矣補賦一章送之

十年三別君,贈行無一句。形迹日以疏,締交日以固。②骨肉爲至戚,家庭少世故。人生重知己,不重詩與賦。詩賦亦易成,匆匆一別遽。如遭意外事,惶惑無所措。又如趨者蹶,氣結不能語。③飛飛趙北雲,歷歷燕南樹。此日送君行,昨君送行處。少仙出都前數日,曾與同車出彰義門,送樹齋之陝。聚散各有期,遲早各有數。同居一室中,千里勢已具。萍蓬感路歧,松柏保歲暮。留君寸心在,任是天邊去。④

數月以來寓齋多執贄來學者戲成二首⑤

冷宦原無事,經師亦易求。攤書誇利市,束脡許從游。豈有生財道,聊爲食力謀。青氈吾故物,穩坐不知愁。

一家環八口,猶喜筆能耕。詩比村夫子,門多太學生。幽居忘宦味,⑥退食聽書聲。種得閒桃李,春陰幾樹成。

得周萼堂抵里後書卻寄

到日舉家歡,還鄉勝得官。迎人山蘊藉,繞舍竹平安。⑦彌覺稱觴樂,時爲尊公東山先生五十壽。回思索米難。燕臺多舊雨,翹首白雲端。

總角論交舊,他鄉揖別輕。感君還有弟,視我恰如兄。踏雪來蓬戶,消愁借酒觥。夜長寒夢短,枕上話姜肱。令弟繩先在都同寓。

十二月二十日早起作

殘燈失明爐火死,急霰沙沙打窗紙。老鴉破曉啼一聲,忽有千鴉

---

① 此句有張黑圈評。邵黑云:"妙(民)。"
②③④⑦ 此兩句有張黑圈評。
⑤ 張黑圈評第一首全詩及第二首後六句,且評曰"二詩極清圓輕妙之趣"。
⑥ "忘宦味",原作"失官樣",陳氏稱"三字微覺不穩,易之"。刻本作"忘宦味"。

萬鴉起。①先生昨夜被酒眠，酒醒達旦還流涎。披衣坐憶夢中事，亂書破畫堆四邊。嚴寒逼人人語澀，齫齵之間短兵接。指僵鼻甕肌粟生，呵氣著鬚鬚有冰。飢鼠突出翻酒瓶，牀頭屋角鼠竄聲。②先生叱吒兒驚醒，大兒蒙頭被底笑，小兒喔喔作雞叫。女奴卻立雙影搖，門外北風如海嘯。③

寄懷邱訾山孝廉

憶昔公車日下逢，蓬蒿三徑迓行踪。高談我亦驚焦遂，獨斷人誰繼蔡邕。自笑天真原爛漫，只除家計不從容。④北堂萱草南陔黍，祿養時還說鼎鐘。

五年再下劉蕡第，一去難回宋璟春。海外久聞詩結社，世間可有藥醫貧。⑤到門鹿豕空成隊，跋浪鯨鯢漸逼人。⑥鼓角喧喧清夢擾，蓋頭須卜一椽新。

除夕遣懷

萬物勞勞共此辰，六街爆竹亂車塵。每逢饋歲思鄉味，轉爲通財愛俗人。⑦瞰室須防詩有鬼，迎年卻羨草知春。吉祥滿口終何益，我輩天生一字貧。⑧

竟戀微官博俸錢，繫匏處處葛藤牽。心知伏櫪難千里，口說還山又一年。⑨托故遁逃奴點甚，索逋來往客譁然。衙齋今夜清如水，輸與何人擁被眠。⑩

己未共詩一百三十三首

---

① 此兩句有張黑圈評。邵黑曰："清奇僻苦。（民）"
② 此段天頭處邵黑評曰："口技所不能到。（民）"
③ 此四句有張黑圈評。
④ 此四句有張黑圈評，末句又有邵黑圈評。
⑤⑥⑧ 此句有張黑圈評。
⑦ 此兩句有張黑圈評，後句又有邵黑圈評，曰"與前'只除家計不從容'句，皆簡齋先生得意處也（民）"。
⑨ 此句有張黑、邵黑圈評。
⑩ 此兩句有邵黑圈評，且曰"是時壽民方在內夜直，正然鐙瀝酒，作《鳳閣祭詩》詩也。花朝日壽民記"。

借樹山房詩草卷九　庚申①

趙莅畦大令贈詩圖②

雪窗煮春茗,與客談正劇。③有僮手持書,索題送行册。詩人趙倚樓,得官將遠適。我無錦囊句,何以壯行色。客云詩有體,④亦如官有職。好官如好詩,無心偶然得。刻意作能吏,必無實政績。⑤縣令親民官,天子之所擇。⑥多方悅長吏,何如宣上德。贈人以諛詞,何如直諒益。⑦我謂客言戇,⑧恐遭時俗斥。于理要不誣,官箴備一則。書此報同心,以應詩債迫。客言倘可採,吾責幸已塞。⑨

即事和邵壽民⑩

宦途迂拙笑書生,立脚休從險要爭。鷁退才知風有力,蟬吟恰嘆

---

① 右側有陳氏題云:"此卷發刻時刪去十六首,癸亥年蔭山自記。"此卷馮培、朱文治評點簡稱仍沿用第一卷,朱氏用筆略細,且點評後面往往有其字,處理成"(少仙)"。此卷大部分詩篇每句末字有馮黑圈,下僅注無圈者。又大部分詩篇詩題首字右上角有墨點,下僅注無墨點者。
② 此詩馮黑評曰:"脱盡恒蹊,似不經意出之,而意甚細密。自白香山得來而化其迹。"
③ 此句右側有墨點。
④ "客云"二字右側有墨點。
⑤ 此四句有馮黑圈評。首句右側有朱黑云"二語宜改易"。
⑥ "官"字、"天"字間空一格。
⑦ 此四句有馮黑圈評。"宣"字、"上"字間空一格。
⑧ "我謂"二字右側有墨點。
⑨ 此四句右側有墨點。
⑩ 刻本詩題前有"二月初七日"五字。

樹無情。①不由徑竇原關品，若論神仙止是名。我向個中曾覆轍，前車空導後車行。②

事本如棋一局翻，悠悠難與外人言。分明鸞鳳寧栖棘，多少羝羊又觸藩。刀可善藏須決計，璞因誤獻久銜冤。請君安樂窩中住，一任囂囂市井喧。

鄭青墅大令卓異來京賦贈③

官如泌水十分清，不是沽名是愛名。久宦卻添書卷氣，新詩都作鼓鼙聲。筆翻信史千秋案，身領嚴疆一隊兵。尤喜故人能直道，謂吳槐江中丞。居然上考薦陽城。

閉　門

疏懶居然習慣成，閉門常覺此心清。荒園蚤起得狐迹，老屋夜來多鼠聲。④債急難將詩暫抵，腸枯賴有酒能撐。⑤幾人肯識閒官面，避俗如讐太不情。

門前轆轆走輕車，人境何妨我結廬。有事暫令妻課子，無錢長使僕鈔書。⑥種成芳草招蝴蝶，看到桃花想鱖魚。甕牖自窺天萬里，更從僧借寺樓居。

奴子曹貴畫穿花蛺蝶圖戲題一絕⑦

為誰作使舞偏工，兩樹夭桃一色紅。知爾戀花如戀主，不妨擡舉任東風。

---

①④⑥　此兩句右側有墨點。
②　此句原作"漫因路熟惜車輕"。
③　馮黑云："此篇稍涉應酬氣。"
⑤　此兩句原作"白墮三杯邀竹醉，黑甜一枕夢花生"。後句又曾改作"詩難抵債篋偏盈"。
⑦　此詩無馮黑圈評，然每句末字右側有墨點，首尾有刪節符號。馮黑云："可刪。""奴"字右上角無墨點。刻本無此詩。

題趙萐畦大令詩草後①

搜盡人間錦綉腸，瓣香端爲老漁洋。亂頭粗服天然好，只覺輸君靚麗妝。②

閩海燕山別路賒，倚樓詩思滿天涯。風流不數河陽令，一寸心田萬樹花。

郊 行

郊行非世外，已斷俗塵吹。林密蟬聲聚，雲崩鳥路危。③牛羊荒冢迹，烟火隔籬炊。日下遺聞舊，關心古廟碑。

晚 歸

不敢窮游覽，都城夜禁嚴。堤根塔影臥，樹罅月輪嵌。暮景山如睡，秋心草未芟。天南有歸路，何日挂征帆。

夜 坐④

不寐又無事，借端傾濁醪。群蠅燈外伏，一犬夢中嗥。窮巷風多直，秋天月倍高。吟成和露寫，明日問詩豪。

雜 感⑤

朝爲人掃門，暮爲人執鞭。事事得人力，富貴仍由天。⑥人生但富貴，碌碌亦可憐。晋有蛙給廩，衛有鶴乘軒。

---

① 兩詩首尾有删節符號。馮黑云："二首亦可删。""題"字右上角無墨點。刻本無此二詩。
② 此詩每句末字右側有墨點。
③ 此句有馮黑圈評，且評曰"刻削似宋四靈一派"。
④ "夜"字右上角無墨點。此詩每句末字右側有墨點，首尾有删節符號。刻本無此詩。
⑤ 馮黑云："數首語多創闢，而理極平正。五言中自成一子。"後四首有删節符號，每詩首字右上角有墨點。刻本無此四首。
⑥ 此四句有馮黑圈評。

紫薇雖着花，紅藥不結果。官本冷于冰，人偏熱如火。熏心道甚危，炙手計終左。徒言求美官，官外豈無我。①

鼠乃以名璞，粟寧不如秕。憑君呼馬牛，我自具人理。廷尉踞結韤，留侯下取履。其事本尋常，能忍而已矣。②

寶劍直百金，不屠街中狗。丈夫志四方，不學閨中婦。③與童子角力，與醉人角口。是非徒紛紜，勝敗亦何有？④

世路多忌諱，矛戟撐心胸。所言或戇直，往往攖其鋒。我生自有口，安能如啞鐘。請君采藥石，百病吾能攻。

雨露澤百草，歷亂緣坡上。豈知秋霜來，零落如反掌。芝蘭不自愛，誤托蓬蒿長。玉石同時焚，孤芳竟誰賞？

不經滄海波，誰念平安福。不睹恒河沙，誰知劫數蹙。一虎負山嵎，耽耽猶可逐。萬鼠竄屋梁，擾擾不可捉。

燒琴而煮鶴，理本無是非。盧扁稱聖手，俗骨何從醫。盲者百無見，于道多強知。好說夢中夢，適見癡人癡。

秋日從軍之陝雜詩⑤

冷宦從軍亦異哉，朋箋先乞贈詩來。故人聽說詩題好，爭試雕龍倚馬才。⑥

小隊弓刀出國門，⑦據鞍可有壯心存。花經藥譜渾拋卻，一卷陰符馬上論。⑧

不是尋常負笈游，一身孤寄萬貔貅。軍行夜半銜枚肅，明月清風

---

① 此句有馮黑圈評。
② 此兩句有馮黑圈評。
③ 此句有朱黑圈評，並評於左側曰"此蔭山近來學問可喜可喜（少仙）"。
④ 此全詩有馮黑圈評。"寶"字天頭處有朱黑圈。
⑤ 此組詩除第一首"冷"字、第五首"揚"字外，每詩首字右上角均有墨點。
⑥ 此詩每句末字右側有墨點，首尾有刪節符號，馮黑曰"刪"。刻本無此首。
⑦ "小"字上方天頭處有朱黑圈。
⑧ 此兩句有馮黑圈評。馮黑云："激壯處似岑嘉州。"

過定州。①明月、清風皆地名，在定州南北各三十里。

　　雲海蒼茫動日輪，霜花曉拂戰袍新。遥林一帶沈烟黑，中有幽眠未起人。

　　揚鞭鎮日馬蹄忙，多少人看大路旁。探取青錢隨意擲，擔頭遞與木瓜香。②

　　石榴半破柿全紅，小叠成堆市價同。村酒十千無買處，前途何日過新豐。③

　　兵氣斜衝白日迴，水聲遥奮地中雷。淇園不是長城窟，卻報前鋒飲馬來。④

　　路入朝歌麥早芟，秋原雨止日西銜。天光地勢浩空闊，森立墓碑如遠帆。⑤

　　秋香迸入棗林間，歷碌征途意轉閒。劍在匣中弓在韣，車箱卧看太行山。⑥

　　洛陽西去鬱嵯峨，漸覺秦山入望多。土屋烟青數家聚，鐵輪聲壯萬車過。

苦雨行⑦

今日雨，明日雨，雨勢方張風力助，風風雨雨河南路。我在軍中不得眠，竟夜焚香持告天，區區之誠天鑒焉。秦人望師如望歲，莫遣風師雨師會。風雨蕭蕭行路難，我兵躑躅泥淖間。兵行有馬兼有車，跣而立者除道夫。豈惟除道需多夫，馬需芻秣車需驅。一兵又需一

---

　　①⑥　此兩句有馮黑圈評。
　　②　此詩首尾有刪節符號，馮黑曰"删"。刻本無此首。前兩句末字有馮黑圈，後兩句末字右側有墨點。
　　③　此詩首尾原有刪節符號，後删。前兩句末字右側有墨點，後兩句末字有馮黑圈。
　　④　此兩句右側有墨點。
　　⑤　此詩首尾有刪節符號。
　　⑦　"苦"字上方有朱黑圈。

夫俱,馬後替執戈矛殳。兵行誰見居人居,①居人衣褲不蔽膝。昨日貸錢新製得,雨淋泥涴墨黑色。脫卻依然一身赤,②兵行一起復一起。連日淋漓雨不止,雨乎雨乎何日止。何不障此天河水,留待諸方甲兵洗。下慰耕田鑿井之良民,上報宵衣旰食聖天子。③

清化道中

西風捲征旆,落日送飛車。到驛惟看竹,濱河每食魚。④山迎王屋翠,天入孟門虛。細繹風人義,懷歸畏簡書。

夜渡黄河

河聲落九天,行李中夜發。鞭指函谷雲,舟喧孟津月。⑤爭先將士心,失險魚龍窟。⑥驚傳適來處,屢葬征人骨。

過賈誼故里

亦知漢失治安策,獨惜生乖寧靜天。⑦屈大夫應殊遇合,文皇帝自識英賢。無端痛哭當平世,終古才名誤少年。⑧不見南陽卧龍卧,草廬養得道心堅。

中秋夜偕長總戎齡登硤石最高峰玩月

似此清光徹夜懸,人間應有路登天。中峰獨占一輪月,下界低沉

---

① 此九句有馮黑圈評。馮黑曰:"錯落零雜,而以大氣運之,得古樂府神理。"
② 此下原有兩句"薄暮還家暫休息,妻兒嗷嗷饑待食",朱黑認爲"此二句删去較緊(少仙)"。刻本無此兩句。
③ 此五句有馮黑圈評。馮黑曰:"力量酣足。"末句"食"字、"聖"字間空一格。朱黑曰:"'聖'字易'之'字。(少仙)""民"字乃後補。
④ 此兩句右側有墨點。
⑤ 此兩句有馮黑圈評,且曰"唐人句法"。
⑥ "失",原作"設"。
⑦ "亦知""獨惜"四字右側有墨點。
⑧ 此四句有馮黑圈評,且曰:"持平之論。舊有'賈生一章云孝文,豈與楚懷同日論',亦仿佛此意。"

萬竈烟。縹緲微雲來華岳,蒼茫遠勢接秦川。①好將鐵笛橫高處,吹落秋風桂子圓。

由硤石改道赴襄陽即事成句②

攬轡西行道路賒,未登華岳又回車。馭夫不識書生面,一例呼人作將爺。③

我行重醉洛陽酒,天遣更裁伊闕詩。只當游山殊不惡,兵車送盡立多時。

斷垣殘竈一關情,六月栖栖此用兵。怪底汝墳秋水急,出山猶作鼓鼙聲。時汝州賊甫平。

一路人歌葉令賢,王喬舊蒞此山川。郭門高榜鳧飛處,莫道風塵不可仙。④葉令廖君寅以生擒劉之協功擢知府。

宛南小駐故人車,謂吳槐江中丞。珍重書來問起居。預擬秋深菊花好,偷閒同訪武侯廬。

瓦礫荒涼驛舍開,三年劫火尚飛灰。保安、博望二驛曾被賊焚掠。土人鋤畚爭除道,喜見王師躍馬來。⑤

病

封侯無骨相,把筆竟從戎。未卜千軍掃,爭禁二豎攻。詩應增口過,檄不愈頭風。報國知何日,⑥蹉跎十載中。

九月七日自南陽還都留別吳槐江中丞

公正防江我出車,相逢驛舍重欷歔。愁看諸路徵兵檄,賴有中州

---

① 此兩句原作"乍出轘門疑出世,不逢山鬼定逢仙"。

② "襄陽",原作"楚"。"由"字右上無墨點。此組詩第一首、第四首首尾有刪節符號,刻本無此兩詩,餘者首字右上角皆有墨點。

③ 前三句末字有馮黑圈,末句末字右側有墨點。

④ 前兩句末字有馮黑圈,後兩句末字右側有墨點。

⑤ "王"字右側有一三角。

⑥ "報"字、"國"字間空一格。

奏捷書。①汝州餘賊竄入魯山，至是悉擒。②脣齒勢連三楚闊，鼓鼙聲入九秋初。杜陵忠愛關天性，一讀新詩一起予。

千軍直走楚江隈，戎幕依人病忽催。相送居然自崖返，此行如為謁公來。風霜氣逼秋將老，蒲柳天生我不才。卻笑談兵空有口，壯游心事已成灰。

駐馬轅門挾刺看，未能免俗為居官。閒身入世終無補，別淚臨歧不敢彈。知己一人心已足，歸途千里夢先安。③何當共返江南棹，聽雨篷窗到夜闌。

滎澤早發④

遠樹蒼茫略辨村，一心宛轉逐雙輪。青山亂塞愁邊路，黃葉工摹病後神。⑤秋冷衣衫親日色，天明鬼蜮避行人。前途莫漫催供帳，不是馳驅報國身。⑥

乘軒衛鶴成何事，一笑經過古戰場。得月五更天易曉，近河十里水全黃。風沙遠道憐僮僕，草露荒原憶稻粱。⑦愧我隻身還日下，路人擬聽凱歌長。

比干墓

龍逄而下誰同志，只有微箕可並衡。殺叔父名千古戒，存宗社計一身輕。自經封後墓還發，不到剖時心豈明。⑧卻憶史魚尸諫日，殷墟

---

① 此三句原作"緣從天假信非虛。言皆磊磊明明事，胸有奇奇怪怪書"。朱黑曰："三四太粗（少仙）。"又"相逢驛舍"，曾改作"郵亭相對"。"重"，原作"各"。三句中，第一句末字有馮黑圈，餘者末字右側有墨點。

② 小注乃後加。

③ 此兩句右側有墨點。

④ 下原有小注"衛與狄戰處"，有刪節符號。《詩鈔》及刻本無此注。

⑤ 此兩句有馮黑圈評，且曰"造句"。朱黑曰："'工摹'易'難傳'，何如。（少仙）"

⑥ 此兩句右側有墨點。"報"字、"國"字間空一格。

⑦ 此四句有馮黑圈評，且曰"慨當以慷"。

⑧ 此句有馮黑圈評，且曰"未經人道"。

重見直風行。

銅爵臺

臺上瓦,臺中人,當時照耀漳河濱。漳河之水流不返,七十二冢秋風晚。①冢中人,螻蟻賤。臺中人,綠蛾怨。不如臺上瓦一片,②去作人間萬古硯。③

安陽留別趙渭川大令④

鄴中舊識神仙吏,引鶴攜琴過驛亭。千里南來一相訪,雲車迴首眼重青。渭川有雲車飛步小照。

書生本不合時宜,載筆從軍事可知。昨在師中孤寂甚,弓衣遍寫倚樓詩。

十月十一日重出都門口號

急裝遑問再來期,不報明春舊雨知。薄宦何年名始立,遠游到此悔應遲。當秋去國能禁淚,他日趨庭孰課詩。莫道窮人歸未得,得歸慘甚未歸時。⑤

到　家

一身多故日,十載倦游人。涕淚傷諸弟,門閭倚老親。明知歸亦暫,猶恐夢非真。⑥秉燭茫然坐,嗷嗷話苦辛。

---

① ③　此兩句有馮黑圈評。
② 　此下原有"一片復一片"五字,馮黑曰"擬節去五字,未知可否",朱黑曰"是刪去好(少仙)"。《詩鈔》及刻本無此五字。
④ 　此組詩首尾有刪節符號,"安"字右上角無墨點。馮黑曰:"二首亦近應酬,可刪。"《詩鈔》及刻本無此組詩。
⑤ 　此四句有馮黑圈評,且曰"沉痛到骨"。
⑥ 　此六句有馮黑圈評,且曰"淚痕血點,凝結而成"。

不分還鄉速,麻衣雪後披。讀書悲手澤,仗劍負心期。墮地無非命,驅人總是飢。密縫今綻盡,重憶出門時。①

庚申共詩五十四首

---

① 此全詩有馮黑圈評,且曰"翻用東野詩,更深切"。

借樹山房詩草卷十　辛酉①

柬劉午橋

好詩有天幸,盛名不易保。成一詩人名,此事固非小。我從去年秋,仗劍事征討。②詩境日齷齪,特創從軍稿。橫槊譜新詞,磨盾發華藻。哀哀一紙書,遠致安陽道。匍匐歸里門,慟哭傷懷抱。蓼莪一以廢,吟腸立枯槁。讀禮本無詩,縱有亦草草。③長卿工五言,④筆陣縱橫掃。竭來登騷壇,望氣已驚倒。安能持寸鐵,直向長城搗。君家大椿樹,八千歲長好。鯉庭一畝陰,其下芝蘭繞。苦吟十餘載,⑤輸君得名早。詩可學而至,福命不可造。荃蕙多化茅,秭稗半傷稻。⑥吁嗟百事隳,⑦煩憂令人老。

對雪詠懷

記得嚴寒直紫宸,⑧朝衣風點雪花勻。暫休官似初醒夢,即事詩皆有病呻。⑨書味坐忘虛白室,爪痕留印軟紅塵。懸知舊雨金臺下,賭

---

① 右側陳氏曰:"此卷發刻時刪去十首,癸亥年蔭山自記。"
②⑥　此兩句右側有墨點。
③　此八句有馮黑圈評,且曰"先入自己心性,便不落應酬氣"。
④　"長卿"二字右側有墨點。
⑤　"餘載",原作"寒暑"。
⑦　"隳"字乃後補。
⑧　"直"字、"紫"字間空一格。
⑨　此兩句右側有墨點。

酒圍爐話遠人。

肺　病①

心平氣還逆，咳唾曉成堆。別有中傷處，非從內熱來。避風支帳幔，戒酒擲樽罍。藥裹隨身具，頻年老境催。

景行書院即事先君設教處。

白雲廬舍忍重經，一讀遺書一淚零。芳草無知依舊綠，遙山不語可憐青。鬧中愁緒絲抽繭，定後名心絮化萍。②何事俗人爭識面，朝朝逐隊叩柴扃。

口占答羅雲莊③

金高北斗尋常事，可信貧兒眼界寬。詩到人間猶抵債，身居林下肯言官。道心卻要堅于石，世路非真險似灘。所見不知誰竟是，爲知者道尚應難。④

畢竟今吾非故吾，眼前小事儘糊塗。若論踪迹羞馮婦，莫把衣冠笑魯儒。樓隔一層須更上，路經九折不嫌迂。君看喬木天然直，此外蓬麻總待扶。⑤

偶　感

株守茅齋骨不仙，東風懶散又今年。絕無人送聽鶯酒，竟以詩爭潤筆錢。俯仰桔橰隨手轉，去來傀儡任絲牽。塵中若個能清白，試爇心香一問天。

---

① "肺"字上方有墨點，此詩首尾有刪節符號。馮黑曰："刪。"《詩鈔》及刻本無此詩。
② 此四句右側有墨點。
③ "羅雲莊"，原作"友人"。
④ "金"字上方有墨點，此詩首尾有刪節符號。《詩鈔》及刻本無此詩。每句末字中"債""是""難"三字右側有墨點，餘者有墨圈。
⑤ 此四句右側有墨點。

事隔十霜如隔世,遠歸常使夢魂驚。重洋黯黯多兵氣,新冢累累半友生。①人到中年應少趣,詩惟苦境最關情。②誰憐一掬思親淚,迸作空階夜雨聲。③

題李西巖總戎大雪尋梅圖

黑風吹面面如割,硬雨着鬖鬖欲折。關心一樹兩樹梅,照眼千山萬山雪。④雪中詩境絶纖埃,好索梅花笑口開。如此嚴寒塞天地,荒村能有幾人來。李侯家世居閩海,七尺珊瑚作樵采。珠樹憑教繞屋看,琪花不用傾囊買。邇日建牙甬水東,迸力一掃烟塵空。斬蛟劍抉波心險,祭鱷文開筆陣雄。偶然興到還忘我,心與梅花相許可。不信淩烟閣上身,周遭卻被彤雲裹。山前山後雪紛紛,江岸溪橋路不分。是處輕裘逢叔子,公然大樹屬將軍。⑤將軍頗耐寒酸氣,短僮隨身亦清異。不騎戰馬只騎驢,想見升平真樂事。我昔燕郊踏雪行,十年不見一枝春。借君此幅溪山勝,畫個同游人姓陳。

出 城

春色已如許,乍來疑夢中。翠沾桃竹雨,香入菜花風。一鷺偶飛白,四山多落紅。金臺舊游滿,何日酒樽同。

四月十一日曹澹齋招同劉午橋印池兄弟游萬峰庵分得峰字

萬事置身外,⑥一徑趨禪宮。迎門竹个个,立脚雲重重。往日北窗下,見此雲中峰。面目如羅漢,不肯為雷同。及來轉恍惚,但覺空門空。山厨燒筍熟,小坐聞午鐘。僧雛解人意,置酒綠玉叢。此君本

---

① ③ 此兩句有馮黑圈評。
② 此句原作"天于我輩太無情",馮黑曰"句宜酌"。
④ 此四句有馮黑圈評,且曰"起勢雄健"。
⑤ 此四句右側有墨點。
⑥ 此句原作"萬事且放下",馮黑曰"起句稍率"。

瀟灑,彼法真圓通。席前一尺地,荒墳長蒿蓬。髑髏不解飲,吾輩須千鍾。興酣把佛臂,嘯傲來清風。文章得神助,游覽亦易工。安能守齋壁,日作號寒蟲。①

登雙髻尖②

山勢欲壓城,朝天插雙髻。側聞樵者言,絕少游人至。興來頓崛強,蠟屐爭一試。同心四五人,各有凌雲氣。魚貫出郭門,猱升歷山寺。是時雨新晴,磴滑莓苔膩。仄徑容半履,一步一顛躓。後肩接前踵,屢上翻如墜。崖斷路忽斜,力窮足猶跂。③初疑循牆走,稍展蹈空際。仰見天在山,回頭已無地。怪石立我前,故作摩頂勢。幸爾未即崩,倘崩那及避。④傴僂躋其巔,廣可一席置。憑誰下取酒,來共山靈醉。坐久豁塵襟,真無出山志。頗憶前幾年,一官恣游戲。⑤或乘花間輿,或策水邊騎。腰腳軟無力,追攀多未遂。⑥撒手陟屧顛,茲游出不意。明日城市中,咄咄傳怪事。

贈別家江洲歸粵東應武舉試江洲本李總戎婿,時為記室。⑦

偏我歸來日,逢君揖別時。借材曾入幕,臨發尚談詩。⑧秦蜀事方急,孫吳人頗知。所爭儒將重,獻策莫虛詞。

贈王璋溪教諭⑨

璋溪名。鳴珂,司鐸吾邑,自歲乙卯迄丙辰、戊午,凡三遇海寇薄境,皆號召衿士,選擇

---

① "日",原作"目"。
② 《詩鈔》及刻本詩題並作"雨後同曹澹齋、劉午橋、印池兄弟登雙髻尖分得'髻'字"。
③ 此六句有馮黑圈評,且曰"形容險峻,戞戞獨造"。
④ 此六句有馮黑圈評,且曰"奇警"。
⑤ 此兩句右側有墨點。
⑥ 此句原作"小倦躺躺睡"。"未",曾擬作"或"。
⑦ "贈"字上方有墨點,此詩首尾曾有刪節符號。小注乃後補。
⑧ 此兩句原作"寸心如有失,分手不成詩"。"詩"字右側有墨點。
⑨ "教諭",刻本作"學博"。小注略有差異。

壮佼，登陴守不懈。寇知有備，乃引去。己未冬，艇匪爲患，浙撫阮公檄群屬，有能悉寇情備守捕策者，盡言無隱。璋溪陳方略十二，切中情事，阮公覽而嘉之，飛檄趨赴省垣，參謀議。次年春，調往黃巖，編保甲，時諸匪船遭風沉没，盗或奔島嶼亡匿。璋溪則力疾率民勇，趨絶島，搜獲逸寇數十，巨寇倫貴利亦就擒焉。

抵掌談兵事，因君重廣文。遇奇儒亦將，才大筆能軍。昌國嚴城守，丹崖靖海氛。冷官腸自熱，所到立殊勳。

贈李西巖總戎即用阮撫君韻

決戰曾無一矢虛，不勞鄉里策追胥。范韓而外思名將，山海之間讀異書。①屢爲獻囚增勇爵，肯因漏網縱窮魚。插貂衹覺君恩重，②若論浮華意泊如。

中丞雅量本冲虛，上將威名達象胥。一氣自聯身臂指，三軍能說《禮》《詩》《書》。海天親試濤頭弩，鯨鰐都成釜底魚。報國兼應報知己，③廉頗引重得相如。

又代灼三弟作④

戰艦乘風直擣虛，遥遥威望讋靈胥。卻親海外能文士，不讀人間無用書。宿衛曾經偕虎旅，扶搖又見化鯤魚。總戎以武進士充侍衛，今令侄又捷武闈。國恩浩蕩天難報，⑤獻捷功多倍凜如。

題　畫⑥

日長山靜，帆飽舟輕。不聞風聲，但聞水聲。

---

① 　此句右側有墨點。
② 　"覺"字、"君"字間空一格。
③ 　"報"字、"國"字間空一格。
④ 　"又"字上方有墨點，此詩首尾有刪節符號。馮黑曰："有上兩首，此作似可不存。"《詩鈔》及刻本無此詩。
⑤ 　"國"字與前注間空一格。"報"字右側有墨點。
⑥ 　"題"字上方有墨點，此詩首尾有刪節符號。刻本無此詩。此詩每句末字右側有墨點。

七月十四日書事寄都下諸同人①

鬱蒸連日氣如炊,忽地空山吼夜雷。際海田廬隨浪盡,②極天風雨送秋來。平明偶得京朝信,直北同驚潦水災。③宵旰過勞重罪己,諸公誰負濟川材。

秋日雜興

蓬蒿没徑水平橋,稍喜無人折束招。幾日放閒貪聽雨,呼兒隙地種芭蕉。

瘧鬼無靈試譴之,病中仍不廢哦詩。偶然譫語聞中外,偏有人稱造句奇。④

得錢長擬買漁蓑,脱卻朝衣自在多。日暮牆陰看鬥蟻,更無塵夢上南柯。

兀坐空齋一事無,閒愁忽似蔓難圖。近來覓得醫心藥,邀取詩人作扁盧。

寸心得失貴相知,古道交原不入時。題句贈人重檢點,恐防中有獻諛詞。⑤

枵腹誰能談世事,赤身何以立巖廊。人生畢竟須温飽,要學沂公費揣量。⑥

缺月茫茫照院東,一堆人影鬧兒童。新涼不耐安眠早,又向耶娘索草蟲。

負卻游山舊酒杯,坐看屐齒長莓苔。西風好事翻雲脚,倒插奇峰入户來。

---

① "七"字上方有墨點。後三句末字右側有墨點。此詩首尾有刪節符號。刻本無此詩。
② "海"字乃後補。
③ 此句右側馮黑評曰:"太過。"
④ "瘧"字上方有墨點,此詩首尾有刪節符號。刻本無此首。後兩句末字右側有墨點。
⑤ "寸"字上方有墨點,此詩首尾有刪節符號。刻本無此首。每句末字右側有墨點。
⑥ "枵"字上方有墨點,此詩首尾有刪節符號。刻本無此首。每句末字右側有墨點。

劉午橋朗峰中洲花農稷山兄弟至自杭州同曹澹齋過訪即事成句

湖上秋深買棹回，到家及見海棠開。替花速客花應喜，不爲無詩廢酒杯。

對面難傾別後情，空齋風雨鎖秋聲。愁腸比似西河柳，只向君家水次生。

歸囊示我書千卷，別把丹青手自披。看飽西湖好山水，卻教人擬畫中詩。

菊樽相約過重陽，倡和聯翩雁一行。坐上有人誇七步，題糕畢竟待劉郎。

四勿齋桂花盛開戲柬印池①

靈根偷向假山栽，又被香風引我來。隔着假山還數丈，了知不是別花開。

一樹秋香動四鄰，水邊日日見游人。賞花韻事應難卻，費盡君家石凍春。

偶　感

翛然病後一身輕，小步空階趁月明。鄰巷醉人爭酒價，夜窗窮鬼戀書聲。但求食粥天應許，直到還山路始平。聽說燕南成澤國，連宵風雨夢神京。②

九月六日劉午橋朗峰印池花農兄弟招同曹澹齋游普慈寺

僦居湫隘不得地，一生擾擾城市中。邇來俗事苦拘迫，若魚在笥鳥在籠。出城一步覺清淨，漸遠漸與諸天通。萬峰庵小已陳迹，茲游

---

① 此組詩首尾有刪節符號。刻本無此組詩。每詩首字上方有墨點。第一首每句末字右側有墨點。

② 此四句有馮黑圈評。

蹊徑多雷同。置酒仍當竹深處，如韻再疊詩彌工。夏初，借同人飲萬峰庵竹間。是時秋陰蔽原野，蕎麥如雪花玲瓏。一泓水浸白石爛，半林霜落烏柏紅。禽聲嘈雜不可辨，直與人語相始終。澹齋奇氣忽驚座，攘臂要奪梵王宮。謝安別墅此改築，吾輩坐嘯真從容。午橋唯唯朗峰笑，印池俗慮填心胸。疏泉築臺豈易事，未免又致錢神窮。嗟我五人鬢皆白，①就中年少惟花農。偷閒學少恐無及，奈何計較錙銖銅。君不見澹齋之弟與吾弟，謂東暉、東廂。昔年並號人中龍。同人每有山水約，不肯後至爲防風。主盟中夏得齊晉，此時定效邾滕從。五六年前相繼歿，白楊樹下生蒿蓬。得天誰似卯金厚，聯翩不斷南飛鴻。中年即景易生感，嘉會坐失難再逢。風雨重陽菊花苦，徑須躍入琉璃鍾。

重陽過舅氏屏山先生齋頭玩菊兼呈張丈書紳

百花開早落亦早，惟菊耐久如良朋。尖圓作瓣漸分朵，一再三疊花始成。彌月相看色香好，晚節不受風霜驚。松梅竹號歲寒友，高秋得此開先聲。舅氏村居足幽趣，小樓面面山爲屏。山前方廣廿弓地，兩頭植菊中構亭。偷閒一杯常在手，得意萬物俱忘形。昨者手書遠招我，獨於花事尤丁寧。上云今年富秋色，親栽百種親書名。下云汝來不可緩，新得佳釀初開罌。又言張家花更好，主人愛客能筆耕。乞取新詩引花笑，前朝已約肩輿迎。我居城市苦煩俗，道之云遠來何能。來亦匆匆無好句，把筆敢和陶淵明。忽憶都門宦游日，黃金臺下逢秋晴。年年買菊如買菜，俸錢那得長充盈。去秋從軍初得旨，②士馬蹴踏花間廳。③垂鞘仗劍出門去，馬上誰憶花死生。驛舍凄涼見叢菊，故園一繫心怦怦。即今閉戶習疏懶，籬角亂長蓬蒿莖。不菑而畬不耕獲，居然安坐餐落英。拳拳雅意豈可負，有酒不醉非人情。九月九日重陽節，冒雨遂及黃花盟。

---

① "鬢"，原作"鬚"。
② "得旨"二字間空兩格。
③ "踏"字乃後補。

倦　讀

荒園半畝目頻窺，倦讀書生卻捲帷。鼠不畏人當晝竊，犬常戀主出門隨。善愁正似多心木，守拙從呼没字碑。①竟爾棄官存野性，逋仙踪迹可能追。

午橋秋闈報罷詩以慰之次澹齋韻

桐帽棕鞋可一生，心空隨處足逢迎。且攜家釀尋知己，莫向秋風感落英。②吾輩所爭惟品格，古來何代乏科名。君看舊日孤山路，梅有餘香鶴有聲。

居　鄉

曾經十年仕，不敢訴家貧。癡點聽時議，艱難思古人。味甘霜後菜，價貴雨中薪。勤儉關風土，居鄉但守真。

題法時帆司成梧門圖③司成自序云："余幼時讀書海淀，太夫人督課甚嚴，門側老梧數株，嘗視日影爲散學候。"

梧桐一寸陰，慈母一寸心。讀書須萬卷，種樹須千尋。樹老風易欺，親老身難代。疏雨滴衡門，中有孤兒淚。

辛酉共詩三十九首

---

① 此兩句右側有墨點。
② "風"字乃後補。
③ 此詩書於紅格紙上，天頭處陳氏自注云："此詩係補作，已入第五卷。"除三、四句外皆有馮墨圈評，且曰"可與東野詩並傳"。

借樹山房詩草卷十一① 壬戌

夢　境

彈指十年官，真同夢境看。還鄉成老大，對日話長安。②才與身俱退，顏因母暫歡。天教增閱歷，事事稱心難。

早歲科名誤，文章苦未精。自知荒學殖，不敢信鄉評。薪米籌家食，風波冷宦情。海氛歸後在，林下尚談兵。③

盆蘭爲鼠所嚙

入座芳蘭折數枝，幽人夢破五更時。天教歷劫增騷怨，我愧同心失護持。蜂競采花原爲蜜，蠶貪食葉總成絲。潛身香國甘爲盜，無禮應歌《相鼠》詩。

遣　懷

山勢圍城北，幽栖得小齋。厨添調藥鼎，案有集詩牌。④日暮鴉爭樹，天陰蟻上階。客多知己少，默默寫孤懷。

無事翻多事，誰能學坐忘。上山移石遠，冒雨種松忙。行急嫌衣重，餐遲覺飯香。往來田舍熟，獨自課耕桑。

---

① 馮黑曰："此卷多精警出色之作，高於前一卷。"
② 此兩句有馮黑圈評，且曰"對法活"。
③ 此四句有馮黑圈評。
④ 此兩句右側有墨點。

迎春復送春,春與老爲鄰。割愛刪詩稿,偷閒託病身。①囊收乞米帖,酒欸斫琴人。仙佛俱難學,吾生自有眞。

文字輸心得,因緣悟昨非。窗蜂鑽故紙,羅雀蹈危機。掃地花黏帚,題牆墨浣衣。②可能眞脫俗,甘受俗人譏。

哭胡汝器③

死亦尋常事,君爲未了人。兒孤依外戚,家破累衰親。④嗚咽窮交淚,沉淪壯歲身。臨危先訣別,留話總酸辛。

書生生計苦,歲祝硯田豐。一病財先竭,能文鬼亦窮。⑤孤棺淒夜雨,殘帙亂春風。擾擾人間事,因君萬慮空。

鄰　翁⑥

鄰翁倚醉忽如狂,詬詈聲高出戶揚。花底自成驚蛺蝶,人間豈有鬥鴛鴦。好容渭水分涇水,莫放星光奪月光。世事不平多類此,⑦閉門我欲注蒙莊。

瓦　松⑧

參差碧瓦偶相容,鬱鬱翻嗤澗底松。低處有人空頂戴,上邊多隙善彌縫。欺他老屋當頭壓,仗著嚴霜未爾封。籬菊畹蘭香入品,豈無平地寄高踪。

竟欲爭高屋上烏,一春雨露占先濡。危檐何處爲安土,小草公然

---

① ④　此四句有馮黑圈評。
②　此兩句右側有墨點。
③　馮黑曰:"沈痛到骨,字字有淚痕,乃非尋常哀挽。""汝器"二字本互乙,後改。
⑤　此兩句有馮黑圈評。
⑥　"鄰"字上方有墨點,此詩首尾有刪節符號。《詩鈔》及刻本無此詩。每句末字右側有墨點。
⑦　"不",原作"世"。
⑧　"瓦"字上方有墨點。刻本無此組詩。

擬大夫。衡宇相望青未了,鋤犁不到蔓難圖。崔融賦後無人問,歲歲花殘剩朽株。

駱駝行

南人生不識駱駝,眼中習見驢馬羸。此外牛羊及豚犬,尋常豢養無足多。壬戌季春三月杪,有客北音來海島。自言生小攻岐黃,靈藥秘製仙人方。手牽駱駝走城市,駝背橫擔客行李。雙峰高高齊屋檐,有人比之雙髻尖。①吾鄉山名。似渠裝載真輕便,誰願更撐航海船。駝行遲遲人簇簇,沿街塞巷競相逐。買藥寧知藥真假,更有親身就醫者。醫庸醫好且勿論,但欲一觀腫背馬。②我時家居方苦煩,卧聞屋角聲喧喧。呼僮出視久不報,自起追之還自笑。肉鞍毛褐有何奇,值得大家如許鬧。往年挈眷居都城,門前聽慣鈴鐸聲。圂鳴遮道礙車輛,十十五五徒取憎。人情少見多所怪,看作珍奇不嫌疥。駭人耳目豈良醫,醫工何點人何癡。③我從旁觀忽省及,七尺男兒貴樹立。果然郊椒得麒麟,一世人還望風集。

吟　罷

新詩不稱意,吟罷稿先焚。遣僕招紅友,留僧話白雲。天長多倦翼,山近易斜曛。④且養閒心力,抽絲恐自棼。

題　畫

花香在水溪三面,屋小于巢樹一林。選石要同詞客坐,抽橋防有俗人尋。⑤

---

① 此四句右側有墨點。
② 此兩句右側有墨點。馮黑曰:"極瑣屑事,一經名手描寫,便有聲有色。"
③ 此八句有馮黑圈評。馮黑曰:"立意在此,收束倍見精神。"
④ 此兩句有馮黑圈評。
⑤ 此詩右側有墨點。

昔我山房借樹開，十年坐此長詩才。詩中偶話林泉勝，多被人偷入畫來。

首夏即事

開窗延野趣，草樹綠平分。海氣多蒸雨，山風不受雲。①市喧初販蟹，地濕早飛蚊。了得閒功課，爐香手自焚。

溪　上②

溪上兩三家，橋低礙遠槎。春雛亂鵝鴨，暗穴聚魚蝦。水落萍黏石，堤崩柳臥沙。兒童爭學釣，日暮數竿斜。

王生含章扶櫬將歸詩以送之

蓼莪廢後總傷神，與我同爲失怙人。莫倚諸兄憐爾少，可知老母念家貧。③恨無力辦歸裝速，耐着心嘗世味辛。去去里門多父執，衣冠重檢讀書身。

盼到歸時轉益悲，此行未有息肩期。少須更事休耽飲，貧肯依人奈苦飢。④先代室廬空自庇，宦家門戶本難支。⑤與君兩世論交切，不作尋常送別詩。

送別張生兆三

執贄橫經歲一周，今朝海上送歸舟。相依有母孤帆穩，豈曰無家半世浮。飲啄隨人休過分，聰明似爾定知愁。⑥細思名父難爲子，曾是堂堂百里侯。生父雪汀先生曾以名進士宰當塗。

---

① 此兩句有馮黑圈評，且曰"名句"。
② 此全詩右側皆有墨點。
③ 此四句有馮黑圈評。
④ 此兩句有馮黑圈評，且曰"句句真話，即話亦難，得此切摯，古人贈言，本應如是"。
⑤ 此句有馮黑圈評。
⑥ 此兩句有馮黑圈評，且曰"非聰明人，不知愁也"。

五月十二日感事①

事有難從衆,何由弭謗聲。受恩如我輩,責報亦人情。理直詞還塞,心安夢不驚。未妨聾且瘖,碌碌過平生。

題硯香弟城隅望海圖②

喜見客帆行,登陴罷守兵。新圖捲山海,舊夢怯蛟鯨。乾隆乙卯、丙辰、戊午,吾邑凡三遇海寇薄境。雲氣還飛舞,詩心漸太平。秋濤君聽取,不作鼓鼙聲。③

題劉赤林先生小照

松五粒,石一卷,清風六月生羽翰,眼中之人真神仙。先生曰否是不難,我將據此終身焉。竊謂先生戲言耳,先生非戲言,天亦不放先生爾許閒。④閒人有閒福,大抵庸庸然。飢者不責食,溺者不望援。甚至同室鬥,可作鄉鄰觀。先生家居六十年,解紛釋難兼排患,吾鄉比之魯仲連。人無老幼爭識先生面,事無大小推上先生肩,青鞋踏破鐵限穿。有時席固不暇暖,門且不及關,況欲棄置逃深山。雖然何必逃深山,吾儒自有真面目,區區畫手無能傳。⑤大之恢恢濟一世,小之澤及一鄉一邑間。古無慕神仙之聖賢,安能自適其適別開一洞天,不與大衆通往還。⑥先生休矣且讀畫,此畫妙不煩言詮。相賞但得松石意,高山流水日在坐臥邊,君不見陶家琴無弦。

六月十七日夜作

默坐暗室中,飢蚊忽尋至。舉手左右揮,一身攢百刺。有如潛修

---

① "五"字上方有墨點,每句末字右側有墨點。此詩首尾有刪節符號,刻本無此詩。
② "硯香",原作"灼三"。
③ 此兩句右側有墨點。
④ 此五句有馮黑圈評,且曰"隨筆揮灑,音節天成,却非任華、盧仝一派"。
⑤ 此六句有馮黑圈評。
⑥ 此三句有馮黑圈評。

人,無端謗聲沸。謗聲不可逃,飢蚊不可制。雲霄舊時路,鴻鵠平生志。何當脫樊籠,一展風中翅。

　　黔婁本寒士,而負陶朱名。呫呫真怪事,曉曉空力爭。好官多得錢,雛口非定評。誰知冷宦冷,但挹清風清。聚彼六州鐵,鑄錯終不勝。惟應仙人手,點化黃金成。

　　久旱天無雲,長空月華皎。汪汪千頃波,不浸一畦稻。海邦號斥鹵,地瘠河渠少。日曝田水乾,鹽花白于縞。我倉日以竭,我稼日以槁。低頭百感生,舉頭夜色好。月墮天茫茫,桔橰聲破曉。①

　　　　　　　　　　　　　　　壬戌共詩二十七首

---

① "桔"字漫漶,據《詩鈔》及刻本補。

借樹山房詩草卷十二　癸亥①

題江洲舟山訪舊圖

竟擬移家住此間，舊游踪迹遍屠顏。知君夢裏牽懷處，是我門前看飽山。②

一幅新圖寫素心，袖詩蓬島索知音。汪汪雅度波千頃，不獨論交似海深。

書余悒園先生詩稿後③

吳榭莊名。迢迢出縣東，黃楊尖山名。有峭壁對峙，曰石門。露白雲中。石門時有詩人迹，知是逋仙是放翁。④

小隱吳山舊草堂，參天老桂鬱成行。花時對月開樽坐，沁入詩脾作異香。⑤

哭陳春亭參戎

報國何辭死，⑥如君豈倖生。魂飛海波闊，天奪將才輕。⑦怪石摩

---

①　此卷前無點評者信息，據天頭處評語字體當是馮培所評，故仍簡稱馮黑。圈點或亦當出於馮氏。此卷詩篇每句末字多有馮黑圈，下僅注無圈者。
②　此兩句右側有墨點。
③　"先生"二字乃後加。
④　此句右側有墨點。
⑤　此句末字右側有墨點。
⑥　"報國"二字間空一格。
⑦　此四句有馮黑圈評，且曰"蒼勁沈着，得杜之骨"。

舟出,潛蛟恃險爭。慘傷軍士氣,小范舊知名。

萬事論成敗,英雄入世難。數偏罹此劫,才卻大于官。①浪擬千尋破,身經一死安。②東南誰可障,流淚海門寬。

曹鐵蕉先生挽詞

頹雲壓屋驚風過,天海蕭騷北斗墮。眼前又失老成人,里門寂寂愁無那。伊昔讀書學海樓,樓前花木何清幽。我公負手時一至,興酣促席飛觥籌。我時年少公最愛,我父仰公如泰岱。忘年許訂金石交,得意重徵文字會。歲月匆匆逝不回,十年行迹滯燕臺。劇憐北地風沙苦,時有南天鴻雁來。書中苦道母相念,老人近頗加餐飯。繞樓修竹亦平安,宴客新醪能取辦。游子望雲心有託,高堂幸不傷離索。遙知佳日屆春秋,依舊花間共杯勺。一自編詩廢《蓼莪》,還鄉淚血已滂沱。關心父執如公少,蓬蓽時聽杖履過。③杖履聲中還注望,是翁矍鑠今無恙。好將耆舊記甬東,信有偓佺居海上。所嗟吾父沒三年,不及與公春酒筵。回憶舊游如隔世,何期把臂又重泉。嗚呼典型從此終已矣,行人嘖嘖德兼齒。服除我尚積餘哀,不堪重聽歌《薤里》。④

書所見

暖風吹動海棠梢,樹影簾波細細交。雛燕學飛兼學語,迎人一睇卻歸巢。

茫然避客轉虛廊,似有牽連不斷腸。花徑重來尋墮釧,行行已近宋家牆。⑤

---

① 此四句有馮黑圈評。
② 此句有馮黑圈評。
③ 此四句右側有墨點。
④ 此兩句右側有墨點。
⑤ 此詩每句末字右側有墨點。

題外祖豫齋公遺照並以志感

寢食書巢手自披，更裝卷軸出門隨。尋常畫裏心還印，四十年前興可知。圖作于乾隆己卯，距今嘉慶癸亥，凡四十五年。緑樹半交紅樹蔭，雁聲遥帶櫓聲移。①米家小舫容公坐，舟子招招欲渡時。

昔辭杖履游都下，遥指雲霞望海東。嗟我得歸桑梓日，謁公惟在畫圖中。墓田環映蘆花白，霜葉相看淚眼紅。題罷新詩轉淒絶，外孫齒臼可能同。

舅氏屏山先生醉菊圖

穩坐秋籬白石邊，寄情物外總陶然。對花直欲相賓主，得酒何須問聖賢。四面好風吹帽影，一屏翠色倚吟肩。②畫來祇覺鬚眉古，胸有無懷與葛天。

梅　雨

連雨失朝暾，濛濛遠岫昏。釀成梅子味，爛入菊花根。③屐刺新苔點，衣蒸舊酒痕。眠多天易晚，寂寞掩柴門。

題周漁石畫册

暗香一縷毫端送，玉骨亭亭白雲凍。招得羅浮月下魂，幾人錯認莊周夢。玉蝶梅

賣花聲逐賣餳簫，婪尾杯銜客思遥。記得豐臺春盡日，繁英如菜一肩挑。④芍藥

東風暮掃赤城霞，摶得仙人玉洞沙。靧面不須調白雪，天生一種

---

① 此句有馮黑圈評，且曰"佳句"。
② "翠"，原作"山"。此句有馮黑圈評，且曰"佳句"。
③ "根"字右側有墨點。
④ 此兩句右側有墨點。

助嬌花。白桃花

　　誰縮修莖壓架垂，晚涼庭院葉葳蕤。拏空忽走蛟螭影，便有輝輝紫電隨。朱籘花

　　深紅淺白映參差，不爲無香損異姿。皓齒朱唇笑相齧，最銷魂是半開時。①海棠

　　漢宮買笑人何處，獨倚霜毫拂縑素。要寫香奩一卷詩，硯頭滴取花心露。白薔薇

　　翠條不障珊瑚朵，就熱開來渾似火。暑雨炎風日夜驕，防他散作餘霞墮。②榴花

　　冉冉紅衣覷浣紗，泥人色相眼前誇。誰知暗地玲瓏藕，萬竅千絲作此花。紅蓮

　　舞態飄揚逐楚雲，虞兮一曲帶風聞。明妃冢上青青草，同此芳魂戀舊君。③虞美人

　　刺多于葉影離離，蕊密如珠乍吐時。小摘近花愁礙手，羨他翠羽立孤枝。刺蘩

　　花如陶令醉中顏，笑與白衣人往還。采罷東籬更何有，一叢紫玉見南山。④雜色菊

　　美人手解黃金釦，錯落珠璣滿衫袖。日暮天寒空谷中，相思只合呼紅豆。⑤天竹、蠟梅

題古鏡水畫冊

　　奇卉多從海上來，托根西府豈凡材。沈郎題後花增價，一朵須酬酒一杯。西府海棠

　　風閣暗吹蘭氣馥，雨階徐聽箬聲乾。美人夢覺無尋處，小朵玲瓏破曉看。箬蘭

---

　　①　此句右側有墨點。
　　②④⑤　此詩每句末字右側有墨點。
　　③　此兩句右側有墨點。

尋源不隔武陵春，時有殘紅漾水濱。孤蝶癡于問津客，游魚樂似避秦人。①水面桃花

燒痕吹斷春風陌，野色迎人作新碧。莫遣犁鉏近草根，踏青留印弓鞋迹。野草

問誰消得此花魂，粉白脂紅略有痕。忿未盡蠲歡未合，相思多半在黃昏。②合昏、相思菊

地丁花黃金綫明，露氣著葉涵虛清。蒙茸細護一卷石，石罅疑有幽蟲鳴。蒲公英、金綫草

化工巧欲輸心匠，碎翦紅雲作花樣。短枝低襯玉搔頭，乞與秋閨鬢邊放。秋羅、玉簪

藝花譜上得名新，翠竹屏間著色勻。修到玉樓人富貴，無端引蔓自纏身。③纏枝牡丹

四英開向仙游處，一簇紅毹艷風露。我願將身變此花，入山長使丹顏駐。山丹

譜入風詩特地誇，一叢深色綴籬笆。朝開暮落尋常事，莫道人間只舜華。④木槿

柔腸寸寸斷西風，綉罷當窗理鬢蓬。葉間朱絲花間蕊，一團團是唾殘絨。秋海棠

小槽幾滴真珠酒，竹葉浮來餉田叟。也知世上有黃封，但喜山中得紅友。天竹、蠟梅

七月十三日偕劉午橋朗峰花農伯仲及硯香弟游普慈寺⑤

避熱如避債，苦無臺可築。踉蹌出北門，竟擬翠微宿。繞郭一二里，水窮得山麓，修篁蔽行徑，照客鬚眉綠。食坐窺饞顏，叢談破書

---

① 此兩句有馮黑圈評。此處天頭處有馮黑評曰："此數首寓意巧而大方，高於題漁石諸作。"

②③④ 此兩句有馮黑圈評。

⑤ 馮黑曰："四章老筆紛披，神氣完足，自是大家舉止。"

腹。前峰墨雲起，何處殷雷伏。不見雨沾衣，但聞聲灑竹。老僧山下來，是日水沒足。①

試香兼品茶，禪房坐將遍。奉佛屋三楹，知是何年建？白日門常關，客來強開看。柱頭驚宿鴉，突出掠人面。燈昏蒼鼠窺，座倒黃狐竄。刺骨陰風寒，竦然毛髮變。②誰從四壁上，畫此森羅殿。劍樹盡刀山，地獄諸相幻。僧言住此久，百怪時隱見。每值夜深沈，微聞鬼號喚。慘如決重囚，喧喧吏衙散。事理不可知，有無未足辨。且耽半日游，更喫齋廚飯。③

峨峨同歸域，奕奕成仁祠。英英毅魄聚，鬱鬱忠魄栖。明季昔喪亂，宗社傷凌夷。張肯堂。吳鍾巒。④數君子，未卜天心移。擁戴勝國後，招集流亡遺。揚帆據海島，豎旗抗王師。⑤巢覆卵不完，廈傾木不支。君國寄此心，成敗非所知。⑥想見城破日，白骨填溝池。登山一憑弔，悲風動靈旗。

還鄉三載中，此地足屢涉。同游復何人，飛雁兩行接。往余官都下，所到朋簪盍。朝賞豐臺花，暮探黍谷粒。薊邱策短筇，潞河泛輕楫。扈蹕歲出關，⑦從軍道經鄴。⑧武列水染衣，嵩華雲滿笈。歸從泰岱瞻，徑向吳門踏。爪痕印雪泥，詩境懸眉睫。邇來不出門，萬事安茸闠。蕭綬豈更結，謝屐尚可蠟。游覽遍九州，莫笑鄉關狹。結交滿天下，何如兄弟翕。⑨攜手下林皋，前溪暮陰合。

慈谿鄭節婦詩

相夫五年苦無子，生子七日夫不起。夫不起兮妾不知，及妾知時

---

① ② ③ 此四句右側有墨點。
④ "肯堂""鍾巒"，原爲正文，後改作小注。
⑤ "抗"字、"王"字間空一格。
⑥ 此四句有馮黑圈評。
⑦ "扈"字、"蹕"字間空一格。
⑧ "從"字前原有"向"字。
⑨ "武列"句至此，有馮黑圈評，且曰"神來之筆。強韻出以純熟，大難"。

蓋棺矣，①此時妾生不如死。②回顧堂上親，白髮垂兩耳。俯視懷中兒，呱呱泣不止。再憶小姑小郎，踵接肩比。逋負如山，家業如水，此時妾卻無死理。③妾不死，將何如？典我黃金釵，鬻我紅羅襦。有冰可飲蘗可茹，以畢婚嫁償諸逋，望子成立親歡娛。親歡娛兮子克肖，老姑謂婦賢且孝。族黨聞之無間言，良人地下應含笑。乾隆五十一年歲丙午，婦歿已閱六寒暑。有司據狀申大府，獲邀旌典光門戶。④婦氏張，家在鄞，其母氏施父諱斌，其夫鄭姓竺名慈溪人。子勳令以孝廉方正聞，是爲秦川先生五世孫。⑤

次李西巖提軍寓居僧寺韻_{時提軍方督捕洋匪。}⑥

門外滄江日夜流，梵王宮殿枕山邱。境宜習靜偏多事，人到工詩合解愁。⑦諸法每從禪語悟，外間祇識將才優。茫茫塵俗無知己，坐對黃花過九秋。

八月十一日景行書院即事疊前韻

衣冠環坐得儒流，也擬星光聚太邱。舉步要遵前輩法，廢書恐益老來愁。經師愧我名難副，藝圃看誰學最優。得暇長爲文字飲，莫虛佳日度春秋。

中秋夜宋仁圃明府邀同李西巖提軍曹澹齋李絜齋劉午橋及余季弟星槎集五奎山再疊前韻五首⑧

五奎山下水平流，一壑縈經又一邱。烟火戲多光奪月，管弦聲細

---

① 此四句有馮黑圈評，且曰"起勢突兀"。
②③ 此句右側有墨點。
④ "邀"字、"旌"字間空一格。
⑤ "婦氏張"至此右側有墨點。馮黑曰："倒點以史體作詩，絶似蔣鉛山。"
⑥⑧ "提軍"，原作"軍門"。
⑦ 此句有馮黑圈評。

曲消愁。渴思吞海腸應別，①奇許談天學本優。贏得近村諸士女，來看冠蓋集中秋。

　　危臺叠石鎮洪流，不數千人坐虎邱。山月海風清夜氣，詩逋酒債動閒愁。儘教慷慨從燕士，肯把衣冠學楚優。真率會多真率語，未應皮裹着陽秋。

　　從容談笑集名流，勝讀《三墳》與《九邱》。詩到劉叉偏有膽，賦推宋玉善言愁。洛神艷絕情能感，鄴架書多識自優。我媿家風不驚座，空操吟管度涼秋。

　　手攜吾弟泛中流，也逐詩星聚此邱。年少易滋航海興，歸遲恐惹倚門愁。從教附驥呈材美，小試雕蟲角技優。珍重明公吹植意，一枝記取桂林秋。

　　憶昔從軍溯洛流，曾登硤石最高邱。庚申中秋，從軍次陝州硤石，偕長總戎二郎洞玩月。今宵把酒看明月，舉座談兵觸舊愁。海外林泉容我傲，衆中韜略問誰優。②掃將島嶼烽烟淨，來此年年賞素秋。

又次提軍韻四首③

　　不問三山與十洲，月明海上氣清幽。尋常境即神仙境，莫放樽前現在秋。

　　紅烟消盡彩雲開，應有奎光入座來。海闊天空山太古，此間宜築讀書臺。

　　上將才難自古憂，張皇失策枉貽羞。築城增壘關何事，輸與吾曹載酒游。近年某制軍患海寇，于山上添築城堡資瞭望。其實衛頭已專設營汛，相距不過里許，以形勢論，此山非要地也。

　　酒闌歌罷月遲留，主客翩翩上小舟。一隊水軍齊鼓棹，勝他講武百花洲。

---

① "別"字右側有墨點。
② 此四句右側有墨點。
③ "提軍"，原作"軍門"。第二首、第四首每句末字右側有墨點。

以蟹子寄朱少仙學正戲柬①

一片冰心耐此官，夢中詩句帶寒酸。可堪五臟神來告，有蟹橫行苴蓿欄。②

珍羞不上冷官厨，羨殺青州富蟹胥。得此小鮮供大嚼，較君宦味竟何如？

題嘯溪上人印譜

一指通諸法，禪家慧業成。由來心可印，奚止筆能耕。巧習陽冰篆，詳參月旦評。_{予私印若干枚，上人評騭甚當。}雕蟲勞遠寄，想見佛多情。

重陽後一日午橋澹齋各贈長句即次其韻奉酬

羨君宜古復宜今，七字新詩着意吟。每值鬥餘憐困獸，肯從宿處射孤禽。水經石激翻成浪，蓬附麻生倘有心。留取一團和氣在，重陽畢竟異重陰。③_{次午橋韻。}

傲霜菊外爭花樣，罵座人中得我曹。此日心交誰竟許，半生口過卻徒招。道旁地窄還容李，牆上陰多不礙蒿。莫使胸襟留芥蒂，海天萬里瀉秋濤。④_{次澹齋韻。}

次韻酬韓秋素先生

久向山林息羽翰，為求詩好力偏殫。⑤何人肯嘔心頭血，此老能翻舌本瀾。市近客常攜酒至，醫精我欲借書看。_{先生精于岐黄。}多君許結忘年友，持贈心香比蕙蘭。

---

① 此組詩每句末字右側有墨點。
② "欄"，原作"盤"。
③ 此詩末字除"浪""心""陰"字右側有墨圈外，其餘末字右側均有墨點。
④ 此六句右側有墨點。
⑤ 此句末字右側有墨點，餘者皆為墨圈。

李西巖提軍擁書圖①

將軍才質本過人，讀萬卷書如破萬里浪。又如淮陰將兵不厭多，百城坐擁神彌王。公餘踞榻儘消閒，家世鄭侯堪自況。或言叔子風流祭遵雅量，將軍有意相依傍。②我謂將軍非近名，直由天性難違抗。敦《詩》説《禮》不必皆名儒，長槍大戟不必無名將。但覺一日廢書心怏怏，如飢憶食渴思釀。丹青解事寫入剡溪藤，麻姑癢處爬搔當。君不見皋比座下兩少年，各帶封侯真骨相。一編在手百事忘，沾沾不脱書生樣。③軍門令子及婿皆寫入圖。

包節母詩

結褵八載恩愛深，悽然忍聽別鵠吟。誓以此身殉夫子，身後持家竟誰恃。持家事輕殉夫重，④母計已決不可動。老姑堂上垂涕言，呱呱泣者一綫延。撫孤事大殉夫小，⑤包氏存亡繫襁褓。老姑頭白兒口黃，夫弟遘歿家絕糧。煢煢未卜能存活，幸有同胞救倉猝。依居仍作食力謀，寒宵機杼明燈篝。卻憐夫弟無子嗣，思以艱難成娣志。娣也感此志益貞，撫母之子如己生。相依爲命三十年，一門苦節松筠堅。即今母壽周花甲，訓子課孫俱有法。美哉壼德後必昌，豈徒綽楔邀旌揚。⑥

又七絕六首

鸞鏡何堪早歲分，嫠居卻不患家貧。忍寒絕粒尋常事，那有釵裾典與人。

---

① "提軍"，原作"軍門"。
② 此兩句末字右側有墨點。
③ 此四句末字右側有墨點。
④⑤　此句右側有墨點。
⑥ "邀"字、"旌"字間空一格。

不從夫死慮偏深,門户艱難一力任。膝下已孤堂上老,亡人應有未亡心。

恐傷親意不教知,力竭晨昏奉膳時。襁褓只依姑左右,慰他白髮笑含飴。①

持家苦亦見從容,聽說鄉鄰號女宗。餘力還能成娣節,蒼然古柏倚貞松。

常將經史課孤兒,兒又生孫喜可知。一寸心堅三十載,機聲燈影出寒幃。

苦節天教食報全,旌閭表宅壽千年。②更聞孝肅家風在,彤管親書待後賢。③

碧　桃④

碧桃花發艷陽春,桃葉桃根總可人。和露種來欣得地,就蹊尋去少迷津。瑶池王母先通使,玉洞仙妃舊結鄰。⑤催取新詩作媒妁,東風嫁爾意何珍。

代碧桃答⑥

小住西湖待好春,似曾相識詠詩人。耳聞道士慵栽樹,心許漁郎獨問津。酸味漫憐梅有子,仙根只合李爲鄰。多君摘罷瓊林艷,來訪安期墨迹珍。

張船山檢討四十初度寄詩爲壽

千尋劍外一張郎,生小封侯願醉鄉。船山有"劍外張郎""醉鄉侯"二印。

---

① 此詩每句末字右側有墨點。
② "全"字、"旌"字間空一格。
③④ 此詩每句末字右側皆有墨點。
⑤ "結",原作"作"。
⑥ 此詩無任何評點。

獨得神仙爲眷屬,偶然笑罵有文章。①宦情總帶山林逸,道力兼成四十強。可怪壽君詩脱手,因風飛入海雲長。

奉送李西巖提軍統師巡洋②

南平楚蜀西秦隴,宵旰勞勞又海疆。③林莽一空三窟兔,風波四竄九頭鼉。商窮到處資兵力,民蠢甘心濟寇糧。④賴有樓船名將在,運籌指顧定滄桑。

陳生楚傳舉子賦此示之

年少初生子,當筵替爾吟。到爲人父日,覺有老成心。田宅謀方切,晨昏媿轉深。含飴可娛老,親在一開襟。

題王聿修先生小照

敲棋聲乍歇,天際又松濤。別墅端推謝,閒情欲效陶。一僮煎茗急,雙鶴入雲高。讀畫公應喜,神仙境忽遭。

郊　行

雨止秋原日色明,筍輿一里一詩成。丹黃紫翠沿山葉,鐘磬笙竽瀉壑聲。儘有俗緣能擺脱,絕無官守任游行。何當西上回峰寺,獨把臨川好句賡。⑤縣西里回峰寺,王荆公有詩題壁。⑥

無　題⑦

舊姻新特兩相宜,生小多情不厭癡。屏後窺人妝半面,雨中託故

---

① 此兩句有馮黑圈評,且曰"傳神極肖"。
② "提軍",原作"軍門"。
③ "隴"字、"宵"字間空一格。
④ 此兩句有馮黑圈評,且曰"可爲撫膺三嘆"。
⑤ 此兩句原作"何當徑訪仙臺去,種豆人多試問程"。
⑥ "西"字、"里"字間空一格,"縣"字上有小字"注"。此注原作"黃楊尖新築仙臺,相傳即葛洪煉丹處"。
⑦ 此詩無任何評點。

坐移時。夢無憑據空雲峽,斷尚牽連只藕絲。知否花心偏戀蝶,卻教阿母費猜思。

壽孫守荃同年六十

逸雲飛繞月湖濱,看取耆英會裏身。守荃近築逸雲書舍,與甬上諸老人嘯咏其中,號"同心吟社"。試輒冠軍馳譽早,老還咏物得詩新。米山舊結同心社,黍谷重逢有腳春。戊申夏日,偕守荃讀書杭州米山。癸丑春,復晤于都下。我願興公留健筆,永將金石壽詞人。①

---

① 此兩句末字右側有墨點,餘者均爲墨圈。

借樹山房詩草卷十三① 甲子

1. 秀山厲氏以醴泉名其堂歷數世矣今年春于宅旁掘得甘井事若前定者喜柬雨莊

蘭秀山如畫,幽栖結數椽。肯堂俄及構,掘井又逢泉。廉讓心堪印,醇釃味獨全。何當淪春茗,坐我石欄邊。

2. 橫塘散步

眺遠塵襟豁,偷閒野性存。風偏帆借力,岸拆樹懸根。②土石荒山屋,牛羊夕照村。往還多俗客,詩境向誰論。

3. 夜 雨

愁眠方仰屋,頭上雨聲來。細點因心碎,孤燈照夢回。瀑知前澗長,花惜此時開。③早起申僮約,天陰買竹栽。④

4. 馮實庵給諫自崇文書院寄詩見懷賦此奉酬⑤

尺素遙傳海外鱗,恍然贈我武林春。卅年館閣推前輩,十里湖山

---

① 此卷各詩每句末字右側多有馮培墨圈,下僅注無墨圈者。因僅爲馮培評點,此卷不稱馮墨,若遇有評語,稱馮評。
② 此句有圈評。
③ 此兩句右側有墨點。
④ "竹"字漫漶,據朱評本補。
⑤ "此"字漫漶,據朱評本補。

得主人。講學從容娛暮景，評詩爛漫見天真。閒閒身世多離別，爭似樞曹傝直辰。

5. 李西巖提軍過景行書院賦呈二首

校射餘閒訪舊游，自來儒將總風流。書中我與論三豕，戶外人徒艷八騶。水有文章才出色，竹能瀟灑亦封侯。①乘車戴笠尋常事，幾個忘形到白頭。

老欲歸田慮轉深，渠魁何日竟成擒。<small>提軍屢有乞休意，以海寇未平不敢請。</small>頻年事比木多節，一夕話如瓜鎮心。莫忘受恩同雨露，②若論藏拙是山林。③愧余不草陳琳檄，賸有閒情託醉吟。

6. 在　家

雲戀青山鶴戀松，在家貧亦見從容。漸爲海上忘機客，竊比田間識字農。死縱無名留赫赫，生當有福享庸庸。十年宦況糢糊甚，莫話浮萍往日踪。

7. 漫　興

茗椀香爐佐酒卮，東風寂寂閉門時。空庭曬藥防烏啄，隔院栽花有蝶知。④據案頑兒翻畫譜，坐懷嬌女弄吟髭。荒齋幾日無人到，只覺苔痕滿地滋。

8. 月夜過甬東莊

夜行心怯路沿河，布襪青鞋濕露多。萬頃水田明月白，⑤桔槔聲

---

① 此兩句有圈評，且曰"清俊語未經人道"。
② "受恩"二字間空一格。
③ 此兩句有圈評。
④ 此句有圈評。
⑤ "田"字漫漶，據朱評本補。

裏唱秧歌。

9. 尋　春

尋春杜牧鬢絲飄，瞥眼花枝隔小橋。三尺槿籬遮不住，數年前見是垂髫。

10. 感事有作①

頑嚚作父母，聖子幾不保。然在諸子中，是非偶顛倒。倘執路人比，仍不如子好。況對厮養僕，子亦有主道。奈何讎所生，甘心媚群小。慘割兒女肉，快供奴婢飽。父母而豺狼，梟獍始擾擾。腹心患既作，撫字悔不早。②所以古陽城，願書下下考。

昔聞昌黎言，物不平則鳴。苟許物自鳴，亦尚非不平。③黃金鑄溺器，奚啻沙礫輕。石鼓掘臼科，何如委榛荆。石有能言日，金有躍冶情。銜冤欲自白，未白禍已生。石燔金且爍，滅迹銷其聲。④自來彈棋局，黑白難分明。

獅子狎百獸，冥然無約束。縱虎食犬羊，并傷騏驥足。謂彼張吾威，思以果其腹。豈知牙爪强，吞噬不擇肉。倘效中山狼，恐非獅子福。⑤物理變則通，天心剥而復。郊椒迹已空，麒麟覯難數。但願符拔來，長此毛蟲屬。

喬木壽百年，望之如老輩。久承雨露恩，枝葉展蒼翠。垂蔭及里門，人比甘棠愛。誰知空洞腹，蛇虺穴其内。涎沫所沾濡，樹皮毒于蠆。結實不可食，食者死期届。本非樗材惡，偏多棘刺礙。⑥松葉柏身樅，柏葉松身檜。徒冒後凋名，竟成君子僞。⑦

---

① 馮評氏曰："四詩苦言至誠，居官者、居家者俱當奉爲金鑑。"
② 此六句有圈評，且曰"設喻警切"。
③ 此兩句圈評。
④ 此四句有圈評。
⑤⑥⑦　此兩句有圈評。

11. 雨中即事

野塘隨處長莓苔,兩屐春泥貰酒回。頭水黃魚將上市,午潮平後一帆來。①吾鄉漁汛有頭水、二水、三水之別。

窮鄉煮海作生涯,積雨時聞仰屋嗟。冷竈無烟炊麥飯,廣場有水蕩鹽花。

12. 送春絕句

風雨瀟瀟掩竹扉,窺簷陡覺綠陰肥。蛛蜘也惜春光去,罥住殘花不放飛。②

13. 哭莫見山舍人

訃到尚疑夢,書來曾幾時。率真知己少,垂死得官遲。③嵩洛歸程遠,鍾王楷法遺。見山工小楷。鯉庭聲寂寞,何以慰吾師。

十年都下聚,休戚見情深。不分貴游子,能知寒士心。④相依等唇齒,一別嘆人琴。衷曲吾誰訴,天涯淚滿襟。⑤

14. 七月初三日紀異

夜半洶洶聞異聲,披衣急起昏無燈,火光已射紗窗櫺。狀元橋下何人宅,祝融揚威恣烜赫,一炬阿房半天赤。是時天陰氣愁慘,星月無光黑雲黚,獰飆獵獵層城撼。⑥風狂火烈頃刻移,燭龍陡幻雙虹蜺,一趨向北一向西。赤鳥分飛作人字,欲合不合勢矯異,出出嘻嘻滿天地。⑦呼號慟哭人聲并,中有萬瓦千椽傾,夜鼓斷絕蝦蟆更。縣小如箕

---

① ③ ④　此兩句有圈評。
② 此兩句有圈評,且曰"惜春意借蛛蜘發之,用筆殊妙"。
⑤ 馮評曰:"通首一氣。"
⑥ 此三句有圈評,且曰"筆下洶涌雜拉,如聞其聲,如睹全狀"。
⑦ 此三句有圈評。

火如帚，一掃全城化烏有，直欲廢縣爲荒皁。天公忽叱飆輪回，尚餘一角東南隈，嗷嗷集澤哀鴻來。驚魂未定面死色，城門大聲呼捉賊，隘巷相逢挺戈戟。①時適有海警。

15. 諸　將

　　黑風動地海氛昏，又遣舟師絕島屯。諸將龍韜誰遠略，廿年魚釜尚游魂。賫書誤欲招降虜，發冢空思蕱禍根。不念養癰貽患大，向來粉飾到瘢痕。②

　　高牙大纛擁南天，節制遥遥秉將權。防海汛多亡礮位，衝鋒賊亦有戈船。兵機暗洩奸胥蠹，食米偷裝內港偏。糧莠不除蟊螣長，那堪師旅正荒年。③

　　八閩形勢控全臺，鹿耳門當海道開。半夜狐鳴曾此地，青天鼉吼忽如雷。環山戍火忙中亂，逐隊援兵事後來。倉猝幾人能血戰，空將馬革裹尸回。④

　　浮鷹洋水浩漫漫，鯨鰐縱橫此蟄蟠。幾隊旌麾筭塘駐，一軍勝敗舵樓觀。⑤負荊已了遷延役，縻餉仍勞轉運官。泊浪守風徒藉口，有人冒死射狂瀾。⑥

　　挺身陷陣手操戈，麾下紛紛散鶺鵒。戰豈失機追論刻，死先絕粒保全多。殘兵野哭荒山月，一將星沈大海波。⑦聽說受創初被執，尚思拔劍斫蛟黽。

16. 呈李西巖提軍　時因溫州胡總戎失事，奉命總統閩浙舟師，剿捕海寇。⑧

　　東甌一旅覆舟輕，魚虎能飛羽翼成。轉敗替收餘燼戰，格頑全仗

---

　　①　此兩句有圈評，且曰"結更奇中有奇"。
　　②　此六句有圈評，且曰"撫時感事，鬱律縱橫，秋笳曉角之音，挽强洞堅之力"。
　　③⑦　此四句有圈評。
　　④　此全詩有圈評。
　　⑤⑥　此兩句有圈評。
　　⑧　"奉命"二字間空一格。

積威征。上公天賜雷霆斧,此日人驚草木兵。①事到艱難須努力,九重宵旰聽軍聲。②

兩翼旌旗一改觀,爪牙易得腹心難。將才未即逢頗牧,賊膽何知有范韓。不挫虎威鋒莫試,但驅鱷徙法終寬。③築成京觀銷氛祲,廷議憑公策久安。④

17. 八月初八日夜坐

秋河澹澹月娟娟,正是雙星別後天。八夕詩成應有淚,六更鼓斷尚無眠。不干己事胸常觸,自爲身謀念屢遷。老境漸于中歲覺,愁多使我慕神仙。

18. 連日風雨大作

是誰手挽千鈞弩,射落陽烏不放晴。雲氣壓天垂大野,風聲捲海入孤城。⑤田低水溢無疆界,鷃退鵬摶各性情。卻憶杜陵茅屋破,吟魂未免徹宵驚。

19. 懷人詩

吳槐江制軍熊光 余從軍赴楚時,公爲豫撫。

憶昔瞻韓始,樞垣步後塵。愛人常以德,知我或因貧。出塞看山共,從軍受犒頻。宛南重揖別,雲樹幾經春。

馮實庵給諫培⑥ 致仕後,主講崇文書院。

進退都非策,驅人苦被飢。豸冠高挂後,馬帳乍開時。偶戀西湖

---

① 此兩句有圈評。"公"字、"天"字間空一格。
② "力"字、"九"字間空一格。
③ 此五句有圈評,且曰"贈人以言,言皆碩畫"。
④ "祲"字、"廷"字間空一格。
⑤ 此句有圈評。
⑥ 馮評曰:"起二句頗未愜鄙懷,擬改爲'勇退真長策,無田不患飢',未知可否。小注俱安。"

好，仍懷北闕思。①從君訂吟稿，一字亦吾師。②

　　　　鮑樹堂侍御勳茂_{時讀禮家居}。

銜恤歸來日，多君力辦裝。俄聞驄馬客，同廢《蓼莪》章。燕市塵勞息，淮流別恨長。直廬三載共，舊夢話聯牀。

　　　　洪稚存編修亮吉_{戍伊犁時，著有《萬里荷戈集》}。

絕徼生還後，家居感聖恩。③不官成退士，有道恕危言。④試險身名立，投閒血性存。文傳《荷戈集》，把酒與誰論。

　　　　張船山檢討問陶_{仿楊廉夫"老鐵"之例，自號"老船"}。

罵人人亦喜，⑤只有老船詩。才大官猶小，心平語卻奇。妻繙韻書熟，客贈酒錢私。近日新桃李，門牆蔭幾枝。

　　　　邵壽民舍人葆祺_{令兄菘疇，余庚戌同年}。

共作清閒宦，曾聯唱和情。薇垣多後輩，詩史屬先生。字拙慵書牒，心雄喜論兵。相親關臭味，不獨爲難兄。

　　　　桂未谷大令馥_{著有《東萊詩草》}。

同年吾最少，君已七旬餘。自作滇南宰，難迴長者車。量容千日酒，名噪八分書。偶讀《東萊草》，神交萬里虛。

　　　　朱少仙學博文治_{所居曰"繞竹山房"}。

繞竹山房客，吟懷我略同。有時商出處，所見亦英雄。貪享平安福，爭持樸素風。書來輒規過，位置古交中。

胡白水秀才芹_{居四明山，⑥有潺湲洞，曾爲余作《借樹山房圖》，復自湖南畫山水見寄}。

借樹從君手，圖成屋數間。遠游三楚幕，快寄一屏山。畫好人尤

---

① "懷"字、"北"字間空一格。
② 馮評曰："愧弗克當也。"
③ "感"字、"聖"字間空一格。
④⑤　此句有圈評。
⑥ "居"，原作"家"。

好,身閒筆不閒。何因躬訪戴,入洞聽潺湲。

    家旭峰助教之綱<small>閫君亡後,一子、兩媳、兩孫相繼歿。</small>

八口存無幾,官窮賸此身。少歡多病日,已老未歸人。①境但增文字,家誰計米薪。偶言君宦況,鄉里半傷神。

    查小山比部有圻<small>喜錄同人詩稿牓其齋曰"七十二鴛鴦吟社"。</small>

有約不輕諾,諸艱常獨任。擇交賢母訓,報德故人心。名稿謄千紙,遺書購萬金。鴛鴦七十二,吟社夢中尋。

    費西墉侍御錫章<small>余隨長摠戎西征時,君先已在台中丞幕。</small>

把筆參軍事,同袍赴舊盟。九秋戎幕隔,兩地檄書成。才本分鴛驥,胸堪借甲兵。南歸匆促甚,長此別離情。

    葉雲素舍人繼雯<small>曾為校官,庚戌同年,以中書用者六人,君名次最後。</small>

不恥居王後,肩隨鳳閣班。過謙腰屢折,愛好句頻刪。食有兼人量,官曾半世閒。楚氛今淨否,未免念鄉關。

    朱青如水部淥<small>余同出大興朱相公門下。</small>

昔在師門下,青年鬥技精。晉秦爭一霸,瑜亮訝同生。倏忽髭鬚滿,聯翩佩韍榮。數椽方共卜,別淚灑春明。

    胡城東上舍唐<small>余與都下同人作心蘭詩,會君齒最長,尤工篆刻。</small>

屈指心蘭會,何人意興超。主盟詩伯長,挑戰酒兵驕。鴻爪分明印,蟲書頃刻雕。皖公山色古,欲往路迢迢。

    高石琴秀才本<small>通六書。</small>

一日推吾長,從游禮貌加。句雖師鄭谷,字轉問侯芭。悔過多因酒,傭書欲滿車。近聞貧徹骨,肝膽尚權枒。

---

 ① 此四句有圈評,且曰"黯然"。

　　　　劉澄齋侍讀錫五由翰林改官內閣，甲寅與余同校北闈。

久隸謫仙班，升沈笑等閒。吹求原意外，精悍尚眉間。曉箭綸扉啓，①秋燈棘院環。雞群知有鶴，當日每心關。

　　　　李西巖提軍長庚刻拙詩八卷。

萬里重洋險，追奔勇倍加。果然兵在將，竟以海爲家。②秋老空思膾，詩清別嗜痂。凱旋應有日，蓬蓽迓高車。

　　　　沈舫西太守琨由侍御出守泰安年餘即乞假歸。

沈郎情興好，絲竹夜深聞。冷處能知我，愁時輒訪君。醉歌燕市月，歸袖泰山雲。③默驗行藏跡，翩翩已出群。

　　　　黃左田庶子鉞庶子例由翰林升轉，君以戶曹供奉懋勤殿，④特恩授此官，⑤寓準提庵，題曰"梅花樹下僧廬"。

樹下僧廬寄，過從愜素懷。職分香案吏，⑥官轉玉堂階。清慎勤兼備，書詩畫總佳。不知黃叔度，曾否憶天涯。

　　　　李石農臬使鑾宣初任溫處道。

宦當山海郡，古跡志甌東。時有瓊琚報，新詩仿謝公。炎涼無俗態，勤儉是鄉風。聽說滇池路，⑦甘棠又鬱蔥。

　　　　趙味辛司馬懷玉官中書，時以病屢欲乞休。

宦路思歸早，仙才佐郡多。習猶窮措大，身是病維摩。遍索題詩贈，曾邀載酒過。清談追兩晉，風味近如何。

---

① "箭"字、"綸"字間空一格。
② 此兩句有圈評，且曰"十字鐵鑄"。
③ 此句有圈評。
④ "懋勤殿"三字前後各空一格。
⑤ "官"字、"寓"字間空一格。
⑥ "分"字、"香"字間空一格。
⑦ "滇池"，原作"黔江"。

20. 答友人

欲如人意難爲我,謗口明知不可逃。①伯益遺經君讀否,世間善罵有山膏。

好龍誰果識真龍,世態浮雲少定踪。漢季一巾爭折角,效人不爲郭林宗。

21. 有 生

苦調歡詞信手裁,有生原帶性靈來。不言世故誰相諒,僅作詩人亦可哀。墮地命能司飮啄,罷官我自愧駑駘。阮生狂放嵇生懶,一任紛紛俗眼猜。

22. 十月初九日沈公嶺上同劉午橋作②

好山日在心,好友日當面。③思結伴侶游,事阻期屢換。遷延如晉師,安能決一戰。書生議論多,十事九虛願。今日是何日,山靈驟相見。匆匆出郭門,迢迢走芳甸。盤盤石磴危,歷歷芒鞋遍。我扶爾臂登,爾躡我影轉。生死只兩人,攀援但一綫。④上逼千仞崖,下臨百尺澗。一墮已無命,再來或多怨。⑤茫然升高岡,俯瞰心目眩。行疲足將繭,喘定背猶汗。一笑平地人,忽焉在天半。

十月天氣寒,朔風漸淩兢。出門慮霜雪,各披羊裘行。誰知山路窄,峭壁圍層層。初疑入甕底,漸夾石縫升。步艱氣多鬱,日曝身如蒸。翻因一裘累,不令四體輕。家居時寒若,至此恒燠徵。釋甲效魯衆,打包學山僧。包成一手挈,一手捫蘿藤。時或壓肩背,傴僂彌勞形。陟高兼任重,力竭空支撐。向來賤奴僕,茲事愧未能。當惜犬馬力,苛責非人情。

---

① "明知",曾欲改作"分明"。
② 馮評曰:"二章句句創闢,頓成意境。"
③④⑤ 此兩句有圈評。

23. 萬壽寺

槲葉榕陰夾道垂，衆山爭向寺門窺。不知塵世在何處，但覺白雲無盡期。此地飯僧傳勝會，我來呈佛有新詩。水田漠漠斜陽冷，繞舍空尋洗鉢池。寺前舊有池，今淤塞成田。

24. 皋洩莊遇劉印池孫韻簫遂訂龍堂之游

孫康罷職閒如我，劉表尋山勇過人。曠野忽隨鷗鷺集，中年漸覺友朋親。試將腰脚看誰健，話到行藏感意真。陰雨尚愁天阻興，宵分屢起望星辰。

25. 西龍堂

漸入無人境，青山自送迎。草痕知鹿過，水勢學龍行。①暗穴深通海，高崖儼列城。片時潭上坐，氣肅道心生。

26. 登黃楊尖作歌

舟山如舟浮大海，萬古形勝兼梯航。羅列諸峰控蠻島，前桅後柁遙相望。桅、柁皆嶴名。黃楊一尖刺天起，屹然中立如帆檣。百里以外露突兀，近山轉覺山隱藏。②循麓疑當峭崖止，及腰仰見孤峰撑。叶。議行議止忽猶豫，屢上屢躓彌張皇。山風倒拉衣褲走，石角怒觸肝膽張。③奮身直跨大鵬背，雲程風翮同翶翔。不驚影落萬丈磵，卻恐頭觸諸天閶。星辰懸睫布森密，河漢壓肩垂混茫。下視千山萬山頂，盡貼平地無低昂。川原内縮村落迸，但見海闊天荒荒。④遙空隱隱現一髮，出没巨浸漂重洋。若非海市蜃樓影，或即日本琉球鄉。不然兩眼多

---

① 此句有圈評。
② 此兩句有圈評。
③ 此兩句有圈評，曰："語必驚人。"
④ 此六句有圈評。

花老將至,本無一物空猜詳。葛洪去後丹井竭,相傳葛洪煉丹于此。卻老何處尋仙方。忽憶前明嘉靖歲,倭奴入寇紛披猖。邃谷巉巖半巢穴,徵兵七省及苗狼。國初海賊復蟠踞,①山前山後多流亡。衆虜蜂屯必爭地,上將箭定新開疆。百餘年來烽火息,穆然徒見山蒼蒼。比者羽書頗告警,一二小醜猶跳梁。樓船追剿下閩粵,雷轟電掣游魂僵。吞舟幾曾漏鯨鰐,攘臂況此擒螳螂。②書生未嫻軍旅事,特借游覽爲文章。明日攜筇下山去,縱筆一寫鐃歌長。

27. 仙　臺

神仙在山山有名,神仙出山山不靈。居民斂錢苦無術,卻借神仙口中出。一夢傳四方,一草療百疾。某月某日夜將半,葛翁秘授長生訣。借問葛翁在何處?與君尋向白雲去。當年尸解竟何有?掘土居然骨不朽。設壇建宇,我則福汝。憒憒世人,備聞仙語。千夫運石,萬夫運瓦。非瓦石之求,惟金錢之捨。遂令舉國皆若狂,遠方之人踵接肩摩于山下。吁嗟乎!去年大饑人食人,今年稍稍具廩囷,餘粒又被神仙吞。③葛翁兮葛翁,神仙兩字能值幾銖銅?爾即丹成得不死,可憐誤盡蒼生矣。君不見,一臺之高如蟻垤,斂錢如山高崒嵂。④

28. 食蕃茹

登山不裹糧,日昃飢腸吼。野老餉地瓜,僧厨借刀剖。蒸來薄如餅,食竟甘于藕。此物便宴人,蕃生遍岡阜。邑乘所不載,前此固未有。側聞父老言,貽種自閩叟。翁州地斥鹵,稻田半稂莠。米粟苦不多,況當人滿後。兵餉籌倉儲,漁船限升斗。販米暗弛禁,奸民射利

---

① "國"前空一格。
② 自"忽憶"至此有圈評,曰:"陡發議論,色正芒寒,覺有萬丈光焰。"
③ 此四句有圈評。
④ 此兩句有圈評,曰:"結挺勁有力。"

厚。賫糧甘藉盜,盜藪即利藪。農夫所登穀,不入農夫口。①去年歲荒歉,剽掠到某某。倘非秋作熟,吾鄉謂蕃茹、蕎麥等種爲秋作。餓死十八九。飲水當知源,得子莫忘母。閩叟功及民,故應垂不朽。惜哉姓氏湮,食德愧多負。何當入祀典,歲時奠椒酒。

29. 雨中過洞嶺宿周氏十經樓與萼堂話舊

黑雲催我度山岑,又向濂溪伴夕吟。對榻坐談爲客事,一燈夜照兩人心。雨中濕氣多妨病,時萼堂初病起。日下勞塵尚滿襟。同學少年今半老,相看短鬢雪霜侵。

30. 將游東龍堂阻雨不果

山行日鬥句新奇,頷下珠探一顆時。敗興忽催飛雨至,狂吟已被老龍知。浮萍踪迹風能約,大塊文章我所思。尚擬衝雲入溪口,補圖笠屐寫蘇詩。

31. 游伏龍庵

雨後園林漾夕暉,石橋西畔待僧歸。山門咫尺還迷路,庵在中央竹四圍。②

火熱場中冰冷人,十年誤作出山雲。舊游踪迹都如夢,只覺塵顏愧此君。

32. 訪郭南樹

好句心傾同硯友,連朝脚踏亂峰雲。囊詩蠟屐東來意,半爲尋山半訪君。③

嵐翠烟光面面環,層樓突兀境寬閒。從君領取山居樂,莫放真山

---

① 此四句有圈評。
② 此兩句右側有墨點。
③ 此句右側有墨點。

學假山。時將築假山，故云。

33. 吳山老桂歌爲余惺園先生作

廣寒宮中樹爭長，銅柯鐵葉老崛強。修月斧破吳剛愁，閉塞玉宇摧瓊樓。朔望昏昏沒分曉，玉皇大怒行天討。天兵十萬拽之倒，①拔根棄擲蒼蒼表。罡風墮地一千年，扶疏又掃吳山烟。吳山烟，翁浦月，依舊花開繁似雪。九秋子落天香飄，萬葉吟風風過簫。疑是霓裳羽衣奏，衆仙樹下來游遨。或云漢武皇，大起靈波殿。欲令四壁間，香風自來扇。匠氏掄材入林阜，大宋小梲無不有。就中桂柱頗難致，易以他木非帝意。九州十三部，紛紛采訪使。可憐花石綱無異，神木大懼遭斧斤。飛來海外榑桑村，不戀榮華依闕下。長楊五柞奚爲者，不勞鐵索鎖梁間，見幾已在梅龍先。②塵海迴頭劫增劫，空山閱世年復年。惺園先生敞詩室，命我作歌記其實。我來但愛樹奇妙，衆說荒唐誰考校。卻思水與木，天生理一貫。水必分源流，木必分枝幹，獨此糢糊驟難判。適從其幹諦視之，出土纔尺餘皆枝。枝皆直立如幹固，矯若群龍上天去。直將數十百株樹，共爲一樹株株互。③綠陰如蓋如重檐，枝枝葉葉誰能芟。好圖千手觀音像，金粟如來一律參。

34. 酬惺園先生

勺水注滄海，寬然度量包。人倫憑作鑑，父執敢論交。載酒丹楓塢，停琴淥水坳。叨陪壇坫末，聯句費推敲。④

35. 臥雲山館題詞

愛廬情趣似陶潛，手葺枯茅蓋短檐。半畝地憑修竹讓，一山人與

---

① "十"字右側有墨點四，馮氏曰"神力"。
② 此六句有圈評。馮評曰："長篇破空而行，不受束縛，如讀異書秘牒，不嫌其荒幻。"
③ 此兩句有圈評。
④ 此兩句末字右側有墨點。

白雲兼。①著書歲月松邊記,流水精神雨後添。怪底軟紅塵不到,石牀磁枕夢魂恬。

36. 十五日晚由吳榭莊歸即事成句

選勝攜笻出,周游未浹句。歸心懸落日,俗事積浮塵。翻墨雲千片,韜光月一輪。路迂村酒店,火趁晚漁人。古樹行邊影,冬山倦後神。鐘魚扃野寺,管鑰候城闉。衙鼓更初報,吾廬境漸親。迎門燈閃閃,疑客犬狺狺。母問長途飯,妻烘冒雨巾。②程遙逾廿里,室暖似三春。夜夢仍邱壑,家常又米薪。③卻思官罷後,往返總閒身。

37. 戲　占④

卸了名繮夢亦清,空山猿鶴不教驚。高軒大蓋來何事,怕聽門前喝道聲。⑤

出山自揣百無能,深夜裁書答友朋。老僕夢中多囈語,一官還報主人升。⑥

38. 海　上

挂帆西指暮雲偏,孤島遙藏屋數椽。風起魚龍腥不斷,水包天地白無邊。鼓鼙聲裏思楊僕,韋布衣中得魯連。⑦望古胸襟生百感,蒼茫日落海門烟。

39. 東灣看梅

出門本不與花期,吹雪風中見一枝。剝果蒙泉參講易,郊寒島瘦

---

① 此兩句有圈評,且曰"琢句出以渾成"。
② 此四句右側有墨點。馮評曰:"情景宛然。"
③ 此兩句右側有墨點。
④ 馮評曰:"二詩似可不存。"
⑤ 此句末字右側有墨點。
⑥ 此兩句末字右側有墨點。
⑦ "布衣"二字間有二墨點。"衣"字右側有馮所改"人"字。

許論詩。①絶無蜂蝶尋香徑,恰好松篁護短籬。曝背茅檐春影動,山家清福幾人知。

40. 除夕祭詩放歌

作詩二十年,直欲將心嘔。不酬數匹絹,不酹一杯酒。我于我詩固多負,今年除夕特仿賈島祭,集取其全禮從厚。尊詩如天神,月露風雲雷霆霜雪無不有。配詩以地祇,中有九州名山大川古澤藪。躋詩于人鬼,②豈無漢魏唐宋諸家某某某。③少作位于左,近作位于右。其獻維何樽與缶,其饌維何芬與牡,其實棗栗菹芹韭。三揖百拜前致詞,强飲强食願詩骨不朽。千人萬人中,千古萬古後。天地忽生我,意果何所取。既不能箭插腰印懸肘轉戰沙場縛群醜,又不能校書秘閣窮蝌蚪。運斤不成風,荷鋤不終畝。徒能伸紙弄筆捻髭叉手,朝朝暮暮咿咿啞啞不絶口。藉非許我以詩鳴,生我之意亦太苟。④吁嗟乎!人生安得百年壽,我今忽忽三十九。迴思身世如轉磨,萬事憑詩作樞紐。生爲詩人,死當爲詩仙,那甘自棄其詩若芻狗。長爪郎,美髯叟,天涯海角多詩友,誰家不享千金帚。爆竹萬聲雷,驚詩欲飛走。幸爾神荼與鬱壘,攔門替作長城守。君不見,燭花影裏心花開,又得《祭詩》詩一首。⑤

---

① 此兩句右側有墨點。
② "躋",原作"比"。
③ 此六句有圈評,且曰:"以韓、蘇之雄放運盧仝、任華之奇詭,驚蛇走虺勢入户,怪雨旋風聲滿堂,幾於不可方物。"
④ 此八句有圈評。
⑤ 此七句有圈評,且曰:"讀罷爲之拍案叫絶。"

借樹山房詩草卷十三① 甲子

1. 秀山厲氏以醴泉名其堂歷數世矣今年春于宅旁掘得甘井事若前定者喜柬雨莊雨莊曾舉孝廉方正。②

蘭秀山如畫，幽栖結數椽。肯堂俄及構，掘井又逢泉。廉讓心堪印，醇醨味獨全。何當瀹春茗，坐我石欄邊。

2. 李西巖提軍過景行書院賦呈③

校射餘閒訪舊游，自來儒將總風流。書中我與論三豕，户外人徒艷八騶。水有文章才出色，竹能瀟灑亦封侯。④乘車戴笠尋常事，幾箇忘形到白頭。

老欲歸田慮轉深，渠魁何日竟成擒。軍門屢有乞休意，⑤以海寇未平不敢請。頻年事比木多節，一夕話如瓜鎮心。⑥莫忘受恩同雨露，⑦若論藏拙是山林。愧余不草陳琳檄，賸有閒情託醉吟。

---

① 此卷爲朱文治點評本，各詩每句末字右側多有朱氏墨圈，下僅注無墨圈者。因僅爲朱氏評點，此卷不稱朱黑，若遇有評語，稱朱評。
② 朱氏將"年""于"二字圈掉。馮評本無注八字。
③ 馮評本此是第五首，且題目多"二首"二字。
④ 此兩句右側有墨點。
⑤ "軍門"，馮評本作"提軍"。
⑥ 此兩句有圈評。
⑦ "受恩"二字間空一格。

3. 馮實庵給諫自杭州寄詩見懷賦此奉酬①

尺素遙傳海外鱗，恍然贈我武林春。卅年館閣推前輩，十里湖山得主人。講學從容娛暮景，評詩爛漫見天真。閒閒身世多離別，爭似樞曹僚直辰。

4. 夜　雨②

愁眠方仰屋，頭上雨聲來。細點因心碎，孤燈照夢回。③瀑知前澗長，花惜此時開。早起申僮約，天陰買竹栽。

5. 橫塘散步④

眺遠塵襟豁，偷閒野性存。風偏帆借力，岸拆樹懸根。土石荒山屋，牛羊夕照村。往還多俗客，詩境向誰論。

6. 感　事⑤

頑嚚作父母，聖子幾不保。然在諸子中，是非偶顛倒。倘執路人比，固不如子好。⑥況對厮養僕，子亦有主道。奈何雛所生，甘心媚群小。慘割兒女肉，快供奴婢飽。父母而豺狼，梟獍始擾擾。腹心患既作，撫字悔不早。所以古陽城，願書下下考。

昔聞昌黎言，物不平則鳴。苟許物自鳴，亦尚非不平。⑦黃金鑄溺器，奚啻沙礫輕。石鼓掘臼科，何如委榛荊。石有能言日，金有躍冶

---

① 馮評本此是第四首。"杭州"，馮評本作"崇文書院"。
② 馮評本此是第三首。
③ 此四句有圈評。"因"字右側有朱氏改"如"字。
④ 馮評本此是第二首。
⑤ 朱評曰："此詩不知爲何而作，體物甚工，但議論略有過火處。"馮評本此爲第十首，且題目多"有作"二字。
⑥ "固"，馮評本作"仍"。
⑦ 此兩句有圈評。

情。銜冤欲自白,未白禍已生。石燔金且爍,滅迹銷其聲。自來彈棋局,黑白難分明。

　　獅子狎百獸,冥然無約束。縱虎食犬羊,并傷騏驥足。謂彼張吾威,思以果其腹。豈知牙爪强,吞噬不擇肉。倘效中山狼,恐非獅子福。物理變則通,天心剥而復。郊椒迹已空,麒麟覯難數。但願符拔來,長此毛蟲屬。①

　　喬木壽百年,望之如老輩。②久承雨露恩,枝葉展蒼翠。垂蔭及里門,人比甘棠愛。誰知空洞腹,蛇虺穴其內。涎沫所沾濡,樹皮毒于蠆。結實不可食,食者死期屆。本非樗材惡,偏多棘刺礙。松葉柏身樅,柏葉松身檜。徒冒後凋名,竟成君子僞。③

7. 雨中即事④

　　野塘隨處長莓苔,兩屐春泥賈酒回。頭水黃魚將上市,午潮平後一帆來。⑤吾鄉漁汛有頭水、二水、三水之別。

　　窮鄉煮海作生涯,積雨時聞仰屋嗟。冷竈無烟炊麥飯,廣場有水蕩鹽花。

8. 尋　春⑥

　　尋春杜牧鬢絲飄,瞥眼花枝隔小橋。三尺槿籬遮不住,數年前見是垂髫。

9. 苦　調⑦

　　苦調歡詞信手裁,有生原帶性靈來。不言世故誰相諒,僅作詩人

---

①③　此四句有圈評。
②　此兩句有圈評。
④　"事",原作"景"。馮評本此是第十一首。
⑤　此兩句有圈評。
⑥　朱評云:"擬删。"馮評本此爲第九首。
⑦　朱氏改"苦調"作"自遣二首",將下一首《遣興》融入此題。馮評本此是第二十一首,且題作"有生"。

亦可哀。① 墮地命能司飲啄，罷官我自愧駑駘。莊生曠達嵇生懶，一任紛紛俗眼猜。②

10. 遣　興③

茗椀香爐佐酒卮，東風寂寂閉門時。空庭曬藥防烏啄，隔院栽花有蝶知。據案頑兒翻畫譜，坐懷嬌女弄吟疵。④荒齋幾日無人到，只覺苔痕滿地滋。⑤

11. 送春絕句⑥

風雨蕭蕭掩竹扉，⑦窺檐陡覺綠陰肥。蛛蜘也惜春光去，罥住殘花不放飛。⑧

12. 月夜過甬東莊⑨

夜行心怯路沿河，布襪青鞋濕露多。萬頃水田明月白，桔槔聲裏唱秧歌。

13. 擬杜少陵諸將五首⑩

黑風動地海氛昏，又遣舟師絕島屯。諸將龍韜誰遠略，廿年魚釜

---

① 此兩句有圈評。
② 此兩句有圈評。"莊"，馮評本作"阮"。"曠達"，馮評本作"狂放"。
③ 朱氏將詩題"遣興"圈掉。馮評本此作第七首，且題作"漫興"。
④ "疵"，馮評本作"髭"。
⑤ "地"字乃後補入。
⑥ 馮評本此作第十二首。
⑦ "蕭蕭"，馮評本作"瀟瀟"。
⑧ 此兩句右側有墨點。
⑨ 馮評本此作第八首。
⑩ 詩題上方有朱氏墨圈。朱評曰："五詩利弊透澈，非身居海外有筆並有識者，不能道隻字。"馮評本此作第十五首，且題作"諸將"。

尚游魂。①賫書誤欲招降虜，發冢還思翦禍根。②不念養癰貽患大，向來粉飾到瘢痕。

　　八閩形勢控全臺，鹿耳門當海道開。半夜狐鳴曾此地，青天鼉吼忽如雷。環山戍火忙中亂，逐隊援兵事後來。③倉猝幾人能血戰，空將馬革裹尸回。④

　　浮鷹洋水浩漫漫，鯨鰐縱橫此蟄蟠。幾隊旌麾篁塘駐，一軍勝敗舵樓觀。負荊已了遷延役，糜餉仍勞轉運官。⑤泊浪守風徒藉口，有人冒死射狂瀾。⑥

　　挺身陷陣手揮戈，⑦麾下紛紛散鸛鵝。戰豈失機追論刻，死先絕粒保全多。殘兵野哭荒山月，一將星沉大海波。⑧聽說受創初被執，尚思拔劍斫蛟鼉。⑨

　　高牙大纛擁南天，節制遙遙秉將權。防海汛多亡礮位，衝鋒賊亦有戈船。⑩兵機暗洩奸胥蠹，食米偷裝內港偏。糧莠不除蟊螣長，那堪師旅正荒年。⑪

14. 呈李西巖提軍 時因浮鷹洋之變，奉命總統閩浙舟師，剿捕海寇。⑫

　　東甌一旅覆舟輕，魚虎能飛羽翼成。轉敗替收餘燼戰，格頑全仗積威征。上公天賜雷霆斧，⑬此日人驚草木兵。⑭事到艱難須努力，九

---

①③　此兩句有圈評。
②　"還"，馮評本作"空"。
④　馮評本中此是組詩的第三首。
⑤⑩⑭　此四句有圈評。
⑥　馮評本中此是組詩的第四首。
⑦　"揮"，馮評本作"操"。
⑧　"沉"，馮評本作"沈"。
⑨　此整詩有圈評。馮評本中此是組詩的第五首。
⑪　馮評本此爲組詩的第二首。
⑫　此詩詩題上方有朱氏墨圈。"奉命"二字間空一格。朱評曰："三四句十字有十層意，妙在能達。"馮評本此是第十六首。"浮鷹洋之變"，馮評本作"溫州胡總戎失事"。
⑬　"公"字、"天"字間空一格。

重宵旰聽軍聲。①

兩翼旌旗一改觀,爪牙易得腹心難。②將才未即逢頗牧,賊膽何知有范韓。不挫虎威鋒莫試,但驅鱷徙法終寬。③築成京觀銷氛祲,廷議憑公策久安。④

15. 七月初三日紀異⑤

夜半洶洶聞異聲,披衣急起昏無燈,火光已射紗窗櫺。狀元橋下何人宅,祝融揚威恣烜赫,一炬阿房半天赤。是時天陰氣愁慘,星月無光黑雲黶,獰飆獵獵層城撼。風狂火烈頃刻移,燭龍陡幻雙虹霓,一趨向北一向西。赤鳥分飛作人字,欲合不合勢矯異,出出嘻嘻滿天地。⑥呼號慟哭人聲并,中有萬瓦千椽傾,夜鼓斷絕蝦蟆更。縣小如箕火如尋,一掃全城化烏有,直欲廢縣為荒阜。⑦天公忽叱飆輪回,尚餘一角東南隈,嗷嗷集澤哀鴻來。驚魂未定面死色,城門大聲呼捉賊,狹巷相逢挺戈戟。⑧時適有海警。

16. 口占答友人⑨

欲如人意難為我,⑩不沒天真任所遭。⑪伯益遺經偶然讀,⑫世間善罵有山膏。

---

① "力"字、"九"字間空一格。"努",朱氏改作"定"。馮評本作"努"。
②⑩　此句有圈評。
③　此兩句有圈評。
④　"祲"字、"廷"字間空一格。
⑤　此詩詩題上方有朱氏墨圈。朱評曰:"受驚之後得好詩,庶不枉此一驚。"馮評本此是第十四首。
⑥　此六句有圈評。
⑦　此三句有圈評。
⑧　此三句有圈評。"狹",馮評本作"隘"。
⑨　朱評曰:"擬刪。"馮評本此為第二十首,且詩題無"口占"二字。
⑪　馮評本此句作"謗口明知不可逃"。
⑫　"偶然讀",馮評本作"君讀否"。

好龍誰果識真龍，世態浮雲少定踪。東漢一巾爭折角，①效人不爲郭林宗。

17. 海　上②

挂帆西指暮雲偏，孤島遥藏屋數椽。風起魚龍腥不斷，水包天地白無邊。③鼓鼙聲裏思楊僕，韋布衣中得魯連。望古胸襟生百感，蒼茫日落海門烟。

18. 八月初八日夜坐④

秋河澹澹月娟娟，正是雙星別後天。八夕詩成原有例，⑤六更鼓轉尚無眠。⑥不干己事胸常觸，自爲身謀念屢遷。⑦老境漸于中歲覺，愁多使我慕神仙。

19. 懷人詩⑧

吴槐江制軍熊光⑨

憶昔瞻韓始，樞垣步後塵。愛人常以德，知我或因貧。出塞看山共，從軍受犒頻。宛南重揖別，雲樹幾經春。

馮實庵給諫培 時主崇文書院。⑩

進退都非策，驅人苦被飢。豸冠高挂後，馬帳乍開時。⑪偶戀西湖

---

① "東漢"，馮評本作"漢季"。
② 此詩詩題上方有朱氏墨圈。馮評本此爲第三十八首。
③ 此兩句有圈評，朱評曰："七字與摩詰'潮來天地青'句可可匹敵。"
④ 馮評本此爲第十七首。
⑤ "原有例"，馮評本作"應有淚"。
⑥ "轉"，馮評本作"斷"。
⑦ 此兩句有圈評。
⑧ 此組詩詩題上方有朱氏墨圈。朱評曰："《懷人詩》廿二首，首首能將人之面目心腸渾括于八句中，而無剩句閒字，可知詩以真爲貴也。"馮評本與此本詩篇順序略有別，兹不一一指明。
⑨ 馮評本有小注"余從軍赴楚時，公爲豫撫"。
⑩ 馮評本小注曰："致仕後，主講崇文書院。"
⑪ 此四句有圈評。

好,仍懷北闕思。①從君訂吟稿,一字亦吾師。

鮑樹堂侍御勳茂②

銜恤歸來日,多君力辦裝。俄聞驄馬客,同廢《蓼莪》章。燕市塵勞息,淮流別恨長。直廬三載共,舊夢話聯牀。

洪稚存編修亮吉戍伊犁日著有《萬里荷戈集》。③

絕徼生還後,家居感聖恩。④不官成退士,有道恕危言。⑤試險身名立,投閒血性存。文傳《荷戈集》,把酒與誰論。

張船山檢討問陶人多稱爲"老船",亦猶楊廉夫之稱"老鐵"也。⑥

罵人人亦喜,只有老船詩。才大官猶小,心平語卻奇。⑦妻翻韻書熟,客贈酒錢私。近日新桃李,門牆蔭幾枝。

朱少仙學正文治著有《繞竹山房詩集》。⑧

繞竹山房客,吟懷我略同。有時商出處,所見亦英雄。貪享平安福,爭持樸素風。⑨書來輒規過,位置古交中。

邵壽民舍人葆祺令兄菽疇,余庚戌同年。

共作清閒宦,曾聯唱和情。薇垣多後輩,詩史屬先生。字拙慵書牒,心雄喜論兵。⑩相親關臭味,不獨爲難兄。

桂未谷邑令馥著有《東萊詩草》。⑪

同年吾最少,君已六旬餘。⑫自作滇南宰,難迴長者車。量容千日

---

① "懷"字、"北"字間空一格。
② 馮評本有小注曰:"時讀禮家居。"
③ "日",馮評本作"時"。
④ "感"字、"聖"字間空一格。
⑤ 此兩句有圈評。
⑥ 馮評本小注爲"仿楊廉夫'老鐵'之例,自號'老船'"。
⑦ 此四句有圈評。朱評曰:"是船山,此詩不能移贈別人。"
⑧ 馮評本小注云:"所居引'繞竹山房'。""正",馮評本作"博"。
⑨ 此四句有圈評。朱評曰:"中四句雖不敢當,然字字搔得癢著,真知己也。"
⑩ 此兩句有圈評。朱評曰:"壽民活現在紙上矣。"
⑪ "邑",馮評本作"大"。
⑫ "六",馮評本作"七"。

酒，名噪八分書。①偶讀《東萊草》，神游萬里虛。②

胡白水秀才芹家四明，有潺湲洞，曾爲余圖借樹山房，復自湖南畫山水見寄。③

借樹從君手，圖成屋數間。遠游三楚幕，快寄一屏山。④畫好人尤好，身閒筆不閒。⑤何當躬訪戴，⑥入洞聽潺湲。

家旭峰助教之綱閫君亡後，一子、兩媳、兩孫相繼歿。

八口存無幾，官窮賸此身。少歡多病日，已老未歸人。⑦境但增文字，家誰計米薪。偶言君宦況，鄉里半傷神。

查小山刑部有圻題其齋曰"七十二鴛鴦吟社"。⑧

有約不輕諾，諸艱常獨任。擇交賢母訓，報德故人心。⑨名稿賸千紙，遺書購萬金。鴛鴦七十二，吟社夢中尋。

費西墉侍御錫章余從軍時，侍御在陝西台中丞幕。⑩

把筆參軍事，同袍赴舊盟。九秋戎幕隔，兩地檄書成。才本分駑驥，胸堪借甲兵。⑪南歸匆促甚，長此別離情。

葉雲素舍人繼雯曾官訓導。庚戌同年，以中書用者六人，君名次最後。⑫

不恥居王後，肩隨鳳閣班。過謙腰屢折，⑬愛好句頻刪。食有兼人量，官曾半世閒。楚氛今淨否，未免念鄉關。

---

① "噪"，朱氏改作"重"。
② "游"，馮評本作"交"。
③ "家四明"，朱氏改为"家餘姚四明山"，删"有潺湲洞"四字。朱評曰："是白水。"馮評本小注略不同。
④ 朱氏改作"寄我小屏山"。
⑤⑨⑪　此兩句有圈評。
⑥ "躬訪戴"，朱氏改作"蠟雙屐"。"當"，馮評本作"因"。
⑦ 此四句有圈評。
⑧ "題"字前補入"自"字。"刑"，馮評本作"比"。馮評本小注略不同。
⑩ 馮評本小注略不同。
⑫ "曾官訓導"後空一格，馮評本作"曾爲校官"。
⑬ "過"字右側有三角。

朱青如工部淥_{同出大興朱相公門下。}①

昔在師門下，青年鬥技精。晉秦爭一霸，瑜亮訝同生。②倐忽髭鬚滿，聯翩佩韍榮。數椽方共卜，③別淚灑春明。

胡城東上舍唐_{余與都下同人作心蘭詩，會上舍年最長，工篆刻。}④

屈指心蘭會，何人意興超。主盟詩伯長，挑戰酒兵驕。鴻爪分明印，蟲書頃刻雕。相思空有夢，夜渡皖江潮。⑤

劉澄齋侍讀錫五⑥

久隸謫仙班，升沈笑等閒。吹求原意外，精悍尚眉間。⑦曉箭綸扉啓，秋燈棘院環。雞群知有鶴，當日每心關。⑧

李西巖提軍長庚_{曾刻拙詩八卷。}⑨

萬里重洋險，追奔勇倍加。果然兵在將，竟以海爲家。秋老空思鱠，詩清別嗜痂。⑩凱旋應有日，⑪蓬蓽迓高車。

沈舫西太守琨⑫

沈郎情興好，絲竹夜深聞。冷處能知我，愁時輒訪君。⑬醉歌燕市月，歸袖泰山雲。默驗行藏跡，翩翩已出群。

黃左田庶子鉞_{庶子例由翰林升轉，君以戶曹供奉懋勤殿，特恩授此官，蓋異數也。君寓凖提庵，題曰"梅花樹下僧廬"。}⑭

樹下僧廬寄，過從愜素懷。職分香案吏，官轉玉堂階。清慎勤兼

---

① 朱評曰："是蔭山之與青如爲兩心寫照。""工"，馮評本作"水"。馮評本"同"字前有"余"字。
②⑦⑧⑬ 此兩句有圈評。
③ 此句朱氏改作"僑居前後屋"。
④ "上舍年"，馮評本作"君齒"。"工篆刻"上，馮評本有"尤"字。
⑤ 此兩句，馮評本作"皖公山色古，欲往路迢迢"。
⑥ 馮評本有小注。
⑨ "曾"，馮評本無。
⑩ 此四句有圈評。
⑪ 此句朱氏改作"鯨鯢齊戢伏"。
⑫ 馮評本有小注。
⑭ 小注"庶"字前原有"詹事府"三字，刪。馮評本無此三字。"懋勤殿"三字前後各空一格。又較馮評本多"蓋異數也君"五字。

備,書詩畫總佳。不知黄叔度,曾否憶天涯。

高石琴秀才本精于篆隸。①

一日推吾長,從游禮貌加。句雖師鄭谷,字轉問侯芭。②悔過多因酒,備書欲滿車。近聞貧徹骨,肝膽尚枒杈。

李石農臬使鑾宣初任温處道。

宦當山海郡,古迹志甌東。時有瓊琚報,新詩仿謝公。炎涼無俗態,勤儉是鄉風。聽說黔江路,③甘棠又鬱葱。

趙味辛司馬懷玉④

宦路思歸早,仙才佐郡多。習猶窮措大,身是病維摩。遍索題詩贈,曾邀載酒過。清談追兩晋,風味近如何。

20. 戲　占⑤

卸了名繮夢亦清,空山猿鶴不教驚。無官偏有官來往,怕聽門前喝道聲。⑥

出山自揣百無能,深夜裁書答友朋。老僕夢中多囈語,一官還報主人升。

21. 十月初九日沈公嶺上同劉午橋作⑦

好山日在心,好友日當面。思結伴侶游,事阻期屢換。⑧遷延如晋師,安能決一戰。書生議論多,十事九虛願。今日是何日,山靈驟相

---

① 馮評本小注作"通六書"。
② 此兩句有圈評。
③ 馮評本原作"黔江",後改"滇池"。
④ 馮評本有小注。
⑤ 朱評曰:"擬删。"馮評本作第三十七首。
⑥ 前句馮評本作"高軒大蓋來何事"。"門前喝道",朱氏改作"前呵隔巷"。
⑦ 馮評本作第二十二首。此以下至《十五日晚由吴樹莊歸即事成句》與馮評本次序同,不另出注。
⑧ 此四句有圈評,且曰:"我輩出門往往如此。"

見。匆匆出郭門，迢迢走芳甸。盤盤石磴危，歷歷芒鞋遍。我扶爾臂登，爾躡我影轉。生死只兩人，攀援但一綫。①上逼千仞崖，下臨百尺澗。一墮已無命，再來或多怨。茫然升高岡，俯瞰心目眩。行疲足將繭，喘定背猶汗。一笑平地人，忽焉在天半。②

十月天氣寒，朔風漸淩兢。出門慮霜雪，各披羊裘行。誰知山路窄，峭壁圍層層。初疑入甕底，漸夾石縫升。步艱氣多鬱，日曝身如蒸。翻因一裘累，不令四體輕。③家居時寒若，至此恒燠徵。釋甲效魯橐，打包學山僧。包成一手挈，一手捫蘿藤。④時或壓肩背，傴僂彌勞形。陟高兼任重，力竭空支撐。向來賤奴僕，茲事愧未能。當惜犬馬力，苛責非人情。⑤

22. 萬壽寺

槲葉榕陰夾道垂，衆山爭向寺門窺。不知塵世在何處，但覺白雲無盡期。此地飯僧多勝會，⑥我來獻佛有新詩。⑦水田漠漠斜陽冷，繞舍空尋洗鉢池。寺前舊有池，今淤塞成田。

23. 皋洩莊遇劉印池孫韻簫遂訂龍堂之游

孫康罷職閒如我，劉表尋山勇過人。曠野忽隨鷗鷺集，中年漸覺友朋親。⑧試將腰脚看誰健，話到行藏感意真。陰雨尚愁天阻興，宵分屢起望星辰。

---

① 此四句有圈評，且曰："逼肖。"
② 此兩句有圈評。
③ 此兩句右側有墨點。
④ 此兩句右側有墨點。"包成"，朱氏改作"因費"。
⑤ 此四句有圈評，且曰："小中見大，仁人之言。"
⑥ "多"，馮評本作"傳"。
⑦ 此句有圈評。"獻"，馮評本作"呈"。
⑧ 此句有圈評。

24. 西龍堂

漸入無人境，青山自送迎。草痕知鹿過，水勢學龍行。暗穴深通海，高崖儼列城。片時潭上坐，氣肅道心生。

25. 登黃楊尖作歌①

舟山如舟浮大海，萬古形勝兼梯航。羅列諸峰控蠻島，前椗後柁遥相望。椗、柁皆粤名。黃楊一尖刺天起，屹然中立如帆檣。百里以外露突兀，近山轉覺山隱藏。循麓疑當峭崖止，及腰仰見孤峰撑。叶。議行議止忽猶豫，屢上屢躓彌張皇。山風倒拉衣褲走，石角怒觸肝膽張。奮身直跨大鵬背，雲程風翮同翱翔。不驚影落萬丈磵，卻恐頭觸諸天閶。星辰懸睫布森密，河漢壓肩垂混茫。下視千山萬山頂，盡貼平地無低昂。川原内縮村落迸，但見海闊天荒荒。遥空隱然現一髮，出没巨浸漂重洋。若非海市蜃樓影，或即日本琉球鄉。不然兩眼多花老將至，本無一物空猜詳。②葛洪已去丹井竭，③相傳葛洪煉丹于此。卻老何處尋仙方。忽憶前明嘉靖歲，倭奴入寇紛披猖。邃谷巉巖半巢穴，徵兵七省及苗狼。國初海賊復蟠踞，④山前山後多流亡。衆虜蜂屯必爭地，上將箭定新開疆。百餘年來烽火息，穆然徒見山蒼蒼。比者羽書頗告警，一二小醜猶跳梁。樓船追剿下閩粤，雷轟電掣游魂僵。吞舟幾曾漏鯨鰐，攘臂況此擒螳螂。書生未嫻軍旅事，特借游覽爲文章。⑤明日攜筇下山去，縱筆一寫鐃歌長。

---

① 此詩詩題上方有朱氏墨圈。
② 自"山風倒拉衣褲走"句至此，皆有圈評，"現"字除外。"現"，朱氏改作"亘"。朱評曰："一氣鼓鑄，興會淋漓。""然"，馮評本作"隱"。
③ "已去"，馮評本作"去後"。
④ "國"字前空一格。
⑤ 此兩句有圈評，曰："一筆千鈞力。"

26. 仙　臺

神仙在山山有名，神仙出山山不靈。居民斂錢苦無術，卻借神仙口中出。①一夢傳四方，一草療百疾。某月某日夜將半，葛翁秘授長生訣。借問葛翁在何處？與君尋向白雲去。當年尸解竟何有？掘土居然骨不朽。設壇建宇，我則福汝。憒憒世人，備聞仙語。百夫運石，千夫運瓦。②非瓦石之求，惟金錢之捨。坐令舉國皆若狂，③遠方之人踵接肩摩于山下。吁嗟乎！去年大饑人食人，今年稍稍具廩囷，餘粒又被神仙吞。葛翁兮葛翁，神仙兩字能值幾銖銅？爾即丹成得不死，可憐誤盡蒼生矣。君不見，一臺之高如蟻垤，斂錢如山高崒嵂。

27. 食蕃茹④

登山不裹糧，日昃飢腸吼。野老餉地瓜，僧厨借刀剖。蒸來薄如餅，食竟甘于藕。此物便寠人，蕃生遍岡阜。邑乘所不載，前此固未有。側聞父老言，貽種自閩叟。翁州地斥鹵，稻田半稂莠。米粟苦不多，況當人滿後。兵餉籌倉儲，漁船限升斗。販米暗弛禁，奸民射利厚。齎糧甘藉盜，盜藪即利藪。農夫所登穀，不入農夫口。⑤去年歲荒歉，剽竊到某某。⑥倘非秋作熟，<small>吾鄉謂蕃茹、蕎麥等種為秋作。</small>餓死十八九。飲水當知源，得子莫忘母。閩叟功及民，故應垂不朽。惜哉姓氏湮，食德愧多負。何當入祀典，歲時奠椒酒。

---

① 此四句有圈評，曰："此詩首四句為綱，下為目也。"
② "百"，馮評本作"千"。"千"，馮評本作"萬"。
③ "坐"，馮評本作"遂"。
④ "蕃茹"二字，朱氏記有三角符號，且曰："二字有來歷否？按嵇含《南方草木狀》作'甘薯'，又作'番藷'。"
⑤ 此十句有圈評，曰："可為長嘆息。"
⑥ "竊"，馮評本作"掠"。

28. 雨中過洞嶺宿周氏十經樓與萼堂孝廉話舊①

黑雲催我度山岑，又向濂溪伴夕吟。對榻坐談爲客事，一燈夜照兩人心。②雨中濕氣多妨病，時萼堂初病起。日下勞塵尚滿襟。同學少年今半老，相看短鬢雪霜侵。

29. 將游東龍堂阻雨不果

山行日鬥句新奇，頷下珠探一顆時。敗興忽催飛雨至，狂吟已被老龍知。浮萍踪迹風能約，大塊文章我所思。尚擬衝雲入溪口，補圖笠屐寫蘇詩。③

30. 游伏龍庵

雨後園林漾夕暉，石橋西畔待僧歸。山門咫尺還迷路，庵在中央竹四圍。

火熱場中冰冷人，十年誤作出山雲。舊游踪迹都如夢，只覺塵顏愧此君。

31. 訪郭南榭

古調心傾同硯友，④連朝脚踏亂峰雲。囊琴蠟屐東來意，半爲尋山半訪君。⑤

嵐翠烟光面面環，層樓突兀境寬閒。從君領取山居樂，莫放真山愛假山。時將築假山，故云。

---

① 馮評本無"孝廉"二字。
② 此兩句有圈評。
③ 此四句有圈評。
④ "古調"，馮評本作"好句"。
⑤ 此兩句有圈評。"琴"，馮評本作"詩"。

32. 老桂歌爲余惺園先生作①

廣寒宮中樹爭長，銅柯鐵葉老崛强。修月斧破吳剛愁，閉塞玉宇摧瓊樓。朔望昏昏沒分曉，玉皇大怒行天討。天兵十萬拽之倒，拔根棄擲蒼蒼表。罡風墮地一千年，扶疏又掃吳山烟。吳山烟，翁浦月，依舊花開繁似雪。九秋子落天香飄，萬葉吟風風過簫。疑是霓裳羽衣奏，衆仙樹下來游遨。或云漢武皇，大起靈波殿。欲令四壁間，香風自來扇。匠氏掄材入林阜，大柰小楠無不有。就中桂柱頗難致，易以他木非帝意。九州十三部，紛紛采訪使，可憐花石綱無異。神木大懼遭斧斤，飛來海外榑桑村，不戀榮華依闕下。長楊五柞爰爲者，不勞銕索鎖梁間，②見幾已在梅龍先。塵海回頭劫增劫，空山閱世年復年。惺園先生敞詩室，命我作歌記其實。我來但愛樹奇妙，衆説荒唐誰考校。卻思水與木，天生理一貫。水必分源流，木必分枝幹，獨此模糊驟難判。適從其幹諦視之，出土纔尺餘皆枝。枝皆直立如幹固，矯若群龍上天去。直將數十百株樹，共爲一樹株株互。綠陰如蓋如重檐，枝枝葉葉誰能芟。好圖千手觀音像，金粟如來一律參。③

33. 酬惺園先生

勺水注江海，④寬然度量包。人倫憑作鑑，父執敢論交。⑤載酒丹楓塢，停琴淥水坳。叨陪壇坫末，聯句費推敲。

34. 卧雲山館題詞爲劉赤林先生⑥

愛廬情趣似陶潛，手葺枯茅蓋短檐。半畝地憑修竹讓，一山人與

---

① 馮評本"老桂"上有"吳山"二字。
② "銕"，馮評本作"鐵"。
③ 自"卻思水與木"至此有圈評，且曰："後幅爲老桂寫真，難得生氣勃勃。"
④ "江"，馮評本作"滄"。
⑤ 此兩句有圈評。
⑥ 馮評本無"爲劉赤林先生"六字。

白雲兼。①著書歲月松邊記,流水精神雨後添。②怪底軟紅塵不到,石牀磁枕夢魂恬。

35. 十五日晚由吳榭莊歸即事成句

選勝攜節出,周游未浹旬。歸心懸落日,俗事積浮塵。翻墨雲千片,韜光月一輪。路迂村酒店,火趁晚漁人。古樹行邊影,冬山倦後神。鐘魚屆野寺,管鑰候城闉。衙鼓更初報,吾廬境漸親。迎門燈閃閃,疑客犬狺狺。母問長途飯,妻烘冒雨巾。程遙逾廿里,室暖似三春。夜夢仍邱壑,家常又米薪。③細思官罷後,④往返總閒身。

36. 在　家⑤

雲戀青山鶴戀松,在家貧亦見從容。漸為海上忘機客,竊比田間識字農。死縱無名留赫赫,生當有福享庸庸。⑥十年宦況模糊甚,莫話浮萍往日踪。

37. 連日風雨大作⑦

是誰手挽千鈞弩,射落陽烏不放晴。雲氣壓天垂大野,風聲捲海入孤城。田低水溢無疆界,鷃退鵬搏各性情。卻憶杜陵茅屋破,吟魂未免徹宵驚。

---

① 此兩句有圈評。
② 此句有圈評。
③ 此兩句有圈評,且曰:"二語作通首關鍵。"
④ "細",馮評本作"卻"。
⑤ 馮評本此作第六首。
⑥ "當",朱氏改作"期",曰:"天生我才可以不必想矣。"
⑦ 此詩詩題處有朱氏墨圈,全首有圈評,且曰:"一氣直達,酷似蘇長公集中詩。"馮評本此作第十八首。

38. 東灣看梅①

出門本不與花期，冰雪叢中見一枝。②剝果蒙泉參講易，郊寒島瘦許論詩。絕無蜂蝶尋香徑，恰好松篁護短籬。③明月滿林春滿樹，山家清福幾人知。④

39. 哭莫見山⑤

訃到尚疑夢，書來曾幾時。率真知己少，垂死得官遲。⑥嵩洛歸程遠，鍾王楷法遺。見山工小楷。鯉庭春寂寞，何以慰吾師。⑦

都門十年聚，⑧休戚見情深。不分貴游子，⑨能知寒士心。相依如骨肉，⑩一別嘆人琴。隱曲吾誰訴，⑪天涯淚滿襟。⑫

40. 除夕祭詩放歌⑬

作詩二十年，心血滿一斗。⑭不酬數匹絹，不酹一杯酒。我于我詩固多負，⑮今年除夕特仿賈島祭，集取其全禮從厚。尊詩如天神，月露

---

① 朱評曰："此詩改作絕句，更覺超脫。"馮評本此作第三十九首。
② 此兩句有圈評。"冰"，馮評本作"吹"。"叢"，馮評本作"風"。
③ 此四句有朱氏刪節符號。
④ 此兩句有圈評。朱評曰："'林'字易'身'字如何？"前句馮評本作"曝背茅檐春影動"。
⑤ 此組詩詩題處有朱氏墨圈。朱評："我屢欲作詩哭之，恨不能如此沉痛，當補做也。"馮評本此作第十三首，末有"舍人"二字。
⑥ 此四句有圈評，且曰："此人一死，使吾輩功名之心愈灰矣。"
⑦ 此兩句有圈評，曰："見山已死，商山遠宦滇南，我亦時為韻亭師愁老境也。""春"，馮評本作"聲"。
⑧ 馮評本作"十年都下聚"。
⑨ "游"，朱氏改作"公"。
⑩ "如骨肉"，馮評本作"等唇齒"。
⑪ "隱"，馮評本作"衷"。
⑫ 此首全詩有圈評，且曰："見山骨肉之愛，余兩人同之，能不痛哉？"
⑬ 朱評曰："此詩有奇氣，亦復自然，可與船山《祭詩》詩二虎爭雄，洵屬必傳之作。"此詩詩題處有朱氏墨圈。
⑭ 此句馮評本作"直欲將心嘔"。"滿一"，朱氏改作"耗幾"。
⑮ 此五句有圈評，"滿一"二字除外。

風雲雷霆霜雪無不有。配詩以地祇,中有九州名山大川與澤藪。①躋詩于人鬼,竊比漢魏唐宋諸家某某某。②少作位于左,近作位于右。其獻維何樽與缶,其饋維何羜與牡,其實棗栗其菹韭。③三揖百拜前致詞,强飲强食願詩骨不朽。千人萬人中,千古萬古後。天地忽生我,意果何所取。既不能箭插腰印懸肘轉戰沙場縛群醜,④又不能校書秘閣窮蝌蚪。運斤不成風,荷鋤不終畝。徒能伸紙弄筆捻髭叉手,⑤朝朝暮暮咿咿啞啞不絕口。⑥藉非許我以詩鳴,生我之意亦太苟。吁嗟乎!人生安得百年壽,我今忽忽三十九。回思身世如轉磨,萬事憑詩作樞紐。生爲詩人,死當爲詩仙,⑦那甘自棄其詩若芻狗。⑧長爪郎,美髯叟,天涯海角多詩友,誰家不享千金帚。爆竹萬聲雷,驚詩欲飛走。幸爾神荼與鬱壘,⑨攔門替作長城守。君不見,燭花縫裏心花開,⑩又得《祭詩》詩一首。⑪

---

① "與",馮評本作"古"。
② "竊比",馮評本作"豈無"。
③ "其菹韭",馮評本作"菹芹韭"。
④ "轉",朱氏改作"血"。
⑤ 朱氏刪"捻髭"二字,改爲"獨"。
⑥ 朱評曰:"四字句在長短句中恐傷氣。"
⑦ "當爲",朱氏改作"或成"。
⑧ 自"千人萬人中"至此有圈評,"捻髭"二字除外。末句朱氏刪"自""其"二字。
⑨ 朱氏刪"與"字。
⑩ "縫",馮評本作"影"。
⑪ 此七句有圈評。

借樹山房詩草卷十四① 乙丑

送曹澹齋入都二首②

人身不合具兩足，坐令南北東西馳。便人游覽亦快事，所恨驅之常以飢。天如有意困豪傑，何不使守田家扉。③澹齋生平澹若水，文章自吐胸中奇。弄月吟風得佳趣，蒔花種竹成幽栖。譬諸鳴鳳戢其翼，雌伏那復爭雄飛。邇來百事不稱意，頗覺門户難撐支。掉頭忽作燕市客，把筆欲補金臺詩。長安大道冠蓋集，紆青拖紫皆男兒。僉云爭名必于朝，此行奕奕生光輝。建安才子數曹植，洛下聲名追陸機。豈知奔走四方意，糊口之外無餘思，君不見澹齋糊口無餘資。④

昔我罷官歸里門，與君論詩對秋榻。遠追漢魏近唐宋，就中尤愛東坡集。作詩不必定此詩，此論于事無弗合。君今千里着鞭行，意在一官謀祿入。若使為官必此官，自來宦味皆如蠟。⑤錦瑟弦難膠柱彈，葫蘆畫豈依樣搨。盧生入夢幻境多，王粲依人生計急。但求飲啄可相安，⑥呼馬呼牛直須答。為貧而仕本無他，⑦贈別以言誰最愜。有

---

① 此卷詩除《偶感》兩首外，每句末字皆有朱文治墨圈，在此一並注明，下不另注。
② "二首"乃朱氏所加。朱氏曰："此詩氣疏而理精，進境也。"
③ 此六句有圈評。
④ 此三句有圈評。"無餘資"，朱氏改作"猶無資"。
⑤ 此兩句有圈評。
⑥ "求"，朱氏改作"使"。
⑦ "本無他"，朱氏改作"無他求"。

田不歸如江水，髯蘇妙句藏行篋。免教簪組累詩人，他日無忘屐與笠。①

四十初度

　　浮生落拓寄塵寰，四十詩成尚擬刪。年長卻愁吾母老，官休未卜此身閒。②向平兒女齊肩立，魯肅親朋舉目環。早晚祈天償夙願，舉家深入萬重山。

　　自來虛士總虛生，幼學何曾壯可行。徒以詩書備文字，羞將科第說功名。杏林天賜看花早，棘院人推校藝精。畢竟浮華關底事，蹉跎白首嘆無成。

　　綸閣樞垣職遞供，軍興更遣荷戈從。駑駘此日辭千里，雨露當年沐九重。③林下敢言溫室樹，夢餘猶憶景陽鐘。閒居歲月憑天假，好作康衢擊壤農。④

　　未老居然老態形，齒牙搖動髮星星。目光夜散書先礙，肺病年深藥不靈。遇事善忘須筆記，受恩多負只心銘。何當跨鶴游蓬島，乞取仙家益壽經。

過山家⑤

　　無事忽來此，坐看雲際峰。茶烟經雨滯，花氣入春濃，野食多茹素，山居足養慵。硯田荒落久，荷鎛愧村農。

九月初二日紀事

　　嘉慶歲乙丑，秋九月庚戌。盜入沈家門，海島名。聯舿夜行疾。是

---

① 此八句有圈評，"求""本"二字除外。
② 此兩句有圈評。
③ "九"字前空一格。
④ 此四句有圈評，且曰："此延年益壽方也。"
⑤ 此整詩右側有墨點。

時妖星大如月，海水沸騰鯨出穴。慘霧愁雲壓城闕，距城一里曰衛頭。地名。昌國形勝此咽喉，桅檣森立人烟稠。宵分突有艅艎警，步卒舟師寂無影，誰張空弮奮白梃。但見蹶者蹶趨者趨，紛紛避寇城南隅。城門已閉呼不開，燈火歷亂人聲哀。豈知城中觬䚡勢難守，人人欲鑿生門走。縣官聞變帶刀出，愀然獨與妻子別，悔不辭官太平日。①元戎麾下偏裨將，睡夢方醒心膽喪，側身慘立戍樓上。沿山烽火夜閃爍，飛炮一聲身一卻。三尺青鋒手中落，可憐港口商舶孤。傾囊倒篋輸萑苻，但乞骸骨歸鄉閭。天明賊退諸將喜，大呼門吏具筆紙。上書帥府且告勞，賊不吾犯吾功高。②

初三夜

群醜太橫行，兵防事後增。霜霏巡夜檐，風颭守陣燈。蛟水來船斷，蓮洋殺氣騰。何時逢李牧，謂西巖提軍。暫使海氛澄。

題　畫

境亦人間有，人誰入畫中。③月侵樵擔斧，④花糝釣船篷。⑤樹樹長春色，山山太古風。欲圖名利客，位置本難工。

意有餘于紙，濡毫淡不嫌。⑥蘆根秋水活，樹杪夕陽淹。江遠帆留影，雲平塔露尖。⑦好添樓一角，高捲讀書簾。

不　寐

夜窗無客伴吟哦，如此風清月白何。秋氣入懷長不寐，臥聽僧打

---

① 此九句有圈評，且曰："語語有氣生。"
② 此四句有圈評，下"吾"字除外。下"吾"字，朱氏改作"誰"。
③ 此兩句有圈評，且曰："超超。"
④ "侵"，朱氏改作"隨"。
⑤ "糝"，朱氏改作"覆"。
⑥ 此兩句有圈評，"有"字除外。"有"，朱氏改作"直"。
⑦ "平"，朱氏改作"深"。

木魚過。

偶　感

　　見客衣冠常不脫,食貧餐飯肯加豐。干人何事偏饒舌,道失舟山舊土風。_{鄉人日四餐,多不衣冠見客,余未能從也。}

　　世皆欲殺真奇士,我不能狂亦腐儒。末俗相看終眼白,斧斤曾不漏樗株。

山亭小飲

　　燈前一杯酒,萬事付來朝。①夜靜山如睡,秋清月可邀。笑聲空谷聚,醉面冷風消。②欲得飛仙引,凌雲問九霄。

冬夜即事

　　風雨聲多歲暮時,山樓孤迥坐看詩。燭花無月光逾透,香篆如雲體最奇。下界懵懵全在夢,眾禽擾擾尚爭枝。忍寒手寫尋梅句,吹得爐紅炙硯池。③

---

① 此兩句有圈評。
② 此句有圈評。
③ 此兩句右側有墨點。

借樹山房詩草卷十五　丙寅①

新春過東皋嶺下梅花盛開②

野梅卻具真性靈，③敢於冰雪叢中生。春風欲來誰及覺，百花如夢君獨醒。④日昨偶從樵擔見，折枝畫筆開生面。銅瓶水淨紙帳寒，購得昆山白玉片。朅來散步東皋東，故人道我春林中。⑤繁英浩如星宿海，秀骨綽有神仙風。厥初誰造此花樣，但有精神無色相。疑是萬古詩人魂，散作天花一齊放。⑥山前山後幾家分，香雪迷漫路絕塵。逋仙自誇三百樹，放翁忽現千億身。城市買花爭價值，好花一枝錢足陌。豈知造物不居奇，野人籬落尋常得。我來喜在蜂蝶先，飽看一日勝一年。不妨高閣群芳譜，睡過千紅萬紫天。⑦

雜　興

守拙庸非福，投閒亦有情。雲因贈人白，泉是在山清。⑧木試生花筆，謂辛夷。瓶吹宴客笙。眼前聊取適，不敢傲公卿。耕讀無餘事，家風守尚堪。病懷諸弟諒，食性小妻諳。⑨計短勞心織，身閒戒手談。人

---

① 此卷每詩每句末字多有朱氏墨圈，下僅注無圈者。
② 朱氏評曰："此詩有仙骨，竟如少仙集中詩，大奇。"
③ "卻具"，朱氏改作"爲有"。
④⑥⑦　此四句有圈評。
⑤ "道"，朱氏改作"導"。
⑧ 此兩句有圈評。
⑨ 此兩句右側有墨點，且曰："此福非守拙人可得也。一笑。"

生貴知足，茹苦意多甘。

　　宵分頻起坐，無夢亦清心。捲幔星窺戶，開窗月瀲衾。檻聲驚臥犬，燈影射栖禽。何以消長夜，醇醪手自斟。

　　倚檻迎朝旭，呼童啓外扉。鬥聲雙鼠墮，駭色一雞飛。①露架蒲桃錦，風牆薜荔衣。客來移榻坐，相對各忘機。

　　晨夕何人共，諸劉是一家。謂午橋、朗峰、中洲、花農、稷山昆仲。文心多似鰓，詩膽欲無叉。②看譜商栽菊，依經學煮茶。幽談得知己，市井莫喧嘩。

　　塵勞辭宦路，風味戀家鄉。盤薦江珧嫩，壜開土鐵香。釀花方可錄，食竹債能償。努力加餐飯，山居歲月長。

　　爐座無寒色，花天有醉顏。③養苔留積水，尋藥上春山。石爲眠琴選，門因護竹關。寸心忘得失，詩句聽人刪。

　　北郭山屏繞，南池水鏡開。鈴喧知鴿至，綸動覺魚來。行蟻攢花瓣，游蜂掠酒杯。④化機參活潑，整日坐書臺。⑤

　　閉戶非耽隱，從教俗事疏。斫橡材中笛，舞劍法通書。射有爲人鵠，文須載道車。課兒吟不輟，何必待三餘。

　　自號非非子，曾窺適適園。花迷垂老悟，酒過望人原。⑥清許梅同夢，癡教鳥代言。靜參歡喜柵，經卷手中翻。

周小厓嘲胡峭水云吟懷誰共我清娛賺得新篇當畫圖惱殺疏狂胡峭水鶯花三月一詩無戲爲解嘲⑦

　　落花風裏一關情，燕語鶯歌鬧不清。到底春歸有時日，何妨反舌

---

① 此兩句右側有墨點。
② 此四句右側有墨點，且曰："諸劉余亦愛之。"
③ 此兩句有圈評。
④ 此四句右側有墨點。
⑤ "書"，朱氏改作"春"。
⑥ 此兩句有圈評，且曰："第三句是蔭山近狀也。"
⑦ 此詩每句末字無朱氏墨圈，且曰："一言而傷天地之和，存心可如此乎？"

竟無聲。

村居雜詩

　　村居暫爾避塵埃,草閣深深背水開。灌木呼風山犬吠,錯疑門巷有人來。

　　新泥壁可藏書篋,古瓦當還作硯田。腹稿脱時何處寫,芭蕉葉葉是吟箋。①

　　數椽也擬子雲居,日就明窗校亥豕。野老卻將難字問,累人翻遍古農書。

　　百尺巖頭瀑布飄,聽泉緩步下山椒。笑儂恰帶梟鷗性,遠送溪流過石橋。②

　　睡後軒窗尚月痕,驚雷破夢雨翻盆。朝來聽得耕夫説,幾處沙田被水吞。

　　捲鬚小蝶飛無力,食葉春蠶養欲成。桃塢竹灣人影好,采茶時節又鶯聲。③

　　春困無聊坐石苔,日斜林下茜裙來。閒情比似游絲颺,纏着花枝不肯回。④

　　夾岸夜燈魚網集,沿河春漲鴨欄低。⑤一聲布穀農忙甚,小艇分秧過水西。

　　兩屐春山一路沙,篔簹谷口翠交加。舉頭看竹渾忘筍,蹴損纖纖碧玉芽。⑥

　　紅粉輕勻描杏靨,香泥細碎護蘭根。鄙人心事春風識,直過花時始出門。⑦

---

① ② 　此兩句右側有墨點。
③ 　此首右側全有墨點。
④ 　此首朱氏未作點評,詩末有一"删"字。
⑤ 　朱氏改此兩句作"夾岸燈紅魚網集,沿河漲緑鴨欄低"。
⑥ 　此首右側全有墨點,"渾"字除外。"渾",朱氏改作"行"。
⑦ 　此兩句有圈評,"鄙人"二字除外。"鄙人",朱氏改作"先生"。

古廟紅牆出樹邊，坐看傀儡戲神前。回頭笑説京華事，我不登場已七年。①

斜日穿林入暮窗，②前峰牧豎下雙雙。不攜短笛吹牛背，麏口烏烏作笛腔。

對門石壁挂烟嵐，聞有幽奇可力探。取徑上山多險仄，③竹兜如繭我如蠶。④

叢林密箐路茫茫，火銃聲高獵户忙。隔澗早從樵子問，可曾見鹿上平岡。

夢回枕上鳥聲喧，曉色初開面圃軒。⑤斜雨入窗書半濕，暗風吹壁畫微掀。⑥

送別殷圃耘大令

手握銅章宦已成，多君面目是書生。喜從海外談文字，肯説胸中有甲兵。廉吏自然能節儉，才人原不作聰明。⑦攀轅解佩尋常事，我願殷衺保令名。

大雨過龍堂嶺有作

農人占候本無差，昨日天陰見早霞。⑧諺云："早霞不出門，晚霞行千里。"雨意十分來阻客，水聲一路送還家。⑨上山輿小身如縛，遮道雲多眼欲花。濕盡秋衣無換處，可知游覽興偏賒。

---

① 此首朱氏未作點評，詩末有一"刪"字。
② "入暮窗"，朱氏改作"影入窗"。
③ 此句朱氏改作"待到上山行不得"，原詩"上山"二字右側有墨圈。
④ 此句有圈評。
⑤ "曉"，朱氏改作"晴"。
⑥ 此兩句右側有墨點，"斜""暗"二字除外。"斜"，朱氏改作"夜"。"暗"，朱氏改作"曉"。"雨"前原有"日"字，陳氏刪。
⑦ 此兩句有圈評，且曰："余有'不作聰明便是才'句，亦英雄所見也。"
⑧ "見早"二字原互乙。
⑨ 此兩句右側有墨點。

借樹山房詩鈔

借樹山房詩鈔卷五① 丁巳
定海　陳慶槐　應三

元旦車中口占②

軟紅塵裏度年光，年去年來客異鄉。孤雁衝風全失勢，東厢殁已半年。③疲驢繞磨也添忙。久諳世味心逾淡，只索詩逋力易償。柏酒椒漿都未設，輪蹄又飽五更霜。

風鳶詩四首和周萼堂④

魯般號巧工，飛鳶木可削。後來易以紙，形質不古若。舉世羨飛騰，無人議輕薄。牽引非老成，兒戲真作惡。一朝偶失手，何處更立脚。惜哉乘風鳶，又被風吹落。

午窗斷春夢，天半嗚嗚鳴。春風得意甚，寧復多不平。去天僅咫尺，高處誰能爭？天聽不可瀆，慎毋輕發聲。君看百舌鳥，反舌全微生。

---

① 前有陳氏自注云"校畢""古今體詩七十九首"。《詩草》卷五爲丙辰，卷六爲丁巳，此卷所收詩多見於卷六，下僅注不見於《詩草》卷六者。《詩鈔》版心處有"借樹山房詩鈔卷五"字樣，下有頁碼，此卷共十四頁。所收詩篇順序與刻本同，文字略有差異。《詩鈔》與《詩草》及刻本不同之處，分別注明。若僅指出某處與《詩草》不同，而未説明與刻本同否者，因《詩鈔》與刻本同，反之亦然。
② 此詩見於《詩草》卷五。
③ "殁"，《詩草》卷五作"卒"。"風"，刻本作"寒"。
④ 《詩草》原作"五首"，後刪第三首，改作"四首"。

昨過鶺鴒原,悲風自來往。要從海燕歸,私遂林烏養。此身墮名繮,無計脫塵鞅。風鳶爾何心,隨人發淒響。童時見爾喜,今見空惘惘。牽挂只一絲,天涯共飄蕩。
　　萼堂善體物,示我風鳶詩。裁箋試一答,捉筆攢雙眉。悲歡不同調,如路分兩歧。君詩鳳朝鳴,我詩烏夜啼。吟成各撒手,一任東風吹。

春日飲蔣氏園亭即景

　　城北新開小洞天,林亭何處不陶然。種花密似連畦菜,結屋寬于著岸船。賀老鑑湖春盎盎,謝公棋墅客翩翩。玻璃窗暖香醪熟,半坐詩仙半醉仙。

齒　錄

　　蓬萊籍上小游仙,得意重將甲子編。貴爵有時難序爵,同年何必定忘年。從來茅可連茹拔,多少蠅須附驥傳。博取微名登蕊榜,里居門第總巍然。

搢　紳

　　一編爵秩寫縱橫,蟻附南柯夢已成。祇爲出身爭注脚,偶因懸缺暫糊名。獐頭鼠目形難問,鷺序鵷班界最清。不怪白衣無位置,世途着眼是簪纓。

門　簿

　　臣門如市有專司,簿冊分明記載時。秉筆竟歸奴隸手,留名要使長官知。更移月日人惟舊,檢點交游某在斯。太息雀羅賓散後,空餘紙幅界烏絲。

知　單

　　折柬傳來才幾幅,年姻世戚總包羅。吉凶有主從頭定,筆墨無情瞥眼過。交誼不應如紙薄,禮文只取斂錢多。一家消息家家遞,持比郵筒快若何。

與萼堂夜話

詩腸鬱結如草木,春到一律生萌芽。筆搖墨漬手腕脱,連日怒發心頭花。多君擊鉢助清興,羯鼓笑向春風撾。夜窗吟罷燭見跋,對榻兀坐相咨嗟。鄉國頻年海氛惡,紅烟莽莽風沙沙。島間自營狡兔窟,水底誰拔長鯨牙。諸將擁兵不敢出,避賊如避常山蛇。①蝟毛螳臂偶一奮,鹿奔鼠竄遑知他。翁州城門晝長閉,②雞犬擾亂人喧嘩。書生荷戟守城闉,廣文執鐸鳴官衙。恨不棄書重學劍,嘲風弄月空咿啞。君今與我滯京國,四千里外誰無家。三年兩年不歸去,五字七字爭吟哦。試上燕臺一回首,淚痕和墨灑天涯。

題木蘭從軍圖

黑水燕山鐵騎鳴,③鴛鴦機冷夜無聲。似他投杼勝投筆,不爲封侯萬里行。

明駝一陣護香風,獻捷歸來理鬢蓬。東閣門前行迹在,入時兒女出英雄。

張船山檢討聞父喪歸里賦此唁之兼以志別

白日欲墮陰風寒,④游子雪壓麻衣單。仰天一慟淚流血,⑤素旐西指峨嵋山。嗟君才氣俯一切,酒中豪客詩中仙。舉頭天宇嫌逼窄,

---

① 兩"避"字,《詩草》均作"畏"。
② "長",原作"常"。
③ "黑",刻本作"墨"。
④ "風",《詩草》作"雲"。
⑤ 此句原作"仰天大慟出燕市","出"又曾改爲"過"。《詩草》原亦作"仰天大慟出燕市",後改作"仰天一慟淚流血"。

放眼世界空三千。許我訂交稱莫逆，如我與我相周旋。大鵬甘爲鷦鳩屈，蒼蠅謬附騏驥傳。同餐雞肋作微宦，獨執牛耳盟騷壇。弄月嘲風逞豪逸，①一聲霹靂驚青天。靈椿樹倒客心碎，《蓼莪》詩廢吟腸酸。老母倚門兄在道，令兄亥白抵家僅遲數日。一官冰冷囊無錢。典琴鬻硯作歸計，奄歾未卜誰能安？喑君別君意殊苦，雙淚迸落春風前。古禮聞喪必致賻，古交臨別多贈言。我貧禮不及財貨，欲語氣結聲爲吞。羽書昨夜過秦隴，壯士迸力防西川。列陣如雲矢如雨，森立旗幟張戈鋋。關山不可以飛度，蜀道十倍登天難。努力憑誰勸餐飯，戒心代爾兢冰淵。巴江之水流不極，入峽出峽聲濺濺。三十六鱗隨處有，到家報我雙魚箋。

黃金臺②

買駿卻收骨，③求賢徒恃金，金多不結賢士心。天下紛紛爲金至，臺前恐少眞騏驥。君不見鄒嶧布衣才命世，萬鍾百鎰何曾計。

送郭曉泉編歸楓橋舊居④

有客歸心似酒濃，自言生小習疏慵。木天聽慣鈞天樂，卻憶寒山寺裏鐘。

江南春雨杏花殷，流水聲中夢往還。記得棘闈三鼓後，與君對月說刀鐶。甲寅偕曉泉分校北闈。

送別吳子華

旅囊長蓄買山錢，此去山齋枕麯眠。冷落陶然亭上月，對人依舊

---

① "逞"，《詩草》作"趁"。
② 此詩處原爲見於《詩草》卷八的《寓齋新種碧桃有作》（"有作"，原作"詩以志興"）兩首："紅香冉冉護窗紗，頗似蓬頭弟子家。入戶東風應笑我，不甘冷淡種桃花。""長安不是武陵源，爲報花神莫避喧。難得三春好時節，新承雨露竟無言。"後圈刪，於天頭處補入《黃金臺》。
③ "卻收"二字乃後改，原作何不易辨別。
④ 《詩草》"編"下有"修"字。

十分圓。

我昔得君書畫墨,墨鑴《黃山圖》。夢游三十六峰中。殷勤寄語黃山石,多少詩顛拜下風。

送程也園銓部歸里①

昨日送歸人,今日送歸人。鶯花正三月,送人兼送春。君家問政山,繞舍多修竹。匹馬到門時,新筍如鹿角。蒓鱸誰不憶?歸計終茫然。我亦局中人,一着輸君先。離亭雨紛紛,柳作清明色。客裏正思家,況送江南客。

野　人

野人日暮不還家,賣菜聲聲比賣花。蠶豆莢長瓠子熟,軟紅低漾獨輪車。

送王情庵司馬之官滇南

壯懷別恨兩相牽,一棹長風萬里天。宦路也應需我輩,交情原不在同年。青衫半濕臨歧淚,紅藥曾留直宿篇。不道君從今日去,連宵夢已到滇南。②

文章報國豈空虛,③眼見男兒樹立初。道遠稱君騏驥足,政成惠我鯉魚書。召棠郇黍思家世,瘴雨蠻烟慎起居。記取鳴驂來日下,愁眉重爲故人舒。

五月十八夜偶成寄硯香弟④

夜短愁長夢不成,紙窗人影背燈明。樹頭新葉乾于籜,誤聽風聲

---

① "銓部",《詩草》作"員外"。此詩下原有《黃金臺》:"昭王豈識尊賢者,多士如雲集臺下。直爲黃金千里來,當年冀北原無馬。"天頭處注曰:"移置第□頁。"後刪。
② "滇南",《詩草》作"南滇"。
③ "報"字、"國"字間空一格,《詩草》無空格。
④ "硯香",原作"灼三"。"五月十八",原作"四月二十八"。《詩草》作"四月二十八"。

作雨聲。

宦途難學地行仙，萬感茫茫醉後牽。心緒碎同衣百結，管中窺到杞人天。

遲眠無那又敲詩，自寫新詩自課兒。勿憶故園春爛漫，紫荆花發第三枝。時硯香應童子試。①

聞道鄉關正卜居，白雲深處望吾廬。好將板屋東西架，乘興還山再讀書。

雨中感興②

得雨非異數，所貴在及時。不遭旱魃虐，誰識天心慈。愁霖昏白日，轉眼成訾議。今日喜雨人，能作苦雨詩。君子懷遠慮，至人重知幾。悠悠世俗口，安足論是非。

題法時帆司成梧門圖③ 司成自序云："余幼時讀書海淀，先太夫人督課甚嚴，④門側老梧數株，翠可蔽天，嘗視日影為散學候。"

梧桐一寸陰，慈母一寸心。讀書須萬卷，種樹須千尋。樹老風易欺，⑤親老身難代。疏雨滴衡門，中有孤兒淚。

月下望九松山 在密雲縣。⑥

驅車趁涼夜，纖月上遙峰。樹作排衙勢，山當入塞衝。百靈影暗谷，九老繪真容。天設孤城障，仙雲密密封。

喀喇河屯大雨後作

嘉慶二年歲丁巳，季夏六月哉生明。我時扈從出塞外，喀喇河上

---

① "硯香"，原作"灼三"。
② 此詩見於《詩草》卷五。
③ 《詩草》卷六此詩題下為四首七絕，卷十此詩題下詩篇與此同。"司"字前原有"大"字。
④ 《詩草》無"先"字。
⑤ "欺"，原作"侵"。
⑥ 《詩草》"在"字前有"山"字。

同列營。暮烟散盡見新月，蒼蒼六幕浮雲輕。農田憂旱客憂雨，今日預卜來朝晴。解鞍倚枕夜將半，亂山雲起天無星。怒雷劈樹雨壓幄，繞牀雜沓波濤聲。一鞭電火四圍掣，萬馬蹀躞暗不鳴。僮僕相看秉燭立，布被貼水浮青萍。須臾雨止出巡視，幾家行帳東西傾。遥天墨黑不辨色，隔岸燈火光熒熒。短車輥轆半濡軌，策騎如跨烏犍行。茫茫一片接河口，荻葦汩没菰蘆平。不識河身若干丈，艅艗聯筏繫浮橋撑。長鯨截水水倒立，萬夫挽索力不勝。肝膽槎枒仗忠信，縱馬一躍龍門登。回頭卻視馬行處，土囊拆裂洪流經。①我思鑾輿歲庚止，②興桓大道無榛荆。宿衛千官若星拱，蹕途六日隨雲征。③何期遇雨水暴漲，④幾人涉險心不驚。沙場百倍此艱阻，況復鋒鏑身爲攖。毒霧霪霖那顧忌，懸崖峭壁爭攀騰。英雄且勿論成敗，壯士獨能輕死生。吁嗟楚蜀方用兵，我歌行路心怦怦。

自　笑

自笑微生愛羽毛，上林借得一枝高。⑤襪經拆綫終嫌短，輪已爲薪尚覺勞。宦境莫探無底橐，歸心只夢有鐶刀。年來屺岵多行役，立馬躊躕首重搔。

六月二十四日得江漪塘書啓視之有紙無字戲東二首⑥

雙鯉浮來尺素寬，卻須口語報平安。碑因没字傳疑久，詩到無聲欲和難。壯志定多投筆想，古心還作結繩看。塞垣風雨相思苦，努力朝朝自勸餐。

---

① "土"，刻本作"上"。
② "思"字、"鑾"字間空一格。
③ "蹕"字前空一格。
④ "遇"，原作"驟"。
⑤ "上"字前空一格。
⑥ "二十"，《詩草》作"廿"。

研光紙膩緘封密，字句難尋味曲包。山水之間不在酒，①羲皇以上本無爻。羨君只是空空手，與我真成淡淡交。料得忘言更忘象，冥心終日坐書巢。

次沈舫西水部見寄原韻

摩詰鰥居正壯年，新衣不著晚涼天。秦樓樊榭空明月，瀟灑風塵獨睡仙。舫西春間悼亡，來詩有"長此人間作散仙"之句。

吟窗刻燭坐更闌，②濃墨熏香到馬班。詩史例成工部手，阿誰能索筆花還。

錘峰日午火雲回，入直匆匆刻漏催。背汗翻漿腥徹骨，蒼蠅聲裏和詩來。

閏六月初七日疊韻柬舫西③

長日何堪閏小年，④炎風暑雨惱人天。近來詩境黃楊縮，我欲仙時筆不仙。

捷報隆隆夜欲闌，兩階干羽望師班。書生自笑從戎拙，只有懷人夢往還。

羅漢山頭首重回，不如歸去鳥聲催。瓜期數到雙星節，好遣西風送客來。

寄懷費西墉農部再疊前韻

出塞看山又一年，石梁土嶺隔南天。行程幾日長如許，要學君家縮地仙。

日上花磚卯酒闌，都中留守是仙班。吟筒好向灤河擲，多少詩逋

---

① "間"，刻本作"閒"。
② "燭"，原作"窗"。
③ "閏六月初七日"乃後加，《詩草》無此數字。
④ "閏"字乃後加。

努力還。①

憶昔西江泛棹回，迎春花底曉妝催。竹牀冰簟涼生夢，知有投懷燕子來。西墉新納姬。

秀峰書院消夏雜詩

日與秀峰居，不識秀峰面。退食一關心，山靈隔牆見。大都閒中景，總向忙中亂。②人海劫茫茫，回頭即彼岸。同居煩惱城，誰把智慧劍。

琅琅讀書聲，徹夜水瀉瓶。俗耳久不習，如聽鈞天鳴。感此憶吾父，講學歲幾更。③吾年十一二，昕夕長趨庭。虛車失正軌，謬飾輪轅行。父曰兒勉旃，大道在六經。一經一口授，④問難隨諸生。吾母夜課讀，⑤憐兒弱不勝。棗栗滿懷袖，機杼依燈檠。吾父謂吾母，眼見兒學成。兒今年卅二，荒落同榛荆。一官四千里，慚愧稱功名。⑥報國恃何物，⑦思親空復情。白雲渺天際，中夜愁填膺。

側聞塞上行，苦寒不苦熱。我汗如雨流，熱豈由中出？洪爐大造圍，火繖炎官設。地颺元規塵，天開趙盾日。冰雪明素心，炎威那能奪。

旅人得僮僕，相倚如親知。執爨賤者役，以代中饋司。二豎日騷擾，獨客心危疑。雖非右肱折，頗類左股夷。塞垣市集少，百貨爭居奇。牛溲馬渤外，并無敗鼓皮。安得壺公藥，更尋扁鵲醫。

眾山環灤京，各自立門戶。或飛倚天劍，或破修月斧。或削奇肱輪，或鑄駱越鼓。陳帽方聳高，謝屐前後俯。腹垂赤心胡，拳握鉤弋

---

① "力"，《詩草》作"還"。
② "忙"，《詩草》作"茫"，中有一墨圈。
③ 此兩句《詩草》作"感此昔講學，寒暑無時停"。
④ "授"字乃後加。
⑤ "母夜課"，原作"父謂吾"。
⑥ "慚愧稱功名"，原作"動稱功與名"。
⑦ "報國"二字間空一格。

女。仙佛神鬼妖，龍蛇犀象虎。收羅尺幅中，可作《山經》補。邱壑落誰胸，惟甫山山甫。盛甫山惇大、曹山甫惠華兩舍人，俱善畫，時同在熱河。①

山甫未五十，短視兼重聽。金箆刮何有，社酒治不靈。酬以擘窠字，②答以撞鐘聲。逢場偶作戲，退院各如僧。我學陳無己，君爲曹不興。神交在詩畫，白首可忘形。

吳侯官納言，謂槐江參議。其直乃如矢。青白界眼中，春秋劃皮裏。古鏡能照心，靈犀善分水。雨窗揮麈談，竟夕清風起。

去年客興桓，下馬十日留。看山未盡興，食蔗不到頭。今來兩閱月，夙願天爲酬。橫峰側嶺間，③車轍馬迹周。老饕過屠門，肯作染指謀。酒人逢麴車，口角涎先流。功名我如贅，物外逍遙游。

七　夕④

食字無多腹笥虛，閒庭誰曬郝隆書。天公解爲人藏拙，故遣愁霖到敝廬。

孤館涼添一味秋，⑤風聲鎮日在簾鉤。客中未煮同心膾，特買花瓜上酒樓。

立秋日作

大地連沙漠，西風到此先。簟涼新雨後，鐘警未霜天。問俗知花事，游山借酒錢。馬頭秋興劇，早晚著吟鞭。

客中仍作客，古塞滯行踪。別緒天涯草，秋陰日午松。風威厲羊角，雲勢擘駝峰。都下如桑梓，歸心一例濃。

---

①　"盛"字前原有"謂"字，"惇"字後原有"惇"字，"山甫"後原有"甫"字，"善"字後原有"人俱善"三字。
②　"擘窠"二字，原互乙。
③　"間"，刻本作"閒"。
④　此詩見於《詩草》卷一。
⑤　此句原作"鎮日西風響幔鉤"。

雨後即事

積翠浮天外,①遙山雨過時。溪流忙似我,石骨瘦于詩。②衣薄驚秋早,③燈明退食遲。虛庭佇涼月,殘滴墮風枝。

秋色來何許,開簾試一尋。雷聲多斷續,山氣互晴陰。買菊供詩料,④看雲養道心。客居雖近市,肯受俗塵侵。

寄　內

宮漏迢迢枕上聞,那堪同夢隔燕雲。尺函遠寄相思草,抵得蘇家織錦文。

兒女今宵憶我無？長安人對月輪孤。霜前刀尺風前杵,絕好秋閨夜課圖。

酬錢裴山農部見寄山水詩畫

江南山水秀且奇,美人裝束神仙姿。灤河之山半如佛,面目光明性枯寂。有時雲起峰糢糊,⑤幻作阿羅漢五百。君從江南來,我向灤河去。各抱看山心,臨歧話絮絮。一鞭剛指興桓樹,青石梁高雁飛度。王摩詰寫畫中詩,謝宣城寄驚人句。連日軍書出塞忙,山南山北負秋光。客心癢似蔡經背,喜見麻姑指爪長。

贈盛甫山舍人

銷夏灤河別有灣,軒窗面面俯雲山。憑君三寸如刀筆,割取烟霄翠岫還。

---

① "浮",原作"來"。
② "于",《詩草》作"於"。
③ "秋",原作"寒"。
④ 此句原作"移菊供清賞","移"又改作"賣"。
⑤ "糢糊"原互乙。

作書如畫畫如詩，三絕兼操筆一枝。賸有閒情寄絲竹，①清歌人喚奈何時。

直次呈鮑樹堂侍讀徐晴圃舍人

晝長無事上公門，②消受清閒福幾分。雨榻對眠徐孺子，詩窗兀坐鮑參軍。苔青古壁留蝸篆，草綠斜坡聚鹿群。月殿雲開天上曲，③依稀下界帶風聞。《長生殿》傳奇有《月殿雲開》一闋，上祈晴則令內監按譜鼓吹。④

八月初七日自灤陽還都門途次漫興⑤

屈指程途數日間，⑥魚游知樂鳥知還。秋新尚帶三分熱，歸急惟爭一字閒。飛白雁書邊月夜，放青馬卧夕陽山。塞外牧牛馬謂之"放青"。此行不爲蒓鱸美，南望鄉心脈脈關。

稻黄莊旅店題壁⑦距南天門五里。

短垣矮屋隱溪隈，暫卸征鞍亦快哉。僕懶倩人攜襆被，馬飢隨路齕蒿萊。籜聲捲地風吹滿，山影橫窗月上來。重憶洛迦仙境好，南天門是望鄉臺。洛迦山在吾邑，南天門古刹有"洛迦仙境"匾額。

稻黄時節理歸鞭，八口浮家夢屢牽。寒夜犬如山鬼哭，獨衾人似野蠶眠。村荒難覓澆書酒，霜早先籌買菊錢。卻憶長安多舊雨，招邀同對月華圓。⑧

---

① "賸"，《詩草》作"剩"。
② "公"字前空一格。"晝"，刻本作"畫"。
③ "開"字、"天"字間空一格。
④ "闋"字下空一格。"上祈"乃後改，原字不清晰。
⑤ "八月初七日"，原作"七月二十七日"。《詩草》作"七月二十七日"。
⑥ "間"，刻本作"閒"。
⑦ 《詩草》删"旅店"二字。
⑧ 此兩句原作"聽説長安秋色好，到門□(此字不清晰)及月華圓"。《詩草》末句原作"十晴五雨養花天"，與此不同。

劉澄齋舍人見贈全唐詩賦此酬別①

將兵須將淮陰兵，②學詩須學唐人音。唐人詩律如軍律，時抱多多益善心。小儒謬托操觚手，擊碎珊瑚裂瓊玖。優孟衣冠貌不成，束芻爲靈木爲偶。詩魂已散誰收拾，全豹斑明狐腋集。一代鴻文朗朗行，九原才鬼啾啾泣。此册長留《大雅》風，後先異曲卻同工。十洲三島懸溟海，萬户千門闢漢宫。澄齋家塾富圖史，十百同官一知己。舊時樽酒細論文，近日廢詩重讀禮。短僮走遞古錦囊，歸路迢迢汾水陽。秋風送客愁無那，③明月投人夜有光。開函手把琳琅帙，詩史詩豪齊入室。古調今人暢好彈，援琴又與知音别。

黄　葉④

玉河水冷蒹葭蒼，有客柴扉愁斷腸。一樹兩樹忽秋色，千山萬山多夕陽。菊花時節人初去，柿子園林路正長。折得幾枝誰可贈？離亭把酒近昏黄。

岸葦汀蘆萬畝餘，杈枒幾樹隔村墟，多愁多病雁來後，經雨經風秋老初。思婦容顔半枯槁，道家裝束甚蕭疏。詩情輸與崔黄葉，寫遍寒山總不如。

郊　行⑤

郊行非世外，已斷俗塵吹。林密蟬聲聚，雲崩鳥路危。牛羊荒冢迹，烟火隔籬炊。日下遺聞舊，關心古廟碑。

---

① "劉澄"，原作"黄葉"。
② "將兵"，原作"玉河"。聯繫下首，乃詩人抄錯後改。
③ "送客""愁無那"原誤互乙。
④ 此詩見於《詩草》卷二。
⑤ 此詩及《晚歸》皆見於《詩草》卷九，又皆見於《詩鈔》卷八，刻本皆在卷五。

晚　歸

不敢窮游覽，都城夜禁嚴。堤根塔影卧，樹罅月輪嵌。暮景山如睡，秋心草未荄。天南有歸路，何日挂征帆。

題　畫①

花香在水溪三面，屋小于巢樹一林。選石要同詞客坐，抽橋防有俗人尋。

昔我山房借樹開，②頻年坐此長詩才。詩中偶話林泉勝，卻被人偷入畫來。

出西直門至海淀道上雜咏

黃葉如雨落，一鷹飛出林。側身思掠食，雞鶩亂牆陰。廢寺僧行乞，逢人説普陀。柳陰長奉佛，擊鉢待車過。陌上誰家女，含羞送客行。③一簪無數菊，斜日鬢邊明。茶肆轉村橋，秋花結綺寮。秝籬牛鐸隱，石路馬蹄驕。

歲暮書懷④

機庭畢竟少閒官，日暮歸途風雪寒。⑤一瓣名香祭詩急，⑥千金敝帚掃愁難。不言溫樹原非拙，儘有唐花卻易殘。檢點年來稱心事，⑦祇爭人與竹平安。⑧

---

① 此詩見於《詩草》卷十一，又見於《詩鈔》卷八，刻本在卷五。
② "昔我"，原作"我有"。
③ "含"，刻本作"舍"。
④ 此詩題見於《詩草》卷二，然内容不同，非同一首詩。
⑤ 此句原作"日夕歸來踏雪寒"。
⑥ 此句有改動，然不易辨別。
⑦ "檢點"，原互乙，後改。
⑧ "爭"字乃後補入。

借樹山房詩鈔卷六　戊午①
定海　陳慶槐　應三

二月十八日雪後作②

　　冬雪消未盡，又見春雪積。人占年屢豐，我嘆田皆石。年年事筆耕，得雪不養麥。釀作寒士寒，經春無暖色。驅車出門去，同雲滿街塞。墮地五出花，半逐冰花釋。積淖路三叉，埋輪泥一尺。我馬已登陁，我車尚行澤。前軒後仍輊，左反右忽側。一笑車中人，輕如彈丸擲。我家在江南，氣候殊燕北。春初花早開，雪後意差適。青嶂一帆懸，綠波雙槳劈。不聞訪戴人，竟受輪蹄阨。駑駘無遠志，鴻鵠有倦翼。何日卸名繮，烏篷載歸客。

夜經西便門即事③

　　荒冢累累與寺鄰，冷風瑟瑟動車塵。騎牆一樹森如鬼，老幹枒杈欲攫人。

---

　　① 右側云"校畢""古今體六十一首"。此卷所收詩多見於《詩草》卷七，下僅注不見於卷七者。中間數首抄者字體有別，多簡體字，後有改有未改，茲一並用繁體，不再一一出注。《詩鈔》版心處有"借樹山房詩鈔卷六"字樣，下有頁碼，此卷共十二頁。所收詩篇順序與刻本同，文字略有差別。《詩鈔》與《詩草》及刻本不同之處，分別注明。若僅指出某處與《詩草》不同，而未說明與刻本同否者，因《詩鈔》與刻本同，反之亦然。
　　②③　此詩見於《詩草》卷八。

張船山檢討至自遂寧感而賦此①

秦蜀道方梗,去來君獨行。眼空名士氣,詩雜戰場聲。力竭難將母,身閒且論兵。食貧吾輩事,誰為掃欃槍。

憶昨飛章入,渠魁計日擒。貂蟬諸將夢,宵旰至尊心。②報國身誰許,③同仇恨頗深。學書須學劍,悔極一沾襟。

次韻朱少仙宿固安見寄

君向吳淞去,三年白髮催。恰愁容易別,不到果然來。馬上詩筒擲,花時酒甕開。城南舊游處,好遣夢先回。

夜　坐

欲雨不果雨,宵分暑氣煩。電光明樹隙,螢火下牆根。坐久茶香減,④愁消酒力存。來朝故人至,重與對清樽。⑤時少仙將入都。

六月初四日大雨⑥

打頭幾點蕭疏雨,陡作三千鐵弩飛。庭院水高燈影活,屋檐溜急語聲微。好清蜀道傳烽堠,莫阻秦關報捷旗。我檄雨師如檄將,九重天上正宵衣。⑦

連日天街卷白波,江南江北憶如何。苦經三月桃花汛,⑧愁聽中流《瓠子歌》。轉粟淮徐除道急,鳩工齊魯役民多。天心畢竟長仁愛,

---

① "檢討"二字乃後補。
② "旰"字、"至"字間空一格。
③ "報"字、"國"字間空一格。
④ "坐久",曾改作"□甚"。
⑤ "樽",《詩草》作"尊"。
⑥ 《詩草》無"初"字,"雨"字後有"後作"二字。
⑦ "將"字、"九"字間空一格。
⑧ "汛",刻本作"汎"。

不遣洪流助決河。

棋　聲①

暖玉屏間竊聽，銀燈花底閒敲。②夜闌飛雹爭落，雨急珍珠亂跳。細比金丸疊弄，繁疑錦瑟齊搊。雲驚白鶴仙觀，人在黃岡竹樓。

題船山指畫荷花即次其韻

不看花鏡向空栽，是處烟霞許脫胎。③天遣巨靈隨手擘，蓮華十丈忽飛來。④

七十二鴛鴦吟社醉歸戲題主人比香兒詩後

香閣藕花紅，吟詩滿翠筒。味如飲醇美，筆較畫眉工。別製羅生體，能傳謝女風。千金誰換得，冀北馬群空。

未許紅兒比，⑤溫柔占此鄉。花應憐蝶小，⑥詩不抵情長。打槳迎桃葉，題箋贈李香。⑦畫圖曾識面，隔水妒鴛鴦。

與船山少仙同飲醉後放歌⑧

年年三伏長苦熱，我輩一生長苦別。得如今日事非偶，徑須觸熱盡杯酒。酒人若教一處死，腐爛成團鬼亦喜。君不見，蜀棧秦川接楚氛，沙場鬼哭無人聞。髑髏不堪為飲器，萬死安能抵一醉。

---

① 此詩見於《詩草》卷二。
② 此兩句原作"一局東山別墅，丁丁按譜閒敲"。"間"，原作"前"。
③ "處"，原作"到"。
④ "華"，原作"花"，《詩草》亦作"花"。
⑤ "未"，原作"不"。
⑥ 此句原作"花原因蝶好"。
⑦ "箋"，原作"詩"。
⑧ "仙"後原有"蕚堂、小筠、習齋"數字，後刪，《詩草》亦有此數字。

早起即事

捲簾脈脈坐虛庭，竹外微茫數點星。①多少濃陰還釀雨，曉天如夢不曾醒。

綠槐樹底長青莎，手握蒲葵趁曉過。蠅已出來蚊未散，惱人常覺市聲多。

同周萼堂家小筠習齋納涼作②

趺坐息塵勞，相看脫苧袍。雨多新菌出，風急夜螢高。說鬼奇爭賞，參禪暑可逃。得閒殊不易，莫更話牢騷。

步雲店夜歸

六街人靜後，月入亂雲堆。歸路一燈引，清宵三鼓催。泥深車轍斷，石立井垣來。一醉糢糊甚，鄰家門誤推。

捕蚤

積雨生夏蟲，群飛遞隱見。蚤也無羽翼，獨與人爲難。晝潛衣褌中，夜匿衾枕畔。人身小天地，卻被騷擾遍。③引手以爲兵，五指布刀劍。踊躍聽臂使，縱橫誓血戰。跳蟲爾小醜，形勢何散漫。東擊既西奔，④南抄復北竄。地窄迸力攻，⑤情急突圍亂。蠛蚊蟊蠅，詭遇獲無算。明知殺戮誤，且作俘馘獻。大索累十日，右臂苦欲斷。左臂不赴援，養癰自貽患。倘執軍法論，爾罪曷可逭。側聞鷗鶄鳥，撮蚤毫末見。安有萬物靈，從容坐觀變。逐鹿須張罕，射虎須帶箭。蚤如捕

---

① 此句原作"竹外糢糊幾點星"。
② "周"字乃後補。《詩草》題作"同萼堂、習齋納涼作"。
③ 《詩草》下有"流毒及四體，厥罪曷可逭"兩句。
④ 此句以下至《初十夜解衣露坐盛小坨適至有作》詩末，字體有別。
⑤ "攻"，原作"功"。

海寇，水軍急宜鍊。網羅用三驅，盆盎置一面。奇爭背水陣，勝比決河灌。小試頗牧手，已足平衆叛。

陶然亭醉歌同少仙作

三年不上斯亭矣，舊雨飄零賸無幾。十年廿年轉眼來，爾我不知誰到此。更歷百千萬億年，斯亭或恐無遺址。卻趁今朝亭未圮，亭上重來我與爾，何不一樽醉倒松花底。君不見階前白髮僧，昔年髮比佛頭青，又不見中庭碑刻石，一彈指間石已泐。右安門外君來處，①日日移棺出城去。棺中臥者起問之，也應曾在斯亭遇。進君酒，握君手，爾飲一石我一斗。人生何者為忌諱，口不言死死終有。一醉不醒死何負，秦皇漢武求長生，不及江東一步兵。五柳先生願長醉，三閭大夫空獨醒。吁嗟乎茫茫苦海愁無邊，得閒飲酒真陶然。風月一亭足千古，爾我一別成三年。今朝更計三年前，再活百年不過三萬六千日，再飲斯亭亦只三十三日閒，世上豈有真神仙？

少仙招同平泉見山商山集步雲店分得韻字②

落日聞亂蟬，秋懷忽如慍。披衣出門去，且酌鄰家醞。主人號酒狂，拇戰孤軍憤。客至買花看，囊空事亦韻。風雅根性靈，清閒關福分。顧余馬上身，誰向樽前問。予將有灤河之行。夜柝滿空街，一笑燈花暈。③

七月初九日偕少仙小筠飲船山寓齋席上看少仙作心蘭四友圖④

交到忘言氣味真，春風楚畹記前因。墨花灑出香無縫，一寸心藏

---

① "來"，原作"外"。
② "同"，原作"仝"。"見山、商山"，原作"伯雅、仲錫"，《詩草》作"伯雅、仲錫"。"見"字前曾增一"莫"字。
③ "燈"，原作"鐙"，《詩草》作"鐙"。
④ "九"由"十"改，《詩草》亦作"十"。刻本無"七月初九日偕少仙、小筠"數字。

一故人。

初十夜解衣露坐盛小坨適至有作①

秋暑如宿火,無焰亦熏炙。絺衣不著身,和月挂蘿薜。②敢學劉伶狂,棟宇比褌窄。頗思子桑簡,怕對衣冠客。剥啄一聲來,燈光漏門隙。獨鳥下寒沙,驚魚返石穴。聲縿入户喧,影已隨形匿。誰知來故人,拍掌笑啞啞。爲言交耐久,忘形到頭白。古來戴笠者,逢車肯蹢躅。當筵客不飲,主人少歡色。③請脱焦葉衫,同游裸形國。

删竹和少仙④

日與俗人處,意不忘此君。正如枯槁士,食肉思菜根。君身有仙骨,愛竹如愛身。不使一瘤贅,⑤肯令枝指伸。前年入都下,遺我緑玉珍。我懶百事隳,荒棄同荆榛。⑥君去竹無色,⑦君來已欣欣。重飲北窗酒,更開西園門。枯梢并敗籜,⑧剪茸皆躬親。⑨月明枝葉凈,何處容纖塵。磨圭定磨玷,治絲先治棼。蓬首就梳櫛,膏沐彌清芬。借君删竹手,爲我揮郢斤。我詩竹不喜,勿向林下陳。⑩

予將有灤河之行萼堂習齋邀同船山少仙香竹小筠集借樹山房餞别席間船山爲萼堂指畫山水分韻得頭字⑪

墨氣長隨酒氣流,指尖尖似筆公頭。憑君添畫騎驢我,一髮青山

---

① 此詩見於《詩草》卷四,"初十"原作"秋",《詩草》亦作"秋"。"盛小坨",《詩草》作"邱臀山"。
② 此句原作"夜挂藤蘿月"。
③ 此兩句原作"當筵客不舉,主爵胡由卒"。
④ 此詩見於《詩草》卷二。《詩草》"少仙"上有"朱"字。
⑤ 此句原作"不使贅瘤結"。
⑥ "棄",刻本作"葉"。
⑦ 此句有改動,不易辨識。
⑧ "敗籜",原作"殘節"。
⑨ "剪",《詩草》作"翦"。
⑩ "向",原作"下"。
⑪ 此詩以下至《廣仁嶺下作》詩末,字體有别。

塞外游。

莫見山商山兄弟招同朱少仙集紫藤軒賦此留別①

投筆上征鞍,塵勞惜此官。百年愁共訴,②一日別猶難。骨肉論交摯,風霜入夢寒。塞垣殊寂寞,寄我好詩看。

方茶山比部熊壽庵儀部招同顧容堂農部查蘭圃居士集綠雨山房即席成句③

窗外水三尺,④樹陰山一拳。久晴誰料雨,不醉豈能仙。拇戰誇餘勇,觴飛了宿緣。茶山屢招飲,余俱以有事未至。塵勞幾人息,惆悵此離筵。予將赴灤河,蘭圃亦有山左之行。

無力請長纓,樽前莫論兵。能詩非福澤,得酒勝功名。我悔言多中,君休氣不平。鳳凰鳴自好,誰聽夜烏聲。

題高心蘭大令琴鶴雙清圖⑤

一僮抱琴來,一鶴隨琴至。萬綠結成帷,中有神仙吏。鶴能舞,吏能琴,高山流水皆知音。琴為友,鶴為子,日夕蕉窗伴圖史。愛民如鶴心轉勞,得士如琴俗真美。此圖更添億萬卷,讀畫如讀循吏傳。散在民間作口碑,勝他花滿河陽縣,君不見趙清獻。

蟋 蟀⑥

草根唧唧近蕭辰,攪我安眠自在身。遍地秋聲如警世,此時夜氣

---

① "見山、商山",原作"伯雅、仲錫",《詩草》作"伯雅、仲錫"。"仙"字後曾補入"吳香竹"三字,後刪。
② 此句曾改作"九迴腸未斷"。
③ "儀",原作"禮",《詩草》作"禮"。
④ "窗",《詩草》作"門"。
⑤ "大令",原作"琴明府"。此詩見於《詩草》卷八,詩題作《題高心蘭明府〈琴鶴雙清圖〉》。
⑥ 此詩見於《詩草》卷八。

正迎人。唐風勤儉歌誰繼,幽土艱難繪不真。聽到更闌愁似織,怪他促得鬢絲新。

蟬①

螳蜋攘臂肯安然,揀取高柯試一遷。翼正奮時經雨重,吟當苦處待風傳。對人如訴不平事,笑爾獨愁將晚天。碧樹無情秋漸老,可能羽化竟登仙。

南石槽題壁

西風吹客夢,一夜出都城。行路誰知己,題詩不署名。關心秋雁過,識面好山迎。落日離愁動,腸迴第一程。

望都嶺

漸上不知嶺,回頭已在巔。②近山多瘦婦,種秋滿梯田。樹壓崩崖上,農歸破屋邊。都門從此望,客況自年年。

瑤亭見賣鷹者

飽難颺去呼先到,一入牢籠便不才。莫倚秋風露頭角,黃金換得汝身來。

白河澗

峽束疑無路,雲開別有村。當車頑石立,繞道急流奔。斥堠山分界,人家柳作門。眼看禾黍熟,賣酒亦盈樽。

由南天門出古北口至狼窩道中即事

一度瓜期一往還,馬蹄得得響空山。恰憐今歲秋寒早,雁入關時

---

① 此詩見於《詩草》卷八。
② "巔",原作"嶺"。

我出關。

彩沙激石轉橫塘，雨後山泉比客忙。吹出紫瀾如海色，板橋立馬憶家鄉。

草滿山坡水滿溪，斜陽遠近路高低。渴來偏是茶難覓，綠樹前頭喚賣梨。

到處逢人即問程，某山某水看分明。書生記里憑詩筆，一路敲來作鼓聲。

三間房遇雨

爭道秋晴慰客懷，霎時雲氣萬山皆。連朝風日連宵月，少助詩情雨亦佳。

雨後度青石梁宿黃土嶺下①

短車獨向嶺雲穿，界道飛流雨後天。②對岸有山都放馬，出關竟日不聞蟬。菜羹麥飯田家味，槲葉蒿莖土竈烟。足底峰巒尚無數，③且圖安穩一宵眠。④

王家營題壁

匆匆下馬入柴門，短後衣衫半是塵。壁上周圍看墨迹，客中萬一遇詩人。院多遺穗秋成好，膳少雙雞野味真。幾日程途幾餐飯，俸錢散盡笑官貧。

---

① 詩題原作"雨後由青石梁過黃土嶺晚宿常山峪旅店"，《詩草》同原題。
② 此兩句原作"瀟疏雨過夕陽邊，人在車中路在天"。第二句數易詩稿，不易辨別，陳氏後題於天頭處："（次句）磴滑深深雨後天。"又曾改作"磴滑溪喧雨後天"，三改作"界道飛流雨後天"。
③ 此句原作"夢蝶夢花誰復憶"。
④ "且"，原作"只"。

廣仁嶺下作

絕頂烟嵐挂樹梢,有僧于此手編茅。①山如太古誰能學,石不多言便可交。疏雨半林停屐齒,斜陽一縷帶鞭鞘。六龍返轡期應近,②輂路新修到水坳。

行抵灤河贈鮑樹堂侍讀即送其次日旋京

與君竟似一家人,僮僕相看亦互親。對酒不拘前後輩,剪燈重話去來因。坐依塞草秋心動,檢到歸鞍別恨新。且復連牀眠半夜,詰朝滾滾馬頭塵。

入　直

卸裝重入直,衣履尚塵埃。巷狹車爭擁,河乾路忽開。負薪朝市散,躍馬健兒來。風景都如昨,霜華兩鬢催。

雉堞環宮闕,③年年此駐車。入門心似夢,對牘眼生花。茶喜中官饋,詩憑舊雨誇。班齊相公至,一笑吏排衙。

直次對雨

檻外秋陰門外山,隔牆樹樹綠迴環。雨聲聽到分明處,消受公庭半日閒。

腹中著稿手捻髭,舊句零星積斷絲。人散雨來無個事,抽毫續得未完詩。

蜀中捷至寄勒宜軒制府

九鼎勞公隻手扛,黔江定後又巴江。奇鶬善遁誰能擊,活虎親擒

---

① "于",《詩草》作"於"。
② 《詩草》"六"字與前句"鞘"字間空一格,此"六"字、"龍"字間原有一"六"字,陳氏於天頭處注曰:"'六''龍'既係頂格寫,則不必更空一格矣。""近"字與下句"輂"字間空一格。
③ "環"字、"宮"字間空一格。陳氏於天頭處注曰:"'宮'字空一格。"

不受降。全局奕棋籌要早，專征斧鉞賜無雙。①受恩深處天難報，②急掃餘氛靖此邦。

少仙見寄墨蘭賦此奉酬③

多少離愁付酒杯，尺書鄭重對山開。素心只有花知我，隨著秋雲出塞來。

放歌遣懷④

山上既有山，海外更有海。君今汗漫游，不如守株待。⑤扶搖萬里鯤鵬搏，六鷁遇之飛不前。昆侖積雪生冰蠶，蟄蟲坏戶猶號寒。神仙富貴有時有，未必天許人人全。⑥勸君勿爭路，⑦咫尺雲泥不相顧。勸君勿出門，千荊萬棘在足跟。足跟從艮得止義，腳卻腫重腿則退，⑧請君細繹古人造字意。

題韓聽秋孝廉桂舲比部連牀聽雨圖 時桂舲在熱河。

尺幅溪山寫寸心，天涯兄弟舊聯吟。瀟瀟二十年前雨，點滴分明聽到今。

寒垣一雨一番寒，朔雁聲多夢未安。⑨是處有牀堪對設，卻虛半壁展圖看。

---

① "鉞"字、"賜"字間空一格。
② "受"字、"恩"字間空一格，"處"字、"天"字間空一格。陳氏注於天頭處曰："'天'字亦空一格。"
③ 刻本無"見"字。
④ 此詩原補於《中秋夜作》的天頭處，題作"放歌答□□"，不易辨別，後改作"答友人"，後又作"贈純齋"。此處陳氏於天頭處注曰："'放歌遣懷'應書于'韓聽秋'二首之前。"故移至此。此詩《詩草》屬卷三。刻本作"放歌行"。
⑤ 此句原作"此意竟何在"。
⑥ 此句原作"未必一一君能全"。
⑦ "爭"字係後改，原字不清晰。
⑧ "腫"，《詩草》作"踵"。
⑨ "多"，原作"中"。

陳霱巖蔡硯田兩舍人招同何純齋徐晴圃兩舍人費西埔農部集小西溝寓齋

在官身少安閒日，來此看山喜盍簪。酒好不宜耽夜飲，月明容易動鄉心。塞垣握手情懷熱，宦路低頭閱歷深。一醉匆匆忘世事，夕陽隨我下高岑。

中秋夜作

上塞行圍地，中秋獨客情。屋山當北斗，燈火聚南營。天闊江鴻度，風高櫪馬鳴。無邊今夜月，愁聽玉簫聲。

重陽前一日邀同莫見山商山朱少仙陸平泉周萼堂小集即席成句①

塞外歸來菊滿叢，重陽肯使酒樽空。竈儲落葉煨新芋，燈射秋籬剷晚崧。觸政肅然思將略，菜根香處信儒風。喜無剝啄催租吏，②讓與騷人鬥句工。

送別莫商山仙根昆季歸盧氏③

又向樽前話轉蓬，勞勞聚散百年中。泥深驛路征車緩，木落鄉關戍火紅。此去陡然增閱歷，得歸何必問窮通。高村渡口經霜竹，長護平安一畝宮。

讀本草④

素不諳養生，病中讀《本草》。自笑久束書，佛腳臨時抱。初觀意差愜，卒讀未了了。藥餌可長生，炎帝應不老。斫木更揉木，耒耨

---

① 此詩題原作"重陽前一日邀同伯雅仲錫少仙平泉萼堂小集即席成句"，《詩草》同原題。
② "租"，原作"詩"。
③ "商山"，原作"仲錫"。《詩草》詩題作"送別仲錫仙根昆季歸盧氏"。
④ 此詩見於《詩草》卷三。

利非小。①作甘本自然，茹苦情多矯。請撤參苓蓍，而嘗黍稷稻。不然取噬嗑，入市物都好。割肉爲膾軒，買魚薦鱻薨。三百青銅錢，壘塊直澆倒。漫學月中兔，藥杵長年搗。且聞藥毒人，精液立枯槁。一部《神農》經，僞託神農造。或由衣褐徒，駃舌力爲撟。人身小天地，安事日騷擾。夜深語未終，半空忽狂叫。先生勿置喙，此編特精妙。誤用由醫家，遺經供竊剽。一句兩句熟，千方萬方靠。藥性未分明，雜投冀一效。坐令衛生書，戕生同虎豹。當日著書心，字字如親詔。俗醫不識字，固非意所料。執此疑古聖，毋乃井蛙噪。紙窗響窸窣，坐久豎毫竅。風急牀動搖，燈昏鼠騰踔。掩書擁被眠，屋角鬼聲嘯。

久　客②

久客黃金盡，迎冬白髮新。惡聲喧債主，傲骨笑詩人。避俗交難廣，多愁酒漸親。吾生本如寄，③莫自損天眞。④

趙肖巖舍人粵游草題辭⑤

皇華嫻載筆，家學溯趨庭。肖子須才子，詩星即使星。得名薇省重，回首粵山青。我録新詞句，環看作畫屏。

十二月十七日紀夢⑥

陰壑無人水嗚咽，女蘿動搖蝙蝠穴。老鴉突起天風翻，猛虎怒號山石裂。一翁冉冉雲際來，千樹萬樹桃花開。花間定有仙山路，白霧漫漫不知處。

---

① "耨"，刻本作"褥"。
② 《詩草》作"偶成"。
③ 此句原作"飢寒皆本分"，後改作"多愁亦何益"。
④ "損"，《詩草》作"失"。
⑤ 此詩乃陳氏補於天頭處，見於《詩草》卷八。"辭"，《詩草》作"詞"。此處原詩爲《地炕》："誰移（原作'將'）坤軸作離宮，火土相生至理通。得氣何妨陽在下，負暄偶似日方中。泉溫人浴華清近（此處有改動，不清晰），律暖春吹黍谷空。一夜和風到香國，唐花滿眼吐新紅。"此詩見於《詩草》卷二，題作"地坑"。陳氏注於天頭處，曰："此首刪去。"
⑥ 此詩見於《詩草》卷八，題作"紀夢"，此處原亦僅作"紀夢"，"十二月十七日"乃補入。

借樹山房詩鈔卷七① 己未
定海　陳慶槐　應三

新　年

塵海茫茫任所之，新年且復賦新詩。官如烏鵲栖難定，境在冰霜履漸知。奕罷誰分棋黑白，醒時才辨酒醇醨。莫言小草心灰冷，我本無心似蒻蓏。

寄題陶篁村詩冢②

詩星大如月，歲久忽墮地。流光照九泉，才鬼踉蹌避。青林黑石間，時吐白虹氣。迹之不可得，孤墳沒草際。誰築此一坏，③知爲陶令裔。天遣葬花骨，馬鬣身親識。要使千載下，人琴長附麗。每嘆長爪郎，不幸嘔心斃。心血化爲燐，錦囊投溷厠。韋氏《浣花集》，半遭兵火熾。工詩乃益窮，殘稿亦爲累。我輩尺璧珍，世人笯狗棄。何如付一邱，入土百無忌。地下多修文，或知甘苦味。昌獨與羊棗，有口冀

---

① 卷前陳氏自題："校畢""古今體詩八十二首"。此卷所收詩多見於《詩草》卷八，下僅注不見於卷八者。此卷中亦有不同筆迹抄録，有簡體字，後有改有未改，兹一并用繁體，不再一一出注。《詩鈔》版心處有"借樹山房詩鈔卷七"字樣，下有頁碼，此卷共十五頁。所收詩篇順序與刻本同，文字略有差別。《詩鈔》與《詩草》及刻本不同之處，分別注明。若僅指出某處與《詩草》不同，而未說明與刻本同否者，因《詩鈔》與刻本同，反之亦然。

② 此詩詩題前有墨圈，陳氏於天頭處曰："此首應寫於第四頁"，於第四頁天頭處曰："《寄題陶篁村詩冢》寫于《與少仙飲酒》數首之前。"兹依初稿，便於與天頭處文字對讀。

③ "坏"，《詩草》作"抔"。

同嗜。曹瞞一世雄，疑冢七十二。橫槊富新篇，反令無位置。從知曠達人，胸次迥然異。昨聞生壙成，遠枉郵筒寄。君對西湖吟，我望東郭祭。將以詩殉詩，本無詶墓意。郢斤倘難施，可作退筆瘞。

偶　成

疾雷大風雨，庚亮塵一空。光天化日下，誰復防射工。不見豹文蔚，不聞豺聲雄。含沙伺人影，徒作可憐蟲。

梧桐生高岡，幹老益孤直。孫枝乃不肖，化爲榛與棘。葉葉背朝陽，①深孤雨露澤。舊時鸞鳳群，聯翩各他適。

一斬將軍頭，再斷烈士臂。灑血問旁人，寶刀利不利。寶刀遭缺折，敗鐵同廢棄。殺人以成名，終干造物忌。

頑石依冰山，山倒石轉立。故作崚嶒勢，慮爲衆口執。熊渠善射虎，飛矢行將及。米顛獨何心，下拜不敢揖。

寓齋新種碧桃詩以志興

紅香冉冉護窗紗，頗似蓬頭弟子家。入户東風應笑我，不甘冷淡種桃花。

長安不是武陵源，爲報花神莫避喧。難得三春好時節，新承雨露竟無言。

庭前丁香花盛開

千花萬花不留罅，紫電輝輝白雪下。香飯炊成玉粒開，流蘇結就珠帷卸。②頻年歷碌爲從公，車轍馬蹄西復東。今日提壺對花飲，方知人世有春風。

---

① "背"，原作"蔽"，《詩草》作"蔽"。
② "帷"字乃後改，原字不易辨識。

家樹齋先生招同莫見山朱少仙周蕚堂三孝廉集借樹山房有作①

送春幾日鬢成絲，又值清陰入夏時。真率會多消客氣，艷陽花落見松枝。劉蕡失意名增重，時禮闈方報罷。② 阮籍澆胸酒不辭。卻笑身閒如野鶴，大家叉手賦新詩。

次韻酬樹齋先生

清詩一讀一開襟，寫我詩中未寫心。自向宦途增閱歷，閒來人海看升沉。轄常在井家風古，筆亦能軍將略深。近日需材作舟楫，望公重破浪千尋。

雙槐歌

老槐當門屹相向，參差高出層檐上。皮乾葉脫冰霰餘，一夜東風春盎盎。其一青葱日改觀，兔目鼠耳生機暢。其一萌芽不肯放，黃金山下楠交讓。有如張璪畫古松，下筆生枯各殊狀。物生何關遇不遇，③舉頭樹底增惆悵。憶昔走馬來京師，瓊林杏花折一枝。同時一百二人中，我年最少心最癡。即今獨守黃楊厄，遥望鄧林爭秀特。枯木前頭自有春，世途榮落誰能億。吁嗟乎！甘羅得意鄧禹笑，青雲白髮驚梁灝。賈誼還成《鵬鳥》篇，許瓊未卜熊羆兆。退後一步庸何傷，爭先一着有何好，得失雞蟲空擾擾。君不見雙槐樹，同被春風浥春露，④著葉成陰分早暮。⑤我生如蟻任迴旋，夢魂莫上南柯去。

題祝蘭坡觀察山寺讀書圖即送其之任陝西

小隱安陽戶可扃，出山原祇爲生靈。關中自古多兵氣，段正初來

---

① "先生"乃後加。
② 《詩草》作"時少仙蕚堂禮闈報罷"。
③ 前一"遇"字乃後改，原字不易辨識。
④ "春露"二字原互乙。
⑤ "著"，《詩草》作"着"。

是福星。諸將才輸名士達，十年心有讀書銘。長槍大戟成何事，試展吾曹用世經。

同年洪達泉大令分發廣東賦此贈別①

十年鄭重讀書身，此日登車令尹新。名宦又添同榜客，遠游能慰倚門親。廉江魚鮓應忘味，庾嶺梅花好贈春。②莫爲龐公輕百里，非常事在有心人。

小鮮一割重良庖，俗吏看成市道交。按獄不知天遠近，得官先問地肥墝。經霜花縣誰能理，向旱廉泉亦易淆。獨有書生悉甘苦，素心長恐負衡茅。

番舶頻年道不通，南交十丈海氛紅。地多鯨鰐能吹浪，民苦鷄鶩亦避風。拔薤意關時務急，采珠人比縣官窮。尋常只解羅珍寶，宦味津津説粵東。③

功名好共古人傳，君比閒曹卻有權。難得聽民呼父母，肯因作吏慕神仙。代庖也要能游刃，塞責休誇不愛錢。我望陽城甘下考，贈行詩句少周旋。

題樹齋先生甬江聽雨圖④

昨宵有夢歸甬江，晨起讀畫心茫茫。迴思十二年前雨，公在他鄉我故鄉。⑤故鄉个个琅玕碧，與公各踞臨江宅。兩葉浮萍泛海寬，吳雲燕樹行踪隔。謁來日下喜重逢，雨聲暫止紅塵紅。甬江今夜誰同聽，公在圖中我夢中。

---

① "大令"，《詩草》作"明府"。此詩題以下至《典籍廳夜直作》詩題，字體有別。
② "贈春"二字乃後添加。
③ "宦"字乃後改，原字似抄誤。
④ "題"字後原有"家"字，《詩草》亦有此字。
⑤ "故"，原誤作"在"。

朱素人畫折枝酴醾芍藥見遺賦謝

飛英會裏半斜陽，蘂尾春歸欲斷腸。得似莊生化蝴蝶，夢中還戀筆花香。

儂與東風無一面，多情遙贈數枝春。乞君更向花枝外，畫個朱陳村裏人。

與朱少仙飲酒詩①

野菜堆盤味獨真，席間畢竟少菰蒓。惜君中歲仍爲客，與我他鄉枉結鄰。有子讀書心更苦，無田負郭氣先貧。秀才結習多應化，不愛詩人愛賈人。

豐年一樣嘆飢驅，亦有從軍意思無。事急關心惟管鮑，才難着眼在孫吳。古人治不忘兵法，我輩狂原號酒徒。今日請君濡醉墨，縱橫寫作陣雲圖。

天低屋角動星河，奇士當筵拔劍歌。經世確然胸有竹，出山久矣手無柯。略摘才藻爭名易，②不慕公卿奈爾何。眼界漸空心漸定，看人擾擾學維摩。

交如君我竟關天，③何止尋常筆墨緣。舊例朱陳敦夙好，外人秦越視同年。衣冠狀笑風塵俗，藥石言攻氣質偏。各有千秋期許在，性靈傾寫到樽前。

感　懷

頭銜依舊鬢絲新，消盡車前十丈塵。④稼穡不知兒習懶，米鹽無狀

---

① "朱"字乃後補。陳氏題於天頭處曰："《寄題陶篁村詩冢》寫于《與少仙飲酒》數首之前。"刻本《寄題陶篁村詩冢》在此首之前。
② 此句原作"肯趣風氣成名易"。
③ "竟"，原作"正"。
④ "丈"，原作"步"。

僕嫌貧。儘容市井欺吾輩，肯學神仙誤世人。安得歸田兼買宅，深山長作太平民。

閲歷深時膽漸寒，出頭容易噬臍難。卻思養福留餘地，莫漫矜才對長官。與我同心能有幾，以詩爲命太無端。白衣蒼狗須臾事，世態浮雲不忍看。

元龍意氣滿高樓，近日才人講應酬。語但吉祥君莫笑，腹誰空洞我先愁。恨無健翅隨黃鵠，防有機心對白鷗。不信古交零落盡，尋常世故也須周。

談文少暇況談兵，劍術年來學未成。海外有家空奔走，眼前無地說功名。祇聞帶甲人還滿，怕近彈棋局不平。北客盡愁西事急，東南誰爲斬蛟鯨。①

六月十九日得家書感事寄硯香弟②

宦路險于海，能生平地波。甑塵誰諒范，錢癖誤傳和。怪鳥呼桑梓，驚人避網羅。君看六州鐵，鑄錯竟如何。

不分遭蜚語，登場悔此身。泥中爭污我，局外易論人。事過都疑夢，書來恰賀貧。得官空弭謗，何以慰雙親。

贈趙味辛舍人三十韻③

文字成知己，同官已十年。骨皆如島瘦，名合在盧前。貧不治生產，狂能責聖賢。無心逐雲出，有口比河懸。才氣常驚座，科名欲問天。青衫艱一第，白眼傲群仙。舉世文同軌，何人筆似椽。④蠹惟知食字，雞或喜談玄。⑤獨把髯蘇臂，能齊短李肩。得閒詩課急，未老病魔

---

① "爲"，原誤作"南"。
② "硯香"，原作"灼三"，《詩草》作"灼三"。
③ "舍人"二字乃後補，《詩草》無此二字。
④ 前句原作"當世文同軌"。"當世"與"何人"曾多次修改，無法辨認。
⑤ "玄"，原作"元"，避康熙帝諱。

纏。思到傷脾苦,心經嘔血專。囊中長蓄藥,硯外更無田。人乃窮于鬼,官真定若襌。側身看蟻鬥,舉手送鶯遷。自分投閒客,難爭造命權。玉成聊自慰,株守只隨緣。堂上春垂暮,江南路幾千。不遑將父日,何論買山錢。嘉慶承平始,琉球籲請虔。_{時將册封琉球内閣,擬以味辛保送使臣。}①藩封昭世守,寶命待天宣。②推轂充星使,浮槎赴海壖。此時奇想入,一切俗情捐。要酹中山酒,將登破浪船。分裝羞陸賈,鑿空慕張騫。行止雖難卜,生平儘足傳。有名須赫赫,不用亦翩翩。我每趨綸閣,③時還劈錦箋。④欣呈項斯卷,擬贈祖生鞭。氣向秋風壯,情因舊雨牽。夜窗殘夢覺,月落屋梁邊。

答硯香弟代柬⑤

自卜城西宅,幽居少四鄰。移花剛得地,種樹亦宜人。獨惜鄉關遠,誰如骨肉親。⑥秋風來有日,夢繞紫絲蓴。

親在忍言老,其如雙鬢華。燈前支瘦骨,食頃墮殘牙。貧病都攻我,神仙也憶家。不知冠蓋累,鄉里望還奢。

七月初六爲東厢弟亡日屈指已三年矣泫然有作

昔年臨歿不曾見,疑爾至今還在家。想到別離皆樂境,教人涕淚滿天涯。雁行斷後傷兒輩,_{長侄咸熙去年痘殤,今惟次侄載熙存。}馬鬣封成感歲華。孤寡累親何日了,一官我尚繫匏瓜。

---

① "擬"字曾誤漏。
② "天"字前空一格。陳氏於"册"字、"寶"字右側分別標記三角符號,並注於天頭處曰:"'册封'‘寶命'俱空一格。"
③ 陳氏於"綸"字右側標記三角符號,並注於天頭處曰:"'綸閣'空一格。"
④ "劈",刻本作"擘"。
⑤ "硯香",原作"灼三"。
⑥ "如",原作"知"。《詩草》作"如"。

七夕立秋次少仙韻

曝衣齊向雨中收,此夕空閨易感秋。河壓陣雲難駕鵲,①郎騎戰馬不牽牛。新涼氣漸牀幃逼,②乞巧人還笑語柔。獨倚欄杆數梧葉,③西風吹動客心愁。④

初八夜大雨如注同家樹齋先生作⑤

忽有聲如鬥,銀河落樹間。秋心一夜雨,客夢萬松山。枕簟生涼驟,風塵寄迹閒。從君賞茆屋,⑥不醉亦歡顏。

次夜又雨

種稼滿畿甸,蝗蝻時復侵。雨聲連夜急,天意愛農深。直共刀兵洗,都將醜類擒。催成詩萬首,歌詠傳巖霖。

張子白大令春明錄別圖

與君為同年,別我已十載。見面何匆匆,去作神明宰。宰官只一身,民物環相待。宰官無十目,案牘浩如海。髮亂獨受櫛,路歧要循軌。醇儒自有心,俗吏安能解。近人知避俗,⑦變而為脫灑。不問積年獄,不顧四郊壘。入幕盛賓僚,鳴驥貢山水。種樹兼著書,談禪更說鬼。爬羅漢碑碣,拂拭周鼎彝。種種不急務,沾沾自矜美。君看循吏傳,若輩幾人在。曉色開行旌,西山鬱巋崔。送君出都門,此別情

---

① "難駕鵲",原作"防渡虎"。
② 此句原作"新涼氣是冰霜漸",《詩草》未改。
③ 此句原作"我獨憑欄看天象",《詩草》未改。
④ "客心",原作"百年"。《詩草》未改。
⑤ "先生"乃後加。
⑥ "茆",刻本作"茅"。
⑦ "知"字乃後改,原字難辨。

懷倍。曾作飢驅人，面目勿變改。①曾爲名下士，結習須懺悔。我詩如民謠，旦夕望君采。

送馮實庵給諫南歸②

雉膏不食憶鱸羹，未免忘情恰近情。一世論交多老輩，幾人退步似先生。得歸巖戶皆關福，曾直樞庭獨避名。③圭璧守身瓶守口，④大儒出處倍分明。

官職惟君大耐之，素心原不負清時。⑤渾金璞玉山公望，布襪青鞋杜老詩。負郭無田貧亦樂，種桃得蔭老偏宜。江南自是神仙窟，好駐丹顏賦紫芝。

買鄰喜傍僧珍宅，乘興時登庾亮樓。時與給諫同寓將軍教場五條衚衕。先後出山成冷宦，團圞看月過中秋。百年心事商前席，一葉烟波送去舟。識面已遲分手速，吳雲燕草不勝愁。

儒　冠

詔下閶闔城，雲開日正明。人游鄭鄉校，天眷魯諸生。⑥虎咒全收柙，弦歌不輟聲。儒冠寧誤我，珍重讀書名。

贈沈舫西侍御即用前韻⑦

衆志已成城，傷心獄未明。多君能鐵面，難犯是書生。笠澤回春

---

① "勿變"，原作"忽戀"。《詩草》作"勿變"。
② "實庵"，原作"玉圃"。《詩草》作"玉圃"。陳氏注於天頭處曰："《題邵壽民詩草》一首誤寫于第十二頁，應改寫《送馮實庵》之前。"刻本即此順序。
③ 陳氏於"樞"字上方標記三角符號，並注於天頭處曰："'樞庭'空一格。"
④ "壁"，《詩草》作"璧"。
⑤ "清"，原作"明"。《詩草》作"明"。陳氏注於天頭處曰："'清時'空一格。"
⑥ "校"字、"天"字間空一格。
⑦ 其下原有《趙肖巖舍人〈粵游草題詞〉》："皇華嫻載筆，家學溯趨庭。肖子須才子，詩星即使星。得名薇省重，回首粵山青。我錄新詞句（'句'，原作'好'），環看作畫屏。"於"薇"字右側標記三角符號，並注於天頭處曰："'薇省'空一格。"此詩陳氏圈除，且注於天頭處曰："此首編入第六卷。"

色,吳船載頌聲。誰知觸邪意,焚草不居名。

送別周萼堂歸里

把酒談鄉國,離筵哽噎多。寄書勞問訊,卜宅近如何。客舍初聞雁,歸舟欲叱黿。紅烟生海角,夢繞舊巖阿。

授經三載後,豚犬亦依依。秋柳傷人別,春風入座稀。馬行燕市疾,魚賣潞河肥。去去匆回首,辭家計總非。

知君因孝養,別作稻粱謀。愧我亦人子,長懷屺岵愁。海波高及屋,宦況冷于秋。爲報諸同學,萍踪悔遠游。

吳槐江中丞自盧氏行轅寄示新詩次韻奉酬①

不因富貴慕神仙,民物還多未了緣。買馬詩篇飛洛紙,來詩有《買馬》《買車》等篇,備述軍營情狀。伏牛山勢壓秦川。讀書人作長城寄,報國心如大纛懸。②《通鑑》一編資治急,令兄竹橋詩云"資治存《通鑑》",自注"六弟喜讀此書"。且拋巖壑待他年。

九日口占

無吏催租無客到,閉門且作飲中仙。一家人各傾三雅,七品官曾耐十年。冷暖世情看徹底,春秋佳日負從前。菊花易買詩難賣,猶喜囊餘月費錢。

竟不登高懶可知,半庭黃葉獨尋詩。境多未歷因心造,貧到無聊作病醫。此日青氈猶故我,數莖白髮是新絲。糗餈花飲還循例,莫待秋光去後思。

重陽後三日方茶山比部席上作③

過了重陽酒易賒,關心籬菊未開花。近來天氣因人熱,不遣風吹

---

① "中丞",曾改作"撫軍"。
② 陳氏於"國"字右側標記三角符號,並注於天頭處曰:"'國'字空一格。"
③ 《詩草》爲組詩,共兩首,後一首有删節符號。

帽影斜。

送費西墉農部之陝西臺中丞幕①

頻歲辭都下，身如不繫舟。今番赴關內，意豈羨封侯。奉命期何迫，從軍筆暫投。舊巢阿閣上，還爲鳳凰留。

戰守誰能策，賢勞分亦宜。風清嚴武幕，地近孔明祠。用世寧無本，談兵不在奇。佇君來獻捷，重賦凱旋詩。

九月十八日補官典籍有作 典籍廳漢官二缺以中書舍人資深者爲之

百尺竿頭進得無，乍操印鑰轉模糊。粗官笑我添蛇足，往事驚心捋虎鬚。得失塞翁聊自解，始終馮婦受人愚。且將身世閒閒放，入局曾經一著輸。②

勉強隨人說進官，家書博得我親歡。若論名下才多負，③不信枝頭果未乾。④奉粟一囊餬口急，哦詩十載稱心難。君看閣老何曾老，資格深時興漸闌。

顧匏庵畫寒山枯樹圖見贈詩以酬之

霜天真景問誰收，燕市相逢顧虎頭。拄腹撐腸皆石骨，烘雲托月爲山樓。半江早落紛紛葉，一筆橫拖淡淡秋。我欲抱琴兼載酒，興酣逃入畫中游。

典籍廳夜直作

吏閒公牘少，閉户一官尊。身外浮名寄，詩中結習存。檐虛風落瓦，樹秃月臨門。入世供游戲，羞將壯志論。

----

① "中丞"，曾改作"撫軍"。
② "著"，《詩草》作"着"。
③ "才"，原作"原"。《詩草》同。
④ "果"，原作"尚"。《詩草》同。

面目成今我，尋思一轗然。語奇遭俗罵，宦拙得天憐。繞磨同驢蹇，營巢讓鵲先。勞筋容此息，冷況可年年。

題瑛夢禪自畫小照

從何處來，向何處去。夢味禪心，百年小住。
一身自在，諸法通靈。有情無欲，是佛非僧。

題邵壽民舍人橋東詩草後①

怪底長安道，齊聲說項斯。心花開似血，酒氣結成詩。位置參仙鬼，情懷半點癡。何當宿薇省，②聯句月明詩。

次韻劉澄齋舍人再直省中作

依舊黃扉向曙開，③袖詩無語獨徘徊。杜陵憤切何人解，庾信愁多此日來。④每憶宦游如夢境，恰因閱歷寫心裁。上皇手澤分明在，重檢絲綸一告哀。⑤

叠韻柬澄齋

紅藥年年繞砌開，蓬瀛祇覺路迂徊。我如落葉隨風轉，君比歸雲出岫來。官冷易招秋氣入，詩清肯爲俗人裁。獨弦彈到傷心處，忽聽巴歌調更哀。⑥

---

① "題邵"，曾作"次韻"，可能誤抄下一首。詩題前有墨圈，天頭處陳氏注曰："此首應寫于第八頁，另將第十二頁一首寫于此處。"
② "宿"字、"薇"字處原有空格，陳氏於右側注曰"不必空一格"。
③ "黃"字下原又有一"黃"字，右側有改動，不易辨識。
④ "來"，原似作"開"。
⑤ "裁"字、"上"字間空一格。"檢"字、"絲"字間空一格。
⑥ "忽聽"，原作"重檢"。

題家樹齋先生秦嶺從軍圖即以志別時以守備銜發陝西。①

西向出門笑，一鞭歸故鄉。傳家自忠武，殺賊總尋常。再造君恩重，②前途地勢強。萬山連楚蜀，立馬話封疆。

半載京華住，談兵氣獨豪。頭銜初受賞，③臂病肯辭勞。草木新軍壘，風霜舊戰袍。鐃歌翻樂譜，健筆待君操。

邵壽民見示入直詩走筆和之④

收拾名場筆一枝，官閒性懶恰相宜。畫來總是葫蘆樣，到此應添芍藥詩。果有鳳毛吾亦愛，不如雞肋衆皆知。惜君早負凌雲氣，也向籠中守伏雌。

十一月十八日始雪送樹齋先生之陝⑤

篷車一輛輕如箕，珠塵瑟瑟空中篩。媵六之來如有約，迷漫及此西征時。西征旗幟森無縫，百二雄關十萬衆。沙飛鐵甲夜有聲，血漬寶刀紅欲凍。將軍一出賊膽落，天地動容風霰作。麾下新傳挾纊軍，功成不羨凌烟閣。昔年聽雨甬江邊，此時踏雪終南山。雪消雨止將軍還，清風明月西湖船。

讀李墨莊舍人師竹齋詩集題句贈之

嗜須膾炙飲須醇，不爲同官臭味親。冷眼熱腸推我輩，壯懷老氣屬詩人。詞清于水流三峽，筆勁如弓挽六鈞。看取浮槎經絕域，海天寫入一囊新。時墨莊將出使琉球。

---

① 《詩草》無"先生"二字，"發"字後有"往"字。
② "造"字、"君"字間空一格。
③ "受"字、"賞"字間空一格。
④ 詩題前有墨圈，陳氏注於天頭處曰："此首應寫于第十一頁《題瑛夢禪》二首之後。"
⑤ 《詩草》"樹齋"二字前有"家"字，後無"先生"二字。

寄懷邱訾山①

憶昔公車日下逢，蓬蒿三徑迓行踪。高談我亦驚焦遂，獨斷人誰繼蔡邕。自笑天真原爛漫，只除家計不從容。北堂萱草南陔黍，禄養時還說鼎鐘。

五年再下劉蕡第，一去難回宋璟春。海外久聞詩結社，世間可有藥醫貧。到門鹿豕空成隊，跋浪鯨鯢漸逼人。鼓角喧喧清夢擾，蓋頭須卜一椽新。

直次戲柬邵五② 壽民嗜酒，工詩，貌妍，書醜，故戲及之。

此間無地築糟邱，一醉難從皂隸謀。人為才名推賈至，我因狀貌惜留侯。入貲爭及為郎好，有目都緣識字愁。故事恰論前後輩，③紫薇花替冷官羞。

神仙富貴兩茫茫，鐘鼓樓前日月長。君不中書翻自在，詩真成癖又何妨？頭銜總帶寒酸氣，血性潛消仕宦場。④鼎食紛紛誰得味，笑余一籋十年嘗。

少仙出都十餘日矣補賦一章送之

十年三別君，贈行無一句。形迹日以疏，締交日以固。骨肉為至戚，家庭少世故。人生重知己，不重詩與賦。詩賦亦易成，匆匆一別遽。如遭意外事，惶惑無所措。又如趨者蹶，氣結不能語。飛飛趙北雲，歷歷燕南樹。此日送君行，昨君送行處。少仙出都前數日，曾與同車出彰義門，送樹齋之陝。聚散各有期，遲早各有數。同居一室中，千里勢已具。

---

① 《詩草》"山"字後有"孝廉"二字。此詩題前有墨圈，陳氏注於天頭處曰："此二首寫于末頁之末。"刻本即置於卷末。
② "邵五"，原作"壽民"。
③ "恰"，刻本作"卻"。
④ "潛"，原似作"難"。

萍蓬感路歧,松柏保歲暮。留君寸心在,任是天邊去。

李墨莊舍人奉使琉球詩以送別

　　朝衣一品漢官儀,玉册金符手奉時。①中有大清皇帝寶,②蛟龍不敢近船窺。

　　重光日出照無偏,九有齊聲祝萬年。③傳與外藩稽首聽,聖恩如海福如天。④

　　酌酒中山夜宴開,新詩遙對海雲裁。光芒萬丈青蓮筆,也似仙槎貫月來。

　　黿鼉嶼接彭湖島,海氣圓窿入望中。好是倚樓人並立,宮袍斜映狀元紅。謂正使趙介山修撰。

　　冰壺一冰使臣心,⑤凜凜天威咫尺臨。⑥頗笑陸生稱口辯,橐中賺得尉佗金。

　　歸夢年年繞洛迦,即普陀山,鐵蓮花洋在其西。重洋開滿鐵蓮花。憑君東向槎頭望,一髮舟山是我家。

次壽民夜直韻 時壽民署典籍。⑦

　　舍人磊落詩中豪,捉筆如刀不放下。奇句從心嘔出來,名流側目看還詫。霜天忽叩豐山鐘,風閣齊翻鄴侯架。爛如星宿海潮生,艷絕苧蘿村女嫁。嬉笑文章我最憐,風流罪過天能赦。得官聊以承親歡,倚醉曾經將佛罵。典籍廳前乍引身,絲綸閣外權司夜。⑧移文點簿爲

---

① "玉"字前空一格。"奉",《詩草》作"捧"。
② "有"字、"大"字間空一格,"皇"字另行頂格。
③ 陳氏注於天頭處曰:"'萬年'空一格。"旁又注"不必"。後皆刪。
④ 陳氏注於天頭處曰:"'聖恩'頂格寫。""聽"字原頂格,與後"聖"字間空一格,後寫入前一行末,將原"聖恩"兩字圈除。
⑤ 下"冰"字,《詩草》作"片"。
⑥ "天"字前空一格。
⑦ "時壽民",《詩草》作"壽民時"。
⑧ "絲"字前空一格。

生涯，筆格印牀相枕藉。舉管庫士非所期，入圖書府不能罷。一月從教四日留，典籍廳漢官率半月一夜直，每直兩夜。楚材竟許晉人借。君知瓜代是何年，人受墨磨原可怕。焚硯猶堪成散仙，嗜痂安往非吾炙。大千世界有逢迎，第五才名誰匹亞。爾我總憑詩作合，公卿爭似閒無價。擊鉢聲中燈影團，笑看官舍如僧舍。

雪中放歌再用前韻

何人力破天公慳，陽春欲來白雪下。我醉惟聞大衆歡，狂吟且使同雲詫。要翻北海爲硯池，更琢西山成筆架。家家户户詩作媒，一例豐年畢婚嫁。鬼錄紛紛積餓夫，雪中恍見天書赦。雞豚社酒及明春，看取酚陰醉人駡。卻憶西南方用兵，鐵衣刁斗嚴寒夜。髑髏飲雪無人耕，宜麥宜禾徒慰藉。小醜公然狼矢奔，①頻年未報干戈罷。②似聞道濟沙可量，頗覺留侯箸難借。豎儒僵守數尺氈，冰雹漫空出門怕。有耳忍聽巴人歈，有口枉嗜秦人炙。③談兵容易將兵難，請纓誰是終軍亞。瑾瑜絡繹獻廟堂，④手握砆砆空待價。踏雪高歌歸去來，白雲縹渺吾親舍。

得周蕚堂抵里後書卻寄

到日舉家歡，還鄉勝得官。迎人山蘊藉，繞舍竹平安。倍覺稱觴樂，⑤時爲尊公東山先生五十壽。回思索米難。燕臺多舊雨，翹首白雲端。

總角論交舊，他鄉揖別輕。感君還有弟，視我恰如兄。踏雪來蓬户，消愁借酒觥。夜長寒夢短，枕上話姜肱。令弟繩先在都同寓。⑥

---

① "矢"，《詩草》作"豕"。
② "罷"，原作"報"。
③ "口"字乃後改，原字不易辨識。
④ "獻"字、"廟"字間空一格。
⑤ "倍"，《詩草》作"彌"。"覺"字後補。
⑥ 左側有字曰"校畢""古今體詩八十七首"。"七"又改作"八"。

借樹山房詩鈔卷八① 庚申至壬戌
定海　陳慶槐　應三

趙茝畦大令贈詩圖

雪窗煮春茗，與客談正劇。有僮手持書，索題送行冊。詩人趙倚樓，得官將遠適。我無錦囊句，何以壯行色。客云詩有體，亦如官有職。好官如好詩，無心偶然得。刻意作能吏，必無實政績。縣令親民官，天子之所擇。②多方悅長吏，何如宣上德。③贈人以諛詞，何如直諒益。我謂客言戇，恐遭時俗斥。于理要不誣，官箴備一則。書此報同心，以應詩債迫。客言倘可采，吾責幸已塞。

二月初七日即事和邵壽民④

宦途迂拙笑書生，立脚休從險要爭。鷁退才知風有力，蟬吟恰嘆樹無情。不由徑竇原關品，若論神仙止是名。我向個中曾覆轍，前車空導後車行。⑤

---

① 此卷所收詩多見於《詩草》卷九至十一。此卷中亦有不同筆迹抄錄，有簡體字，後有改有未改，兹一並用繁體，不再一一出注。《詩鈔》版心處有"借樹山房詩鈔卷八"字樣，下有頁碼，此卷共十九頁。所收詩篇順序與刻本同，文字略有差別。《詩鈔》與《詩草》及刻本不同之處，分別注明。若僅指出某處與《詩草》不同，而未說明與刻本同否者，因《詩鈔》與刻本同，反之亦然。
② "官"字、"天"字間空一格。
③ "宣"字、"上"字間空一格。
④ "二月初七日"乃後加，《詩草》無此數字。
⑤ 此句原作"漫因路熟惜車輕"。

事本如棋一局翻，悠悠難與外人言。分明鸞鳳寧栖棘，多少羝羊又觸藩。刀可善藏須決計，璞因誤獻久銜冤。請君安樂窩中住，一任囂囂市井喧。

鄭青墅大令卓異來京賦贈

官如泌水十分清，不是沽名是愛名。久宦卻添書卷氣，新詩都作鼓鼙聲。筆翻信史千秋案，身領嚴疆一隊兵。尤喜故人能直道，謂吳槐江中丞。居然上考薦陽城。

閉　門

疏懶居然習慣成，閉門常覺此心清。荒園蚤起得狐迹，①老屋夜來多鼠聲。債急難將詩暫抵，腸枯賴有酒能撐。②幾人肯識閑官面，避俗如讎太不情。

門前轆轆走輕車，人境何妨我結廬。有事暫令妻課子，無錢長使僕鈔書。種成芳草招蝴蝶，看到桃花想鱖魚。甕牖自窺天萬里，更從僧借寺樓居。

郊　行③

郊行非世外，已斷俗塵吹。林密蟬聲聚，雲崩鳥路危。牛羊荒冢迹，烟火隔籬炊。日下遺聞舊，關心古廟碑。

晚　歸

不敢窮游覽，都城夜禁嚴。堤根塔影卧，樹罅月輪嵌。暮景山如睡，秋心草未芟。天南有歸路，何日挂征帆。

---

①　"蚤"，原作"早"。
②　此兩句原作"白墮三杯邀竹醉，黑甜一枕夢花生"。
③　此首及下一首均有刪節符號，天頭處均有陳氏自注曰："已入第五卷。"二詩見於《詩草》卷九，《詩鈔》卷五。

雜　感①

世路多忌諱，矛戟撐心胸。所言或戇直，往往攖其鋒。我生自有口，安能如啞鐘。請君采藥石，百病吾能攻。

雨露澤百草，歷亂緣坡上。豈知秋霜來，零落如反掌。芝蘭不自愛，誤托蓬蒿長。玉石同時焚，孤芳竟誰賞？

不經滄海波，誰念平安福。不睹恒河沙，誰知劫數蹙。一虎負山嵎，耽耽猶可逐。萬鼠竄屋梁，擾擾不可捉。

燒琴而煮鶴，理本無是非。盧扁稱聖手，俗骨何從醫。盲者百無見，于道多強知。好說夢中夢，適見癡人癡。

秋日從車之陝雜詩②

小隊弓刀出國門，據鞍可有壯心存。花經藥譜渾抛卻，一卷陰符馬上論。③

不是尋常負笈游，一身孤寄萬貔貅。軍行夜半銜枚肅，明月清風過定州。明月、清風皆地名，在定州南北各三十里。

雲海蒼茫動日輪，霜花曉拂戰袍新。遙林一帶沈烟黑，中有幽眠未起人。

石榴半破柿全紅，小疊成堆市價同。村酒十千無買處，前途何日過新豐。④

兵氣斜衝白日迴，水聲遙奮地中雷。淇園不是長城窟，卻報前鋒飲馬來。

路入朝歌麥早芟，秋原雨止日西銜。天光地勢浩空闊，森立墓碑

---

① 此組詩首尾有刪節符號，天頭處有陳氏自注"刪"。此組詩《詩草》有八首。
② 此組詩《詩草》有十首。此詩題以下筆跡有別。
③ "卷"字乃後補入。
④ 此詩首尾有刪節符號。刻本無此詩。

如遠帆。①

秋香迸入棗林間，歷碌征途意轉閒。劍在匣中弓在韣，車箱卧看太行山。

洛陽西去鬱嵯峨，漸覺秦山入望多。土屋烟青數家聚，鐵輪聲壯萬車過。

苦雨行 新鄉縣作。②

今日雨，明日雨，雨勢方張風力助，風風雨雨河南路。我在軍中不得眠，竟夜焚香持告天，區區之誠天鑑焉。秦人望師如望歲，莫遣風師雨師會。風雨蕭蕭行路難，③我兵躑躅泥淖間。兵行有馬兼有車，跣而立者除道夫。豈惟除道需多夫，馬需芻秣車需驅。一兵又需一夫俱，馬後替執戈矛殳。兵行誰見居人居，居人衣褲不蔽膝。昨日貸錢新製得，雨淋泥涴墨黑色。脫卻依然一身赤，④兵行一起復一起。連日淋漓雨不止，雨乎雨乎何日止。何不障此天河水，留待諸方甲兵洗。下慰耕田鑿井之良民，上報宵衣旰食聖天子。⑤

清化道中

西風捲征斾，落日送飛車。到驛惟看竹，濱河每食魚。山迎王屋翠，天入孟門虛。細繹風人義，懷歸畏簡書。

夜渡黃河

河聲落九天，行李中夜發。鞭指函谷雲，舟喧孟津月。爭先將士心，失險魚龍窟。驚傳適來處，屢葬征人骨。

---

① 此詩首尾有刪節符號。刻本無此詩。
② 《詩草》無注。
③ "蕭蕭"，刻本作"瀟瀟"。
④ "卻"，原似作"脚"。此下原有兩句"薄暮還家暫休息，妻兒嗷嗷饑待食"，《詩草》同。
⑤ "食"字、"聖"字間空一格。

過賈誼故里

亦知漢失治安策，獨惜生乖寧靜天。屈大夫應殊遇合，文皇帝自識英賢。無端痛哭當平世，終古才名誤少年。不見南陽臥龍臥，草廬養得道心堅。

中秋夜偕長總戎齡登硤石最高峰玩月①

似此清光徹夜懸，人間應有路登天。中峰獨占一輪月，下界低沉萬竈烟。縹緲微雲來華岳，蒼茫遠勢接秦川。②好將鐵笛橫高處，吹落秋風桂子圓。

由硤石改道赴襄陽即事成句③

我行重醉洛陽酒，天遣更裁伊闕詩。只當游山殊不惡，兵車送盡立多時。④

斷垣殘竈一關情，六月栖栖此用兵。怪底汝墳秋水急，出山猶作鼓鼙聲。時汝州賊甫平。

宛南小駐故人車，謂吳槐江中丞。珍重書來問起居。預擬秋深菊花好，偷閒同訪武侯廬。

瓦礫荒涼驛舍開，三年劫火尚飛灰。保安、博望二驛曾被賊焚掠。土人鋤畚爭除道，喜見王師躍馬來。⑤

病

封侯無骨相，把筆竟從戎。未卜千軍掃，爭禁二豎攻。詩應增口

---

① 此詩首尾有刪節符號。"石"，刻本作"山"。
② 此兩句原作"乍出轅門疑出世，不逢山鬼定逢仙"，《詩草》同。
③ "由"字後曾補"陝西"二字。《詩草》有六首。
④ "時"字下原有"斷"字，乃第二首誤入。
⑤ "王"字前空一格。

過，檄不愈頭風。報國知何日，①蹉跎十載中。

九月七日自南陽還都留別吳槐江中丞

公正防江我出車，相逢驛舍重欷歔。愁看諸路徵兵檄，賴有中州奏捷書。②汝州餘賊竄入魯山，至是悉擒獲。③唇齒勢連三楚闊，鼓鼙聲入九秋初。杜陵忠愛關天性，一讀新詩一起予。

千軍直走楚江隈，戎幕依人病忽催。相送居然自崖反，④此行如爲謁公來。⑤風霜氣逼秋將老，蒲柳天生我不才。卻笑談兵空有口，壯游心事已成灰。

駐馬轅門挾刺看，未能免俗爲居官。閒身入世終無補，別淚臨歧不敢彈。知己一人心已足，歸途千里夢先安。何當共返江南棹，聽雨篷窗到夜闌。

滎澤早發

遠樹蒼茫略辨村，一心宛轉逐雙輪。青山亂塞愁邊路，黃葉工摹病後神。秋冷衣衫親日色，天明鬼蜮避行人。前途莫漫催供帳，不是馳驅報國身。⑥

乘軒衛鶴成何事，一笑經過古戰場。得月五更天易曉，近河十里水全黃。風沙遠道憐僮僕，草露荒原憶稻梁。⑦愧我隻身還日下，路人擬聽凱歌長。

比干墓

龍逢而下誰同志，只有微箕可並衡。殺叔父名千古戒，存宗社計

---

① ⑥ "報"字、"國"字間空一格。

② 此三句原作"緣從天假信非虛。言皆磊磊明明事，胸有奇奇怪怪書"。後修改再三。陳氏於天頭處曰"(次句)相逢驛舍重欷歔。賴有"，利於辨識。

③ 《詩草》無"獲"字。

④ "反"，《詩草》及刻本並作"返"。

⑤ "如"，原作"知"。《詩草》作"如"。

⑦ "梁"，《詩草》作"粱"。

一身輕。自經封後墓還發，不到剖時心豈明。卻憶史魚尸諫日，殷墟重見直風行。

銅爵臺

臺上瓦，臺中人，當時照耀漳河濱。①漳河之水流不返，七十二冢秋風晚。冢中人，螻蟻賤。臺中人，綠蛾怨。不如臺上瓦一片，去作人間萬古硯。②

十月十一日重出都門口號

急裝遑問再來期，不報明春舊雨知。薄宦何年名始立，遠游到此悔應遲。當秋去國能禁淚，他日趨庭孰課詩。莫道窮人歸未得，得歸慘甚未歸時。

到　家③

一身多故日，十載倦游人。涕淚傷諸弟，門閭倚老親。明知歸亦暫，猶恐夢非真。秉燭茫然坐，嗷嗷話苦辛。

不分還鄉速，麻衣雪後披。讀書悲手澤，仗劍負心期。墮地無非命，驅人總是飢。密縫今綻盡，重憶出門時。

柬劉午橋④

好詩有天幸，盛名不易保。成一詩人名，此事固非小。我從去年秋，仗劍事征討。詩境日齷齪，特創從軍稿。橫槊譜新詞，⑤磨盾發華藻。哀哀一紙書，遠致安陽道。匍匐歸里門，慟哭傷懷抱。蓼莪一以

---

① "濱"字前原有"漢"字，後刪。
② "去"字前有兩字，不易辨識。
③ 此詩及以前篇目見於《詩草》卷九。
④ 此詩以下，字體又別。
⑤ "橫"字乃後改，原字似"哀"。

廢,吟膓立枯槁。讀禮本無詩,縱有亦草草。長卿工五言,筆陣縱橫掃。碣來登騷壇,望氣已驚倒。安能持寸鐵,直向長城搗。君家大椿樹,八千歲長好。鯉庭一畝陰,其下芝蘭繞。苦吟十寒暑,①輸君得名早。詩可學而至,福命不可造。荃蕙多化茅,稊稗半傷稻。吁嗟百事隳,煩憂令人老。

對雪詠懷

記得嚴寒直紫宸,②朝衣風點雪花勻。暫休官似初醒夢,即事詩皆有病呻。書味坐忘虛白室,③爪痕留印軟紅塵。④懸知舊雨金臺下,賭酒圍爐話遠人。

景行書院即事_{先君設教處。}

白雲廬舍忍重經,一讀遺書一淚零。芳草無知依舊綠,遙山不語可憐青。鬧中愁緒絲抽繭,定後名心絮化萍。何事俗人爭識面,朝朝逐隊叩柴扃。

口占答羅雲莊⑤

畢竟今吾非故吾,眼前小事儘糊塗。若論踪迹羞馮婦,莫把衣冠笑魯儒。樓隔一層須更上,路經九折不嫌迂。君看喬木天然直,此外蓬麻總待扶。

偶　感

株守茅齋骨不仙,東風懶散又今年。絕無人送聽鶯酒,竟以詩爭

---

① "寒暑",《詩草》原作此,後改作"餘載",刻本亦作"餘載"。
② "直"字、"紫"字間空一格。
③ "坐忘"二字原互乙,後改。
④ "爪痕",原作"軟紅",抄誤。
⑤ "羅雲",原作"友人"。《詩草》"答"字下另有"友人"二字,後刪。《詩草》原有兩首。

潤筆錢。俯仰桔槔隨手轉,去來傀儡任絲牽。塵中若個能清白,試爇心香一問天。

事隔十霜如隔世,遠歸常使夢魂驚。重洋黯黯多兵氣,新冢累累半友生。人到中年應少趣,詩惟苦境最關情。誰憐一掬思親淚,迸作空階夜雨聲。

題李西巖總戎大雪尋梅圖

黑風吹面面如割,硬雨著鬚鬚欲折。①關心一樹兩樹梅,照眼千山萬山雪。雪中詩境絕纖埃,好索梅花笑口開。如此嚴寒塞天地,荒村能有幾人來。李侯家世居閩海,七尺珊瑚作樵采。珠樹憑教繞屋看,琪花不用傾囊買。邇日建牙甬水東,迸力一掃烟塵空。斬蛟劍抉波心險,祭鱷文開筆陣雄。偶然興到還忘我,②心與梅花相許可。不信淩烟閣上身,周遭卻被彤雲裹。山前山後雪紛紛,江岸溪橋路不分。是處輕裘逢叔子,公然大樹屬將軍。將軍頗耐寒酸氣,短僮隨身亦清異。不騎戰馬只騎驢③,想見升平真樂事。我昔燕郊踏雪行,十年不見一枝春。借君此幅溪山勝,畫個同游人姓陳。

出　城

春色已如許,乍來疑夢中。翠沾桃竹雨,香入菜花風。一鷺偶飛白,四山多落紅。金臺舊游滿,何日酒樽同。

溪　上④

溪上兩三家,橋低礙遠槎。春雛亂鵝鴨,暗穴聚魚蝦。水落萍黏石,堤崩柳臥沙。兒童爭學釣,日暮數竿斜。

---

① "著",《詩草》作"着"。
② "忘",曾誤作"望"。
③ "騎驢"二字原互乙,後改。
④ 此詩以前詩篇見於《詩草》卷十,此詩及《首夏即事》見於卷十一。

首夏即事

開窗延野趣,草樹綠平分。①海氣多蒸雨,山風不受雲。市喧初販蟹,地濕早飛蚊。了得閒功課,爐香手自焚。

雨後同曹澹齋劉午橋印池兄弟登雙髻尖分得髻字②

山勢欲壓城,朝天插雙髻。側聞樵者言,絕少游人至。興來頓崛強,蠟屐爭一試。同心三四人,③各有淩雲氣。魚貫出郭門,猱升歷山寺。是時雨新晴,磴滑莓苔膩。仄徑容半履,一步一顛躓。後肩接前踵,屢上翻如墜。崖斷路忽斜,力窮足猶跂。初疑循牆走,稍展蹈空際。仰見天在山,回頭已無地。怪石立我前,故作摩頂勢。幸爾未即崩,倘崩那及避。傴僂躋其巔,廣可一席置。憑誰下取酒,來共山靈醉。坐久豁塵襟,真無出山志。頗憶前幾年,一官恣游戲。或乘花間輿,④或策水邊騎。腰腳軟無力,追攀多未遂。撒手陟屭顏,茲游出不意。明日城市中,咄咄傳怪事。

送別江洲歸粵東應武舉試⑤江洲本李總戎婿,時為記室。⑥

偏我歸來日,逢君揮別時。借材曾入幕,臨發尚談詩。秦蜀事方急,孫吳人頗知。所爭儒將重,獻策莫虛詞。

---

① "分"字乃後補入。
② 此詩題《詩草》作"登雙髻尖"。"雨後"原作"四月十一日","齋"字下原有"李絜齋",下"髻"字原作"尖"。此詩及以下兩首見於《詩草》卷十。
③ "三四",原作"四五",《詩草》作"四五"。
④ "間",刻本作"閒"。
⑤ "送別",刻本後有"家"字,《詩草》作"贈別家"。此詩乃後補於天頭處,因紙張折疊,部分文字不易辨識,據《詩草》卷十補入。
⑥ "時"字前原有"總戎"二字。

贈王璋溪教諭①

璋溪名。鳴珂，司鐸吾邑，自歲乙卯迄丙辰、戊午，②凡三遇海寇薄境，皆號召紳士，③選擇壯佼，④登陴守不懈。⑤寇始退。⑥己未冬，艇匪爲患，⑦璋溪陳方略十二，⑧浙撫阮公嘉納之，⑨飛檄趨赴省垣，參謀議。繼而，⑩調往黃巖，編保甲，時諸匪船遭風沉沒，盜或亡匿島嶼間。⑪璋溪率民勇搜捕，獲數十人，⑫巨寇倫貴利亦就擒焉。⑬

抵掌談兵事，因君重廣文。遇奇儒亦將，才大筆能軍。昌國嚴城守，丹崖靖海氛。冷官腸自熱，所到立殊勳。

題劉赤林先生小照⑭

松五粒，石一卷，清風六月生羽翰，眼中之人真神仙。先生曰否是不難，我將據此終身焉。竊謂先生戲言耳，先生非戲言，天亦不放先生爾許閒。閒人有閒福，大抵庸庸然。飢者不責食，溺者不望援。甚至同室鬥，可作鄉鄰觀。先生家居六十年，解紛釋難兼排患，吾鄉比之魯仲連。人無老幼爭識先生面，事無大小推上先生肩，青鞋踏破鐵限穿。有時席固不暇暖，門且不及關，況欲棄置逃深山。雖然何必逃深山，吾儒自有真面目，區區畫手無能傳。大之恢恢濟一世，小之

---

① "教諭"，刻本作"學博"。
② "自"，曾刪。
③ "紳"，《詩草》及刻本作"衿"。
④ 此四字曾刪。
⑤ "不懈"，曾刪。
⑥ "始退"，原作"知有備，乃引去"。
⑦ 下原有"浙撫阮公檄群屬，有能悉寇情備守捕策者，盡言無隱"二十餘字。
⑧ 下原有"切中情事"四字。
⑨ "浙撫"二字，乃後加。"嘉納之"，原作"覽而嘉納之"。
⑩ "繼而"，原作"次年春"。
⑪ "亡匿島嶼間"，原作"奔島嶼亡匿"。"間"，刻本作"閒"。
⑫ "率民勇搜捕，獲數十人"，原作"則力疾率民勇，趨絕島，搜獲逸寇數十"。
⑬ "亦就擒焉"曾作改動，不易辨別，刻本此句作"並擒巨寇倫貴利"。此序與《詩草》有異，不一一指明。
⑭ 此詩見於《詩草》卷十一。

澤及一鄉一邑間。古無慕神仙之聖賢，安能自適其適別開一洞天，不與大衆通往還。先生休矣且讀畫，此畫妙不煩言詮。相賞但得松石意，高山流水日在坐卧邊，君不見陶家琴無弦。

遣 懷①

翛然病後一身輕，小步空階趁月明。鄰巷醉人爭酒價，夜窗窮鬼戀書聲。但求食粥天應許，直到還山路始平。聽說燕南成澤國，連宵風雨夢神京。

贈李西巖總戎即用阮芸臺中丞韻②

決戰曾無一矢虛，不勞鄉里策追胥。范韓而外思名將，山海之間讀異書。③屢爲獻囚增勇爵，肯因漏網縱窮魚。插貂祇覺君恩重，④若論浮華意泊如。

中丞雅量本沖虛，上將威名達象胥。一氣自聯身臂指，三軍能説《禮》《詩》《書》。海天親試濤頭弩，鯨鰐都成釜底魚。報國兼應報知己，⑤廉頗引重得相如。

劉午橋朗峰中洲花農稷山兄弟至自杭州同曹澹齋過訪即事成句

湖上秋深買棹回，到家及見海棠開。替花速客花應喜，不爲無詩廢酒杯。

對面難傾別後情，空齋風雨鎖秋聲。愁腸比似西河柳，只向君家水次生。

---

① 此詩及以下四首見於《詩草》卷十。原題似作"劉午橋、朗峰"，又改爲"病後作"。《詩草》詩題作"偶感"。
② "阮芸臺中丞"，《詩草》作"阮撫君"。
③ "海"，原作"水"。《詩草》作"海"。
④ "君"字右側有一三角，陳氏注於天頭處曰："'君'字空一格。"
⑤ "報"字、"國"字間空一格。

歸囊示我書千卷，①別把丹青手自披。看飽西湖好山水，卻教人擬畫中詩。

菊樽相約過重陽，倡和聯翩雁一行。坐上有人誇七步，②題糕畢竟待劉郎。

九日過舅氏繆屏山先生齋頭玩菊兼呈張丈書紳③

百花開早落亦早，惟菊耐久如良朋。尖圓作瓣漸分朵，一再三叠花始成。彌月相看色香好，晚節不受風霜驚。松梅竹號歲寒友，高秋得此開先聲。舅氏村居足幽趣，小樓面面山為屏。山前方廣廿弓地，兩頭植菊中構亭。偷閒一杯常在手，得意萬物俱忘形。昨者手書遠招我，獨于花事尤丁寧。④上云今年富秋色，親栽百種親書名。下云汝來不可緩，新得佳釀初開罌。又言張家花更好，主人愛客能筆耕。乞取新詩引花笑，前朝已約肩輿迎。我居城市苦煩俗，道之云遠來何能。來亦匆匆無好句，把筆敢和陶淵明。忽憶都門宦游日，黃金臺下逢秋晴。年年買菊如買菜，俸錢那得長充盈。去秋從軍初得旨，⑤士馬蹴踏花間廳。⑥垂鞘仗劍出門去，馬上誰憶花死生。驛舍淒涼見叢菊，故園一繫心怦怦。即今閉户習疏懶，籬角亂長蓬蒿莖。不菑而畬不耕獲，居然安坐餐落英。拳拳雅意豈可負，有酒不醉非人情。九月九日重陽節，冒雨遂及黃花盟。

午橋秋闈報罷詩以慰之次澹齋韻

桐帽棕鞋可一生，心空隨處足逢迎。且攜家釀尋知己，莫向秋風

---

① "書"，原似作"詩"，《詩草》作"書"。
② "坐"，刻本作"座"。
③ "九日過舅氏繆屏山"，《詩草》作"重陽過舅氏屏山"，刻本無"重陽"二字。
④ "于"，《詩草》作"於"。
⑤ "旨"字另行頂格。
⑥ "間"，刻本作"閒"。

感落英。吾輩所爭惟品格，古來何代乏科名。君看舊日孤山路，①梅有餘香鶴有聲。

夢　境②

彈指十年官，真同夢境看。還鄉成老大，對日話長安。才與身俱退，顏因母暫歡。天教增閱歷，事事稱心難。

早歲科名誤，文章苦未精。自知荒學殖，不敢信鄉評。薪米籌家食，風波冷宦情。海氛歸後在，林下尚談兵。

盆蘭爲鼠所嚙

入坐芳蘭折數枝，③幽人夢破五更時。天教歷劫增騷怨，我愧同心失護持。蜂競采花原爲蜜，蠶貪食葉總成絲。潛身香國甘爲盜，無禮應歌《相鼠》詩。

倦　讀④

荒園半畝目頻窺，倦讀書生卻捲帷。鼠不畏人當晝竊，犬常戀主出門隨。善愁正似多心木，守拙從呼没字碑。竟爾棄官存野性，逋仙踪迹可能追。

題　畫⑤

花香在水溪三面，屋小于巢樹一林。選石要同詞客坐，抽橋防有俗人尋。

昔我山房借樹開，十年坐此長詩才。詩中偶話林泉勝，多被人偷

---

① "日"，原作"山"，《詩草》作"日"。
② 此詩及下首見於《詩草》卷十一。
③ "坐"，《詩草》及刻本並作"座"。
④ 此詩見於《詩草》卷十。此詩題頭有墨圈，陳氏注於天頭處曰："此首應寫于第十五頁。"
⑤ 此詩見於《詩鈔》卷五，其及以下三首並見於《詩草》卷十一。陳氏注於天頭處曰："已入第五卷。"

入畫來。

哭胡汝器

死亦尋常事，君爲未了人。兒孤依外戚，家破累衰親。嗚咽窮交淚，沈淪壯歲身。①臨危先訣別，留話總酸辛。

書生生計苦，歲祝硯田豐。一病財先竭，能文鬼亦窮。孤棺淒夜雨，殘帙亂春風。擾擾人間事，因君萬慮空。

駱駝行

南人生不識駱駝，眼中習見驢馬贏。此外牛羊及豚犬，尋常豢養無足多。壬戌季春三月杪，有客北音來海島。自言生小攻岐黃，靈藥秘製仙人方。手牽駱駝走城市，駝背橫擔客行李。雙峰高高齊屋檐，有人比之雙髻尖。吾邑山名。②似渠裝載真輕便，誰願更撐航海船。駝行遲遲人簇簇，沿街塞巷競相逐。買藥寧知藥真假，更有親身就醫者。醫庸醫好且勿論，但欲一觀腫背馬。我時家居方苦煩，臥聞屋角聲喧喧。呼僮出視久不報，自起追之還自笑。肉鞍毛褐有何奇，值得大家如許鬧。往年挈眷居都城，門前聽慣鈴鐸聲。圉鳴遮道礙車輛，十十五五徒取憎。人情少見多所怪，看作珍奇不嫌疥。駭人耳目豈良醫，醫工何點人何癡。我從旁觀忽省及，七尺男兒貴樹立。果然郊椒得麒麟，一世人還望風集。

漫 興③

山勢圍城北，幽栖得小齋。厨添調藥鼎，案有集詩牌。日暮鴉爭樹，天陰蟻上階。客多知己少，默默寫孤懷。

無事翻多事，誰能學坐忘。上山移石遠，冒雨種松忙。行急嫌衣

---

① "沈"，《詩草》作"沉"。
② "邑"，《詩草》作"鄉"。
③ 原作"遣懷"，《詩草》作"遣懷"，刻本作"漫興"。

重,餐遲覺飯香。往來田舍熟,獨自課耕桑。

迎春復送春,春與老爲鄰。割愛刪詩稿,偷閒託病身。囊收乞米帖,酒欸斫琴人。仙佛俱難學,吾生自有真。

文字輸心得,因緣悟昨非。窗蜂鑽故紙,羅雀蹈危機。掃地花粘帚,①題牆墨涴衣。可能真脱俗,甘受俗人譏。

四月十一日曹澹齋招同李絜齋鍾怡庭劉午橋印池兄弟游萬峰庵分得峰字②

萬事置身外,一徑趨禪宫。迎門竹个个,立脚雲重重。往日北窗下,見此雲中峰。面目如羅漢,不肯爲雷同。及來轉恍惚,但覺空門空。山厨燒筍熟,小坐聞午鐘。僧雛解人意,置酒緑玉叢。此君本瀟灑,彼法真圓通。席前一尺地,③荒墳長蒿蓬。髑髏不解飲,吾輩須千鍾。興酣把佛臂,嘯傲來清風。文章得神助,游覽亦易工。安能守齋壁,日作號寒蟲。

倦　讀

洛迦雜咏④

息耒院

荷鍤歸來乍掩關,禪心千古白雲閒。愁城苦海人如蟻,塵夢何曾到此間。

---

① "粘",《詩草》作"黏"。
② 此詩見於《詩草》卷十。"十一",原作"十九"。"鍾怡庭"乃後補入。《詩草》無"李絜齋、鍾怡庭"。"分"字後原有"韻"字。
③ "尺",刻本作"天"。
④ 陳氏注於天頭處曰:"'倦讀'一首寫于此處,'洛迦'一行空二格,'息耒院'等題空三格。"《洛迦》《息耒院》兩詩題前以墨圈表示空格。《倦讀》見於《詩草》卷十及《詩鈔》卷八,此處僅有詩題。《洛迦》組詩見於《詩草》卷一,此處亦僅有詩題。

達摩峰

樹杪孤峰突兀懸,夜清倒影落池蓮。雲霄矗立知何似?參破天龍一指禪。

盤陀石

花雨常滋蘚影斑,①點頭無復舊時頑。笑他虎阜千人石,弦管春風坐小鬟。

千步沙

細軟平鋪紫竹林,海壖遥望入清吟。不須步步披沙揀,佛國由來地布金。

梅福井 在梅岑下。

海外仙岑舊姓梅,山腰曲處井垣開。緇塵礙眼應須洗,乞放源泉萬斛來。相傳井水洗眼,能令眼明。

梵音洞

怒濤忽驚石壁破,飛閣上倚松風寒。是色是空無住著,現身設法此中看。俗傳洞有活佛,老僧問余見佛否,余應之曰:"見。"問:"佛作何狀?"曰:"是空是色。"問:"佛在何許?"曰:"無住無著。"②僧默然。

題硯香弟城隅望海圖③

喜見客帆行,登陴罷守兵。新圖捲山海,舊夢怯蛟鯨。乾隆乙卯、丙辰、戊午,吾邑凡三遇海寇薄境。雲氣還飛舞,詩心漸太平。秋濤君聽取,不

---

① "花雨",原作"花蘚","花"又改作"苔"。"蘚影",原作"花雨"。
② "著",《詩草》作"着"。
③ "硯香",《詩草》原作"灼三"。此詩及以下三首見於《詩草》卷十一。

作鼓鼙聲。

王生含章扶櫬將歸詩以送之

蓼莪廢後總傷神，與我同爲失怙人。莫倚諸兄憐爾少，可知老母念家貧。恨無力辦歸裝速，耐着心嘗世味辛。去去里門多父執，衣冠重檢讀書身。

盼到歸時轉益悲，此行未有息肩期。少須更事休耽飲，貧肯依人奈苦飢。先代室廬空自庇，宦家門戶本難支。與君兩世論交切，不作尋常送別詩。

送別張生兆三

執贄橫經歲一周，今朝海上送歸舟。相依有母孤帆穩，豈曰無家半世浮。飲啄隨人休過分，聰明似爾定知愁。細思名父難爲子，曾是堂堂百里侯。生父雪汀先生曾以名進士宰當塗。

六月十七日夜作

默坐暗室中，飢蚊忽尋至。舉手左右揮，一身攢百刺。有如潛修人，無端謗聲沸。謗聲不可逃，飢蚊不可制。雲霄舊時路，鴻鵠平生志。何當脫樊籠，一展風中翅。

黔婁本寒士，而負陶朱名。咄咄真怪事，嘵嘵空力爭。好官多得錢，讎口非定評。誰知冷宦冷，但挹清風清。①聚彼六州鐵，鑄錯終不勝。惟應仙人手，點化黃金成。

久旱天無雲，長空月華皎。汪汪千頃波，不浸一畦稻。海邦號斥鹵，地瘠河渠少。日曝田水乾，鹽花白于縞。我倉日以竭，我稼日以槁。低頭百感生，舉頭夜色好。月墮天茫茫，桔槔聲破曉。

---

① "挹"，刻本作"把"。

秋日雜興①

蓬蒿沒徑水平橋，稍喜無人折束招。幾日放閒貪聽雨，呼兒隙地種芭蕉。

得錢長擬買漁蓑，脫卻朝衣自在多。日暮牆陰看鬥蟻，更無塵夢上南柯。

兀坐空齋一事無，閒愁忽似蔓難圖。近來覓得醫心藥，邀取詩人作扁盧。

缺月茫茫照院東，一堆人影鬧兒童。新涼不耐安眠早，又向耶娘索草蟲。

負卻游山舊酒杯，坐看屐齒長莓苔。西風好事翻雲脚，倒插奇峰入戶來。

重陽前三日劉午橋朗峰印池花農兄弟招同曹澹齋游普慈寺②

僦居湫隘不得地，一生擾擾城市中。邇來俗事苦拘迫，若魚在笱鳥在籠。出城一步覺清淨，漸遠漸與諸天通。萬峰庵小已陳迹，茲游蹊徑多雷同。置酒仍當竹深處，如韻再疊詩彌工。夏初，偕同人飲萬峰庵竹間。是時秋陰蔽原野，蕎麥如雪花玲瓏。一泓水浸白石爛，半林霜落烏桕紅。禽聲嘈雜不可辨，直與人語相始終。澹齋奇氣忽驚座，攘臂要奪梵王宮。謝安別墅此改築，吾輩坐嘯真從容。午橋唯唯朗峰笑，印池俗慮填心胸。疏泉築臺豈易事，未免又致錢神窮。嗟我五人鬢皆白，③就中年少惟花農。偷閒學少恐無及，奈何計較錙銖銅。君不見澹齋之弟與吾弟，謂東暉、東廂。昔年並號人中龍。同人每有山水約，不肯後至為防風。主盟中夏得齊晉，此時定效邾滕從。五六年前相繼歿，白楊樹下生蒿蓬。得天誰似印金厚，聯翩不斷南飛鴻。中年

---

① 此組詩比《詩草》少三首，其及以下兩首見於《詩草》卷十。
② "重陽前三日"，《詩草》作"九月六日"。
③ "鬢"，《詩草》原作"鬚"，後改。

即景易生感,嘉會坐失難再逢。風雨重陽菊花苦,徑須躍入琉璃鍾。

居　鄉

曾經十年仕,不敢訴家貧。癡點聽時議,艱難思古人。味甘霜後菜,價貴雨中薪。勤儉關風土,居鄉但守真。

吟　罷①

新詩不稱意,吟罷稿先焚。遣僕招紅友,留僧話白雲。天長多倦翼,山近易斜曛。且卷閒心力,②抽絲恐自棼。③

---

① 此詩見於《詩草》卷十一。
② "卷",《詩草》作"養"。
③ 此頁左側字云"校罷""古今體六十一首"。

附　録

友朋題詞

　　借樹山房詩草卷一、二①

　　伸紙曾消墨幾丸，近來詩思倍清寒。一編收束飛揚氣，十載量移本分官。耐可回頭避邢尹，偶然搖筆動蘇韓。盤空硬語書空字，莫作尋常玩世看。

　　庚申春日奉題蔭山先生《借樹山房詩稿》即正　後輩邵葆祺②

　　借樹猶難況買山，船山句。我曹清福爲詩慳。孟郊未死昌黎壯，肯放風雲得暫閒。海東雲氣太離奇，想見中書落筆時。待我流虯歸棹日，與君重論大蘇詩。

　　侍墨莊李鼎元題③

　　舟山在海中，日月相摩吞。海氣怪變發，蛟拔而虎蹲。鬱怒轉激蕩，化爲詩人魂。作詩如海立，倒蹴星宿翻。魚龍勢澎濞，珠貝光紛縕。吐欲心胸奇，墨花快一噴。駭走波斯胡，不敢手指捫。我亦望洋嘆，展卷風濤掀。此地生此才，鑿破天胚渾。欲下東野拜，斂袵夫何言。

---

　　①　下有陰文印章"得閒多事外"，略有漫漶，據《借樹山房詩草》（下簡稱《詩草》）卷七、八印章補。
　　②　下有陰文印章"壽民"。
　　③　下有李鼎元陰文印章"乾隆己巳人戊戌翰林"。另該頁左側有紅筆題"集中藍墨既加，墨莊□□□用硃筆"，此卷李鼎元朱筆評點，均簡稱李朱。三字漫漶不清，不易辨識。下不易辨識者均以"□"注出，不再另出注。

弟馮培題①

綸閣樞廷日往還，②風標終似野鷗閒。③雲牋書破心誰印？秋卷裝成手自删。海外生才原不世，詩中作鬧肯無關。枯吟枉説南歸好，借樹猶難況買山。
年弟張問陶題④

《借樹山房詩集》卷一至卷四餘姚朱文治拜讀⑤
君是絲綸閣上身，得閒多事作詩人。興酣直欲心無我，書破才驚筆有神。此性獨靈關福命，空囊何處著金銀？十年宦況清如許，難没胸填一字真。⑥
少仙題詞⑦

借樹山房詩草卷三、四⑧
嘉慶戊午七月朔讀弟三、四卷。文治記。⑨
八月七日船山用藍筆讀。
己未孟冬墨莊用硃筆讀，其最愜心者以單圈别之。⑩

---

① 下有陽文印章"實庵"。
② "綸閣"二字之間有陽文印章"船山"。
③ "風標"二字之間有陰文印章"張問陶"，"標終"二字之間有陽文印章"弟二"。
④ 左有陰文印章"不斷百思想"。
⑤ 下有陰文印章"東南竹箭"。左有兩行字，其一細筆黑色，云"集中細墨圍俱參妄意加之，有未愜處尚未加墨，少仙並識"；其二灰色，云"船山張問陶讀以藍筆爲記"。其二原應爲藍色筆迹，或因時代久遠，淡爲灰色。此卷朱文治所題細筆黑色，均簡稱朱黑；張問陶所題藍筆，均簡稱張藍。另"仙並"二字左側有陽文印章"朱"。
⑥ "胸"字左側有陽文印章"文治"。"一"字左側有陰文印章"繞竹山房"。
⑦ 左有陰文印章"詩禪"。
⑧ 下有陰文印章"得閒多事外"。此兩卷諸人所評簡稱沿用第一卷。
⑨ "治"字左側有陽文印章"朱氏少仙"。
⑩ 天頭處有白色籤條，馮黑云"婉折纏綿，自來賦采桑無此情致"，疑籤條錯位，當是下頁《采桑曲》之評。

庚申立春後二日邵壽民誦。

借樹山房詩草卷五、六①
戊午中元讀弟五六卷 文治記。②
中秋船山用藍筆讀。
庚申上元壽民誦。

借樹山房詩草卷七、卷八③
己未冬至，墨莊讀完此卷。④
己未五月十五、十六、十七、十八四夜，燈下評讀兩過，題字誌之。東川老船。⑤
己未五月二十日，同年杜梅溪群玉。載酒至船山寓齋，因得縱觀。蘇州張吉安記。⑥
觀船山檢討加墨處皆當，少仙復添細墨圍別之，時與蔭山同寓借樹山房。己未夏六月朔識。⑦
庚申花朝前一日，邵壽民誦于眉韻軒中。⑧
己未六月中澣，讀蔭山先生《借樹山房詩集》，率成五言一章題於卷端，復得二絕句書此，以博一粲。

花先結蕊果藏核，蕊吐鮮新核又芽。生意化工輸不盡，探懷長有

---

① 下有陰文印章"得閒多事外"。張問陶、朱文治、邵葆祺於扉頁留字外，此兩卷天頭處仍可見馮培、李鼎元評語。此兩卷諸人所評簡稱仍沿用第一卷。
② 下有陽文印章"少仙子"。此印下方又有陽文印章"鏡湖詞客"。
③ 下有陽文印章"得閒多事外"。
④ 此字爲朱筆所題，按照時間，應該置於後，茲據文字順序，置於首。
⑤ 下有陰文印章"張問陶印"。此卷張氏用黑筆評點，故稱張黑。其他人所評簡稱仍沿用第一卷。
⑥ 下有陽文印章"蒔塘"。
⑦ 左側有陽文印章"少仙子"。朱黑與張黑不易辨別，姑根據所評内容及墨圍粗細略作區別，細墨圍者作朱黑。錯誤之處恐難免。
⑧ 下有陰文印章"祺"。

未開花。

抹月批風筆逞奇,難教名士合時宜。少仙敏悟船山放,各樣心靈一樣癡。①

借樹山房詩草卷八②
詩境圓滿,船山拜倒矣。庚申二月初一日讀竟並記。③
庚申花朝,壽民被酒細誦一過,拍案叫絕。④硬語橫空,奇才曠世。壽民。⑤
思力巉刻,獨闢町畦,而一歸自然。聲光情韻,亦均臻妙境。詩才似此,可謂前無古人矣。張、邵二君評騭甚允,故不復蛇足,聊綴數字以志佩私。培記。

借樹山房詩草卷九⑥
辛酉七月拜讀於湖上之崇文書院,敬服之餘,僭加雌黃,罪甚罪甚。愚弟培
壬戌春二月望前七日少仙子讀于甬上寓齋。⑦

借樹山房詩草卷十三⑧

———————

① 下有兩陽文印章"實""圃"。
② 下有"老船題"三字,其下有陰文印章"問陶私印"。
③ 下有陽文印章"船山"。此卷張氏所評仍稱張黑。
④ 下有陰文印章"祺"。
⑤ 下有陰文印章"將詩莫浪傳"。
⑥ 下有陰文印章"得閒多事外"。
⑦ 此數字本位於馮培評右側,然考時間,當晚于馮評,故置於後。下有陰文印章"何主顧陸丹青手畫作朱陳嫁取圖"。
⑧ 下有陰文印章"得閒多事外"。第十三卷有兩種,分別為馮培和朱文治的評點本,以下簡稱馮評本、朱評本。馮評本云讀於"乙丑長至後一日",早於朱評本所云"乙丑秋九月重陽前二日",故將馮評本列於前。二者文字及詩篇排序略有差別,為便於兩卷比較,整理者於此兩卷詩題前並加序號,又於朱評本校勘記中指明二者次序及文字的不同。列於第十九的《懷人詩》為組詩,共收詩二十二首,所收詩篇不單列序號。

君詩森正味，把卷慰輛飢。來自波濤外，披當冰雪時。兩年征戰迹，卷中詩多述剿捕海寇之事。一紙友朋思。我已滄浪隱，歸從老釣師。
　　蒙示《借樹山房詩》第十三卷，①即和見懷詩韻題於卷端，請正。時乙丑長至後一日。實庵弟馮培②

　　借樹山房詩草卷十三③
　　嘉慶乙丑秋九月重陽前二日，少仙讀于海寧學署之朱藤詩屋。④

　　借樹山房詩草卷十四、十五⑤
　　嘉慶丁卯人日，少仙讀于海寧學廨之獨坐樓下。⑥
　　此卷加墨後，無便寄還，因循兩月，忽得灼三茂才書，知作者已于二月辭世，⑦悔不及早歸之，或可望生前見也。文治抆淚又識。⑧

　　借樹山房詩草卷十五
　　以上總批及高頭批皆新正所書，故游戲中間寓規勸語，孰知蔭山竟不及睜目覽此言也。⑨嗚呼傷哉！三月廿六日臨封少仙又記。⑩

---

① "蒙"字、"示"字間空一格。
② 下有陰文印章"馮培實庵"。
③ 下有陰文印章"得閒多事外"。
④ 下有陽文印章"少仙子"，及陰文印章"東南竹箭"。
⑤ 下有陰文印章"得閒多事外"。
⑥ 下有陽文印章"少仙子"。
⑦ "作"字另起行。
⑧ 此段原位於上段右側，據內容予以調換。下有陽文印章"朱文治印"。
⑨ "蔭"字另行頂格。
⑩ 下有陽文印章"少仙子"。

图书在版编目(CIP)数据

借樹山房詩草/(清)陳慶槐著;項永琴整理.--上海:上海古籍出版社,2023.12
(漢籍合璧精華編)
ISBN 978-7-5732-0998-6

Ⅰ.①借… Ⅱ.①陳… ②項… Ⅲ.①古典詩歌-詩集-中國-清代 Ⅳ.①I222.749

中國國家版本館CIP數據核字(2023)第239032號

漢籍合璧精華編
借樹山房詩草
[清]陳慶槐 著
項永琴 整理

上海古籍出版社出版發行
(上海市閔行區號景路159弄1-5號A座5F 郵政編碼201101)
(1)網址:www.guji.com.cn
(2)E-mail:guji1@guji.com.cn
(3)易文網網址:www.ewen.co
浙江臨安曙光印務有限公司印刷
開本710×1000 1/16 印張20.75 插頁3 字數329,000
2023年12月第1版 2023年12月第1次印刷
ISBN 978-7-5732-0998-6
Ⅰ·3787 定價:118.00元
如有質量問題,請與承印公司聯繫